Pour Lena

(Les Robes rouges très

émouvantes et

d'un grand charisme

Avec toute ma

sympathie

[illegible]

Janvier 2011.

Du même auteur

Le Pape en privé, NiL éditions, 2000.
Jacques et Bernadette en privé, Robert Laffont, 2002.
Jean-Paul II intime : ce pape que j'ai bien connu, Robert Laffont, 2005.
Ambassadeurs de Dieu, Desclée de Brouwer, 2007.

Caroline Pigozzi

Les Robes rouges

Plon
Desclée de Brouwer

Desclée de Brouwer
10, rue Mercœur 75011 Paris
ISBN : 978-2-220-06181-8

Éditions Plon
76, rue Bonaparte 75006 Paris
ISBN : 978-2-259-21048-5

À mes filles Marina et Cosima,
à ma sœur Sophie,
à ceux que j'aime…
et
en mémoire de ma mère Marilou,
de mon père Henri Théodore Pigozzi,
en souvenir de mes études
chez les Dominicaines.

Éminences, permettez-moi…

C'est parce qu'un soir de l'été 2007 j'ai croisé place Saint-Pierre deux cardinaux en soutane noire filetée de rouge, se dirigeant d'un pas alerte vers la Porte de Bronze, leur portable à l'oreille, que j'ai décidé d'écrire ce livre. Cette scène jusque-là insolite au Vatican m'a fait comprendre que même les prestigieux princes de l'Église et seuls électeurs du pape, qui portaient avec panache il y a encore cinquante ans une longue traîne de soie épaisse et une cape d'hermine, étaient maintenant entrés dans le IIIe millénaire.

En effet, si leur vision du monde est d'abord religieuse, les cardinaux doivent aussi s'intéresser aux grands faits de société, à l'économie et aux sciences… Le moment était donc venu d'aller au-delà de leur image naguère solennelle et distante, de percer leurs secrets.

Peut-être étais-je mieux armée que d'autres pour pénétrer dans ce cercle fermé et mythique grâce à mes années d'études chez les Dominicaines romaines proches du Vatican. Ainsi, après avoir gagné leur confiance en baissant légèrement les yeux plutôt qu'en ayant le regard conquérant, j'ai longuement interviewé ces missionnaires des temps modernes. Un travail minutieux qui m'a permis de voir les cardinaux sous un jour nouveau car, pensionnaire dans ma jeunesse j'avais été marquée par le très intimidant Eugène Tisserant. Son air grave et impérieux, sa barbe taillée à la manière des illustres cardinaux de la Renaissance, donnaient une image rigide et sombre des Princes de l'Église... Osant m'approcher de lui à l'occasion d'une messe de fin d'année à Saint-Dominique, j'avais opportunément appris qu'il ne fallait jamais saisir la main d'un cardinal, qu'on devait respectueusement baiser son anneau et l'appeler « Éminence* ». Un protocole immuable qui me servirait dans l'avenir... Déjà à l'époque le Vatican me fascinait, d'autant qu'un professeur nous répétait ce vieux dicton latin : « Rome en rouge, Rome qui bouge » et cela, bien sûr, m'intriguait.

C'est pourquoi, après avoir beaucoup écrit sur les papes Jean-Paul II et Benoît XVI, avec mon enthousiasme, mes doutes et ma curiosité de journaliste, je me suis plongée pendant deux ans dans l'univers des cardinaux. Un défi passionnant mais compliqué. En premier lieu parce que je suis une femme ; ensuite parce que pour eux seule l'éternité compte ; enfin parce que ces robes rouges qui d'ailleurs portent le plus souvent l'habit de clergyman à col romain, hésitent toujours à « se confesser ». Il y en a même deux qui, avec autant de courtoisie que de fermeté, n'ont accepté d'être interviewés que dans un parc car au Vatican certains prétendent que « les hauts murs ont des oreilles » Il n'est pas aisé non plus de prendre un rendez-vous avec ces

*. Tous les mots suivis d'une astérisque sont expliqués dans le glossaire en fin de livre.

éminents prélats plutôt méfiants. Ils font rarement résonner la Parole de Dieu au téléphone et n'aiment guère envoyer de mails ! Par ailleurs, leur langage est une autre barrière qui a, depuis toujours, freiné l'accès au Saint-Siège. Cardinaux et *monsignori* emploient un vocabulaire si diplomatique et nuancé, affichent des mines si malicieuses, que ceux qui n'y sont pas habitués sont déconcertés. C'est à la fois direct, florentin, ambigu et prudent et ils parlent tellement bas qu'on a l'impression qu'ils chuchotent un latin de vêpres alors qu'ils s'expriment en italien.

Sans connaître sa langue, ses rites et son rythme de vie, on ne peut que rester en dehors de cette singulière galaxie, c'est-à-dire ne jamais rencontrer une âme charitable qui vous initie aux mécanismes des clés et des serrures ouvrant les portes de Saint-Pierre. Il faut, par exemple, deviner que « à la grâce de Dieu » est plus élégant que de s'entendre répondre catégoriquement « non » ; qu'un membre du clergé fort renseigné sur tout ou presque, est, selon l'expression consacrée du cardinal Francis Arinze, « hautement informé » et que quand quelqu'un commet un geste indélicat, on n'hésite pas à vous dire « *Diabolus fecit hoc !* », « C'est le Diable qui a fait cela ! » ; et si vous entendez l'expression « Untel est *haï* », ne pensez pas que ces êtres pieux emploient là un adjectif peu indulgent mais sachez qu'« il est AI », « *Ad Interim* » signifie juste que sa présence est « provisoire » ! Ces cardinaux ont également beaucoup d'humour… Je ne puis oublier la spontanéité de feu le cardinal Jean-Marie Lustiger lorsque l'ayant appelé en mars 1999 pour lui demander de figurer sur la photo historique des cinquante ans de *Paris Match*, il m'avait répondu : « Pourquoi pas... ? À condition, bien sûr, que je ne sois pas assis à côté de Claudia C*ardinale* !... » D'autres conteurs talentueux savent aussi manier l'art de la dérision lorsqu'ils vous expliquent imperturbables que « la démocratie, ce sont deux loups et un agneau qui votent pour savoir ce qu'ils vont avoir à déjeuner ». Un ange et un message passent...

Loin de former un bloc monolithique, ces ambassadeurs de la foi ont, vous le découvrirez dans ce livre, une forte personnalité et une grande aura à Rome comme sur leurs terres de mission. De fait, on mesure mal combien les hommes d'État, et les souverains, sont impressionnés par l'autorité morale que leur confère cette dignité. Eux qui tous rêvent d'être un jour immortalisés au côté de Sa Sainteté sont flattés d'avoir dans leur pays un collaborateur direct du pape ; le président Obama notamment s'entretient régulièrement avec le cardinal archevêque de Chicago Francis George.

Ces cent quatre-vingt-cinq cardinaux, dont cent treize électeurs[1] parlent en moyenne cinq ou six langues et ont généralement fait une bonne dizaine d'années d'études supérieures. Diplômés des meilleures facultés locales et des grandes Universités Pontificales romaines, ils sont docteurs en philosophie, en théologie ou droit canon... Une solide formation qui les a conduits à approfondir

1. En cas de vacance du siège apostolique, seuls les cardinaux de moins de quatre-vingts ans entrent en conclave pour voter et élire le futur souverain pontife.

leur spiritualité, et à dialoguer avec les puissants acteurs de la société civile. En n'oubliant jamais que le jour où ils se sont humblement agenouillés dans la basilique Saint-Pierre devant le Saint-Père pour recevoir la barrette et le pallium, ils se sont engagés à servir l'Église jusqu'à l'effusion de leur sang. Des risques réels en Irak où le très courageux et menacé patriarche de Bagdad se bat sans relâche pour dénoncer les persécutions à l'encontre des chrétiens. En Bosnie-Herzégovine également, où le cardinal Vinko Puljic a exercé son ministère sous les bombes pendant le long conflit des Balkans, et encore en Chine, où le cardinal Joseph Zen Ze-kiun descend régulièrement dans la rue avec les manifestants pour défendre les droits de l'homme et les libertés religieuses.

Si quelques rares cardinaux à la tête de riches archevêchés s'entourent d'un certain apparat, tous mènent de nos jours une existence très simple. Ils ne perçoivent pas de salaire mais une enveloppe afin de régler toutes leurs charges en dehors du loyer et ne disposent plus de chauffeur ou de domesticité pléthorique. Par chance, ils ont parfois une bonne sœur à plein temps, voir même au pair qui fait office de gouvernante. Pour certains, ce qui fut notamment le cas pour le cardinal Joseph Ratzinger, un membre célibataire de leur famille vient tenir leur appartement.

Au cœur de cet univers complexe à la frontière du divin, l'un des secrets est de se faire remarquer sans jamais se singulariser ni agir en franc-tireur. Un exercice subtil qui conduit certains d'entre eux à donner des conférences aux quatre coins de la planète, à publier des ouvrages le moment opportun, à assumer de hautes responsabilités au sein d'organismes de rayonnement international, à éditer des revues en plusieurs langues… Autant de tribunes pour les plus brillants et les plus confiants en leur avenir et en la Providence…

D'aucuns ont longuement médité sur la mission de l'évêque de Rome et mesurent jour après jour l'immense complexité de la mission pastorale du futur 265e successeur de Pierre, qui régnera sur plus d'un milliard cent trente et un million de catholiques[2]. Toutefois, les ambitions des candidats au poste suprême, héritier d'une longue lignée de pécheurs parfois despotiques et de saints, ne doivent jamais transparaître. Ainsi, tels les généraux vainqueurs de la Rome antique préfèrent-ils se répéter avec philosophie « *Memento Mori* », « N'oublie pas que tu es mortel ».

Mais pourquoi avoir interrogé ces vingt cardinaux-là[3] ? D'abord pour respecter un équilibre géographique au sein d'un Sacré collège dont les membres sont issus de soixante-six pays et choisir de hauts prélats charismatiques venant des cinq continents. Une sélection délicate où je me suis laissé guider par leur liberté d'esprit, leur distance intellectuelle, leur humour et l'apaisante lumière qui se dégageait de leur regard. Des témoignages exclusifs émouvants, d'une grande franchise avec des moments difficiles car il fallait être patiente, déterminée

---

2. Soit 17,3 % de la population mondiale.
3. Jusqu'à Paul VI, les cardinaux n'accordaient que rarement des interviews.

pour ne pas paraître déstabilisée par leurs silences parfois troublants et leurs hésitations à me répondre...

Mon but n'était pas d'écrire un ouvrage de théologie ni le roman de leur vie, mais de surprendre le lecteur et de lui faire découvrir que les plus hauts personnages dans la hiérarchie de l'Église catholique après le pape, eux aussi confrontés à la mondialisation, pensent certes au royaume des cieux mais gardent d'abord les pieds sur terre...

Le projet était ambitieux et plus j'avançais plus mon inquiétude grandissait, mais ces grands hommes m'ont si souvent bénie que cela m'a donné j'en suis sûre le ressort nécessaire pour mener à bien cette aventure. Une enquête, des entretiens privilégiés et une expérience unique.

Paris, novembre 2009

I

LA MÉMOIRE DU VATICAN

Le cardinal Paul Poupard est le seul à avoir servi sous quatre papes

Mon seul avantage sur le pape Benoît XVI, si je puis m'exprimer ainsi, est d'avoir connu le père Poupard lorsqu'il était aumônier chez les dominicaines de la via Cassia à Rome. L'une des sept collines où, dans un élégant collège fréquenté par des jeunes filles issues de la « noblesse noire* », de familles de diplomates et d'un bon milieu cosmopolite, il nous enseignait la religion et nous confessait. Ce prêtre séculier plutôt ouvert, aimait nous parler du père de l'Europe Robert Schuman, pour lequel il avait beaucoup d'admiration, de Bach, de Victor Hugo, d'Apollinaire plutôt que de faire du prosélytisme… mais aussi des arcanes du Vatican, ce qui nous fascinait ! Nous étions en 1970. Le père Poupard était collaborateur de la Secrétairerie d'État* et ce monde paraissait encore si secret sous Paul VI !

Son Éminence est aujourd'hui l'un des derniers cardinaux électeurs[1] à avoir servi quatre papes. Un destin en effet étonnant pour cet Angevin profondément ancré à sa terre natale qu'il retrouve chaque été. La région de France qui compte le plus de congrégations religieuses et où jadis les paysans brandirent les

1. En cas de vacance du siège apostolique.

fourches afin de pouvoir continuer à prier. C'est à Angers que Paul Poupard commence par suivre sa formation ecclésiale et universitaire ; signe d'une véritable détermination et d'un choix à l'époque peu évident pour le fils d'un petit viticulteur des Jardins de la France. Séminaire de Beaupréau en Maine-et-Loire, faculté de théologie de l'Université catholique de l'Ouest. Une fois diplômé, il s'inscrit à Paris à l'École pratique des hautes études. Ordonné prêtre, il est ensuite aumônier d'étudiants, exerce un ministère* paroissial dans la capitale avant de rejoindre la Ville éternelle et d'y intégrer la section francophone de la Secrétairerie d'État. À l'époque, le Saint-Siège cherche un dynamique prélat pour préparer les versions françaises des plus importants documents pontificaux. Méthodique, précis, organisé, le jeune prêtre qui doit au départ passer là un mois s'avère si précieux qu'il y reste douze ans ! D'abord sous Jean XXIII, puis sous Paul VI. En 1971, il rentre en France pour devenir le recteur de l'Institut catholique de Paris. Sa carrière semble être à son apogée puisqu'il est aussi évêque auxiliaire du cardinal archevêque de Paris François Marty. Dix années de bonheur ! Mais, à peine élu, Jean-Paul II en visite à la « Catho de Paris » est reçu par l'efficace évêque, qu'il remarque immédiatement. De retour au Vatican, le Saint-Père lui demande de revenir à Rome pour assumer la direction du Secrétariat pour les non-croyants avant d'en faire le premier ministre de la Culture de l'histoire du Saint-Siège. Un domaine cher au cœur du souverain pontife*.

Monseigneur Poupard devient alors l'un des personnages les plus influents du Vatican… Responsable du conseil pontifical de la culture, de 1982 à 2007, un record, il est créé cardinal par Jean-Paul II lors du consistoire* du 25 mai 1985.

Très invité et apprécié notamment par l'aristocratie romaine qu'il connaît depuis les années où il enseignait chez les dominicaines, ce prélat de soixante-dix-neuf ans, doté d'une extraordinaire mémoire, est souvent qualifié de « mondain » par ses collègues persifleurs. Certes s'il apprécie les cercles intellectuels et n'est pas insensible aux honneurs, il a depuis toujours les mêmes amis et le même style. Cheveux coiffés en arrière, éternelles lunettes à branches dorées, ce prélat érudit, qui possède plus de trente mille volumes dans la bibliothèque de son appartement de San Calisto dans le Trastevere, est aussi une véritable bible gastronomique des couvents de notre pays. L'été, il traverse l'Hexagone, emmenant avec lui en vacances les quatre religieuses mexicaines qui sont à son service, et s'arrête au gré des bonnes tables de monastères pour rejoindre chaque mois d'août en Anjou les Sœurs de la Providence de la Pommeraye, naguère à ses côtés à Rome et qui veillent encore sur lui en été… Une preuve que Son Éminence a gardé une certaine nostalgie de la France.

Le cardinal Paul Poupard

Jeune prêtre, comment imaginiez-vous le Vatican ?

J'ai découvert ce lieu extraordinaire au mois de septembre 1959. Me destinant à devenir professeur d'université[1], j'étais venu à Rome pour travailler aux archives du Vatican afin d'achever ma thèse de doctorat. Pour tout pèlerin comme pour tout prêtre qui arrive à Rome, découvrir la place Saint-Pierre et son environnement, entrer par la cour du Belvédère pour monter aux archives était un émerveillement. J'y suis resté deux mois au cours desquels se sont enchaînés de façon étonnante la mort du pape Pie XII, le conclave*, l'élection et le couronnement de Jean XXIII… C'est ainsi qu'à vingt-neuf ans je me suis immédiatement trouvé « projeté » dans un monde inconnu et fascinant.

Que représentaient alors à vos yeux les cardinaux ?

Pour un jeune prêtre, le cardinal Tisserant, le premier cardinal que j'ai rencontré, était l'incarnation même de

1. Paul Poupard, jeune prêtre du diocèse d'Angers, avait obtenu de son directeur à l'École pratique des hautes études, Jean Orcibal, une bourse pour Rome. Le cardinal Poupard est titulaire de deux doctorats, l'un en théologie, l'autre en histoire.

ces grands et imposants personnages du Sacré Collège* et évidemment, je ne pouvais imaginer un seul instant que je serais moi-même un jour cardinal ! J'évoque Eugène Tisserant parce qu'il était français et aussi le seul cardinal que j'avais vraiment l'occasion d'approcher. Il avait un prestige incomparable en tant que doyen du Sacré Collège mais aussi comme grand savant, académicien, haut prélat auréolé de gloire. De plus, ce grand résistant[2] incarnait l'homme du général de Gaulle à Rome. Il avait un caractère abrupt, un langage tranchant, bref un tempérament redoutable, d'ailleurs tout le monde tremblait lorsqu'il arrivait à la Secrétairerie d'État sans jamais demander de rendez-vous par principe et dans la conscience aiguë de sa dignité de doyen du Sacré Collège ! La Providence étant parfois pleine d'humour, le substitut de la Secrétairerie d'État auquel il venait rendre visite se trouvant souvent chez le pape, Tisserant, furieux, était obligé d'attendre... Le secrétaire, « le petit Jean-Baptiste[3] », comme l'appelait naguère Mgr Jacques Martin[4] car il était menu et effacé, accourait alors vers moi en disant : « *Poupard... Vieni, vieni, c'è "Il Barbuto"[5] !* »

---

2. Le cardinal Tisserant (1884-1972) a participé aux deux guerres mondiales. Lieutenant et croix de guerre avec citation lors de la Grande Guerre ; résistant de la première heure, il sera fait grand-croix de la Légion d'honneur à la fin de la Seconde Guerre mondiale.
3. Préfet de la Congrégation des Évêques depuis septembre 2000, Giovanni Battista Re est créé cardinal-prêtre des Saints-Apôtres le 21 février 2001, puis cardinal-évêque de Sabina-Poggio Mirteto le 1er octobre 2002.
4. Mgr Jacques Martin organisa le pèlerinage en Terre Sainte en janvier 1964 où il accompagna le pape Paul VI. Nommé préfet de la Maison pontificale en 1969, il fut créé archevêque le 18 décembre 1986.
5. « Viens, viens... "Le Barbu" est là ! »

Les *monsignori* italiens paraissaient si intimidés qu'ils comptaient sur le jeune Français pour le calmer. Cette grande figure lorraine avait aussi, avec son allure inimitable, son impérieux regard d'aigle et sa barbe à la Mazarin, le physique de l'emploi, une mémoire prodigieuse et le souci inouï du détail le plus infime ! Roland de Margerie, à l'époque ambassadeur de France près le Saint-Siège, racontait volontiers que, arrivant en poste, il avait confié au cardinal Tisserant : « Le protocole fait que nous allons immanquablement nous retrouver l'un près de l'autre un nombre inestimable de fois, nous devons donc trouver un sujet de conversation ; puisque votre vie a été aussi passionnante que remplie, peut-être pourriez-vous me la raconter... » Et Margerie ajoutait malicieusement : « Quand, quatre années plus tard, j'ai quitté la Ville éternelle, nous allions enfin entrer au petit séminaire[6] ! » Quant à moi, un jour que j'avais accompagné Son Éminence à déjeuner à la maison généralice des Cisterciens à Rome, un trappiste novice renversa la mayonnaise sur la ceinture rouge du cardinal ! Le malheureux père abbé, terriblement embarrassé, présentant ses excuses s'entendit répondre sèchement : « Apprenez, Très Révérendissime Père, qu'un jeune novice cistercien n'est pas fait pour servir à la table d'un cardinal ! » L'abbé général proposa alors à mi-voix de retourner la ceinture, mais s'attira une nouvelle réponse cinglante : « Apprenez, Très Révérendissime Père, gronda

6. Il faut dire que le cardinal académicien avait un passé si riche et aimait tant se raconter que Son Excellence Roland de Margerie n'arriva jamais au bout du récit !

Tisserant, qu'une ceinture moirée ne se retourne pas !... » Quand il évoquait « le pape », c'était toujours Pie XI, car pour lui il n'y en avait pas d'autre. « Je n'ai pas voté pour Pie XII, avouait-il. Quant à Paul VI, ajoutait-il, je le connais bien, c'est moi qui l'ai ordonné évêque ! » Tisserant, craint voire détesté par la Curie* romaine parce que c'était le seul Français dans un cercle encore exclusivement italien, était cependant adoré par ses diocésains. Évêque de Porto et Santa Rufina, le diocèse de l'Institut Saint-Dominique de la via Cassia que vous connaissez bien, ce personnage au grand cœur fit ériger « sa cathédrale » grâce aux fonds qu'il récolta en parcourant les États-Unis. Lui, le charismatique Eugène Tisserant qui, de son vivant, appartenait déjà à l'Histoire !

Pour le commun des mortels, un cardinal fait surtout penser à Mazarin ou à Richelieu !

Sans doute, mais quand on sait que Mazarin n'était pas prêtre mais capitaine de l'armée pontificale et peut-être même, selon certains auteurs, secrètement marié avec Anne d'Autriche et que Richelieu[7] caracolait à cheval... vous pouvez mesurer l'évolution qu'il y a eu dans l'Église ! Dans leur cas, l'homme d'État avait comme étouffé l'homme d'Église... Consalvi, le grand négociateur du Concordat avec Napoléon Bonaparte,

7. Armand Jean du Plessis de Richelieu, au départ évêque de Luçon, fondateur de l'Académie française en 1635 car il veut la discipline partout même dans le langage, et souhaite surtout que la langue française ne subisse pas déjà, à l'époque, d'influence étrangère, qu'elle reste bien française.

n'était pas prêtre non plus ! Quelques cardinaux tristement célèbres ont d'ailleurs défrayé la chronique, tels le cardinal de Rohan, grand aumônier de France, compromis dans l'affaire fameuse du collier de la reine Marie-Antoinette (1785-1786) et le cardinal Loménie de Brienne, archevêque de Sens, qui prêta serment à la Constitution civile du clergé.

D'autres cardinaux ont différemment marqué l'Histoire…

Certes, ils n'ont pas manqué, tels les « cardinaux noirs », c'est-à-dire les treize cardinaux qui refusèrent d'assister à la bénédiction du mariage de Napoléon et de Marie-Louise, ce qui à l'époque démontrait un certain courage ! Nous avons aussi de grands saints, tel saint Charles Borromée*, archevêque de Milan, qui au concile* de Trente œuvra pour la tenue de synodes* diocésains et la création de séminaires pour la formation du clergé. Et, de nos jours, des cardinaux tel le regretté cardinal vietnamien Nguyen Van Thuan, emprisonné de 1976 à 1988 au Nord-Vietnam[8], créé cardinal le 21 février 2001, décédé en septembre 2002, qui, comme président du Conseil pontifical* Justice et Paix, fut mon voisin à San Calisto[9]. Et bien sûr le remarquable primat* de Pologne Stefan Wyszynski qui, au temps de l'empire soviétique, m'avait

8. D'abord à Khanh, puis dans un camp de rééducation à Vinh, et après cela en résidence surveillée à Giana, enfin à Hanoï, toujours en résidence surveillée.
9. San Calisto, où résident un certain nombre de grands cardinaux romains, dont le cardinal Poupard qui est titulaire de la basilique romaine Sainte-Praxède, située près de Sainte-Marie-Majeure, réputée pour ses mosaïques millénaires.

narré pendant plus de soixante minutes, en parcourant avec beaucoup d'allure de long en large le grand salon de l'archevêché de Varsovie, les accords secrets, conclus après quatre heures d'entretiens à la nuit tombante avec Wladyslaw Gomulka, « pour sauver la patrie » au lendemain des émeutes de Poznan en octobre 1956. Sans compter d'autres figures marquantes de la seconde moitié du XXe siècle, le Yougoslave Stepinac, le Magyar Jozsef Mindszenty, torturé, le Tchèque Josef Beran, le Russe Josyf Slipyj… Tous des martyrs de l'Église qui inspirèrent peut-être à Angelo Roncalli, le futur Jean XXIII, ces belles et émouvantes paroles quand il fut créé cardinal : « Parmi les cardinaux, écrivit-il dans son journal ce soir-là, il y a des chenapans et des saints… Je veux être de ceux qui furent simples, humbles, amis de Dieu et passionnés par le service de l'Église. »

Qu'en est-il aujourd'hui ?

Le code de droit canonique* actuel, recueil officiel des lois dans l'Église latine, promulgué par le pape Jean-Paul II en 1983, précise qu'un cardinal est choisi parmi les prêtres de doctrine sûre, ayant toutes les qualités requises : « Les cardinaux de la Sainte Église romaine constituent un collège particulier auquel il revient de pourvoir à l'élection du pontife romain. Ils l'assistent également en agissant collégialement quand ils sont convoqués en corps pour traiter de questions de grande importance ou individuellement, à savoir par les divers offices qu'ils remplissent en apportant leur concours au pontife romain, surtout dans le soin quotidien de l'Église tout entière. »

Nous sommes donc bien loin de ces flamboyants cardinaux du XVIIe siècle qui, pour ma part, ne me font pas fantasmer, car je pense que « autres temps, autres mœurs »... Lorsque je suis invité au palais Farnèse à Rome[10] et que je me dis qu'on doit à un cardinal et futur pape, Paul III, ce majestueux et éblouissant palais du XVIe siècle construit par Sangallo le jeune, Michel-Ange et Della Porta, avec ses fresques admirables d'Annibal Carrache, cela ne me fait pas du tout rêver, bien au contraire ! Il paraît absolument incroyable qu'un cardinal ait pu avoir la fortune nécessaire pour réaliser un tel chef-d'œuvre ! Mais ne faisons pas d'anachronisme... Ces princes de l'Église, fils des meilleures familles romaines, extrêmement riches et puissantes, mangeant dans de la vaisselle de vermeil frappée de leurs armoiries, appartiennent à un passé lointain heureusement révolu. On a aussi oublié que, voici sept siècles, pendant cent ans élus à Viterbe, à Pérouse, à Naples... le tiers des papes n'avait jamais mis les pieds à Rome et que le Sacré Collège était alors divisé en factions entre les Orsini, les Gaetani, les Colonna, les Borghese... Il y avait les États pontificaux et la papauté représentait aussi un pouvoir temporel avec ses impitoyables et violentes luttes d'influence... Comment d'ailleurs de nos jours imaginer le côté grandiose qui se dégageait de ce qu'on appelait naguère la « Cour de Rome », où ces princes de l'Église, nés dans

10. Siège de l'ambassade de France auprès de la République italienne.

ces prestigieuses familles patriciennes et héritant de biens considérables, tentaient ensuite de se faire élire pape. Le Saint-Siège, au cœur de l'Europe, représentait un enjeu politique majeur et fort convoité que se disputaient âprement ces très nobles familles romaines. Bien qu'on continue par tradition et respect d'évoquer les « princes de l'Église », ce titre traduit un faste et un pouvoir qui ne correspondent maintenant plus du tout à la réalité.

Parlez-moi des Borgia...

La saga des Borgia, cette famille italienne d'origine espagnole, est fort connue car qu'y a-t-il de plus affriolant pour la chronique que la dépravation du ministère le plus sacré ? Alexandre VI, pape de 1492 à 1503, de foi, dit-on, irréprochable mais amoral, était un grand seigneur de la Renaissance, dont l'élection, acquise à prix d'or selon certains, le 11 août 1492, en a fait le souverain pontife le plus scandaleux de l'histoire de l'Église et de l'Histoire tout court. Ses enfants sont non moins tristement célèbres : son fils César, fourbe et cruel, fut pris par Machiavel comme modèle dans son livre *Le Prince*, et sa fille Lucrèce, d'une grande beauté, fut immortalisée par les peintres de l'époque. Mais cette famille ô combien sulfureuse a aussi donné saint François Borgia (1510-1572) vice-roi de Catalogne, qui, après son veuvage, entra dans la Compagnie de Jésus* dont il devint le troisième général.

Que se passerait-il aujourd'hui si on annonçait au pape qu'un cardinal a un enfant…

Le pape Benoît XVI a récemment envoyé de Rome Mgr Sarah, un Guinéen et ancien archevêque de Conakry, secrétaire de la Congrégation* pour l'Évangélisation des peuples, faire ce que l'on appelle une « visite apostolique » dans la République du Congo-Brazzaville. Après une enquête minutieuse, ce dernier a déposé ses conclusions au terme desquelles un archevêque et un évêque ont dû démissionner. Les prêtres qui n'étaient pas en cause l'ont très mal pris et ont décrété une grève… Malgré cela, pour en finir avec cette situation hybride, le Saint-Siège n'a ni calé ni cédé. J'ai lu le très sévère compte rendu de l'archevêque de Dublin, Diarmuid Martin, après l'audience qu'ils ont eue avec Benoît XVI sur les problèmes de pédophilie en Irlande. Je peux vous assurer que lorsque éclate maintenant un tel drame, ce pape, contrairement à son prédécesseur qui préférait étouffer ces affaires, fait tout ce qui est en son pouvoir pour y mettre brièvement un terme. Mais la faiblesse est humaine et si des prélats ont eu des enfants dans le passé, cela peut encore arriver… Le souverain pontife ne veut plus rester dans le non-dit comme auparavant où l'on pensait à tort qu'il fallait feindre d'ignorer le scandale, sans réaliser que c'était encore plus grave aux yeux de tous, à commencer par les fidèles. Benoît XVI, ne tolérant plus ces silences complaisants, préfère agir ouvertement.

Quelques cardinaux ont eu officiellement des enfants ?

Le célèbre Laurent de Médicis écrivait à son plus jeune fils, Jean de Médicis créé cardinal à dix-sept ans et futur pape Léon X : « Je sais qu'en allant à Rome, qui est la sentine de tous les maux, vous rencontrerez de grandes difficultés pour mener une vie sainte, exemplaire et honnête parce que les exemples entraînent et aussi parce que vous ne manquerez ni de mauvais conseillers ni de corrupteurs... Vous devrez d'autant plus faire front à ces difficultés que le Sacré Collège est en ce moment dénué de vertu. » Effectivement, le Sacré Collège comptait à l'époque des cardinaux comme Ascanio Sforza, Rodrigo Borgia le futur Alexandre VI, Lorenzo Cibo et quelques autres menant des existences plus ou moins scandaleuses qui nous transmettent une image sombre de l'Église de la Renaissance... Et le prince ajoutait : « Le monde irait mieux si les cardinaux étaient ce qu'ils doivent être, parce qu'ils nous donneraient toujours un bon pape ! », ce qui est aujourd'hui le cas !

De tout temps des hommes de caractère donc !

Certes ! J'avais, dans ma jeunesse, été fort impressionné par ma rencontre avec le cardinal Achille Liénart, l'évêque de Lille. Un personnage singulier, créé cardinal à quarante-six ans à peine par le pape Pie XI dans des conditions particulières. Il y avait eu en 1928, dans le Nord, une grève très suivie à laquelle avaient adhéré les syndicats chrétiens, mais aussi publiquement le jeune évêque alors âgé de quarante-quatre ans. Cette attitude courageuse avait entraîné la réprobation virulente de l'influent patronat chrétien qui le dénonça à Rome comme « évêque rouge »!... Ce qui incita Pie XI, un pape à la volonté intraitable, à leur répliquer : « Eh bien, puisque vous prétendez que vous avez un évêque rouge, vous l'aurez ! » Voilà comment, à la stupeur générale, le pape en fit à quarante-six ans le benjamin de ses cardinaux, record que depuis ce consistoire de 1930 personne n'a jamais battu. La Conférence des évêques de France n'existait pas encore, il y avait la digne Assemblée des cardinaux et archevêques, sans aucun pouvoir autre que moral, qui se réunissait périodiquement et dont le cardinal Liénart était la figure emblématique.

Vous avez quand même toujours vos armoiries et une église à Rome...

C'est vrai, mais c'est d'un autre ordre ! Il faut avoir présent à l'esprit que le pape crée les cardinaux, lesquels appartiennent au clergé romain qui élit l'évêque de Rome – ainsi le pape est-il, ne l'oublions pas, l'évêque de Rome ! Chaque évêque se voit attribuer lors de sa création cardinalice une église romaine dont il devient le titulaire et, de ce fait, il est donc « incardiné » dans le diocèse de Rome. Telle est la signification de ces attributions. Le pape fait toutefois une exception pour les patriarches* orientaux qui, eux, entrent dans le Sacré Collège au titre de « leur » Église, melkite, copte, syriaque, maronite... ce qui souligne la catholicité de notre Église. Quant aux armoiries, c'est une ancienne tradition, non seulement pour les cardinaux, mais aussi pour les évêques. Chacun choisit librement le symbole qu'il veut manifester. Le cardinal Pacelli, futur Pie XII, fit par exemple un jeu de mots avec son nom en prenant comme devise *Pax Coeli,* « La paix du Ciel » dont la colombe, qu'il plaça au centre de ses armoiries, est le symbole... Le cardinal Domenico Tardini, personnage plein d'humour, avait lui pris comme devise *Me festina lente,* « Presse-moi », antithèse de son patronyme. Son successeur Amleto Cicognani, dont le nom signifie cigogne, avait pour sa part choisi tout naturellement comme emblème cet oiseau échassier migrateur !

Vous avez en somme perdu votre couronne ?

Oui, si vous l'entendez de la sorte et c'est bien mieux ainsi, car l'Église n'est pas sur une île déserte, elle doit être moins du monde et plus au monde. Quand l'unité de l'Italie s'est faite en 1870 englobant les États pontificaux[11], ce fut dans le monde chrétien qui priait pour le « prisonnier du Vatican » la consternation. Or, un siècle plus tard, ce qui avait jadis été perçu comme une spoliation apparaît au contraire comme une libération providentielle ! Un cardinal n'est plus une figure princière temporelle et le titre très ancien de « prince de l'Église » n'existe plus, sauf dans un langage... désuet,

11. Venise est annexée au royaume d'Italie en 1866, suivie par Rome, en 1870, provoquant une rupture entre l'État italien et l'Église qui perdurera jusqu'aux accords du Latran en 1929.

voire démodé ! De même continue-t-on à évoquer la Congrégation de *Propaganda Fide,* alors que le pape Paul VI, à juste titre préoccupé de l'amalgame de cette appellation avec l'idée de « propagande », lui avait déjà donné le nom plus exact de « Congrégation pour l'Évangélisation des peuples ». De même, continue-t-on toujours à parler de la « Secrétairerie d'État », bien qu'il n'y ait plus d'États pontificaux et que les ambassadeurs ne soient pas accrédités auprès de l'État de la Cité du Vatican mais du Saint-Siège, qui est comme l'expression juridique de l'Église catholique à travers le monde.

Combien de cardinaux comptait jadis le Sacré Collège ?

Le 3 décembre 1586, Sixte Quint[12] avait par sa Constitution *Postquam vetus ille* fixé leur nombre à soixante-dix, qu'il comparait aux soixante-dix vieillards que Dieu avait adjoints à Moïse pour l'aider à porter le poids du gouvernement de son peuple. Une règle observée par tous ses successeurs jusqu'à Jean XXIII lequel, fort habile, changea la pratique sans modifier la loi en élevant simplement lors du consistoire du 15 décembre 1958 le nombre des cardinaux de soixante-dix à quatre-vingt-cinq. Son successeur Paul VI, par une double réforme, fixa à quatre-vingts ans l'âge limite pour l'élection du pape et à cent vingt la liste des cardinaux

12. Felice Peretti, fils de jardinier, est né à Grottamare, près d'Ancône en 1521. Entré à douze ans chez les franciscains de Montalto, ordonné prêtre en 1547, il est le deux cent vingt-septième pape de l'Église catholique sous le nom de Sixte Quint, soit Sixte V. Il donnera aux États pontificaux une forme plus moderne.

électeurs. Alors qu'en 1910 le Sacré Collège comptait quarante et un membres dont trente et un Italiens, neuf autres Européens et un seul non-Européen, en 1963, à la mort de Jean XXIII, sur quatre-vingt-deux électeurs, vingt-neuf étaient encore italiens, vingt-six autres européens et vingt-sept non-Européens. Et quinze ans plus tard, pour la première fois dans l'Histoire, Paul VI laissait un conclave dont la majorité n'était plus européenne, avec vingt-huit Italiens sur cent quatorze électeurs... En cette fin d'année 2009, le collège des cardinaux est composé de cent quatre-vingt-six cardinaux issus de soixante-sept pays, dont cent treize électeurs de moins de quatre-vingts ans : avec dix-neuf Italiens, trente-neuf autres Européens et cinquante-cinq non-Européens. Ainsi, les Italiens demeurent en nombre pratiquement inchangé, mais dans un collège qui s'est considérablement accru !

L'administration du Saint-Siège est-elle importante ?

Les services de l'État de la Cité du Vatican emploient mille sept cent soixante-quatre personnes et la Curie romaine huit cent trente-quatre, dont cent trente-quatre à la secrétairerie d'État[13]. Ce personnel international comprend douze religieuses et quarante laïcs, dont cinq femmes, qui travaillent dans les diverses sections de langues (allemande, anglaise, espagnole, portugaise, italienne, polonaise et française) qui répondent

13. Qui compte soixante-deux prêtres séculiers et vingt religieux.

notamment au volumineux courrier quotidien. Le nombre total de personnes actuellement rétribuées par l'Administration du patrimoine du Saint-Siège (l'APSA), est de mille neuf cent soixante-huit. Un chiffre étonnamment bas qui ne manque pas de surprendre les ambassadeurs lorsqu'ils arrivent ici en poste et font souvent spontanément la comparaison avec la masse de fonctionnaires de leurs pays et ceux des organismes internationaux !

Les cardinaux ont-ils aujourd'hui une autonomie absolue ?

Le propre des cardinaux est ce lien étroit avec le pape que manifestait cet antique usage de ne point quitter Rome sans son aval. Mais maintenant, quand par exemple je vais en France, je n'ai évidemment plus besoin de prévenir le pape. En revanche, surtout lorsque j'assumais la responsabilité du dialogue avec les non-croyants et que je me rendais à Moscou, à Kinshasa, à Tokyo... pour d'importantes missions, j'estimais toujours de mon devoir d'en informer le Saint-Père afin qu'il me donne d'éventuelles directives. Jeune prêtre à la Secrétairerie d'État, je rédigeais naguère de protocolaires lettres de réponses à de respectables Éminences qui demandaient à Sa Sainteté la permission d'aller présider une cérémonie hors de Rome... Imaginez que de nos jours chaque cardinal agisse de la sorte, cela obligerait le Vatican à avoir un bataillon de petites mains pour leur répondre !

A-t-on plus de pouvoir à Rome que dans son propre pays ?

Je n'aime guère vous entendre prononcer le mot « pouvoir », nous pourrions parler plus justement d'« influence ». Prenez l'exemple du cardinal archevêque de Paris. De par sa fonction il est un personnage officiel, ce qu'il dit et décide a donc un tout autre écho que ce qui serait prononcé ou fait par d'autres personnalités. Là est sa forme de « pouvoir ». Le cardinal André Vingt-Trois n'a pas le profil de Jean-Marie Lustiger, le pape actuel ne ressemble pas lui non plus au pape polonais… mais au-delà du charisme personnel, qui confère plus ou moins d'aura, la figure institutionnelle avec l'autorité morale qui en découle demeure.

Un cardinal se déplace-t-il encore avec solennité ?

La première fois que je suis arrivé à la basilique Saint-Pierre vêtu de ma belle soutane rouge écarlate au volant de ma petite Peugeot, j'ai suscité quelques réactions étonnées… au sens fort du terme… Mon apparition a surpris certains de mes confrères qui ont même désapprouvé cette audace. J'ai donc rétorqué à celui qui me faisait une remarque acerbe : « Mon cher, je ne sais pas comment vous faites, mais pour ma part avec ce que m'alloue le Vatican, je suis incapable de m'offrir un chauffeur, si vous avez la recette, donnez-la-moi et je la suivrai volontiers !… » J'étais le premier… D'autres m'ont ensuite imité !

Disposez-vous d'une enveloppe pour les voyages ?

Je n'ai aucun frais de représentation, alors quand on me sollicite pour un congrès ou une cérémonie religieuse, mes hôtes savent qu'ils doivent m'offrir le billet d'avion, sinon je ne me déplace pas ! Et quand un évêque m'invite, je lui réponds par l'affirmative en lui indiquant les vols que je pourrais prendre, tout en lui précisant que je demeure dans l'attente du billet électronique qu'il voudra bien m'envoyer... Si ledit billet n'arrive pas, je n'y vais pas car je ne dispose pas des moyens personnels qui me permettent de parcourir le vaste monde !

Avez-vous du personnel ?

C'est plutôt compliqué quand vous n'avez pas d'argent ! Vous vous tournez d'abord vers les congrégations religieuses françaises, mais, après avoir essuyé cinq ou six refus polis, ce qui a été mon cas, vous comprenez que ce n'est pas la peine d'insister. Aussi, en raison de la chute verticale des vocations religieuses en France et de mes moyens modestes, je me suis tourné vers le Mexique. J'ai donc « au pair », c'est-à-dire nourries, logées et qui tiennent la maison, quatre carmélites apostoliques mexicaines, dont deux font leurs études de philosophie et de théologie, et je mesure ma chance ! Voici quelques semaines, me rendant au Vatican pour une réunion de cardinaux, arrivant en voiture dans la cour Saint-Damase, j'avais devant moi une automobile conduite par une religieuse « chauffeur » et sans doute aussi « cuisinière » qui venait déposer l'un de mes confrères ! Ce qui est drôle, c'est que moi je fais l'inverse : j'arrive au volant avec les religieuses dans ma Peugeot noire... Je peux vous certifier que je suis bien le seul ! *[Il rit.]*

Il n'y aurait donc plus de cardinaux fortunés !

Le dernier cardinal riche connu était l'Américain Francis Spellman. Cardinal aviateur, il était l'évêque ordinaire aux armées et avait son propre avion. Célèbre, majestueux, autoritaire, c'était un manager en clergyman. En 1937, il avait été dans son appareil de Rome à Paris pour consigner personnellement à l'United Press International[14] la copie de l'encyclique* de Pie XI *Mit brennender Sorge* contre le racisme et la persécution religieuse en Allemagne nazie. Il avait aussi piloté le cardinal secrétaire d'État Eugenio Pacelli et futur pape Pie XII, dont il était proche, aux États-Unis. Sincèrement je ne vois plus de nos jours de cardinaux fortunés... Et si nous ne faisons pas vœu de pauvreté, nous la pratiquons, en particulier les cardinaux du clergé séculier*, alors que ceux issus d'un ordre religieux disposent généralement d'un assistant... À l'époque où j'étais aumônier de l'Institut Saint-Dominique, via Cassia, le cardinal Paul Philippe, dominicain, arrivait toujours avec son secrétaire et lorsque le cardinal Carlo Maria Martini, jésuite, a quitté Milan pour Jérusalem, son secrétaire l'a accompagné ; le cardinal

14. La première agence internationale de presse créée par les Américains en 1909.

Béa, jésuite lui aussi, avait un secrétaire jésuite... À cet égard, nous sommes les plus mal lotis, surtout en comparaison des Allemands ! Dans ma jeunesse, à la Secrétairerie d'État, mon collègue de la section allemande me disait avec son fort accent germanique : « Mon cher, ce qu'on te donne au Vatican te permet-il de boire une bière ? » Il me racontait ça avec beaucoup de sérieux en conduisant sa Porsche, de Rome à Ostie, sans se rendre compte qu'il aurait pu m'offenser, mais c'était inutile que je le lui fasse remarquer, il aurait été incapable de le comprendre ! Je ne suis certes pas de ceux qui pleurent mais, dans certains cas, on est en dessous du minimum ! Quand, venant de Paris, j'ai été nommé à Rome, désirant me rendre compte des conditions de rémunération de mes collaborateurs, j'ai eu la surprise de découvrir que l'appariteur du dicastère*, certes marié et père de deux enfants, avait un traitement qui, tout en étant modeste, était toutefois supérieur au mien. J'étais ravi pour lui, mais ce n'était pas gérable, car il fallait que je me déplace, que je reçoive, que je dispose d'un appartement... De la Renaissance au XXIe siècle, on est vraiment passé d'un extrême à l'autre ! Heureusement l'Angevin que je suis a alors bénéficié du concours désintéressé de ses compatriotes, les Sœurs angevines de la Providence de la Pommeraye, ma Providence à moi !

L'Église a-t-elle toujours en Italie un certain poids ?

L'Italie a une autre histoire que la nôtre et de ce fait, les télévisions, radios et journaux de la Péninsule suivent attentivement le pape, avec une page quasi quotidienne sur le Vatican dans *Il Corriere della Sera, La Repubblica, La Stampa*..., dans presque tous les grands journaux, ainsi qu'une chronique vaticane chaque semaine dans les principaux hebdomadaires... Ici, le souverain pontife apparaît comme l'homme de référence, la personnalité « incontournable » avec laquelle les chefs d'État du monde entier rêvent d'être photographiés. Moins d'un an après son élection à la Maison Blanche, le président Barack Obama et son épouse Michelle, notamment, n'ont pas manqué en juillet dernier d'aller à Rome rendre visite à Benoît XVI... Et quand Sa Sainteté reçoit les lettres de créances d'un nouvel ambassadeur, il se prononce inévitablement sur un certain nombre de sujets d'actualité que les journalistes italiens interprètent en fonction de leur politique intérieure... Ce qui ne viendrait jamais à l'esprit de vos collègues français !

Quels sont les cardinaux vraiment proches du pape ?

Institutionnellement, le cardinal tout proche du pape et son plus étroit collaborateur est son cardinal secrétaire d'État, soit le personnage clé du Vatican, car il est en quelque sorte à la fois le chef du gouvernement, le Premier ministre et le ministre des Affaires étrangères. Celui avec lequel il prend toutes les décisions et en fait part aux cardinaux résidant à Rome. J'ai par exemple reçu il y a quelque temps une lettre signée par le cardinal secrétaire d'État, Tarcisio Bertone, m'informant que le Saint-Père avait nommé l'ancien nonce* apostolique en France, Mgr Fortunato Baldelli, Grand Pénitencier* de la Sainte Église romaine, c'est-à-dire magistrat préposé aux affaires de conscience... Tout émane du palais apostolique qui s'étend sur trois étages : au troisième se trouve l'appartement privé de Benoît XVI, au deuxième, l'appartement où Sa Sainteté reçoit ses hôtes officiels et au premier étage, celui du cardinal secrétaire d'État, qui peut ainsi faire de discrètes et nombreuses allées et venues, ignorées de tous, entre ses quartiers et ceux du pape. Sous le cardinal secrétaire d'État, sont hiérarchiquement tous les cardinaux « chefs de dicastère », c'est-à-dire à la tête des congrégations, des conseils et des tribunaux. Parmi eux, deux privilégiés ont une audience hebdomadaire régulière avec le pape, le préfet de la Congrégation pour la Doctrine de la foi*[15] – actuellement le cardinal américain William Joseph Levada – et le préfet de la Congrégation des Évêques, le cardinal Giovanni Battista Re, lequel présente au pape les propositions de nominations épiscopales pour les diocèses de sa juridiction. Vient ensuite le cardinal à la tête de la Congrégation pour l'Évangélisation des peuples, l'Indien Ivan Dias[16],

---

15. Mission qui fut celle de Joseph Ratzinger pendant un quart de siècle auprès de Jean-Paul II.
16. Le cardinal William Joseph Levada, ancien archevêque de San Francisco, est maintenant le président de la Commission théologique internationale et président de la Commission pontificale biblique ; le cardinal Giovanni Battista Re est aussi président de la Commission pontificale pour l'Amérique latine ; enfin le cardinal Ivan Dias, ancien archevêque de Bombay, est également membre, entre autres, de la Congrégation pour la Doctrine de la foi, de la Congrégation pour l'Éducation catholique et de la Commission pontificale pour l'Amérique latine.

congrégation à laquelle j'appartiens aussi depuis vingt-cinq ans. Nous nous réunissons toutes les trois semaines et préparons les nominations des vicaires apostoliques et ds évêques pour un peu plus d'un millier de circonscriptions, c'est-à-dire toute l'Afrique, l'Asie, et une partie de l'Amérique latine. Le cardinal Dias demande ensuite audience au pape afin de lui présenter le résultat de nos travaux. Ce sont donc, en dehors du cardinal secrétaire d'État, les trois personnages qui rencontrent le pape de façon régulière. Les autres cardinaux sont reçus « à la demande », une petite demi-heure, parfois plus, selon le dossier à traiter. Des échanges toujours empreints d'une grande cordialité où la conversation s'engage librement, sans contrainte ni cérémonial.

S'exprime-t-on encore latin au Vatican ?

Assis un soir à l'ambassade de France à la droite d'un archevêque d'Europe centrale qui ne parlait ni français ni anglais ni allemand ni espagnol ni italien, mais uniquement et remarquablement latin, j'avoue que je suis resté coi, car, contrairement à lui, j'étais incapable de tenir une conversation dans cette langue morte. Mes souvenirs d'études me permettaient de le comprendre, mais sûrement pas de lui répondre ! Cela m'est arrivé aussi à Riga en Lettonie, avec le cardinal archevêque Janis Pujats, qui converse également avec aisance en latin. Des exceptions, car de nos jours une majorité d'entre nous n'est plus capable d'un tel exploit !

Les habits, la pompe cardinalice, est-ce plaisant ?

Aujourd'hui à Rome comme à Paris, un cardinal est généralement en clergyman ! Dire qu'il me soit agréable d'aller à Saint-Pierre vêtu de ma soutane rouge, avec rochet et mozette en plein été, avec l'insoutenable chaleur romaine, serait notoirement exagéré... mais c'est la tradition et je dois porter ces habits liturgiques en me réjouissant que la *capa magna*, une traîne bordée d'hermine de plusieurs mètres de long que les cardinaux portaient il y a un demi-siècle encore, ait été supprimée ! Cela avait déjà été une mini révolution lorsque Pie XII l'avait fait raccourcir de moitié ! À ce sujet, quand Angelo Roncalli fut intronisé patriarche de Venise[17], il arriva fièrement paré de ses plus beaux atours dans sa gondole majestueusement escortée par cinq autres embarcations... Un spectacle impressionnant et magnifique mais de courte durée, car l'irréparable se produisit... Une compagnie de mouettes passa au-dessus du cortège et souilla les élégants vêtements du cardinal ! L'entourage fut consterné, fort embarrassé... et le cardinal tout souriant de s'exclamer : « Oh, la bonne Providence qui a fait que les vaches ne volent pas !... » *[Il rit.]* Paul VI continua en 1967 à simplifier nos habits solennels, éliminant autant les cordons et galons rouge et or du chapeau ainsi que les passementeries de fil d'or des manteaux écarlates... Par ailleurs, la soutane et la mozette, naguère en épaisse moire, ont été remplacées par de la laine. On prétend qu'ici rien ne change, or

17. Angelo Roncalli a été intronisé patriarche de Venise en 1953.

même si le temps du Vatican est plus lent, les choses évoluent malgré tout... Ainsi, n'y a-t-il plus d'éloge funèbre des cardinaux, mais une simple homélie, comme pour tout fidèle défunt...

Le temps au Vatican est-il si différent ?

Il y a effectivement un décalage qui peut être négativement perçu comme lors des affaires qui ont agité les médias ces derniers mois. Le temps avec lequel le Vatican réagit n'est pas celui médiatique et cette distorsion a parfois malheureusement entraîné de fâcheuses conséquences. Les enjeux du gouvernement de l'Église ne sont pas les mêmes que dans un gouvernement. Ici, on ne panique pas et il n'y a pas de bouleversement immédiat auquel il faille remédier dans la précipitation. Nous sommes dans la « longue durée ». Un ministre de la République avec qui je déjeunais à Rome s'émerveillait un jour de penser que quand un pape meurt, le nouveau pape puisse garder le cardinal secrétaire d'État de son prédécesseur et tous ses ministres ! Avec une conscience aiguë de sa fragilité ministérielle, cela avait absolument fasciné mon hôte !

Vous portez un anneau et une croix pectorale historiques !

Commençons par la croix, c'est celle du cardinal Eugène Tisserant qui me fut remise lors de mon ordination épiscopale à Saint-Germain-des-Prés par ses héritiers, qui m'aimaient bien... Quant à mon anneau, il appartenait au cardinal Alfred Baudrillart[18]. Lorsque je suis arrivé comme recteur à l'Institut catholique, on m'a alloué l'appartement de fonction où, dans la chambre à coucher, se trouvait un coffre-fort. J'ai donc demandé ce qu'il y avait à l'intérieur. « Rien ! » m'a-t-on répondu, car personne ne savait plus où se trouvait la clé. Issu d'une famille de vignerons angevins, n'ayant jamais possédé de coffre-fort, je savais que je ne réussirais pas à dormir tant qu'on ne l'aurait pas ouvert… Les diligentes secrétaires retrouvèrent enfin la fameuse clé et l'ouvrirent. Je constatai *de visu* qu'il n'y avait effectivement rien dans le coffre, sauf une enveloppe minuscule qui contenait ce précieux objet et un simple mot d'identification : « Cet anneau orné d'une aigue-marine d'un bleu intense était celui du recteur cardinal Baudrillart, et l'Institut catholique l'avait légué à sa mort au cardinal Grente[19] en remerciement de l'éloge funèbre qu'il avait prononcé. » Ce dernier le légua à son tour à l'Institut catholique en le priant d'en faire don au premier recteur qui deviendrait évêque. En ce lointain janvier 1971, je refermai l'enveloppe… et je l'oubliai. Lorsque dix années plus tard je devins évêque, cherchant à me procurer un anneau épiscopal, ma secrétaire me rappela que j'en avais déjà un qui m'attendait ! Comme vous le voyez, à Rome le temps est galant homme !

18. Alfred Baudrillart, né et mort à Paris (1859-1942), écrivain, membre de l'Académie française, commandeur de la Légion d'honneur, recteur de l'Institut catholique de 1907 à 1933, il fut créé cardinal par Pie XI en 1935.
19. Son Éminence Georges Grente (1872-1959) était archevêque du Mans, historien et académicien.

Un cardinal est-il un homme heureux ?

Jusqu'ici, le cardinal que je suis est un homme serein ! Nous sommes comme le commun des mortels… Certains rayonnent, d'autres moins… J'ai rencontré récemment des confrères qui avaient presque l'air surpris de me voir heureux… Chacun a sa nature, cardinal ou pas !

II

UN NOUVEAU STYLE
DE PRINCES DE L'ÉGLISE

Philippe Barbarin, primat des Gaules, symbolise la nouvelle génération de cardinaux français

Lorsque Philippe Barbarin est arrivé en juillet 2002 dans la capitale des Gaules, il a immédiatement pris les Lyonnais à contre-courant en se faisant l'ardent défenseur des sans-papiers qui occupaient une église. Un geste spontané qui a mis en émoi la bourgeoisie, épaté les hommes politiques de la région peu habitués à ce qu'un archevêque soit aussi réactif et moins prudent qu'eux, et inquiété le reste de ses nouvelles ouailles... C'était sa manière franche, conforme à sa nature généreuse et aussi provocatrice de se faire respecter sans attendre.

L'apôtre d'un catholicisme moderne, ouvert sur le monde, il voulait réveiller ce diocèse à ses yeux pieusement endormi depuis le traumatisme qu'avaient engendré les disparitions rapides des cardinaux Balland et Billé emportés par un cancer entre 1998 et 2002. Loin de la pompe cardinalice et délesté de son anneau qu'il ne porte qu'à Rome, le primat des Gaules a donc imposé son style, très aimable, direct, efficace et frondeur. Tel son modèle feu le cardinal Lustiger, il rassemble, rencontre la communauté de Sant'Egidio* et l'antenne lyonnaise des Sœurs de la Charité… écrit des livres[1], édite un magazine de l'actualité diocésaine où il signe un éditorial mensuel… et parcourt dès le matin son diocèse, le plus étendu de France[2] dans sa Mégane gris anthracite. Meetings religieux, rencontre hebdomadaire dans la cathédrale de Fourvière, tables rondes, réunions de paroissiens, distribution gratuite de milliers de bibles de poche, visites aux prisonniers, aux sans-domicile fixe, au monde médical… Il a aussi de respectueux échanges avec les représentants des confessions juive et musulmane à l'occasion de leurs fêtes, et lors des vœux officiels de Nouvel an à l'archevêché, où le « Tout Lyon » se précipite, il préfère offrir un buffet que de célébrer la messe. Son Éminence a d'instinct compris que pour faire passer son message pastoral, il faut de nos jours d'abord séduire au lieu d'entrer dans la litanie de la désolation sur l'hémorragie du clergé ou la crise de l'Église !

Sportif, nerveux, la démarche assurée, Philippe Barbarin avance avec fougue et rigueur, comme si le temps lui était compté. Secrètement marqué par cette étrange fatalité qui a fait mourir en si peu de temps ses deux prédécesseurs il préfère habiter chez des religieuses et non à l'archevêché. Choc des cultures, ce prélat moderne, créé cardinal le 21 octobre 2003 par Jean-Paul II, a senti ce jour-là le poids de vingt siècles

1. Il a écrit déjà une dizaine de livres dont un avec le philosophe Luc Ferry et l'autre avec le grand rabbin Gilles Bernheim.
2. Qui englobe la mégapole, la banlieue et, en plus du département du Rhône, une partie de la Loire autour de Roanne.

d'Histoire sur ses frêles épaules. Quoi de plus imposant en effet, pour le digne héritier des cardinaux Gerlier et Villot, que ce titre de primat des Gaules ? Souvenir d'une époque romaine où Lyon était la première cité évangélisée du pays. Membre atypique de la Curie romaine, il préfère au Vatican revêtir la soutane noire filetée de rouge et l'épaisse ceinture de moire de même couleur que la grande tenue de cérémonie écarlate.

Né à Rabat, au Maroc, le futur prélat grandit dans un milieu très pratiquant. Il est le cinquième de onze enfants, cinq garçons et six filles, dont trois autres se consacreront également à Dieu. Le père est militaire, la mère élève sa nombreuse famille au gré des garnisons. En mai 1968, l'année chahutée de son bac, le jeune Philippe, alors à Paris, affirme déjà son caractère et ses convictions en plaidant avec l'un de ses frères pour que leur établissement religieux des Francs-Bourgeois, dans le Marais, dirigé par les frères des écoles chrétiennes, ne ferme pas. Séminariste et étudiant à la Sorbonne puis à l'Institut catholique, après deux maîtrises l'une de philosophie, l'autre de théologie, il devient diacre à Nogent-sur-Marne. Philippe Barbarin est ordonné prêtre à Alfortville en 1977 pour le diocèse de Créteil. Vicaire et aumônier de lycée à Vincennes, puis à Saint-Maur, curé à Boissy-Saint-Léger, il s'envole ensuite pour Madagascar où il apprend la langue, découvre les crocodiles et manque même d'être croqué par l'un d'eux lors d'une baignade… Il remercie alors le Seigneur d'avoir vu la mort de près, ce qui l'incite à méditer davantage encore sur le sens de son existence. Il enseigne la théologie au grand séminaire de Fianarantsoa. Une expérience pastorale de quatre années. À son retour, Philippe Barbarin est nommé curé de Bry-sur-Marne, avant de devenir, à quarante-huit ans, le plus jeune évêque de France dans le petit diocèse de Moulins, et cardinal archevêque de Lyon quatre ans après. Il appartient à plusieurs congrégations romaines : celle pour le Culte divin et la discipline des sacrements, celle pour les Instituts de vie consacrée et les sociétés de vie apostolique*... En France, il est aussi membre de la commission doctrinale de la Conférence épiscopale et chancelier de l'Université catholique de Lyon.

Le secret de cette si rapide ascension est une réelle piété doublée d'une organisation et d'une communication sans faille. Sans compter son énergie étonnante en dépit d'un cancer de la prostate aujourd'hui guéri. Visionnaire et intuitif à la fois, avec ses formules chocs et limpides, l'enthousiaste archevêque sait s'adresser à la sévère classe dirigeante lyonnaise tout comme aux populaires habitants des Minguettes ! Est-il ambitieux ? Rêve-t-il à cinquante-neuf ans de devenir un influent ministre de Benoît XVI ? Il préfère détourner la conversation et parler de Tintin, son héros de bandes dessinées, insister sur sa passionnante mission sur les bords du Rhône plutôt que de répondre. Ce mystique actif sait bien, comme il l'explique avec beaucoup de lucidité, « qu'il vit quotidiennement sous le regard du Seigneur, que les relations, les honneurs et le reste, passent. Mais le péché, lui, s'infiltre partout ! », soupire-t-il. Sa force intérieure lui vient d'une éducation chaleureuse au sein d'une famille unie. Oncle de trente-six neveux et nièces, il les voit régulièrement ainsi que sa mère, âgée de quatre-vingts ans... Du recul ? Il en prend en se recueillant chaque matin dans sa chapelle privée avec quelques-uns de ses collaborateurs, évêques auxiliaires, secrétaires... Le soir, amateur « astronome » observe les étoiles en songeant parfois à *L'Étoile mystérieuse* ou à *On a marché sur la Lune*... Car ce « tintinologue » distingué a en effet rassemblé quantité de souvenirs sur le petit reporter d'Hergé... c'est son jardin secret !

Un archevêque d'une profonde humilité qui n'oublie jamais que Jean-Paul II lui avait recommandé en le créant cardinal à cinquante-deux ans : « N'allez pas mourir d'un cancer comme vos prédécesseurs ! » S'il a obéi, il n'a toutefois pas encore réussi à « donner du temps au temps »...

Le cardinal Philippe Barbarin

Éminence, vous êtes né dans une famille atypique !

Si vous voulez insinuer qu'une fratrie de onze enfants, dont quatre sont consacrés à Dieu, a quelque chose d'« atypique », je crois que beaucoup seront d'accord avec vous ! N'oubliez pas les couples de mes frères et sœurs, avec les trente-six neveux et nièces, dont l'aîné est prêtre depuis bientôt cinq ans… et la génération suivante qui s'élargit chaque année. Deux de mes sœurs sont des religieuses contemplatives et une autre est laïque consacrée, en mission au Congo depuis près de trente ans. Tout cela, nous le devons à la grâce du Seigneur et à des parents exceptionnels. Ils ont eu une énergie peu commune, une foi inébranlable en la Providence, et la chance de réussir à la fois leur vie familiale, professionnelle et sociale. Notre maison était très ouverte et accueillante, ils veillaient sur tout pour leurs enfants, la santé, les études… mais nous avons toujours su que, pour eux, l'essentiel était la foi, la fidélité au Christ et à l'Église.

Mon père, jeune officier durant la Seconde Guerre mondiale, a travaillé ensuite aux mines du Maroc. Nous sommes presque tous nés à Rabat, où notre maman avait elle-même vu le jour. Nous vivions en proximité avec les musulmans, que nous voyions chaque jour prier, parfois en pleine ville, sur un trottoir. Un de mes plus beaux souvenirs d'enfance fut le retour des cendres du maréchal Lyautey* en France. J'étais en septième, le CM2 de l'époque, et j'avais eu un jour de congé. Une foule considérable s'était rassemblée près de la gare de Rabat pour rendre hommage à cette grande figure aimée de tous. L'année suivante, ce fut encore plus impressionnant : pendant plusieurs jours, la ville a été envahie par des foules venues de tout le Maroc pour la mort du roi Mohammed V.

Vous portez le titre prestigieux de primat des Gaules.

C'est un titre hérité de l'Histoire. Mais j'ai surtout conscience d'être un pauvre pécheur, comme on le dit cinquante fois en récitant le chapelet ! Je revenais à peine de Madagascar, et j'étais curé depuis un mois en banlieue parisienne, lorsqu'on m'a nommé évêque de Moulins. Moins de quatre ans plus tard, l'archevêque de Lyon, le cardinal Louis-Marie Billé, est mort après avoir succédé à Jean Balland, lui-même décédé prématurément. Le diocèse de Lyon a vu disparaître trois cardinaux en moins de huit ans[1]. Devant cette fatalité, Jean-Paul II a voulu trouver un archevêque encore jeune qui puisse porter dans la durée d'importants dossiers

---

1. Albert Decourtray, cardinal du 25 mai 1985 au 16 septembre 1994, Jean Balland, du 21 février au 1er mars 1998, et Louis-Marie Billé, du 21 février 2001 au 12 mars 2002.

restés en souffrance, et redonner confiance et élan à notre diocèse. C'est donc par un accident de l'Histoire que je suis arrivé ici et, si j'ai hérité de ce titre, c'est parce que saint Pothin fut le premier évêque dans notre pays, au milieu du IIe siècle. Je suis le cent trente-cinquième évêque de Lyon, et dix-sept de mes prédécesseurs ont été canonisés ! Mais ce qui m'impressionne le plus, c'est d'être le successeur de saint Irénée*.

Quel est votre rôle ?

D'abord, je suis l'évêque du diocèse de Lyon ; ma mission est d'enseigner la foi, de célébrer la liturgie et toujours, de servir. J'essaie d'être en contact fraternel avec les prêtres et les diacres, d'aller dans les paroisses, les communautés, les écoles, les hôpitaux ou les prisons, pour rencontrer les fidèles, les écouter et les encourager… Jésus a dit : « Je suis le Bon Pasteur, le Bon Pasteur connaît ses brebis et ses brebis le connaissent. » J'aime infiniment cette présence constante et si variée, auprès des familles, des enfants et des malades, des étudiants ou des jeunes qui préparent leur confirmation, et de tous ceux qui servent la communauté. Veiller à ce que chacun dispose de l'« équipement » dont il a besoin, comme l'a dit saint Paul, pour avancer et pour accomplir sa mission de chrétien dans ses lieux d'engagement. Tous les vendredis, je reste disponible dans la cathédrale, pendant une heure, pour accueillir ceux qui souhaitent me rencontrer, avant la messe de dix-neuf heures.

Les cardinaux sont-ils des personnages de pouvoir ?

Nous avons de grandes responsabilités et, tel Jacob, j'ai tendance à dire à Dieu : « Je suis trop petit pour ta grâce. » Il faut rester lucide, le péché s'infiltre partout, et dès qu'il y a du pouvoir, malheureusement, la vanité et parfois l'orgueil ou la volonté de puissance apparaissent. Mais on peut espérer que nous essayions de garder d'abord des cœurs de serviteurs, conformément à l'exemple que Jésus nous a donné en lavant les pieds de ses disciples. Au Saint-Siège comme ailleurs, on rencontre des personnalités marquantes et d'autres plus ordinaires, voire décevantes. Pourquoi le Sacré Collège échapperait-il à cette règle commune de l'humanité ? J'admire plusieurs cardinaux, des hommes remarquables, intellectuellement et spirituellement.

Voyez-vous déjà se dessiner le profil du prochain pape ?

L'élection et l'arrivée d'un nouveau pape ont quelque chose d'imprévisible et de mystérieux. Prenons l'exemple de Pie XII : il avait des qualités tellement exceptionnelles que, lorsqu'il est mort, on a entendu dire : « Mais qui donc pourrait lui succéder ? » Et l'on a trouvé ce « bonhomme de Jean XXIII », un enfant de la campagne, élevé dans une famille pauvre, près de Bergame. Avec son embonpoint et son extraordinaire bonté, agissant avec la plus grande simplicité pour renouveler l'Église, il fut un vrai semeur de joie. Après lui, a été élu Paul VI, issu de l'intelligentsia lombarde, un homme d'une très grande culture, habitué du travail au Vatican. Je mentionne seulement Jean-Paul Ier, disparu prématurément, pour en venir à Jean-Paul II, qui fut vraiment un pape exceptionnel, « hors normes ». Dans son encyclique sur l'Unité des chrétiens, il a demandé qu'on l'aide à redéfinir le rôle de Pierre et de son successeur, au sein de l'Église. « Il se peut que j'exerce mal ma fonction, semblait-il dire. Peut-être faudrait-il que vous me repreniez dans la façon dont je procède, c'est pourquoi je souhaite vous demander votre avis… » Il interrogeait non seulement les catholiques, mais aussi les frères séparés : protestants, orthodoxes ou Arméniens… Quant à Benoît XVI, tout le monde le connaissait, mais personne n'avait imaginé que le préfet de la Congrégation pour la Doctrine de la foi deviendrait l'évêque de Rome… Ces exemples de souverains pontifes si différents, et de surcroît non italiens pour les deux derniers, démontrent qu'il ne suffit pas d'additionner de grandes qualités pour recevoir cette charge. Cela est plus subtil et imprévisible ! C'est pourquoi je pense, raisonnablement, que personne ne peut dessiner le « portrait-robot » du futur pape.

En parlez-vous entre vous ?

Pas vraiment ! Je vous avoue n'avoir encore jamais évoqué ce sujet avec aucun d'entre eux, ce qui est d'ailleurs assez étonnant ! On trouve des cardinaux remarquables pas seulement en Europe, mais aussi en Afrique, en Asie ou en Amérique… des personnages qui ont une réelle dimension internationale.

Faut-il vraiment vous mettre à la retraite à quatre-vingts ans ?

Cela peut en effet paraître étrange, surtout avec un pape qui a presque quatre-vingt-trois ans, et je sais que d'aucuns ont du mal à accepter cette règle. Après avoir acquis une longue expérience et une bonne connaissance du Vatican, ils n'ont plus le droit de participer à l'élection. Le cardinal Etchegaray, par exemple, et bien d'autres connaissent mille fois mieux le Saint-Siège que moi. C'est pourquoi, dans la période préparatoire au dernier conclave, j'ai consacré du temps pour les rencontrer et pour les écouter. C'est Paul VI qui a pris cette décision, mais elle est évidemment modifiable !...

L'Église est-elle en phase avec le monde actuel ?

Elle est toujours en décalage avec la société, ce n'est pas nouveau. La parole de Dieu nous enseigne, nous éclaire et en même temps nous corrige. Elle peut illuminer une vie ou déclencher de vives réactions. Quand on voit Jésus chasser les vendeurs du Temple, en disant : « Enlevez tout cela d'ici ! », on comprend bien qu'il voudrait aussi faire le ménage dans son Église et en chacun de nous. Que de fois il nous fait comprendre que l'argent peut rendre fou, et nous en avons eu des preuves récemment. Il faut garder en mémoire trois lieux d'engagement majeur dans notre vie : la sexualité, le pouvoir et l'argent. Tous les trois sont de grands biens, nécessaires à notre vie et source de réelles joies, mais il ne faut pas perdre de vue qu'ils peuvent devenir dangereux, et l'Histoire montre à quelles dérives ils peuvent donner lieu.

L'Église doit-elle être pauvre ?

Oui, c'est une recommandation importante de Jésus. Et quand elle a de l'argent, elle doit se montrer généreuse. Prenons l'exemple de l'Italie, où l'Église a beaucoup plus de moyens qu'en France. Elle donne au monde entier en construisant des hôpitaux, des écoles… Lorsque j'étais prêtre à Madagascar, j'ai mesuré combien les « huit pour mille » prélevés sur l'impôt en Italie étaient une chance pour la mission dans les pays pauvres[2] ! En France, à l'inverse, l'Église ne vit que des dons des fidèles[3]. Dans le diocèse de Lyon, par exemple, en plus des prêtres et des laïcs en mission ecclésiale, nous avons une vingtaine de séminaristes, dont la formation ne dépend aussi que de la générosité des catholiques. Nous construisons un séminaire près de Fourvière et une église à Vaulx-en-Velin, ville de banlieue qui a fait parler d'elle. Ces deux projets ambitieux soulèvent un véritable enthousiasme et, pour les réaliser, nous faisons appel à l'aide de tous. Nous ne voulons surtout pas d'un édifice au rabais, il

2. En Italie, l'impôt prévoit un prélèvement à la base de huit pour mille sur l'impôt pour le culte, selon l'appartenance religieuse de chacun. Il existe des systèmes différents d'aides de l'État en Allemagne, en Belgique, en Espagne ou en Autriche…
3. Le salaire d'un prêtre en France tourne autour de neuf cents euros, et il est logé en principe par le diocèse. Celui du primat des Gaules ou des évêques est le même que celui de tous les prêtres.

faut une église sobre et belle, dont les gens seront fiers. Savez-vous qu'actuellement on compte huit cents séminaristes en France ? Si les catholiques veulent que, dans dix ans, quelqu'un puisse baptiser leurs enfants ou les marier, célébrer la messe dans leur paroisse ou leur donner le sacrement du pardon, il faut que ces jeunes soient formés dans les meilleures conditions. Ils ont droit à un enseignement de qualité. À Lyon, trente-huit mille personnes de tous les milieux participent au denier de l'Église*, et le don moyen annuel par personne est de plus de deux cents euros[4] !

Quel est le pays d'Europe aujourd'hui le plus laïcisé ?

Je ne connais pas toute l'Europe, mais mes amis allemands me racontent que la partie est de l'Allemagne et la République tchèque se sont énormément éloignées de la foi. La division entre Allemagne de l'Ouest et l'est de l'ancien rideau de fer demeure encore sous certains aspects. Je crois que les pays scandinaves sont aussi très laïcisés. Quant aux Espagnols, pour lesquels j'ai beaucoup d'affection et dont l'Histoire est parfois violente, ils vivent un beau renouveau de l'Église catholique. Mais l'Espagne reste le pays des contrastes : si les Cortes ont voté la loi pour le mariage des homosexuels, à Madrid on ordonne plus de vingt prêtres par an, ce dont peu de diocèses en Europe peuvent se vanter ! Et lors du rassemblement pour la famille en

4. *Cf.* Glossaire : Financement de l'Église.

décembre 2008 à Madrid, on a vu deux millions de personnes dans la rue !

Homme de dialogue, vous aimez rencontrer les scientifiques, les chefs d'entreprise, les philosophes... Vous avez vous-même reçu en mars 2009 des militants homosexuels, venus manifester devant Fourvière contre les propos du pape au sujet du préservatif...

Toute personne poussant un cri exprime en général une souffrance et mérite donc d'être écoutée. Cette rencontre que vous évoquez, ce long temps de dialogue, nous a « déplacés » et a changé notre regard. S'entretenir avec des représentants de la culture contemporaine, des sciences, de la philosophie ou de la politique est la suite logique de l'élan nouveau donné par le concile Vatican II à l'œcuménisme et au dialogue interreligieux. Dans ces courants de pensée, même extérieurs aux religions, Dieu parle et agit, comme dans le cœur de tous ses enfants. Que le Christ soit « la voie, la vérité et la vie » ne signifie pas qu'il n'y aurait rien à recevoir de ceux qui ne partagent pas notre foi. Car, la Bible le dit souvent, « Dieu ne fait pas la différence entre les hommes », et l'Esprit Saint est partout à l'œuvre.

Combien avez-vous ordonné de prêtres en 2008 ?

Trois seulement, et depuis que je suis à Lyon, je n'ai jamais dépassé le chiffre de six par an... Alors vivement que je sois archevêque de Madrid! Nous devons absolument réagir, mais ce réveil ne peut se faire que sur une quinzaine d'années au minimum, car il faut beaucoup de temps pour redonner confiance, susciter des vocations chez les jeunes, renouveler leur formation... À Paris, on ordonne chaque année davantage de prêtres, mais la capitale a toujours attiré[5] car, en France, « c'est Paris ou rien », comme on dit! Ensuite, il faut mentionner le rayonnement particulier du cardinal Lustiger qui a œuvré avec une indomptable énergie pour son diocèse pendant un quart de siècle, avec le succès que l'on sait! Dans notre région, nous ne sommes pas loin du sanctuaire et de la figure légendaire du curé d'Ars, ce qui devrait créer une certaine stimulation! Quand on prend conscience qu'en France il n'y a pas un diocèse qui ordonne plus de dix prêtres par an, soit cent ordinations sur tout le territoire[6], on ne peut qu'implorer Dieu de réveiller les catholiques français. Il faut continuer à lancer le grand cri de Jean-Paul II, directement tiré de l'Évangile: « N'ayez pas peur! »

Quelques mois après la levée des excommunications des évêques de la Fraternité Saint-Pie-X, quel regard portez-vous sur le geste du pape?

Dès le lendemain de son élection, Benoît XVI a dit son désir de poser des gestes concrets pour l'unité de

5. Onze ordinations à Paris le 28 juin 2008 par le cardinal André Vingt-Trois.
6. Comme il y a cent diocèses, cela fait à peine une moyenne de un par an.

l'Église, en particulier dans le domaine œcuménique. Averti par l'Histoire, il sait que si, après une telle déchirure, on laisse passer des générations, le fossé creusé entre nous devient infranchissable. Il suffit de penser à notre relation avec les orthodoxes. Les excommunications de 1054 n'ont été levées qu'en 1965 par Paul VI et le patriarche Athénagoras et, depuis plus de quarante ans, orthodoxes et catholiques se considérant comme des frères, le dialogue se poursuit… Et pourtant, on n'a pas encore réussi à retrouver la pleine communion ! C'est pourquoi le pape veut agir sans retard. Malgré cela, aujourd'hui les conditions sont réunies pour qu'une discussion sur le fond puisse avoir lieu. La question posée aux membres de la Fraternité Saint-Pie-X est simple : « Oui ou non, donnez-vous l'assentiment de votre foi au magistère de l'Église et en particulier à celui de ces cinquante dernières années : l'enseignement du concile Vatican II et celui des papes depuis Jean XXIII ? » L'intention du Saint-Père est donc claire. Il accomplit sa mission, celle d'être le Rocher de l'unité et de confirmer ses frères dans la foi (*cf.* Luc 22,31) et le pape attend d'eux une réponse à son geste de réconciliation. Pour pouvoir les réintégrer dans l'Église et leur confier un ministère, il a besoin de leur pleine adhésion au magistère de l'Église. Et nous espérons que le plus grand nombre de leurs fidèles les suivront. Vous savez, la prière de Jésus pour ses disciples : « Qu'ils soient un pour que le monde croie » (Jean 17,21) et le commentaire que le Seigneur donne lui-même du commandement nouveau : « Ce qui montrera à tous les hommes que vous êtes mes disciples, c'est l'amour que vous aurez les uns pour les autres » (Jean 13,35).

Auriez-vous plus de vocations si les prêtres pouvaient se marier ?

Ce n'est pas sûr ! Les protestants, chez qui les pasteurs peuvent se marier, n'ont pas davantage de vocations ! La question n'est pas celle du célibat ; il s'agit d'abord de la crise spirituelle d'un monde en déficit d'espérance. Il faut aussi renouveler notre façon de vivre entre prêtres, dans une vraie fraternité. Être prêtre diocésain signifie vivre en contact perpétuel avec les autres et mener cette existence seul, c'est difficile. De nombreux évêques, aujourd'hui, ont conscience qu'il faut favoriser la naissance de fraternités sacerdotales engagées dans la mission, et enracinées dans la prière et la vie fraternelle. À l'inverse, chez les religieux ou dans les monastères, où l'on sent davantage la force d'une structure qui protège, les vocations sont plus nombreuses.

Pensez-vous voir un jour des prêtres mariés ?

Vous me posez une drôle de question, car on en voit déjà ! Dans toutes les Églises d'Orient, les prêtres peuvent se marier, et ils sont présents au milieu de nous, à Lyon et dans toute la France… Au sein de l'Église latine, on demande à ceux qui veulent devenir prêtres : « Es-tu prêt à donner ta vie pour Jésus dans le célibat ? » C'est un peu une folie, je suis d'accord. Mais celui qui est capable d'affirmer que « pour le Christ, il donnera tout », offre un témoignage très parlant, qui touche bien au-delà du cercle des chrétiens. Le mahatma Gandhi disait que ce qui l'impressionnait le plus dans le catholicisme, c'était le célibat sacerdotal. Il est clair que la logique de l'amour est toujours très exigeante ! Si j'étais marié, je dirais à ma femme : « Ceci est mon corps livré pour toi », et réciproquement, elle se donnerait à moi.

Les nouvelles communautés ne sont-elles pas plus modernes ?

Elles apportent un vrai renouveau, rayonnent de joie et vivent un réel enthousiasme ; c'est pourquoi elles attirent de nombreuses vocations. Bon nombre de fraternités sont en plein essor, comme L'Emmanuel, les Congrégations de Saint-Jean, les Frères et les Sœurs de Bethléem, la Communauté du Chemin neuf, les Fraternités Monastiques de Jérusalem… C'est une autre manière de suivre le Christ, de vivre en communautés ou « maisonnées », avec une approche plus familiale.

Comment réagissez-vous face aux autres religions et aux nouvelles qui émergent ?

Il faut faire la distinction entre trois grands ensembles, fort différents. Le premier, celui des sectes, est à mon avis dangereux car on y donne des réponses simplistes aux grandes questions de l'homme, cela déforme la religion, et parfois déshonore la pensée humaine. Le deuxième concerne les philosophies et religions orientales, qui nous éclairent et offrent souvent un beau chemin pour l'homme. Personnellement, j'ai fréquenté assez longtemps les bouddhistes et j'ai beaucoup reçu en les écoutant et en les observant. Cela m'a aidé à mieux comprendre et à mieux vivre certains aspects de ma foi chrétienne. En incise, je dirais ici que la mystique de l'Orient chrétien recèle aussi des trésors ; lors de sa visite au synode d'octobre dernier, à Rome, le patriarche de Constantinople nous en a découvert certains aspects, qui n'ont rien à envier au bouddhisme ou aux autres religions orientales ! Je trouve dommage que toutes ces splendeurs restent cachées ; c'est pour cela que les gens vont chercher ailleurs leur bien spirituel. Enfin, le troisième volet concerne ma relation avec les juifs et les musulmans, qui sont à mes yeux des frères et des amis. Ma proximité avec les juifs date du moment où j'ai commencé à étudier l'hébreu et de mon premier voyage à Jérusalem. Nous regardons les juifs comme nos frères aînés, et plus nous les connaîtrons et les écouterons, mieux nous comprendrons la personne et le message de Jésus, qui est un fils, et même, pour nous, la gloire de ce peuple béni. Dès le début de mon ministère, à Vincennes, j'allais à la synagogue le jour de Yom Kippour, pour demander le pardon des péchés. Et aujourd'hui à Lyon, je fais de même, et je peux dire que la ferveur du grand rabbin Wertenschlag réveille la mienne. Un jour, à la fin de l'office, il m'a dit : « Vous voyez, Monsieur le cardinal, le Messie va bientôt arriver ! » C'est notre espérance commune. Et quand je discute avec M. Azzedine Gaci, le président du Conseil régional du culte musulman, je mesure aussi sa ferveur. Le fait qu'il se réveille chaque nuit pour prier, comme les moines, m'invite à prier davantage ! Le dialogue interreligieux avance grâce à cette estime mutuelle, et même à l'admiration secrète que nous avons les uns pour les autres, dans notre recherche de Dieu et du chemin de l'amour et du service, au milieu des hommes. Eux deux, en tout cas, me donnent envie de vivre plus intensément encore ma vocation sacerdotale.

Cardinal conquérant, communiquez-vous souvent ?

Pourquoi cet adjectif ? Dans notre société très médiatisée, la communication compte beaucoup. J'essaie de le faire grâce à Internet, aux journaux, à la télévision... Il y a quatre ans, quand nous avons proposé, dans le diocèse de Lyon, cinq cent mille *Nouveau Testament*, il a suffi que j'en parle à la télévision pour que les gens viennent les demander dans les églises... Les médias comportent leurs dangers, mais sont aussi des instruments magiques, qui permettent d'entrer immédiatement en contact avec une foule de gens. La retransmission du voyage du pape Benoît XVI en France, à l'automne dernier, a touché énormément de monde. Cela dit, je sais bien qu'en naviguant sur Internet, on peut aussi trouver des horreurs. Tous les progrès techniques, comme les découvertes scientifiques, qui prolongent les merveilles de la création, sont à la fois fascinants et dangereux. Comme toujours, cela est remis à notre liberté... qui est la plus grande noblesse et responsabilité de l'homme !

Les Lyonnais ont tremblé pour votre santé...

J'ai, en effet, été atteint il y a presque deux ans d'un cancer de la prostate, et j'en suis aujourd'hui totalement guéri, m'assurent les médecins. J'ai ainsi obéi, si je puis dire, au pape Jean-Paul II qui m'avait ordonné de « ne pas mourir de cancer ». Cela peut vous paraître étrange mais, malade pour la première fois de mon existence, j'ai reçu cet événement comme une bénédiction. Auparavant, quand je parlais des malades, c'était pour aller les voir chez eux ou à l'hôpital, mais cette fois-ci, j'étais l'un d'eux, et cela m'a beaucoup appris.

Vous êtes quatre cardinaux à l'archevêché à avoir été successivement atteint d'un cancer ?

Le cardinal Decourtray a certes eu un cancer des cordes vocales, mais il était alors à Dijon, et il est mort vingt ans plus tard d'une attaque cérébrale. Les cardinaux Balland et Billé ont effectivement été frappés d'un cancer, à Lyon. J'avoue que, même si deux ne font pas une série, quand je suis arrivé ici, le traumatisme était tel que j'ai décidé d'être prudent... C'est pourquoi je travaille à l'archevêché et, le soir, je vais dans une maison religieuse, où je n'ai plus ni papiers ni dossiers. De toute manière, je n'ai pas peur parce que, si c'est l'heure de Dieu, Il sait ce qu'Il fait, et je n'ai qu'à être prêt !

Aimeriez-vous être à la tête d'un dicastère à Rome ?

Je ne me sens pas vraiment fait pour cela, car j'ai d'abord un tempérament de pasteur. Ce qui me plaît, dans ma mission, c'est aller dans les campagnes, les villes ou les banlieues et rencontrer les gens. Les cardinaux sont des collaborateurs du souverain pontife, et chacun de nous est curé d'une paroisse romaine. Au Vatican, je suis membre de la Congrégation pour le Culte divin et de la Congrégation des Religieux, mais ce qui compte avant tout, pour moi, c'est ma charge pastorale. Les Lyonnais m'aident beaucoup dans l'accomplissement de cette mission, mais aussi, déjà, dans ma vie de chrétien.
À l'approche de mon opération, l'an dernier, c'est une femme de la campagne qui m'a écrit pour me suggérer de demander le sacrement des malades. Je dois reconnaître que je n'y avais même pas pensé et j'ai éprouvé une réelle émotion à me voir remis sur mon chemin de baptisé par elle. On a beau être évêque et enseigner la foi, nul ne peut être chrétien tout seul !

Primat de Hongrie, le cardinal Péter Erdö est l'âme chrétienne de l'Europe

Voir le très intellectuel cardinal hongrois en soutane noire filetée de rouge, ceinture de moire, calotte sur la tête, les mains croisées, poser en octobre 2009, l'air absent, sur les marches de l'Élysée à l'occasion de l'Assemblée plénière des Conférences épiscopales européennes qu'il présidait à Paris, est évidemment moins réjouissant que de l'entendre évoquer avec réalisme la pluralité religieuse dans une Europe à vingt-sept. Benjamin du Sacré Collège, créé cardinal à cinquante et un ans à peine, l'archevêque d'Esztergom-Budapest et primat de Hongrie, dégage une telle force de conviction lorsqu'il prononce des discours qu'il réussit même à entraîner dans son sillage des non-croyants. Une chance, car présider la Conférence épiscopale européenne[1], charge élective qu'il assume depuis

---

1. CCEE : ce Conseil des Conférences Épiscopales Européennes créé pendant le concile Vatican II le 18 novembre 1965 fédère aujourd'hui trente-trois conférences épiscopales de pays membres de l'Union et est présidé depuis 2006 par le cardinal Péter Erdö. Puissant lobby catholique européen, cette digne assemblée d'un haut niveau réfléchit sur de multiples sujets tels que la catéchèse, le système scolaire, les médias, les migrations, l'œcuménisme, l'université, les vocations… Elle a eu dans le passé de prestigieux présidents, notamment le cardinal français Roger Etchegaray et le cardinal italien Jésuite Carlo Maria Martini.

maintenant quatre ans est une formidable tribune pour un homme d'Église, mais aussi un réel défi. Cette tâche lui impose notamment de rencontrer des chefs d'État ; un lobbying devenu incontournable mais qui le captive moins que de multiplier les initiatives au cœur de l'Union, dont les récents congrès d'évangélisation des grandes villes se sont déroulés ces dernières années à Paris, Bruxelles, Lisbonne et Budapest.

Ce polyglotte qui en impose physiquement et intellectuellement a, après de classiques études de théologie et de droit canon enseigné à l'université de Buenos Aires et fait de la recherche à l'université de Berkeley en Californie. Expériences qui ont contribué à faire de lui un grand spécialiste de la littérature scientifique et du droit canon moderne et médiéval. Ainsi le cardinal Erdö considéré à Rome comme l'un des plus pointus juristes du Sacré Collège est consultant au Conseil pontifical pour l'interprétation des textes législatifs. Il parcourt donc l'Europe pour éclairer le clergé, les hauts responsables politiques, et les laïcs sur la place de la religion dans une Europe à vingt-sept, en soulignant le rôle contrasté des Églises chrétiennes dans les processus de démocratisation des anciens pays de l'Est. Il se bat pour que dans toute l'Europe, le clergé entretienne de bonnes relations avec l'État et soit entendu par le législateur. Il a également organisé dans sa ville de Budapest le Conseil des conférences épiscopales d'Europe dont l'assemblée plénière de 2008 a eu pour thème les relations entre l'Église et les médias. Vaste programme ! Son Éminence a aussi mis sur pied une rencontre avec les représentants musulmans…

Cependant, ce grand personnage si souriant et affable prend un air sévère quand on lui confie que, dans la Ville éternelle, il est attentivement observé et que, à cinquante-sept ans, son nom est souvent évoqué comme celui d'un cardinal de très grand avenir… Il fronce alors les sourcils et en guise de commentaire, répond dans un très bon français : « L'essentiel pour moi est d'annoncer l'Évangile dans les grandes villes où la relation humaine s'appauvrit car malheureusement la foi chrétienne déserte les métropoles européennes et l'Église semble absente des enjeux de l'urbanisation. » Il n'en dira pas plus !

Le cardinal Péter Erdö

Prestigieux cardinal archevêque de Budapest, primat de l'Église de Hongrie et président du Conseil des Conférences épiscopales européennes, vous êtes incontournable !

Ce n'est pas une question de prestige mais d'occasions de dialogue car Budapest se trouve à la croisée de nombreuses religions, facultés et académies... Cette ville intellectuelle et romantique, avec divers courants de pensée et une certaine vision du monde, est donc un lieu privilégié et très emblématique de la Mitteleuropa. Nous sommes dans une région où cohabitent beaucoup d'ethnies différentes, fruits d'un grand flux migratoire culturel et religieux et où l'intégration est parfois difficile. Un sondage de 2007 sur la relation entre la religiosité et le comportement social laisse apparaître que les personnes les plus ouvertes et tolérantes, ayant le plus grand respect de l'identité d'autrui, sont celles vivant leur foi au grand jour et selon les principes d'une Église structurée, sans compter ceux qui ne sont pas pratiquants au sens assidu du terme mais prient sans suivre la liturgie. Quant à moi, mes diverses fonctions m'entraînent vers de multiples défis car les gens de ma génération n'ont pu dans leur jeunesse ni lire les textes de la théologie moderne, c'est-à-dire les œuvres publiées après 1948 et encore moins la littérature des sciences humaines non marxistes, ce qui signifie presque un demi-siècle sans littérature ! Ainsi assistons-nous depuis les années 1990[1] à une révolution culturelle tout autant que sociologique, psychologique, théologique, importée d'Occident dont les interprétations sont extrêmement variées avec, d'une part, l'explosion des connaissances et, de l'autre, un réel besoin d'éclaircissement spirituel. J'ai donc une double mission, celle d'essayer de réparer les blessures du passé et de prêcher la parole de Dieu dans un pays à la population vieillissante. En effet, en Hongrie la natalité a terriblement baissé car on pratique l'avortement légal depuis l'arrivée des communistes en 1956, à la différence de nos voisins slovaques, polonais ou roumains où le régime communiste l'a libéralisé beaucoup plus tard.

Quelle est votre histoire personnelle ?

Je suis né dans un milieu d'intellectuels très catholiques. Mon père était juriste, ma mère enseignante dans le primaire, mais l'un et l'autre, catholiques pratiquants n'étant bien sûr pas membres du parti, ils ne purent exercer leur vrai métier. Mon père travaillait comme ouvrier, puis comme employé de bureau et ma mère était femme au foyer… Ce qui entraînait de vraies difficultés économiques pour élever leurs six enfants – trois garçons et trois filles. Mes frères et moi étions inscrits

1. La chute du mur de Berlin, le 9 novembre 1989.

dans le seul lycée catholique de la ville. Je suis l'aîné de cette fratrie très soudée et le seul à avoir choisi une vocation ecclésiale puisque l'une de mes sœurs, novice chez les Carmélites, n'est finalement pas devenue religieuse.

Quelles langues parlez-vous ?

Le hongrois, l'allemand, l'italien, le français, un peu le russe, l'espagnol et l'anglais que j'ai malheureusement commencé à apprendre trop tard puisque j'avais déjà quarante-sept ans.

Comment les Hongrois ont-ils vécu le postcommunisme ?

Tel qu'il est écrit dans la Bible, l'être humain ne vit pas seulement de pain, il a aussi besoin de la parole de Dieu. Sous le joug communiste, en Hongrie, le revenu par habitant était plus élevé car si liberté politique ne rime pas systématiquement avec croissance économique, elle est néanmoins synonyme de concurrence loyale... Heureusement, liberté signifie également pouvoir choisir, manifester, publier, s'exprimer sans risque et vivre ouvertement sa foi. Ce qui n'a pas d'égal ! Mais ne me demandez pas si les Hongrois sont plus heureux aujourd'hui... ce n'est pas certain car la situation économique s'est depuis lors détériorée. Auparavant, ici nous ne connaissions pas le chômage et les petits propriétaires terriens qui n'ont pas récupéré leurs biens se sont sentis floués car ils ont été totalement anéantis lors de la collectivisation de la terre. Ce qui n'a été le cas ni en Pologne, ni en ex-Yougoslavie. Mais moi je préfère insister sur les changements positifs qui nous permettent maintenant de voyager, de participer à la vie des autres pays dans le cadre de l'Union européenne, de nouer des échanges commerciaux... bref, de nous ouvrir au monde. Cela nous donne une autre dimension et apporte l'espoir à une population si longtemps opprimée.

Une récente liberté de culte qui permet de pratiquer toutes les religions ?

Nous sommes en effet très œcuméniques avec vingt mille orthodoxes hiérarchiquement partagés en cinq patriarcats, c'est-à-dire celui de Constantinople, de Moscou, de Bucarest, de Belgrade et même de Sofia pour les Bulgares. Nos relations avec eux sont excellentes. Nous avons aussi 16 % de protestants[2]. La Hongrie compte peu de musulmans car notre bas niveau de vie attire évidemment peu les émigrants. Il y a en revanche une importante communauté juive avec quelque cent mille israélites. À Budapest, nous avons vingt-deux synagogues et une université juive qui entretient de bonnes relations avec la nôtre. Le reste des Hongrois, soit 60 % d'entre nous, est catholique. Mais notre problème de fond est moins celui des différentes religions que de la sécularisation. Toutes ces cultures

2. Un million six cent mille calvinistes et trois cent mille luthériens.

offrent de vastes possibilités d'échanges, de recherches historiques, de dialogue… Par ailleurs, dans nos campagnes, la population ouvrière et agricole a en partie préservé ses traditions, fort différentes de celles des villes, où une jeunesse plutôt cultivée commence souvent à se poser des questions non seulement sur les religions traditionnelles mais également sur celles émergentes. Ici, une loi sur la liberté de culte et une sur la séparation entre l'Église et l'État, votées lors du départ des communistes, prévoient que n'importe quelle communauté comportant au minimum cent personnes soit enregistrée auprès du tribunal civil… d'où nos deux cents Églises officielles !

Le percevez-vous comme une forme de compétition ?

Pas tellement, car, inscrits ou pas, nous devons répondre aux questions des fidèles et être prêts à affronter la discussion avec ceux qui pensent autrement. Nous avons d'ailleurs vécu en septembre 2007, avec la « mission de la ville de Budapest », une semaine d'une expérience commune passionnante avec les jeunes de Paris, Bruxelles, Vienne et Lisbonne… Il y avait plusieurs types d'actions : pastorale, associative, sociale avec des bénévoles venant en aide aux sans-abri, aux plus démunis, aux personnes âgées… Initiative comportant aussi des concerts de musique sacrée moderne sur les places dans plusieurs villes et, chez nous, sur le toit d'un supermarché de Budapest généreusement prêté par son propriétaire !

Quelle est à vos yeux aujourd'hui la première mission de Rome ?

C'est toujours la transmission de la bonne nouvelle du Christ et de son œuvre. Non seulement de façon conventionnelle en ayant de vieux réflexes « bourgeois » mais avec une approche plus actuelle, qui tienne compte de l'état d'esprit, des données psychologiques et intellectuelles de nos croyants. Nous traversons une époque de transformation anthropologique, avec de nouveaux et très performants moyens de communiquer, une technologie de pointe… Il nous faut donc en tenir compte en analysant avec lucidité ce qui paraît dépassé pour nous adapter à ces changements de société et à cette évolution de l'être humain. D'un côté, il faut renforcer et défendre des valeurs qui sont de nos jours moins à la mode comme le talent oratoire, l'écriture ou le raisonnement cartésien… et, de l'autre, il faut réveiller cette capacité de parler la langue des symboles, le langage audiovisuel.

Le code de droit canon doit-il aussi donner des réponses sur la bioéthique ?

Notre droit canon n'a pas à réglementer les grandes questions de la société civile. C'est aux États eux-mêmes de le faire. Mais il appartient à la « mission prophétique de l'Église » de veiller au respect et à la dignité de l'être humain et non de considérer l'héritage génétique comme un simple « matériel humain », un cobaye de reproduction… de suivre également très attentivement les multiples progrès de la science afin de parvenir à trouver les bonnes solutions pour l'application concrète des recherches de sorte que tout le monde puisse en profiter au mieux, mais aussi de prévenir et de souligner les dérives moralement inacceptables dans ce domaine.

Dans une Église très hiérarchisée ?

L'Église catholique hiérarchiquement organisée n'est certes pas si démocratique. D'ailleurs, quand nous étions à l'école primaire, nous apprenions que la plus parfaite des démocraties est la socialiste. Or notre Église ne doit pas se mesurer en terme d'évaluation sociologique, voire politique, et ce qu'on appelle « démocratie », un terme qu'on emploie en fait par habitude, est un modèle politique que chaque régime interprète à sa façon. D'ailleurs, dans les textes du droit canon on mentionne l'égale dignité et l'égale vocation des fidèles à l'activité de l'Église, bien que les rôles et les charges soient différents. Il n'y a donc pas dans l'Église de membres actifs et de membres passifs qui ne doivent que recevoir l'annonce de la parole de Dieu. Tous sont appelés à cette mission mais tous ne ressentent pas au plus profond d'eux-mêmes cela comme un devoir…

Une Église de nos jours riche ou pauvre ?

Une Église qui devrait avoir les moyens de mener à bien sa mission de salut des âmes et même conserver un certain décorum en ayant de quoi faire face afin de réussir à préserver son héritage culturel, ses églises... Il n'y a pas un modèle économique pour l'Église, cela dépend de la société locale qui attend ou non que nous soyons aptes à régler les grands problèmes sociaux et à nous impliquer dans l'humanitaire. En Hongrie, par exemple, nous « vivotons ». Cela fait fort longtemps que notre Église n'a plus de « biens de production » et si l'État nous a restitué en 1991 certains bâtiments religieux, ainsi que des écoles, des hospices, il nous a obligés à les restaurer et à les utiliser dans le même cadre qu'autrefois avec l'interdiction d'y exercer une activité commerciale. Nous avons donc dû en privilégier certains et renoncer à la restitution des autres... L'État a par ailleurs conservé une bonne partie de notre patrimoine historique et immobilier, en priorité les biens qui étaient notre principale source de revenus, à la différence de la République tchèque, de la Slovaquie, de la Croatie et même de la Roumanie. Il s'acquitte uniquement des coûts de fonctionnement des écoles privées gérées par l'Église ! Bien que nous ayons de cordiales relations avec les membres du gouvernement, il y a inévitablement d'âpres discussions sur ce qu'il nous doit... Par ailleurs, dans notre République laïque, où le clergé n'est pas rétribué par l'État, c'est lui, en revanche, qui prend en charge dans les écoles publiques l'instruction religieuse, laquelle ne fait pas partie de l'enseignement classique. Notre fiscalité, comme en Italie et en Allemagne, permet heureusement d'affecter 1 % des impôts sur le revenu (Irpef en Italie) au culte de notre choix ! Malgré cela, nous avons du mal à nous en sortir même si le point crucial reste celui de la pastorale.

La pratique religieuse en quelque sorte ?

Il y a plusieurs manières de vivre sa foi. C'est pourquoi je ne me permets pas de juger ceux qui ne vont pas à la messe tous les dimanches ou sont peu pratiquants. À mes yeux, la religion n'est pas une question seulement individuelle mais, comme la langue, un facteur communautaire. De même que chacun ne peut inventer la langue qu'il parlera lorsqu'il sera adulte, l'appartenance religieuse est-elle profondément enracinée dans l'être humain, qu'il soit pratiquant ou pas. D'ailleurs, nous observons un réveil religieux spontané chez les orthodoxes, même si nombre d'entre eux ne savent pas bien ce que leur religion signifie, ils ont une soif de la connaître, un désir d'identité, d'approfondissement. Il se manifeste encore – ou déjà – chez nous une place, une aspiration, un respect pour le sacré et aussi étrangement pour l'ésotérisme. Il suffit de franchir le seuil d'une librairie pour voir les rayonnages qui y sont consacrés ainsi qu'à l'art. Comme nous l'avons longuement évoqué lors du synode des évêques à Rome en 2008, l'art peut parfois mieux exprimer la sacralité que les paroles. Dans de nouvelles Églises par exemple, avec de magnifiques mosaïques, notamment celles du père Rupnik[3], ou d'admirables

3. Le père jésuite Marko Ivan Rupnik, né en 1954 dans les Alpes slovènes et directeur du centre Aletti, un ateleir d'art et de culture sur les spiritualités d'Orient, est l'auteur de mosaïques contemporaines célèbres : celles du Séminaire pontifical français de Rome, de la chapelle Redemptoris Mater du Vatican et, en France, à Lourdes où le pape Jean-Paul II avait souhaité ajouter cinq « mystères lumineux » aux cinq « mystères joyeux » pour marquer l'ouverture du Jubilé le 8 décembre 2007. On lui doit également la décoration de la basilique souterraine de Fatima.

concerts de musique sacrée interprétés par de talentueux artistes, ou comme le faisait le défunt cardinal Lustiger, il faut toujours choisir de magnifiques liturgies afin de mettre la chrétienté en lumière.

La culture peut-elle rapprocher ?

Elle peut accompagner le dialogue théologique mais non le remplacer et entraîner parfois à méditer sur la foi. Nous avons des liens étroits avec les orthodoxes avec lesquels nous partageons un langage presque commun de l'art sacré à travers la musique et le décorum des églises… L'être humain est réceptif et sensible à l'harmonie et à la beauté des manifestations glorieuses de Dieu ! Un langage plus poétique dans notre univers dominé par l'audiovisuel, la télévision et l'Internet que, pour ma part, j'utilise quand même moins que mes amis plus jeunes ! Ce sont d'efficaces moyens d'expression et de propagation de la foi mais qui ne remplaceront jamais l'esprit missionnaire, la prédication, les textes religieux, les échanges humains, la pensée rationnelle… qui ont fait leurs preuves depuis des siècles.

Et les vocations ?

Elles sont en pleine crise et suivent la même courbe que la démographie dans un pays de dix millions d'habitants qui en perd chaque année cinquante mille… De dix mille religieux et religieuses en 1950, nous sommes passés à trois mille six cents qui avaient résisté dans la clandestinité et sont réapparus en 1989 pour n'être plus aujourd'hui que mille neuf cents. Avec maintenant très peu de vocations masculines et féminines car après 1989, lorsque les ordres ont de nouveau été admis, s'il y a eu parmi les jeunes un regain de vocations, ils se sont trouvés en complet décalage avec les anciennes générations et bon nombre n'ont pas résisté. En effet, ces ordres ayant survécu quarante ans dans l'illégalité avaient gardé une théologie et une approche de la vie consacrée datant de l'avant-Concile. Ainsi, une à deux années après y être entrés, les jeunes n'ayant pas trouvé de langage commun avec les anciens ont fini par abandonner. Mais il y a heureusement ces nouveaux mouvements plutôt prometteurs, un phénomène précieux que ces jeunes communautés nées chez nous, en Autriche, en Italie, en France, en Espagne, au Brésil… un peu partout, et qui sont de nouvelles expériences ecclésiales.

Cardinal de cinquante-sept ans, verrez-vous le mariage des prêtres ?

Je n'y ai jamais songé car je connais déjà beaucoup de prêtres gréco-catholiques mariés et avec des enfants. Nous étions même ensemble autrefois au séminaire et certains se sont préparés au mariage en étant eux-mêmes fils de familles sacerdotales. Pour nous, contrairement à certains membres du clergé occidental, cette réalité n'a rien de romanesque : elle est naturelle. Et je vous assure qu'aucun de nous n'envie l'autre car chacun connaît son mode d'existence. Dans les familles nombreuses des prêtres de rite oriental, le quotidien n'est pas simple car ils ont généralement beaucoup d'enfants. Prenons le cas d'une femme médecin qui économiquement et pour se sentir en phase avec son siècle veut travailler. Si son mari, prêtre dans un petit village, est transféré à cent kilomètres de là, il lui faut changer les enfants d'école, recommencer à exercer son métier ailleurs, sans compter les problèmes quotidiens et humains inhérents à la vie familiale... La discipline du célibat de l'Église latine comporte de multiples avantages et notre Église, surtout au-delà des Alpes, est née grâce à un clergé célibataire ; ils étaient les religieux missionnaires de l'Antiquité tardive et du Moyen Âge.

Depuis quand et pourquoi les catholiques de rite oriental peuvent-ils se marier ?

Quand, aux XVIe et XVIIIe siècles, diverses communautés orthodoxes sont entrées dans la communion de l'Église catholique, elles ont pu conserver leur hérédité théologique, liturgique et aussi leurs règles de vie. C'est ainsi que sont arrivés parmi nous des prêtres mariés...

Président du Conseil des Conférences épiscopales européennes, pensez-vous que la mention aux racines chrétiennes de l'Europe soit nécessaire ?

L'Église n'a pas pris de position officielle quant à une formule précise. Qu'il y ait une référence au christianisme, à son héritage historique comme source actuelle de l'identité européenne était un réel souhait, un profond désir du pape Jean-Paul II. Or pour l'instant cela n'a pas été pris en compte dans le traité de Lisbonne[4] qui, bien qu'ayant déjà été ratifié par un certain nombre d'États, dont la Hongrie, n'est pas encore en vigueur. À défaut de mentionner la religion chrétienne, le texte fait quand même clairement référence aux communautés religieuses et aux Églises. C'est en effet important, mais l'essentiel reste que les Européens ressentent cette identité et le poids de cet héritage chrétien au plus profond de leur cœur et que la foi chrétienne soit en Europe une réalité concrète.

Quels sont ses plus grands défis ?

Actuellement, son premier défi, me semble-t-il, n'est pas celui de la religion mais de la culture. Jean-Paul II, toujours lui, évoquait avec beaucoup de lucidité la culture de la mort. L'être humain avait, d'après lui, de moins en moins confiance dans la force de ses connaissances. Ainsi le pape avait-il dans son encyclique *Fides et ratio* renversé l'ordre des principes en faisant précisément appel à la foi pour renforcer cette valeur fondamentale. À l'université catholique de Budapest, j'ai fait à maintes reprises cette

4. Traité de Lisbonne. Signé le 13 décembre 2007 entre les vingt-sept États membres de l'Union européenne, il a pour objectif de transformer les contours, la structure institutionnelle de l'Union. Son entrée en vigueur est soumise au processus de ratification de tous les États signataires, actuellement en cours.

expérience avec les étudiants qui découvrent qu'il y a diverses interprétations de l'Histoire… De héros on peut passer à criminel et vice-versa… de même en sciences naturelles, m'expliquent-ils, ils font de multiples expériences chimiques mais le résultat dépendra de ce que le laboratoire médical qui les subventionne attend d'eux. C'est une forme de relativisme des sciences…

L'Église devrait-elle participer à la vie politique ?

L'Église, qui ne doit être liée à aucun parti, doit cependant enseigner aux citoyens à exprimer leurs propres convictions, non en fonction des partis politiques mais en analysant leurs messages sur le plan humain. Et les partis peuvent se déterminer au regard de l'Église qui s'est officiellement exprimée en 2004 dans son *Compendium* sur la doctrine sociale de l'Église, traduit en hongrois voici deux ans. Un épais document de travail où sont réunis tous nos principes fondamentaux.

Quelle est l'utilité du synode des évêques ?

Cette rencontre, qui a lieu souvent en octobre à Rome et rassemble des évêques du monde entier, ne provoque certes pas de révolution de palais mais contribue à faire circuler les idées au sein de l'Église catholique universelle. La confrontation, les expériences très diverses des uns et des autres s'exprimant sans emphase, dans un climat chaleureux, nous permet une fois les clivages surmontés de nous entretenir sereinement. Si nous n'étions pas capables d'y arriver, comment pourrions-nous alors espérer dialoguer avec le reste du monde ? Il s'agit là d'un « entraînement » missionnaire avant d'affronter les difficultés universelles…

Faut-il redéfinir le rôle de Pierre ?

Non, pas exactement, mais comme l'avait exprimé le pape Jean-Paul II, « aussi chercher d'autres manières d'exercer le primat de juridiction », ce qui ne signifie pas réinterpréter mais se plonger dans l'histoire de la discipline ecclésiastique du premier millénaire afin d'y trouver des éléments positifs tout en affirmant la légitimité du développement du second millénaire.

Un cardinal de plus de quatre-vingts ans devrait-il encore voter ?

C'est la règle du Saint-Siège et cela me semble théoriquement plus dur pour un évêque diocésain qui doit présenter sa renonciation à l'âge de soixante-quinze ans… mais au concile Vatican II, analysant cela d'un point de vue pratique, on a considéré qu'à cet âge il est difficile de continuer à exercer une charge pastorale. On a fait un parallèle entre le mariage et la relation entre l'évêque et son diocèse au Moyen Âge. L'Église s'opposait alors vivement à la renonciation en raison de l'âge avancé car d'aucuns partaient du principe que l'évêque est comme le *pater familias* et qu'il doit exercer sa paternité jusqu'à sa mort !…

Revenons à vous… Voyagez-vous beaucoup ?

Je parcours la Hongrie et les pays voisins car nous avons des préoccupations et des expériences pastorales communes. Notre conférence épiscopale rencontre – selon des formes diverses – les sept conférences des États proches, soit les Autrichiens, les Slovaques, les Ukrainiens, les Roumains, les Serbes, les Croates, les Slovènes sans compter les événements culturels et les fêtes religieuses qui nous réunissent.

Comment vivez-vous ?

Très simplement. J'habite dans la maison épiscopale la plus petite de Hongrie qui n'a rien d'un majestueux et imposant palais baroque ! De fait, la restauration d'un seul palais ou d'une église ancienne engloutirait plus d'une année de revenus du diocèse, ce qui paraît inenvisageable ! Quant au personnel, il comprend deux cuisiniers, une gouvernante, un concierge et une dizaine de collaborateurs pour le bureau diocésain.

Les cardinaux sont-ils des hommes de pouvoir ?

Cette définition appartient désormais au passé car l'Église, en Occident, dans le tiers-monde et en Asie ne se trouve plus dans une situation de pouvoir politique et économique. Cela ne se présente pas ainsi, la majorité de mes collègues sont sérieux, brillants et ont une solide et longue formation intellectuelle et spirituelle. Là est leur force, leur richesse !

Quand même !

J'admets qu'en tant que primat de Hongrie je suis parfois « courtisé » par les hommes politiques à l'occasion, par exemple, de la fête nationale. Si je suis respecté comme personnalité je n'ai aucun rang officiel mais une place privilégiée uniquement lorsqu'on veut honorer l'Église. De toute manière, le prestige de la « robe rouge » n'est pas pour moi quelque chose d'essentiel car je suis peu sensible aux honneurs ! Songez que lors de ma naissance, mon évêque, le cardinal Jozsef Mindszenty était en prison pour trahison et conspiration, et quand je suis entré au séminaire, il était réfugié politique à l'ambassade des États-Unis…

Y a-t-il compétition ou complicité entre vous ?

Il n'y a ni complicité ni compétition mais une fraternité et une solidarité assez remarquables. Lorsque je me rends à l'étranger, je vais toujours respectueusement saluer le primat du pays visité et mes collègues font de même avec moi. Et malgré nos différences d'âge, de culture, de nationalité, il y a surtout entre nous, au-delà des affinités personnelles, des sujets d'intérêt communs et une grande solidarité.

Créé cardinal à cinquante et un an, en 2003 par Jean-Paul II, qu'avez-vous ressenti ?

D'abord une très vive émotion, car j'avais une profonde affection pour Sa Sainteté Jean-Paul II même si je le connaissais moins bien que certains Polonais. Enfin, étant à la maison l'aîné de six enfants, personne ne m'a jamais dit que j'étais jeune. J'ai donc commencé à me convaincre que j'étais le benjamin, et donc relativement jeune, à déjà plus de cinquante ans ! Une sensation pour le moins singulière !

Oscar Andrès Rodriguez Maradiaga, le « papabile » outsider

Avec son physique d'acteur de cinéma américain, ses yeux de braise et son sourire éclatant, on croirait Oscar Andrès Rodriguez Maradiaga plus volontiers sorti de Cinecittà que de la Cité du Vatican ! Pourtant, cette grande figure de l'Église actuelle est le premier cardinal de l'histoire du Honduras, le plus célèbre et le plus populaire d'Amérique centrale. Personnalité cosmopolite, partageant son temps entre ses responsabilités ecclésiales d'archevêque de Tegucigalpa, celles de membre éminent du Sacré Collège et de président de Caritas Internationalis*, Son Éminence est d'abord prêtre de l'ordre des Salésiens* de Don Bosco comme le cardinal secrétaire d'État Tarcisio Bertone. Un prince de l'Église « franc-tireur » de sang espagnol et indien qui a un style bien à lui et une formation fort différente de celle de ses collègues. Il a suivi des études classiques de théologie morale, puis de psychologie et psychothérapie clinique, sans oublier le conservatoire de musique. Ainsi joue-t-il du piano, de la guitare, de la contrebasse, du saxophone et il aime Bach, Mozart, les chants grégoriens mais aussi la bossa-nova et la très populaire cumbia. À son grand regret, sa vie quotidienne est trop bien remplie pour lui laisser encore le temps de piloter. Dommage car cela lui permettrait de sillonner plus efficacement l'accidenté Honduras, dont les sentiers caillouteux de montagne, les routes et les périlleux chemins escarpés sont de vrais coupe-gorge. En effet, dans ce pays, 80 % des six millions six cent mille habitants vivent en dessous du seuil de pauvreté et 40 % de la population active est au chômage. C'est d'ailleurs au Honduras, où une poignée de privilégiés mènent une existence dorée, que serait née l'expression « république bananière ». Dans ce petit pays où, à la fin du XIXe siècle, ont démarré les exportations de bananes, un commerce extrêmement lucratif qui tomba rapidement sous l'influence des grandes puissances. Son Éminence, véritable « vedette » du Saint-Siège, à la poignée de main énergique, a vu ces dernières années son rôle s'affirmer à l'étranger. Après avoir été de 1995 à 1999 à la tête de la très influente Conférence épiscopale des évêques d'Amérique latine[1], il a comme président de Caritas Internationalis rencontré José Manuel Barroso, Gordon Brown, Angela Merkel, Nicolas Sarkozy... et les autres chefs de gouvernement des pays les plus riches afin de les culpabiliser devant leur peu d'enthousiasme à secourir les plus pauvres. Sa plus grande fierté est d'avoir en juin 2005 convaincu les pays industrialisés d'annuler la dette des pays du tiers-monde. De fait le cardinal frondeur, qui rêve d'une mondialisation de la solidarité, est totalement immergé dans la pastorale sociale. Un concept cher à son cœur qui le pousse à se battre avec vigueur contre les

1. Celam : Conférence épiscopale d'Amérique latine et des Caraïbes.

inégalités, l'analphabétisme, la corruption et à dénoncer depuis plusieurs années les dangereux travers des hommes politiques. Failles qui ont aussi entraîné l'archevêque à demander en juin dernier au président de la République déchu Manuel Zelaya réfugié au Nicaragua – qu'il connaît bien pour l'avoir eu autrefois comme élève lorsqu'il enseignait chez les Salésiens –, de renoncer à revenir au Honduras afin d'éviter une guerre civile.

Pour cet homme de terrain la solution passe d'abord par le dialogue, et certains *monsignori* du Vatican, parfois déstabilisés par son audacieuse franchise, ne sont pas près d'oublier qu'il fut, avec le cardinal Ratzinger, le seul membre du Sacré Collège à déclarer publiquement en 2002 que « si le pape Jean-Paul II n'arrivait plus à gouverner l'Église, il se retirerait ». Une erreur d'interprétation que ses collègues ne manquent pas à l'occasion de lui rappeler !

Oscar Andrès Rodriguez Maradiaga est aujourd'hui l'un de ceux dont le nom est le plus souvent cité pour succéder un jour au pape Benoît XVI. Certes, ce fut déjà le cas lors du précédent conclave, mais à soixante-six ans, d'après les critères du Vatican il a maintenant atteint l'âge idéal... Il doit toutefois se méfier car sa spontanéité, son savoir-faire et sa complicité avec bon nombre de grands éditorialistes internationaux agacent bon nombre de ses collègues européens. Ce surdoué à l'ascension fort rapide a en effet été nommé évêque auxiliaire à trente-six ans, archevêque à cinquante et un ans et cardinal à cinquante-neuf ans, c'est pourquoi d'aucuns ne peuvent s'empêcher de persifler et de l'appeler sournoisement le « cardinal rouge » lorsqu'ils le voient arriver tellement majestueux dans sa soutane écarlate...

Il fascine autant qu'il inquiète ses collègues car, aux yeux des cardinaux les plus conservateurs, il est progressiste défend une forme d'altermondialisme et n'hésiterait sans doute pas s'il devenait le 266e pape, à retirer aux cardinaux, parmis d'autres choses leur titre très ancien de princes de l'Église, ainsi que leurs armoiries...

Lorsqu'on l'interroge sur son avenir, il répond simplement : « Mon devoir est de mourir en Honduras... mais qui sait, les voies du Seigneur sont impénétrables... », puis, marquant un respectable temps d'arrêt, il conclut : « L'heure est peut-être venue pour que le Serviteur des Serviteurs de Dieu soit issu de l'autre hémisphère... » Mais sa mission d'évangélisation l'accapare tant qu'il ne songe pas à lui... bien sûr !

Le cardinal
Oscar Andrès Rodriguez Maradiaga

Éminence, vous êtes le seul cardinal du Honduras ?

J'ai été créé cardinal, le premier de l'histoire de mon pays, par le pape Jean-Paul II en février 2001 pour porter la parole de Dieu au Honduras et encourager notre peuple, victime de grandes souffrances. J'avais connu le Saint-Père dès 1980 et nous nous étions revus plus longuement lorsque, administrateur apostolique d'un diocèse du Honduras occidental, je m'étais rendu à Rome à l'occasion de ma première visite *ad limina**. Depuis lors, nous étions devenus de bons amis !

Vous exercez votre mission dans un pays très pauvre…

Vous voulez dire le plus pauvre d'Amérique latine, où, dans certains endroits, l'on vit toujours comme au XIXe siècle ! Il y a encore des villages reculés sans eau ni route, ni électricité, il m'arrive de parcourir jusqu'à quinze kilomètres à pied pour rencontrer la population locale… Notre premier combat est évidemment celui de cette terrible pauvreté en dessous du seuil minimal ! Sans écoles ni dispensaires comment la population pourrait-elle progresser ? Le grand problème est que nos hauts responsables politiques ne pensent qu'à leurs intérêts personnels et sont pour la plupart très avides...

Entendez-vous par là... corrompus ?

Bien sûr, car chez nous en Amérique latine, beaucoup plus qu'en Europe, la corruption est un fléau dévastateur puisqu'une forme d'immunité couvre celui qui a volé l'État ! Ainsi, quand un ministre est contraint de quitter le gouvernement pour cette raison, tout le monde sait parfaitement qu'il a détourné beaucoup d'argent, mais il ne craint pratiquement aucune sanction... Notre drame est que nous n'avons pour ainsi dire pas de justice et tant que nos instances judiciaires auront aussi peu d'autorité et de poids, la corruption continuera de se développer telle une véritable gangrène ! Même s'il y a eu de timides progrès au Chili, en Colombie où ils réussissent parfois à se séparer d'un élu local malhonnête, à cause de la drogue et de la guérilla on assiste toujours à beaucoup de violence. Pendant le synode des évêques en 2008, on a justement eu l'exemple affligeant du plus ancien président du Guatemala qui, après avoir réussi à se faire extrader du Mexique, est rentré sans histoires dans son pays natal... sans oublier le cas du président Jorge Serrano Elías, lui aussi guatémaltèque, qui avait détourné de telles sommes qu'il a quand même finalement dû démissionner à mi-mandat sans pour autant être poursuivi. Grâce aux milliards qu'il a volés, il est depuis devenu un investisseur prospère au Panama ! Quelle honte ! Mais parlons du Honduras... nos narcotrafiquants sont si puissants qu'ils corrompent allègrement des juges sans aucune moralité et ne sont jamais condamnés. Ils arrivent même à s'évader sans violence, en se faisant tout simplement ouvrir les portes de la prison !

Revenons à vous. Vous avez vécu auprès des jeunes...

Le sacerdoce des Salésiens*, dont jadis Don Bosco, est d'être l'apôtre des jeunes et d'aider les plus pauvres d'entre eux. Quant à moi, j'ai été élevé dans une famille de cinq enfants au sein de la moyenne bourgeoisie hondurienne, entouré de cousins, d'amis, de camarades, avec sous les yeux l'exemple d'une mère admirable et généreuse qui a toujours secouru les plus pauvres et invité ceux qui n'avaient pas de quoi manger à la table familiale... À la maison, partager avec ceux qui avaient moins que nous paraissait tout à fait normal, c'était même un des principes de base de notre éducation. Un de mes frères, décédé en 2006, s'était installé à Chicago aux États-Unis. Les deux autres, vivant ici, étaient respectivement ingénieur et architecte et ma sœur, qui habite tout près de l'archevêché, travaillait comme secrétaire. J'ai la joie d'avoir quinze neveux et nièces que je vois assez souvent... Une vraie vie de famille dont je profite dès que j'ai un moment !

Vous avez eu une longue préparation religieuse ?

J'ai hérité des Salésiens le goût des études. Ayant obtenu un doctorat en sciences naturelles et chimie pour devenir professeur, juste après mon ordination, les pères m'ont alors orienté vers la « théologie morale » à Rome. J'ai donc passé un doctorat avant de poursuivre des études de psychologie clinique en Autriche à Innsbruck et de décrocher un autre doctorat. Je ne suis pas médecin mais ces études me sont encore d'une grande utilité pour comprendre la nature de l'être humain.

Également diplômé en mathématiques, pouvez-vous m'expliquer pourquoi la majorité des scientifiques sont athées ?

Certains scientifiques imaginent en effet détenir à eux seuls la vérité sur la création du monde et le reste de l'univers. La connaissance des sciences peut se révéler grisante mais en règle générale, ils se sentent intellectuellement très supérieurs aux autres et ont peu de doute sur eux-mêmes. Des réflexes parfois atténués s'ils ont eu la chance d'être élevés dans un milieu qui, dès l'enfance, les a orientés vers la foi.

Vous êtes aussi le président de Caritas Internationalis ?

Je suis à la tête de cette vaste fédération qui regroupe cent soixante-deux Caritas nationales. La vocation de Caritas est de se consacrer à Dieu par son action en faveur des déshérités. Si Caritas est particulièrement opérationnelle lors des grandes catastrophes naturelles, elle a aussi pour ambition d'inciter les populations au volontariat, au partage… Ainsi, à travers cette démarche d'assistance aux pauvres, les bénévoles mettent-ils spontanément leurs talents au service d'autrui. De jeunes Européens par exemple viennent en Amérique latine nous aider à réparer des bâtisses délabrées, des sportifs enthousiastes enseignent aux enfants des rues à jouer au foot… Cette forme de charité procure la même joie à celui qui la pratique qu'à celui qui en bénéficie.

Quelles langues parlez-vous ?

L'espagnol, l'anglais, le français, l'italien, l'allemand, le portugais, le latin… et je lis aussi le grec ancien.

Vous êtes sûrement le seul cardinal « pilote » ?

J'ai beaucoup d'heures de pilotage à mon actif, mais je n'ai jamais eu, hélas, assez de temps pour passer mon brevet de pilote d'avion… Ce qui heureusement ne m'empêche pas de continuer parfois à voler !

Vous êtes aussi l'un des seuls cardinaux accompagné d'un garde du corps…

Si je suis toujours escorté d'un policier c'est parce que j'ai reçu de nombreuses menaces de mort, notamment après avoir publiquement dénoncé les trafics de drogue de Puerto Lempira. On avait séquestré le gardien de l'archevêché dans la montagne et on lui avait fait peur en le menaçant de me tuer… C'est après cet épisode inquiétant que le gouvernement a décidé de me faire protéger en permanence !

Éminence, que s'est-il récemment passé à la tête du gouvernement hondurien ? Quelle position avez-vous adoptée ? Êtes-vous directement entré dans le débat ?

Nous n'avons pas voulu entrer dans le débat car le problème est surtout politique. Après une petite semaine où, dans le pays, nous ne savions rien de ce qui se passait, tous les membres de la Conférence épiscopale, soit dix évêques et moi-même leur président, avons fait une déclaration commune afin qu'il n'y ait pas d'ambiguïté sur notre position. Malheureusement, les informations de la presse internationale ne reflètent guère la réalité car nos dirigeants sont de grands manipulateurs et ils m'ont fait passer à l'étranger pour un « putschiste[1] »…

L'Église doit-elle se mêler de politique ?

On devrait certes exercer le pouvoir avec honnêteté et l'Église devrait être à sa manière coresponsable des élections en expliquant aux citoyens de voter selon leur conscience. De privilégier les candidats ayant un projet cohérent, au lieu de s'arrêter à la couleur d'un drapeau, à un sigle ou à quelque discours racoleur voire

1. Oscar Andrès Rodriguez Maradiaga, président de la Conférence épiscopale du Honduras et ses évêques redoutent depuis de coup d'État du 28 juin 2009 une guerre civile car l'Église se refuse à choisir entre le président Zelaya réfugié au Nicaragua, et le président Micheletti. La population souhaiterait pour sa part que le cardinal Maradiaga puisse aider au dialogue.

démagogique. La hiérarchie catholique a un rôle à jouer en éclairant le monde politique et en le faisant méditer sur la doctrine sociale de l'Église. Or, une fois qu'ils ont embrassé cette carrière, bon nombre de politiciens, grisés par leur position, oublient vite ces critères de l'Évangile et préfèrent s'inspirer du *Prince* de Machiavel... C'est donc à nous d'éveiller les consciences en rappelant aux protagonistes qu'il leur faut agir non seulement pour le bien commun mais aussi dans un cadre légal, ce qui en Amérique latine est loin d'être le cas. La laïcité positive chère au président Nicolas Sarkozy me semble être un bon compromis !

Dans une Église pauvre ?...

Bien sûr ! D'ailleurs l'Église catholique est pauvre. Il faut cesser d'assimiler ses grandioses et imposants bâtiments historiques, son côté majestueux et flamboyant, à de la richesse, car cela fait partie du patrimoine de l'humanité ! Le palais du Quirinale, jadis demeure pontificale et actuel siège du gouvernement italien, est beaucoup plus somptueux que le Vatican ! Quant à ses musées, personne ne songerait à les vendre, pas plus que la France n'imaginerait se séparer du Louvre !... Pour le reste, la grande majorité d'entre nous mène une existence modeste. En ce qui me concerne, j'habite dans une maison tout à fait banale offerte à l'archevêché par une femme fortunée qui l'a quittée de son vivant pour nous la donner.

Combien de personnes vivent à vos côtés dans cette maison ?

Je réside là avec deux évêques auxiliaires et deux prêtres. Nous sommes assistés d'une gouvernante et de trois femmes de service, qui nous font une cuisine très simple. Je m'efforce d'ailleurs de prendre mes repas ici et cela me convient très bien, je ne suis pas gourmand ! Nous formons une petite communauté qui nous permet d'avoir une forme de vie de famille…

Prenez-vous le temps de vous accorder un minimum de loisirs ?

Je m'efforce de faire chaque jour de la gymnastique, mais il m'est malheureusement impossible de pratiquer la natation, mon sport favori…

Avez-vous des biens personnels ?

En dehors de mes vêtements, rien ne m'appartient ; ma fierté vient de ce que le diocèse possède une chaîne de télévision qui émet dix-huit heures par jour des programmes religieux mais aussi des émissions éducatives. Avec d'autant plus de mérite que nous avons peu d'annonceurs puisque nous n'acceptons pas la publicité pour les cigarettes, l'alcool et les contraceptifs… De plus, chez nous, les agences sont là encore souvent des « mafias organisées » !

Alors comment faites-vous ?

J'ai d'abord fondé un « club de solidarité » où nos téléspectateurs, des gens généralement sans grands moyens, nous envoient mensuellement l'équivalent d'une pizza. C'est grâce à leur solidarité sans faille et à la sponsorisation de certains de nos programmes éducatifs et culturels que notre très petite chaîne est arrivée à faire concurrence aux géants ! Et nous ne nous sommes pas arrêtés là puisque nous avons aussi des programmes sur notre site, www.lectionautas.com, où trois cent vingt mille jeunes suivent chaque semaine la « Lecture divine ». Grâce à notre collaboration avec des associations américaines d'étude de la Bible, nous voici maintenant présents dans huit pays d'Amérique latine !

La culture rapprocherait donc !

Elle est en tout cas un vecteur efficace pour communiquer. Songez par exemple à la beauté de l'art, telle l'iconographie orientale si harmonieuse, qu'elle peut créer des « ponts » entre les diverses Églises chrétiennes. C'est d'ailleurs l'une des raisons de l'existence du dicastère de la culture, le Conseil pontifical pour la Culture maintenant présidé par Mgr Gianfranco Ravasi[2] et des diverses académies pontificales qui permettent aux grands acteurs du monde culturel de se rencontrer

2. Nommé le 3 septembre 2007 par Benoît XVI, Gianfranco Ravasi est consacré évêque à Saint-Pierre de Rome le 29 septembre de la même année et reçoit le titre d'archevêque *in partibus* de Villamagna in Proconsulari.

et de dialoguer. La musique, la philosophie, l'art n'occupent-ils pas une place importante dans l'existence ?

À quoi le musicien avisé que vous êtes attribue-t-il l'appauvrissement de la musique sacrée ?

La réforme liturgique a sur ce plan laissé un vide désolant qui a fait que beaucoup de ces œuvres magnifiques ne sont plus jouées. Il y avait naguère un peu partout de grandes écoles de chant et de musique, des chorales... Or, dans les paroisses modernes, on entend aujourd'hui plus souvent de la guitare que de l'orgue ! Il est en effet beaucoup plus facile d'apprendre à jouer de la guitare que de l'orgue, de la harpe ou du piano... Même en Europe, où vous avez une grande tradition musicale avec de merveilleux orchestres philharmoniques, mais aussi de musique de chambre et des chorales, cela se perd, alors imaginez en Amérique latine et plus encore au Honduras où nous sommes si pauvres... Sans l'aide de l'État, nous n'avons aucune chance de parvenir à soutenir cette forme de culture !

Jouez-vous toujours d'un instrument de musique ?

Je joue du piano, de l'accordéon, parfois de l'orgue à l'église, et du saxophone lorsqu'un ami m'accompagne au clavier pour un petit air de jazz ou de bossa-nova...

Que pensez-vous des mouvements évangélistes si présents en Amérique latine ?

Ce sont surtout des sectes très « commerciales », qui quémandent sans cesse une dîme à leurs adeptes. Ces sectes, aux origines très diverses qui dans les années 1970 venaient surtout des États-Unis, réussissaient à attirer du monde dans le contexte d'une Église catholique d'Amérique latine alors considérée très à gauche, puis « contaminée » par la théologie de la libération[3], à leurs yeux une idéologie révolutionnaire qu'il fallait absolument détruire… La triste réalité est maintenant celle des pasteurs autoproclamés qui fondent une Église, n'ayant pas de formation religieuse, sans séminaire ni vocations. Ils n'ont à offrir, indépendamment de leur propre personne, que leur sens aigu des affaires et un talent inné pour récolter des fonds. Or, chez nous, à cause du manque d'éducation, la majorité de la population baptisée au berceau ne reçoit généralement ensuite aucune instruction religieuse. C'est pourquoi ces malheureux ne savent pas très bien en quel Dieu croire… Alors les diverses Églises évangéliques et pentecôtistes, historiquement présentes ici depuis la fin de la guerre du Vietnam en 1975, ramènent à elles et séduisent des êtres en quête de foi qui deviennent

3. La théologie de la libération désigne un mouvement social, religieux et théologique issu de l'Église catholique d'Amérique latine des années 1960. L'action politique y apparaît comme une exigence de l'engagement religieux dans la lutte contre la pauvreté. Ses représentants les plus célèbres sont les archevêques Dom Helder Camara et Dom Oscar Romero.

parfois ensuite de véritables fanatiques. Un phénomène pénible et douloureux qui devrait pousser nos prêtres à réfléchir non pas en terme de compétition religieuse mais d'évangélisation sur le terrain, car notre pastorale de masse nous empêche de nous attarder sur les cas particuliers. Et notre action pastorale de base, à l'époque de la Conférence épiscopale de Medellín en Colombie en 1968, avait été un moyen de renforcer la foi dans le monde rural. Au Honduras, où nous n'avons que quatre cent quinze prêtres, trente mille laïcs qui, en communion avec nous, font le relais pour enseigner le catéchisme dans les villages reculés que nous ne pouvons atteindre… C'est ainsi que nous arrivons à lutter contre les sectes !

Quant aux jeunes, l'un des moyens les plus enthousiasmants pour les rapprocher de Dieu a été cette magnifique et lumineuse invention de Jean-Paul II des Journées mondiales de la jeunesse*. Les dernières, celles de Sydney en Australie où j'ai prêché la catéchèse, avant celles de Cologne en Allemagne, m'ont vivement impressionné car elles ont réuni dans le calme et la joie deux cent cinquante mille pèlerins ! Un véritable exploit quand on pense aux désordres engendrés par l'agressivité, l'ivresse, les bagarres qu'occasionnent parfois les matches de foot ! Il faut reconnaître que l'immense talent de Sa Sainteté fut, à travers ces chaleureux événements, de proposer un idéal aux jeunes.

Auriez-vous davantage de vocations si les prêtres pouvaient se marier ?

Sûrement pas car le manque de vocations ne vient pas de l'obligation de célibat mais du fait qu'aujourd'hui rares sont ceux qui veulent s'engager à jamais ! La tendance actuelle des jeunes est de moins en moins se marier et d'agir à court terme. Même si les Honduriens divorcent pour l'instant encore peu, ils ne veulent plus se sentir prisonniers de leur avenir ! Et n'invoquez pas notre moralité rigoureuse quant aux questions sexuelles ! Cela n'a pour eux guère plus d'importance qu'une partie de cartes. Le plaisir est en effet devenu un passe-temps comme un autre, on ne réfléchit plus au fait que la sexualité est un don, un langage d'amour pour communiquer la force de ses sentiments, car l'éducation sentimentale est un art et la chasteté difficile. Certains hommes mariés qui, loin de respecter cette institution ont deux, trois voire quatre familles, bafouent cette autre forme de chasteté qui s'appelle la fidélité. De toute manière, nous devons tous lutter contre la tentation et les pulsions.

Et qu'en est-il du sida ?

Sa propagation ne peut être maîtrisée uniquement par l'utilisation des préservatifs... Il faudrait surtout changer les mentalités, à l'instar de l'Ouganda par exemple, pays de l'Afrique Orientale où grâce à l'éducation des populations, on a peu à peu réussi à ralentir la transmission de la maladie, ce à quoi s'emploie aussi activement la communauté de Sant'Egidio aux quatre coins du monde.

La chasteté est-elle plus difficile pour les laïcs ?

Certainement, car nous, nous vivons notre consécration en n'ayant aucun rapport sexuel. Bien sûr pour nous aussi c'est difficile mais c'est un don de Dieu.

Mais où rejoindre Dieu, dans quel ordre ?

Il n'y a pas qu'une forme de vocation. Le Seigneur appelle et les élus de Dieu choisissent à travers les ordres et les communautés, les fraternités et mouvements charismatiques* celle ou celui qui les attirera. Là est la grâce de Dieu. Les uns opteront pour les ordres traditionnels comme les Salésiens, les Jésuites, les Dominicains*, les Franciscains*... D'autres préféreront rejoindre une communauté... Il n'y a pas d'approche unique. D'ailleurs à l'époque de l'apôtre Paul y avait-il déjà de multiples voies...

Le matérialisme éloigne-t-il de la religion ?

C'est évident, mais ce n'est pas nouveau car dans la Bible, lorsque l'être humain oubliait sa dimension transcendantale et ne pensait qu'à celle matérielle, il s'appauvrissait à plusieurs niveaux. N'assistons-nous pas dans ce siècle à une crise de la pensée, d'où émergent toujours moins de penseurs visionnaires et de leaders hors normes ? En politique, par exemple, au lieu de choisir le plus talentueux, on vote d'abord pour le moins mauvais ! De fait, le matérialisme freine et limite la pensée, bride l'imagination, la poésie, la réflexion et empêche de rêver, de croire à une certaine Providence...

L'Église doit-elle jouer un rôle face à la crise ?

Elle peut avoir, à sa manière, une certaine influence face à la crise mondiale car les problèmes de fond sont ceux de l'éthique, de la morale, du message de l'Évangile, dont l'homme, guidé par l'appât du gain et en voulant toujours plus, s'est souvent éloigné ! En évoquant ceci, je pense notamment aux cent vingt et un millions de dollars reçus sans complexe par les quatre principaux dirigeants de Merrill Lynch, banque américaine de réputation internationale, dont le président John Thain, après la retentissante faillite de la compagnie, a malgré cela empoché sans état d'âme cent soixante-dix millions de dollars d'indemnités ! Un véritable scandale ! J'insiste là-dessus car s'il avait eu un minimum de morale, d'éthique, il n'aurait jamais osé accepter cette somme colossale... Cette forme de vol officiel est en train de ruiner l'humanité... Alors pourquoi « diviniser » ces pratiques qui servent d'abord à enrichir toujours plus une poignée de puissants et très influents financiers au lieu de servir à combattre les injustices ? Ne croyez pas que je m'insurge contre ceux qui gagnent énormément d'argent ; que d'honnêtes et courageux commerçants fassent de brillantes affaires, soit, si après avoir pensé à eux, ils partagent une partie de leurs gains. Ce sont les fortunes privées ou étatiques, malhonnêtement gagnées, qui me révoltent ! Que ce soit chez nous ou ailleurs… Le président Sese Seko Mobutu, le dictateur du Congo, est mort en laissant dans les coffres de banques étrangères quatre mille millions de dollars, un chiffre astronomique, quasi imprononçable… et surtout un trésor volé à son pays qui devrait lui être restitué ! C'est tout aussi indécent que l'argent provenant de la drogue que des banques internationales de grande réputation placent ensuite en Bourse… Je prône depuis de longues années la nécessité d'un tribunal international pour les crimes financiers au même titre qu'il en existe un pour les crimes de guerre. Les fonctions que j'occupe me permettent de m'exprimer publiquement et sans complaisance. C'est important car la doctrine sociale de l'Église est un moyen de faire remonter l'éthique jusqu'aux institutions !

Avec l'allongement de la vie, un prince de l'Église doit-il encore voter après quatre-vingts ans ?

Non, c'est une règle raisonnable car au fil des ans la mémoire s'estompe et on devient forcément moins lucide ; notre rôle n'est point de cumuler les honneurs ou d'exercer le pouvoir mais de servir, et le bon serviteur qui a accompli son devoir se retire… Nous devons faire de même et préparer dans la paix notre rencontre avec le Seigneur.

Vous, si brillant, êtes-vous en compétition avec les autres cardinaux ?

À travers le Celam, les cardinaux et les évêques d'Amérique latine communiquent beaucoup. Loin de rester chacun dans notre petit univers, nous avons des réunions communes car nos défis et nos perspectives sont continentaux. C'est aussi un bon moyen de nous connaître… Quant à la compétition nous n'y pensons pas, le moment venu, nous y réfléchirons…

Et comme président de votre Conférence épiscopale, avez-vous encore du pouvoir ?

[Il rit, marque un temps d'arrêt, fronce les sourcils, prend l'air modeste, puis répond.] Être le président de la Conférence épiscopale du Honduras, pays de cent douze mille kilomètres carrés qui compte onze évêques, ne me donne aucun pouvoir mais surtout des devoirs !

Vue de votre pays, l'Église est-elle démocratique ?

Jusqu'à un certain point, mais qu'est-ce que la démocratie si ce n'est d'abord le pouvoir de voter, et cela nous est acquis. Or l'Église n'est pas une démocratie mais une structure divine et humaine dotée d'un gouvernement central que nous ne pouvons réduire ni à une catégorie ni à une société. Cette entité, fort différente et inclassable, est faite d'écoute, de prière, de morale…

Comment voyez-vous le rôle du pape en ce débur de siècle ?

La mission du souverain pontife est claire : « Une fois converti, confirme ton frère. » Le pape a donc pour mission d'être le cœur de l'Église catholique et son devoir est de confirmer la foi de ses frères. La collégialité épiscopale trouve ainsi son assise dans cette confirmation. Le devoir du pape est surtout de recevoir les évêques. Nous sommes quand même quatre mille qui devons, par petits groupes, rencontrer le Saint-Père tous les cinq ans pour lui rendre compte de notre travail. Ce qui l'oblige à recevoir des évêques presque tous les jours !

Sa deuxième fonction est d'être le pasteur universel. Alors comment la mettre concrètement en pratique ? me direz-vous. Par des visites pastorales et à travers la catéchèse, tous les mercredis matin lors de l'audience générale, qu'on pourrait appeler « mondiale »... Il n'y a pas, en effet, que les pèlerins présents à Rome ou à Castel Gandolfo ; il y a tous ceux qui grâce à la radio et la télévision écoutent ces messages d'espérance transmise par des thèmes porteurs qui éduquent les croyants.

Enfin, le pape dialogue avec le monde par le biais des ambassadeurs près le Saint-Siège, des hauts responsables internationaux qui viennent en audience privée et aussi en réagissant officiellement au gré des événements... Telle est la tâche du magistère de Pierre et elle doit être immuable.

Aimeriez-vous être élu pape ?

Que vous répondre? Une telle responsabilité ne se traduit pas par un désir ! D'ailleurs, comment savoir si on mérite de devenir pape ? Je peux seulement dire que si cela venait du Seigneur, j'obéirais en priant qu'il me donne la grâce d'en être digne. De toute manière, quand on cherche à influer sur le destin, on ne peut alors plus être sûr que cela vienne uniquement de Dieu !

Créé cardinal par le pape Jean-Paul II le 21 février 2001, qu'avez-vous ressenti ?

Ce jour d'hiver 2001 à Rome j'ai éprouvé une grande joie pour mon peuple. J'ai aussi eu l'impression d'avoir encore plus de responsabilités qu'auparavant parce que mon rôle essentiel est non seulement de servir l'Église mais aussi de lui donner si nécessaire mon sang… et je n'ai pas peur de la mort !

Le cardinal Odilo Pedro Scherer : l'archevêque de São Paulo est à la tête du plus grand diocèse de l'hémisphère Sud

Lorsqu'on croise Son Éminence Odilo Pedro Scherer, un homme de belle prestance aux traits fins et au perçant regard bleu, on ne pense certes pas qu'il est sud-américain ! En fait, comme bon nombre de prélats brésiliens, il est d'origine allemande, d'arrière-grands-parents paternels nés en Sarre, avec une mère elle aussi d'ascendance germanique, mais brésilien à la troisième génération.

Le cardinal archevêque de São Paulo, soixante ans, à la tête de la plus vaste mégapole de l'hémisphère Sud, incarne parfaitement la nouvelle génération de cardinaux d'Amérique latine. Celle qui privilégie l'action sur le terrain et tente dans son cas d'abord d'enrayer la déchristianisation d'une population pauvre toujours plus attirée par les sectes. Car un monde sépare en effet le nord et le sud de l'Église et ce pays de huit millions et demi de kilomètres carrés, presque aussi vaste qu'un continent, est de ceux où d'autres mouvements tissent leur toile. Des sectes surtout qui sont autant de miroirs déformants pour une population confrontée à une terrible misère où des pasteurs généralement autoproclamés vantent avec talent la « théologie de la prospérité ». Un discours racoleur qui attire d'abord les pauvres qui, ayant souvent été déçus par des promesses non tenues, vont ou reviennent dans la religion catholique. Don Odilo, comme l'appellent avec familiarité les habitants de la mégalopole aux deux mille cinq cent soixante-dix-huit gratte-ciel, il a toujours exercé son ministère avec une approche missionnaire, en allant d'abord visiter les plus démunis. Car s'il est secrétaire général de la Conférence du Brésil depuis 2003, il est d'abord l'avocat des gens sans défense et combat au quotidien les injustices sociales, dans cette ville où deux millions de brésiliens vivent encore dans les favelas. Haut prélat charismatique et grande figure locale, il évoque avec beaucoup de lucidité la « théologie de la libération », désormais dépassée quant à ses fondements et ses méthodes marxistes mais dont la doctrine sociale reste d'après lui toujours valable. Un cardinal interventionniste ? Il n'a pas de relations suivies avec le président Luis Inácio Lula da Silva et d'ailleurs l'Église ne l'a jamais officiellement soutenu. Cependant, s'il a été élu grâce aux voix des catholiques et qu'en tant qu'archevêque de São Paulo, il tient à son indépendance, il lui semble néanmoins important d'entretenir de bons rapports avec le gouvernement tout en déplorant que, autant parmi les ministres que les députés, certains soutiennent des projets de loi à ses yeux inacceptables. Au Brésil comme dans le reste de l'Amérique du Sud, se pose inévitablement la question de la dépénalisation de l'IVG. Cette proposition a déclenché en 2007 les foudres de la hiérarchie catholique brésilienne. « Un référendum sur le droit de tuer, c'est absurde », avait alors lâché le très écouté archevêque, qui souligne que les laïcs sont à ses côtés les missionnaires de l'Évangile, avec un réel rôle à remplir dans la société : « car ceux-ci incarnent la présence de l'Évangile au cœur du monde moderne auquel, partout où ils se trouvent ils apportent la lumière, le sel et le vin ».

Il est étonnant de voir un personnage « régner » sur la plus grande ville de l'hémisphère Sud où vivent onze millions d'habitants, rester aussi proche des gens. Il n'a jamais l'air de se donner de l'importance, juste fier, comme il l'avoue au détour d'une phrase, d'avoir pu guider tout au long du voyage apostolique du pape Benoît XVI au Brésil, en mai 2007, Sa Sainteté en allemand, une langue qu'il parle naturellement parfaitement !

Le cardinal Odilo Pedro Scherer

Éminence, votre archevêché est riche de combien de millions d'âmes ?

Notre archevêché de São Paulo, le troisième au monde par sa taille après ceux de Sibérie et du Sahara, compte quelque quatre millions et demi d'âmes.

Parlez-moi de votre Église.

C'est une Église dynamique, très unie et importante sur le plan de la vie ecclésiale. São Paulo a été fondée par les jésuites missionnaires en 1554 et les catholiques sont encore très présents au cœur de cette mégalopole. L'archevêché comprend neuf diocèses, deux cent quatre-vingt-dix-huit paroisses et sept cent quatre-vingts prêtres sans compter les communautés religieuses et les autres structures religieuses, pastorales et sociales.

Vous portez un nom allemand…

En effet, mes arrière-grands-parents émigrés allemands, étaient nés à Theley en Sarre vers 1875. Artisans et agriculteurs en Europe, ils ont fait la même chose lorsqu'ils se sont installés au Brésil. Mes grands-parents étant nés ici, nous sommes maintenant la troisième génération brésilienne. Mon père a donc continué à cultiver la terre et ma mère s'occupait de ses onze enfants. Mais bien qu'appartenant à une famille aussi nombreuse, je suis le seul à avoir choisi la voie religieuse. Parmi mes frères et sœurs, il y a des agriculteurs, un médecin, un professeur d'université, un ingénieur en électronique et un autre en agronomie.

Vous sentez-vous Brésilien ?

Je suis brésilien de cœur et totalement intégré à ce pays. En dehors du portugais, je parle allemand, espagnol, italien, français et anglais. Je connais un peu la culture allemande, naturellement, mais je suis profondément brésilien. D'ailleurs, je mange des plats brésiliens, parfois arrosés de bons vins rouges… Sinon, je bois des jus de fruits.

Quel est le rôle d'un archevêque à la tête d'un tel diocèse ?

Bien sûr d'abord de coordonner et d'animer avec mes six évêques auxiliaires, nos sept cent quatre-vingts prêtres et nos collaborateurs la vie ecclésiale de l'archevêché.

Avez-vous une place officielle dans le gouvernement ?

Au Brésil, nous n'occupons pas de rang dans le protocole de l'État et j'entretiens avec le président Lula Luis Iniacio da Silva des rapports officiels cordiaux.

Êtes-vous attentif à la protection des Indiens ?

Dans São Paulo, il n'y a qu'une petite communauté d'Indiens, qui reçoit l'assistance de l'Église car ceux-ci vivent surtout dans l'immense région d'Amazonie, dans le tropique de l'Équateur alors que São Paulo est à l'opposé, dans le tropique du Capricorne. Ce sont donc les évêques d'Amazonie qui les défendent, leur apportent une assistance morale et les soutiennent sur le plan pastoral.

Qui, dans votre pays, s'investit pour eux ?

L'Église bien sûr, avec ses organisations religieuses non gouvernementales, très dévouées à leur cause. Ce sont d'ardents « avocats » des Indiens sur tout le continent brésilien. L'Église était là parmi eux dès l'arrivée des premiers missionnaires jésuites au milieu du XVIe siècle[1]. Ils ont encouragé la défense de leurs droits et de leur culture, les ont protégés et ont essayé d'apaiser les litiges dus notamment aux guerres internes et externes. Depuis lors, des missionnaires, des associations catholiques mais aussi d'autres Églises sont présents partout où vivent les Indiens, soit majoritairement en Amazonie. Les diocèses de ces régions aidés par les congrégations religieuses, soutiennent activement les indigènes et se battent pour leur défense, celle de leurs droits et de leur culture.

1. Les premiers missionnaires jésuites sont arrivés à Bahia le 29 mars 1549. Résolument opposés à la mise en esclavage des Indiens, ils étaient une véritable cible pour les colons et les autorités.

Pensez-vous que comme en Europe l'âme chrétienne soit menacée ?

« Menacée » ne me paraît pas le terme exact car l'âme chrétienne est davantage en train de changer que de s'éteindre. Si, jusqu'à maintenant chez les Latino-Américains elle était surtout catholique, au fil des ans elle tend à devenir chaque jour davantage d'expression multireligieuse. Les mouvements pentecôtistes, les communautés évangéliques venues des États-Unis ou même nées ici et parfois considérées comme des sectes, qui représentent environ 5 % de la population, sont devenues très envahissantes et modifient en quelque sorte l'âme chrétienne jusque-là surtout catholique. Une réalité que nous ne pouvons ignorer mais, au lieu de nous sentir menacés, nous devons en tenir compte et analyser ceci comme un réel changement de l'approche de la religion.

Quel héritage reste-t-il de la théologie de la libération ?

À son apogée, pendant les années 1970-1980, la « théologie de la libération » a été à ce moment-là vraiment importante au Brésil[2]. Elle continue d'une certaine manière d'exister et si on y fait toujours

2. La théologie de la libération est née officiellement en 1968, lors de la Conférence épiscopale d'Amérique latine à Medellín (Colombie). Développée par des penseurs latino-américains tels que Dom Helder Camara, Gustavo Gutiérrez, Leonardo Boff ou Frai Betto, elle luttait pour la décolonisation et la libération des peuples, dans la droite ligne de la montée du socialisme qui suivit la Seconde Guerre mondiale.

référence dans certains endroits, elle n'a plus du tout le même rayonnement. De plus, il faut distinguer son idéologie de son discours progressiste... Des thèmes toujours d'actualité car la doctrine sociale de l'Église est un point central, certes, mais qui ne doit pas faire l'objet d'une théologie à part, d'un groupe ou d'un mouvement. Si cette « théologie de la libération » a certainement engendré de multiples malentendus, des erreurs, malgré cela certains de ses préceptes restent hélas tout à fait valables : la défense des droits de l'homme, de la dignité humaine, la justice économique et sociale, c'est-à-dire la meilleure répartition des biens universels, la solidarité entre les peuples nous tiennent vraiment à cœur. D'ailleurs, Benoît XVI en visite pastorale au Brésil en mai 2007[3] avait beaucoup insisté sur cette assistance aux plus démunis lors de sa conférence au sanctuaire d'Aparecida.

La présence de très nombreuses sectes est-elle inquiétante ?

Je ne peux pas nier qu'au Brésil comme dans d'autres pays c'est un vrai problème, principalement lié à la culture, et que nous devons aborder avec une patience, une évangélisation plus pénétrante et mieux adaptée à nos populations. De fait, elles ont une manière plus racoleuse, beaucoup moins honnête que nous, de présenter la religion ou de promettre à leurs adeptes une amélioration de leur existence ! Or l'être humain a un besoin religieux évident.

---

3. Le pape Benoît XVI a effectué une visite pastorale au Brésil du 9 au 13 mai 2007.

Je ne vais pas vous dire qu'ils proposent « plus » mais ils s'y prennent différemment, en employant des images plus attractives avec un discours toujours optimiste alors que nous cherchons aussi, à travers un message de conversion par exemple, à transmettre l'Évangile. Nous proclamons dans la joie le message de Jésus afin que nos futurs baptisés se sentent totalement immergés dans la foi. Ce qui n'a pas grand-chose à voir avec leurs « mouvements », qui offrent une réponse positive aux besoins les plus immédiats tels que la guérison, l'entraide. Lorsque leurs adeptes sont au chômage, malades, isolés, en proie aux difficultés familiales, ils évoquent le « miracle ». Ne me parlez pas toutefois de superstitions et de fétichisme, je n'aime pas ces mots-là car ce n'est pas la bonne définition. En fait, certaines religions plutôt naturalistes font référence à la « magie »... Un sentiment religieux peut, d'une certaine manière, comporter une part de magie, mais qui ne s'apparente ni au fétichisme ni à la superstition. Ces concepts sont ceux de mouvements d'autres parties du monde. Notre but, notre défi, est d'annoncer l'Évangile, de proposer aux Brésiliens un idéal spirituel, mais pas de combattre les autres religions. Notre seule bannière, si je puis dire, ce sont tous ceux qui ont besoin de nous. Tous ne sont pas chrétiens mais ils nous intéressent car ils sont aimés de Dieu.

Et l'âme chrétienne ?

Les pentecôtistes, comme d'autres, sont en augmentation en Amérique latine notamment... Mais laissons de côté l'Amérique latine qui est un concept trop large pour évoquer le peuple brésilien car je ne peux pas faire de généralités et appliquer ce raisonnement à l'Argentine, au Mexique, aux Caraïbes... puisque l'Amérique latine est un continent où chaque pays a ses caractéristiques propres. Le Brésil a été façonné par son héritage et sa culture portugaise alors que les autres nations portent l'empreinte d'une culture hispanique et chez nous, l'âme chrétienne est enracinée au plus profond de la nature de l'être humain, elle est en quelque sorte inscrite dans ses gènes. Je vois donc là une modification de leur comportement, un changement, une évolution, mais pas une réelle menace des autres religions.

La crise des vocations vous inquiète-t-elle ?

La vocation au sacerdoce ou à la vie consacrée dépend largement de la vitalité chrétienne au sein de nos familles, et de notre environnement religieux. Comment ne pas être pessimistes, en Europe notamment, où sévissent une profonde crise de la foi et une réelle déchristianisation... C'est pourquoi on ne peut que se réjouir de voir depuis quelques décennies apparaître des communautés nouvelles qui offrent une autre alternative de vie, moins traditionnelle, mais avec une expérience de la foi plus approfondie qui, de nos jours, entraîne aussi me semble-t-il davantage de vocations. Ceci n'est pas, à mon avis, lié à la modernité. Je ne crois pas en effet que ces jeunes soient attirés par ces communautés parce qu'elles sont plus ouvertes, moins conventionnelles et austères, car elles sont aussi très exigeantes et rigoureuses sur le plan de la discipline. C'est justement cette expérience ecclésiale si pure et profonde qui les séduit.

Et si les prêtres pouvaient se marier ?

Il ne me paraît pas que cette question soit vraiment importante face aux multiples défis auxquels l'Église sera confrontée dans les prochaines années et, de toute manière, je ne crois pas qu'elle changera d'optique.

Avez-vous des communautés chez vous ?

Oui, nous en avons en grand nombre : Shalom, Maranatha, O Caminho, Toca de Assis, Aliança de Misericórdia, Missão Belém, Canção Nova et tant d'autres...

Les religions émergentes vous inquiètent-elles ?

Notre rôle n'est pas de regarder ailleurs mais d'abord devant nous, en nous engageant dans l'accomplissement de notre propre mission en intégrant de nouvelles méthodes, c'est-à-dire en étant capables de nous adapter. Il faut que l'Église ouvre les yeux et comprenne quels sont ses nouveaux enjeux, ses défis, les situations insolites auxquelles elle sera confrontée. Notre inquiétude, notre énergie ne doivent pas porter sur la façon de combattre l'expression des religions émergentes ; notre rôle est de nous concentrer sur le catholicisme, sur comment aider et accompagner nos fidèles afin qu'ils redonnent une dimension et une place à Dieu. L'instruction religieuse et l'approfondissement de la chrétienté au cœur même de nos familles, quotidiennement dans notre milieu et dans la société sont plus importants que d'« espionner » nos voisins !

L'Église doit-elle être pauvre ?

Il faudrait d'abord définir ce qui dans notre cas signifie « être pauvre » ! L'Église ne doit pas chercher à s'enrichir et les gens d'Église ont le devoir de mener une existence austère. En ce sens, l'Église se doit d'être modeste et non flamboyante. Elle ne peut pas, cependant, renoncer aux moyens nécessaires à l'accomplissement de sa propre mission, ce qui nécessite forcément de l'argent ! Je vis pour ma part dans un quartier populaire, dans une banale petite maison attenante à celle de moniales contemplatives. Je la partage d'ailleurs avec quatre religieuses et un prêtre et j'ai pour m'aider une secrétaire et un chauffeur.

Le matérialisme va-t-il de pair avec la religion ?

Le matérialisme vise à remplacer Dieu et la religion tout en conduisant l'homme à se désintéresser et à se détourner de Lui. Il est aussi profondément trompeur pour l'être humain et l'entraîne souvent à mener une existence qui peut avoir des conséquences tragiques pour lui, pour son entourage et pour la société en général. Le matérialisme est en réalité sournois et il détourne l'homme de Dieu en le rendant apparemment heureux jusqu'à ce qu'il réalise devant quel abîme il se trouve soudain, incapable de répondre et de faire face aux grandes questions existentielles…

Y a-t-il encore une place pour le sacré ?

Bien sûr ! Et ce qui paraît étrange est qu'on critique l'aspect traditionnel du sacré de l'Église et qu'en même temps on assiste à un engouement pour les formes de religiosité primitives et la magie ! Afin d'étendre son horizon, l'être humain est perpétuellement à la recherche d'une forme de sacralité car, souvent, sa réalité quotidienne ne le satisfait pas pleinement. Toujours en quête d'autre chose il est un éternel chasseur et pèlerin de Dieu qui face aux autres préfère ne jamais l'avouer, parfois même le nier !

Comment motiver les jeunes ?

En leur parlant du Christ avec fierté et majesté, en leur donnant de l'espoir. Notre rôle est de nous adresser à eux le plus souvent possible, de les aider à comprendre ce que nous autres, les ministres du culte catholique, leur proposons, afin de leur permettre de mieux découvrir Jésus. On aime rarement ce que l'on ne connaît pas. Les jeunes veulent donner un sens à leur vie et sont à la recherche de la vérité et de vertus apaisantes, telles la beauté, la bonté, la plénitude… Il faut les guider, c'est notre rôle, et leur répéter, comme l'a fait Sa Sainteté Jean-Paul II en 2004[4], « N'ayez pas peur ! », des mots que depuis, le pape Benoît XVI leur a aussi répétés.

Vous qui avez un langage moderne, êtes-vous pour le célibat des prêtres ?

Oui, et c'est un don de Dieu pour la mission de l'Église. D'ailleurs le problème n'est pas tant le célibat que l'approche de cette règle sacerdotale sur le plan religieux, laquelle a un sens et une réelle dimension, souvent mal comprise. L'Église doit être fidèle à son Évangile. Ce principe est valable pour le célibat des prêtres mais également dans le mariage car la fidélité du couple requiert de nos jours une véritable discipline et une grande maîtrise de soi. Quant au douloureux problème du sida, il faut malheureusement souligner que c'est en Afrique que la pandémie se propage le plus… surtout dans des pays où l'Église catholique est peu présente et où son influence demeure inévitablement limitée.

4. Homélie du pape Jean-Paul II le dimanche des Rameaux (4 avril 2004) : « Mais vous, chers jeunes, n'ayez pas peur de proclamer l'Évangile de la Croix en toutes circonstances. N'ayez pas peur d'aller à contre-courant ! »

Les jeunes paraissent plus tentés par Internet que par la religion…

Certainement ! Comment nier que les médias et Internet nous font une vive concurrence. Internet est par certains aspects extraordinaire et d'une efficacité inouïe mais parfois redoutable. En effet, ces moyens de communiquer modernes avec leurs aspects virtuels peuvent aussi amener des gens à concentrer toute leur énergie là-dessus en se détournant de l'essentiel. Internet peut insidieusement les guider vers un vide existentiel ; j'insiste là-dessus car cela ne concerne pas uniquement la religion, l'Évangile… mais peut avoir une incidence sur la famille, les relations du couple, l'influence sur sa propre personne, voire sur la santé… Comme pour le reste, tout est question de dosage et de discernement !

Quelle est la première mission du pape ?

Si l'on fait référence à l'Église de Rome en tant que diocèse de Rome, son rôle essentiel dans l'Église est de la représenter, d'encourager les croyants et de veiller à son unité. Nous pouvons concrètement illustrer cela en reprenant les paroles de Jésus à l'apôtre Pierre. Le rapport du pape au monde et à l'humanité est comme celui du *pater familias* au sein d'une famille normale. De même qu'il est l'élément fort autour d'eux, le souverain pontife est la référence suprême pour l'unité de la grande famille que constituent le monde catholique et aussi l'humanité tout entière.

L'Église doit-elle s'immiscer dans la politique ?

La position du magistère de l'Église est limpide, sans ambiguïté et le clergé ne doit pas participer à l'action politique ni être membre d'un parti. En revanche, les laïcs compétents et formés à la politique devraient, lorsqu'ils prennent des mesures et des décisions spontanément, avoir des réflexes chrétiens et toujours agir en fonction de la doctrine sociale de l'Église[5] afin de mieux participer à l'élaboration de la société.

Lorsqu'on a la responsabilité du plus grand diocèse de l'hémisphère Sud, a-t-on encore des loisirs ?

Il me reste peu de temps, c'est vrai ! Toutefois, j'aime bien la musique et je profite de la nature, des plantes, de la montagne… Cela fait fort longtemps que je ne prends plus de vraies vacances mais pour rester en forme je me réserve chaque jour un petit moment de détente.

Les cardinaux sont-ils ambitieux ?

Dans le passé, toutes sortes d'intrigues politiques, sentimentales, et d'histoires célèbres ont nourri la littérature à une époque où de très fortunés princes de l'Église menaient une existence fort brillante dans de magnifiques palais ! Cette vision du cardinalat relève

---

5. La doctrine sociale de l'Église désigne les textes et la réflexion produite par le magistère catholique en vue d'incarner l'Évangile dans les réalités politiques, économiques et sociales. Son but est d'aider les catholiques à faire le lien entre la vie de foi et l'engagement dans la vie sociale.

maintenant de la pure imagination et n'a rien à voir avec notre quotidien plutôt austère… Au XXIe siècle, nous sommes surtout extrêmement occupés et travaillons tous énormément.

Y a-t-il compétition ou complicité entre vous ?

Pour ce qui est des cardinaux d'Amérique du Sud, le continent est si vaste que nous nous rencontrons rarement et, de ce fait, nous nous connaissons assez mal. Mais, bien plus que de la compétition, chacun est avant tout pris par sa lourde tâche et l'accomplissement de sa mission dont les responsabilités entraînent à une profonde solidarité, j'oserais même dire à un esprit fraternel.

Qu'avez-vous ressenti quand vous avez été créé cardinal ?

J'ai été consacré évêque en 2001, puis archevêque six mois plus tard, ce qui n'a surpris personne car il y a toujours eu un archevêque à São Paulo. En revanche, lorsque le pape Benoît XVI m'a créé cardinal lors du consistoire de novembre 2007, je ne m'y attendais pas, car je n'étais âgé que de cinquante-huit ans ! Passé ce moment d'étonnement, j'ai vite ressenti une profonde émotion et beaucoup de joie, car ce témoignage du Saint-Père m'a rappelé qu'à chaque instant ma mission est d'être à ses côtés pour l'aider à faire rayonner l'Église universelle.

III

LES CARDINAUX SOUS LES BOMBES

Le patriarche de Babylone des Chaldéens est le seul cardinal à réciter le *Notre Père* en araméen la langue de Jésus

Le vieil homme racé de quatre-vingt-deux ans, au profil de Bédouin et aux petits yeux pétillants, regarde autour de lui, l'air inquiet, presque déconcerté par le silence sépulcral qui règne à l'ombre de Saint-Pierre. Emmanuel III Delly n'est guère habitué à cette atmosphère de paix. Lui qui vit dans la fragile zone rouge de Bagdad, où jaunissent des palmiers jamais arrosés, où il entend plusieurs fois par jour l'appel du muezzin, mais aussi trop souvent, le crépitement des mitraillettes.

Le courageux octogénaire est la tête de cette très ancienne communauté chrétienne, composée de Chaldéens*, mais aussi de Nestoriens, Syriaques, Suriyani, Syriens, Jacobites, Araméens et Assyriens, rattachée à Rome depuis trois cents ans. Un million de fidèles chrétiens irakiens sont guidés par le Patriarche. Des chrétiens[1] auxquels Jean-Paul II était venu rendre visite en 1991.

1. Soit 3,2 % de la population.

Quel destin, en effet, que celui du patriarche de Babylone des Chaldéens, dont les consonances à elles seules évoquent l'antique Mésopotamie avec ses résonnances bibliques ! Benjamin de sept enfants, né dans une famille de petits propriétaires terriens de Telkaïf, dans le nord du pays, il est, comme ses aînés, baptisé huit jours après sa naissance. Emmanuel Karim semble avoir une voie toute tracée : tel son grand-père et son père, il labourera le sol fertile de cette péninsule arabique des rives du Nil où, depuis quatorze siècles, héritiers d'une même terre les chrétiens, arrivés les premiers, et les musulmans vivent ensemble. C'est ce qu'espère le *pater familias* dont l'épouse est prématurément décédée à l'âge de trente-cinq ans. Or le petit dernier a la vocation. Il entre au séminaire de Rome, suit des études classiques de droit canon, de théologie et de philosophie à l'Université pontificale urbanienne qui lui vaudront d'être brillamment diplômé dans ces trois disciplines, y est ordonné prêtre le 21 décembre 1952 et rentre à Bagdad. D'abord secrétaire auxiliaire de son patriarche, puis évêque, il siège au concile Vatican II auquel, auparavant, il avait participé en tant qu'expert. En 1967, il devient archevêque titulaire de Kaskar, tout en restant aux côtés du patriarche. Élu par les évêques chaldéens, il lui succède en 2003.

Quatre années plus tard, le pape Benoît XVI crée Emmanuel Karim Delly cardinal. Ce prince de l'Église dans l'Église latine, qui fait l'admiration des cardinaux romains, est en Orient le pape des Chaldéens de Babylone. Une communauté où, avec une profonde solennité et un immense respect, on s'adresse à lui d'un « Votre Béatitude ». Une fonction et un titre prestigieux sur cette terre d'Abraham chargée d'histoire et de symboles qui valent à cette personnalité émouvante, dégageant une réelle force malgré son physique menu, d'être reçue comme un chef d'État lors de ses tournées internationales pour soutenir la diaspora chrétienne. Ce qui fut le cas notamment à Paris en mai 2005. Emmanuel III Delly est un « frère d'Orient », comme l'appellent affectueusement ses collègues du Vatican, saluant en lui une grande figure qui continue de se battre jour après jour pour préserver des traditions séculaires. À ses yeux « un trésor pour l'Église universelle socle de tout notre édifice chrétien ». Il n'aime que cette région où, à quatre-vingt-deux ans, il survit et porte, sans jamais soupirer, sa croix depuis un demi-siècle malgré les massacres, les assassinats, les attentats suicides, les séquestrations, les meurtres, les enlèvements, les explosions dans les bâtiments religieux, les violences interconfessionnelles… Ce conflit tragique, commencé avec la guerre du Golfe en 1991, a poussé quelque cent mille chrétiens irakiens à émigrer vers les États-Unis et le Canada pour fuir la politique répressive de Saddam Hussein, avant que les combats ne reprennent en 2003. Il ne peut bien sûr oublier non plus, comme il me l'a confié de sa voix basse avec ses intonations lentes, « les années terribles où nos religieux et religieuses ont tellement souffert, en particulier lorsqu'en février 2008 Mgr Faraj Rahou, l'archevêque catholique chaldéen de Mossoul, est mort en martyr pendant sa captivité ».

Pourtant, malgré ces drames innombrables, le déterminé 110e patriarche de Bagdad, l'une des plus anciennes circonscriptions ecclésiales d'Orient, fait régulièrement la tournée de ses églises sous les bombes. Et dans cette guerre sans fin où le divin paraît si loin, le chef religieux d'un million de fidèles dans le monde, viscéralement attaché à sa patrie, veut croire qu'un jour les belles icônes de la résurrection resplendiront à nouveau, d'où partirent jadis les rois mages sur la route de Bethléem pour aller se prosterner devant l'Enfant Jésus…

Emmanuel III Karim Delly, patriarche de Babylone des Chaldéens

Votre Béatitude, pouvez-vous nous décrire votre mission ?

Depuis décembre 2003, j'ai été élu[1] patriarche de Babylone des Chaldéens par mes pairs, les vingt-deux membres du synode des évêques chaldéens, puis j'ai reçu quatre années après, en novembre 2007, la barrette des mains du pape Benoît XVI. Irakien, originaire de Telkaïf, près de Mossoul[2], je suis à la tête de cette très ancienne Église orientale assyrienne, rattachée à Rome depuis le XVIe siècle. La plus nombreuse communauté chrétienne d'Irak, dont les quelque deux cent cinquante mille fidèles résident en Irak, à Bagdad et au nord du pays surtout, c'est-à-dire à Kirkûk, Erbil et Mossoul, mais également de par le monde.

Quelle est votre histoire personnelle ?

Né en Mésopotamie, sur la terre d'Abraham, fils d'un agriculteur de la moyenne bourgeoisie irakienne,

---

1. Emmanuel Karim Delly, 110e patriarche de Bagdad, a pris le nom d'Emmanuel III.
2. Ville de Tarak Aziz, ancien ministre de Saddam Hussein, fief de la grande majorité des Chaldéens installés aux États-Unis.

benjamin d'une famille de neuf enfants, je suis devenu prêtre en 1952 après avoir été séminariste à Rome. C'est là que j'ai fini mes études en droit canon, théologie et, philosophie avant de revenir en Irak[3] où je suis entré au Patriarcat de Bagdad. D'abord comme secrétaire du patriarche, puis en tant qu'évêque auxiliaire. J'ai ensuite été nommé archevêque titulaire de Kaskar, tout en restant évêque auxiliaire du Patriarcat de Babylone des Chaldéens. Vous connaissez la suite…

Votre existence quotidienne paraît fort difficile…

Cela fait quarante-neuf ans que j'habite à Bagdad. J'ai connu bien des régimes depuis Abdul Karim Qasim[4] jusqu'à Saddam Hussein et survécu à des périodes terribles dont la guerre, bien sûr ! D'abord celle du Golfe en 1991, où cent cinquante mille chrétiens irakiens ont émigré pour fuir la politique répressive de Saddam Hussein, avant ce dernier conflit depuis mars 2003, avec ses innombrables blessés et cadavres dans les rues et, là encore, la persécution systématique des chrétiens et les heures sombres des violences interconfessionnelles… Sans oublier ces terribles années où nous, religieux et

3. Docteur en théologie sacrée de l'Université Urbaniana et en droit canon de la Lateranese, diplômé en philosophie de cette même université.
4. Abdul Karim Qasim (1914-1963), aussi appelé général Kasem, profite d'exercices militaires le 14 juillet 1958 pour s'emparer du pouvoir avec ses partenaires communistes. De juillet 1958 à février 1963, il occupe les postes de Premier ministre et de ministre de la Défense, et mettra fin au pacte de Bagdad pour se rapprocher de l'Union soviétique. Il sera assassiné le 9 février 1963.

religieuses, avons tant souffert… Si notre situation est tragique dans ce pays en sang, où les prêtres exercent jour après jour leur ministère au risque de leur vie, je veux néanmoins continuer de partager leur existence quotidienne et celle du peuple irakien sans aucune protection rapprochée en dehors de la main de Dieu. Tel est mon premier devoir comme pasteur de l'Église chaldéenne, et je remercie infiniment Sa Sainteté le pape Benoît XVI qui a tenu à me créer cardinal de l'Église catholique romaine et apostolique. Cela me donne régulièrement, lors du synode des évêques notamment, l'occasion de retourner dans la Ville éternelle où j'ai étudié !

Quel est le quotidien des chrétiens d'Irak ?

Pourquoi évoquer uniquement les chrétiens ? Je tiens à citer tous les Irakiens qui vivent ici, car, dans notre pays, lorsqu'une voiture piégée explose, elle fait autant de victimes parmi les chrétiens que chez les musulmans, alors demandez-moi plutôt comme va le peuple irakien… et je vous répondrai avec beaucoup de tristesse qu'il va mal, très mal ! Musulman ou pas, chacun prie le Seigneur pour que la paix revienne enfin et que nous puissions un jour retrouver sécurité et tranquillité ! Notre pauvre peuple, torturé depuis de si longues années, le mérite vraiment. Quant à moi, j'implore les grands leaders internationaux, ceux des Nations unies et les autres, ainsi que l'opinion publique mondiale et les hauts responsables de notre pays à se pencher sur notre terrible sort et à nous aider. Certes, notre terre est prospère, mais notre peuple est misérable. Je remercie sincèrement tous les étrangers, les Libanais, Turcs, Syriens, Jordaniens, ainsi que les Français, Italiens, Allemands... qui accueillent nos réfugiés et leur permettent ainsi de vivre, de travailler. D'ailleurs, il faut reconnaître que si nous ne possédions pas de telles richesses[5], personne ne s'intéresserait à nous car il y a tant de pays pauvres que ce serait presque banal. Le Seigneur nous a donné de multiples ressources naturelles convoitées par le monde entier d'où, j'insiste, le très vif intérêt que les grandes puissances portent à notre région.

Le pape a-t-il une influence sur la paix en Irak?

Comment voulez-vous que le Saint-Père puisse réellement nous aider? Il prie certes pour nous et fait régulièrement depuis le Vatican des déclarations en faveur de notre pauvre pays, il envoie aussi souvent ses émissaires qui tentent d'intervenir... mais il ne peut guère aller plus loin, si ce n'est continuer d'alerter sans cesse les représentants diplomatiques du Saint-Siège auprès des organisations internationales européennes et de l'ONU afin qu'elles soutiennent notre Église d'Irak en péril.

---

5. L'Irak possède un sous-sol extrêmement riche : il est au troisième rang mondial pour les réserves de pétrole (au douzième rang pour la production) et au dizième pour le gaz. L'élevage est consacré principalement au mouton, mais la production agricole est dense : beaucoup de fruits (dattes, aubergines, pastèques, melons, oranges) et des légumes, telles l'orge et la pomme de terre.

Votre Béatitude, revenons à cette richesse que vous évoquiez…

Nous aider avec de l'argent n'est pas souhaitable, l'important est que le peuple irakien puisse espérer vivre ici, retrouver la sérénité et travailler sur place… Car lorsque nous connaîtrons enfin la paix et que les Irakiens seront moins effrayés, en quelques mois nous réussirons à relancer notre économie. C'est en effet une situation quasi désespérante que de voir dans son propre pays tant de jeunes au chômage ! Pour ma part, j'avoue que je suis terriblement désarmé et que je souffre dans mes entrailles lorsque, par exemple, je croise à Paris un jeune ingénieur irakien qui mendie dans la rue ! « Mais que fais-tu ici ?… » me suis-je un jour exclamé en voyant un Irakien d'une vingtaine d'années sur le trottoir. Il m'a alors simplement répondu qu'il avait peur, tout comme une grande partie de notre jeunesse, terriblement traumatisée par notre situation politique. Une génération qui réagit ainsi car, pétrifiée par la crainte du lendemain, elle préfère rester à l'étranger. Tous fils de Dieu, nous sommes issus de la même famille et donc humainement des frères, c'est pourquoi je le répète : il faut impérativement nous venir en aide !

Parlez-moi des catholiques.

Vous évoquez les sept cent mille chrétiens ici qui officiellement, selon le gouvernement, constituent seulement 3,2 % de la population[6]... C'est faux, parce que leur niveau culturel et social n'est guère pris en compte alors que nos chrétiens sont instruits, cultivés, brillants. Ils parlent généralement plusieurs langues et ont souvent reçu une éducation très internationale, raisons pour lesquelles ces chiffres très bas ne traduisent pas la réalité puisqu'ils se réfèrent uniquement aux citoyens établis en Irak depuis une époque antérieure à l'islam. De fait, comme le déclarent publiquement et régulièrement les évêques irakiens, nous étions là bien avant l'avènement de l'islam. Les Syro-Chaldéens sont les véritables Irakiens ! Il faut se rappeler qu'au commencement du christianisme, les apôtres se sont dispersés ; Paul et Pierre sont allés vers Rome, d'autres apôtres vers l'Orient dont la première base est Babylone[7], l'un des berceaux du christianisme[8] ! N'oublions pas que d'Israël, de Syrie, de Smyrne, on

6. Appartenances religieuses : 96 % de musulmans ; 3,2 % de chrétiens ; 0,8 % d'autres religions, ce qui en chiffres fait 921 920 chrétiens, dont 304 000 catholiques baptisés. (Le 15 octobre 2005, l'Irak s'est donné une nouvelle Constitution qui proclame l'islam comme religion officielle et stipule qu'aucune loi ne pourrait être approuvée si elle est en contradiction avec la loi islamique. Le texte énonce aussi que l'État défend les droits de liberté et les droits religieux et garantit les droits administratifs, politiques, culturels et éducatifs aux différentes ethnies irakiennes, dont les Assyro-Chaldéens qui sont nommément cités.) (Source : AED.)

7. Babylone était une ville de basse-Mésopotamie dont les imposantes ruines se situent à cent soixante kilomètres au sud-est de Bagdad. Fondée par les Akkadiens vers 2825 av.-Jésus-Christ, c'est Nabuchodonosor II qui y fit construire les principaux monuments, dont les célèbres « jardins suspendus », l'une des Sept Merveilles du monde. Alexandre la choisit pour capitale de l'Asie et y mourut en 323 av.-Jésus-Christ.

8. Souvent les Églises de Grèce orientale, asiatique ou même d'Afrique suivent le rite syrien de Babylone car leurs fondateurs en étaient originaires. Et en Inde, il y a aussi deux Églises de rite oriental.

atteint vite le Proche-Orient et de là l'Irak. Tant de routes mènent en effet à cette Église chaldéenne, reconnue officiellement comme l'une des plus anciennes Églises chrétiennes ! C'est pourquoi nos chrétiens ne sont pas des immigrés mais des autochtones, des Irakiens de souche. D'ailleurs sur les cinquante-trois églises de Bagdad, quarante sont catholiques. *[Son visage s'illumine soudain.]* Nous avons aussi un petit et un grand séminaire, et une jeunesse croyante… Ce passé historique et cette richesse culturelle devraient inciter la terre entière à venir à notre secours au lieu de se contenter de nous observer de l'extérieur !

Quels sont vos rapports avec la diaspora ?

Je souhaiterais bien sûr que les émigrés puissent rentrer en Irak, ce qui est loin d'être le cas, car appartenir à la diaspora paraît désormais inscrit dans leurs gènes. L'étranger est devenu leur seconde patrie, alors ils restent là où ils se trouvent… Or, pour le bien de l'Irak, j'aimerais tellement qu'ils rentrent et je souhaiterais que l'Orient, cet Orient que le Seigneur a tant aimé, ne se vide pas de ses fidèles. C'est là que Jésus-Christ a vécu et comment ne pas tristement déplorer que, par la faute de quelques-uns, ces terres soient aujourd'hui désertées par les chrétiens.

Et les bombes ?

Hélas, en 1999, l'une d'entre elles a pratiquement détruit ma maison. Ce jour-là, toutes les fenêtres ont volé en éclats ; je me trouvais dans l'escalier lorsque, des tonnes de gravats me tombant dessus, j'ai eu la terrible sensation que les murs allaient m'ensevelir... Or, miraculeusement, la bombe est passée à quelques mètres de moi. Depuis je n'ai plus peur car j'ai appris à me dominer, à être philosophe. En revanche, je souffre pour mes malheureux concitoyens et comment pourrait-il en être autrement ici où il ne se passe pas de jour sans qu'un nouveau malheur ne s'abatte sur nous[9]. Ainsi, depuis des années, le soleil ne s'est jamais couché sans que je n'aie entendu une mauvaise nouvelle dans mon quartier, qu'elle concerne les chrétiens en particulier ou les Irakiens en général.

Patriarche de l'Église chaldéenne, vous êtes sur un pied d'égalité avec le pape Benoît XVI !

[Il tente d'esquiver la question, sourit, puis répond en me regardant droit dans les yeux.] Mais non, je ne suis pas l'égal du pape puisqu'il est le chef de l'Église catholique, il est Notre Père, Un père auquel nous devons obéissance. Moi, je suis le chef de l'Église Chaldéenne et les Chaldéens sont des catholiques dépendant du souverain pontife.

Votre Béatitude, d'où vient votre impressionnante sérénité ?

Je suis protégé par le Seigneur et uniquement par Lui, car afin de vivre comme le peuple irakien j'ai toujours

9. À l'heure où nous imprimons ce livre un double attentat à la voiture piégée a fait au moins cent quarante sept morts et près de sept cents blessés dans le centre de Bagdad où se trouvent les bâtiments officiels.

énergiquement refusé les services de sécurité que le gouvernement voulait m'accorder. Je n'ai absolument personne à mes côtés, si ce n'est Dieu et je continue de m'appuyer sur Lui, sur les prières des croyants et de mes fidèles qui l'implorent de me garder en vie afin que je continue à me consacrer à l'Église. Un Dieu qui, jusqu'à présent, a toujours entendu mon credo car Il veut sans doute que je poursuive ma mission pastorale !

Le cardinal Vinko Puljic, héros de Sarajevo

Paris, le 2 octobre 2009 ; le cardinal Puljic est arrivé à pied avenue de Breteuil habillé en clergyman, avec un large chapeau à bord noir, lui donnant un faux air de rabbin, apparemment si insouciant et souriant que les policiers chargés discrètement de le protéger pendant sa brève visite dans la capitale sont passés devant lui sans le voir ! Selon eux, l'archevêque de Sarajevo ne pouvait être qu'un personnage sombre et nerveux. Ils n'avaient en théorie pas tort car même lorsqu'on le connaît, on est frappé que ce jovial prélat bosniaque de soixante-quatre ans, à la tête d'une minorité catholique ayant tant souffert et qui vit au quotidien dans des conditions difficiles, puisse dégager autant de force et de sérénité. D'après ses collègues, c'est son optimisme qui lui donne un tel ressort. Tous restent admiratifs face au courage inouï dont il fit preuve pendant le long conflit des Balkans entre 1989 à 2000 – où il sauva des centaines de ses concitoyens. Ils en sont depuis persuadés, Vinko Puljic n'a peur de rien.

Cela fait en effet deux décennies qu'il se bat. Lui qui fut longtemps le plus jeune des cardinaux en recevant à tout juste quarante-neuf ans le titre de « prince de la sainte Église romaine » de Jean-Paul II le 26 novembre

1994 a, au fil des ans dénoncé avec force la douloureuse situation des catholiques de son pays, victimes de traitements discriminatoires de la part des pouvoirs locaux. Après l'arrestation de l'ancien président de l'Union démocratique croate, Ante Jelavic, en février 2004, il a alors quitté avec fracas et sans explication le Conseil interreligieux de Bosnie qui à Zagreb réunit musulmans, orthodoxes, catholiques et juifs. Il plaide sans relâche pour que la communauté internationale ne les oublie pas et n'hésite pas avec son franc parler à dire au pape Benoît XVI, qu'il entend que le Saint-Siège fasse pression sur les puissances étrangères afin que les droits de l'homme soient respectés. Son Éminence a aussi dû, en juillet 2006, créer une commission théologique dont il se serait bien passé pour se pencher à son tour sur les apparitions de la Vierge Marie de Medjugorje, le village d'Herzégovine où depuis vingt-cinq ans il y aurait des apparitions mariales… Rome reste par ailleurs sceptique sur le sujet auquel il n'attribue officiellement aucun caractère surnaturel, et le cardinal se montre prudent sur le futur de ce sanctuaire dont les franciscains, et non les évêques de Bosnie, ont la responsabilité… Ce qui, là aussi, crée des tensions.

Vinko Puljic est le sixième archevêque de Sarajevo depuis la reconstitution de la hiérarchie ecclésiastique en 1881 après l'occupation turque. Le pape Jean-Paul II, déjà très affaibli par la maladie, avait absolument tenu à rendre solennellement hommage à l'extraordinaire courage de ce cardinal en allant le soutenir lors de son voyage de juin 2003 à Banja Luka. Ironie du sort, c'est lui, le moins bourgeois des cardinaux, qui est titulaire de la paroisse romaine de Santa Chiara à Vigna Clara, entre la via Cassia Antica et la via Flaminia Nuova, l'un des quartiers chics de la ville, sorte de Saint-Cloud romain. Un haut prélat optimiste et très souriant qui, à soixante-quatre ans, n'a qu'un seul credo, qu'il martèle inlassablement : « Si l'on peut échapper à la justice humaine, on ne peut échapper à la justice de Dieu. »

Le cardinal Vinko Puljic

Quel est le rôle du métropolite de Bosnie-Herzégovine ?

Je suis d'abord le pasteur dans lequel l'Église a mis toute sa confiance pour diriger l'archevêché de Sarajevo. Depuis la guerre des Balkans, mon rôle est d'encourager mes prêtres, de leur apporter le témoignage de ma foi, l'espoir, avec la même énergie que lorsque je me battais pour l'égalité des droits. Je me mobilise pour que les liens familiaux entre les uns et les autres se resserrent mais aussi pour que nos exilés reviennent et qu'on reconstruise leurs maisons détruites par les bombes. J'essaie également d'apaiser les différentes ethnies afin que s'instaurent des relations de bon voisinage et que chacun respecte la différence de l'autre… J'espère qu'en étant le plus ouverts possible aux autres, nous allons réussir à cicatriser nos plaies en essayant d'oublier le douloureux passé pour réussir à nous réconcilier. Enfin je fais ce que je peux pour encourager et voir naître de nouvelles vocations.

Dans un pays plus musulman que chrétien ?

Depuis la fin des hostilités, nous n'avons plus de chiffres précis mais des estimations : autour de 43 % pour les musulmans dans toute la Bosnie-Herzégovine, 33 % d'orthodoxes et 18 % de catholiques. Les autres religions se partageant les 6 % restants. S'il n'y a aucunes données officielles, je connais quand même, hélas, le nombre de nos paroissiens… et là est notre grand problème ! Pensez que nous étions huit cent vingt mille auparavant et que maintenant nous ne sommes plus que quatre cent soixante mille catholiques, soit la moitié…

Où sont-ils ?

Ils se sont exilés et ne sont pas près de rentrer car les partis politiques ne leur accordent ni visa de retour, ni aide à la reconstruction. De plus, nous sommes victimes du chômage. Les Serbes concentrent quasiment tout entre leurs mains et il est très compliqué de revenir là où les Bosniaques musulmans règnent en maîtres absolus… Ainsi devons-nous, jour après jour, nous frayer timidement un chemin au sein du Conseil interreligieux dont la présidence est tournante. Je le présidais l'année dernière et nous avons d'ailleurs lancé plusieurs projets : d'abord celui de reconnaître que catholiques, musulmans, orthodoxes, nous sommes tous égaux moralement et nous devons cohabiter. Nous voulons que cela soit inscrit dans la Constitution et pour y parvenir nous avons besoin du soutien populaire tout autant que de celui des partis politiques. En effet, il faut commencer par instaurer un état d'esprit démocratique dans un pays où l'on ne peut guère parler d'égalité puisque nous sommes très largement minoritaires avec, à Sarajevo, 7 %

À 59 ans, PHILIPPE BARBARIN, primat des Gaules créé cardinal par Jean-Paul II en 2002 occupe à Lyon le plus emblématique et ancien archevêché de France. Le voici à Rome contemplant le plafond gothique de La Trinité des Monts, l'église dont il est titulaire. Le dynamique cardinal s'est fait chez lui l'artisan du dialogue interreligieux et de l'ouverture sociale. Digne héritier des cardinaux Gerlier et Villot, cet homme de terrain sillonne dans sa Renault Mégane gris anthracite son très vaste diocèse qui s'étend du Rhône au Roannais.

PHOTO ÉRIC VANDEVILLE

PHILIPPE BARBARIN, le rassembleur, avec les moines et les moniales des Fraternités Monastiques de Jérusalem à La Trinité des Monts, l'une des églises françaises de Rome. Cette entité religieuse, qui appartient depuis l'Ancien Régime aux « pieux établissements de la France à Rome et à Lorette », est sous la tutelle de l'ambassadeur de France près le Saint-Siège.

PHOTO ÉRIC VANDEVILLE

A 68 ans, Son Eminence **GEORGE PELL**, *seul cardinal d'Australie et seul cardinal ancien élève d'Oxford, publie chaque semaine un éditorial dans le journal de référence australien, le* Sunday Telegraph. *Il a eu l'honneur de réciter le bénédicité à l'occasion du déjeuner officiel présidé par la reine d'Angleterre en 2001 à Sydney. C'est lui aussi qui a reçu le pape Benoît XVI lors des JMJ de juillet 2008.*

PHOTO ÉRIC VANDEVILLE

Avec VINKO PULJIC, 64 ans, la Bosnie-Herzégovine entre pour la première fois au Sacré Collège. Créé cardinal à 49 ans, celui que ses collègues admirent pour son courage et son optimisme a joué un rôle clé pendant le conflit des Balkans en secourant au péril de sa vie des centaines de réfugiés et en rencontrant régulièrement les représentants des communautées orthodoxes et musulmanes.

PHOTO JEAN-CLAUDE DEUTSCH

Archevêque de Vrhbosna en Bosnie-Herzégovine, VINKO PULJIC est, comme chaque cardinal depuis le XVIIe siècle, titulaire d'une paroisse romaine. Pour lui, celle de Santa Chiara a Vigna Clara ornée de ses armoiries, un très ancien privilège hérité du pape Innocent X.

PHOTO JEAN-CLAUDE DEUTSCH

Son Eminence STANISLAW DZIWISZ, 70 ans, a été pendant quarante ans le secrétaire particulier, le confident et celui qui, le 13 mai 1981, sauva par son sang-froid la vie de Karol Wojtyla lors de l'attentat place Saint-Pierre. Créé cardinal par le pape Benoît XVI, il est ici plongé dans la traduction en anglais de mon livre Jean-Paul II intime.

PHOTO ÉRIC VANDEVILLE

Cardinal archevêque de Cracovie, l'ancien siège de Jean-Paul II, **STANISLAW DZIWISZ** *suscite une ferveur sans égale dans son pays. Garant de la mémoire de Karol Wojtyla, il est devenu l'icône vivante de la Pologne.*

PHOTO ÉRIC VANDEVILLE

Après avoir été l'incontournable ministre des Affaires étrangères de Jean-Paul II, JEAN-LOUIS TAURAN, 66 ans, ici devant une fresque signée Dolorès Puthod (1978), préside depuis 2007 le Conseil pontifical pour le Dialogue interreligieux. Diplomate de grande envergure et seul ministre français actuel du pape Benoît XVI, ce subtil Bordelais est l'un des hommes les mieux informés du Vatican.

PHOTO ÉRIC VANDEVILLE

FRANCIS ARINZE, 77 ans, est né au Nigeria dans une famille pratiquant la religion traditionnelle africaine. Connu pour sa franchise et son humour décapant, le cardinal africain le plus populaire auprès des journalistes, symbolise à Rome l'Histoire du continent noir. Le voici, au Vatican, devant l'autel de sa chapelle privée.

PHOTO ÉRIC VANDEVILLE

Dominicain, l'archevêque de Vienne CHRISTOPH SCHÖNBORN, 64 ans, deuxième personnage officiel dans le protocole de son pays, est l'un des deux seuls cardinaux issus de la grande noblesse de la Mitteleuropa. Ce talentueux intellectuel, particulièrement observé et respecté au Vatican, président de la Conférence des évêques d'Autriche, est aussi le principal rédacteur du Nouveau Catéchisme.

PHOTO D.R.

Pleinement engagé dans le dialogue œcuménique et à la tête d'une Eglise autrichienne «aux portes de l'Orient», CHRISTOPH SCHÖNBORN, aristocrate racé du gotha, qui parle toutes les langues sans accent, compte plusieurs cardinaux parmi ses ancêtres.

PHOTO ÉRIC VANDEVILLE

L'Indien **TELESPHORE PLACIDUS TOPPO**, *70 ans, cardinal archevêque de Ranchi, a longtemps été le confident de mère Teresa. Il est né dans l'Etat du Jharkhand (Inde) dans la tribu des Oraons, les « aborigènes de l'Inde » qui se sont tournés vers le christianisme à partir du* XIX*e* *siècle.*

PHOTO ÉRIC VANDEVILLE

Président de la Conférence des évêques catholiques de l'Inde de 2002 à 2008, TELESPHORE PLACIDUS TOPPO, le cardinal le plus connu du sous-continent est régulièrement confronté à la violence des groupes radicaux nationalistes hindous et des puissantes castes. Avant sa rencontre avec le pape Benoît XVI, une dévouée religieuse des Oblates de Nazareth recoud un bouton de sa soutane.

PHOTO ÉRIC VANDEVILLE

A 57 ans, PÉTER ERDŐ créé cardinal en 2003 par Jean-Paul II, est depuis lors le plus jeune membre du Sacré Collège. Archevêque d'Esztergom-Budapest, primat de Hongrie, président de la Conférence épiscopale de son pays, ce théologien de grand caractère issu d'un milieu intellectuel a été élu par les mille cinq cents évêques du continent européen à la tête du convoité Conseil des Conférences épiscopales européennes.

PHOTO D.R.

L'imposant PÉTER ERDÖ, que les catholiques d'Europe centrale espèrent voir un jour succéder au pape Benoît XVI, demeure un cardinal très accessible qui se déplace à Rome comme le commun des mortels en taxi. Ici, avec le jovial Stefano.

PHOTO JEAN-CLAUDE DEUTSCH

de catholiques contre 85 % de musulmans. D'ailleurs, comme archevêque, j'ai demandé voici neuf ans l'autorisation de construire une église pour laquelle je n'ai toujours pas obtenu le permis, mais je préfère ne pas insister car je souhaite à tout prix éviter de créer des tensions avec la communauté musulmane.

Certes, mais quels sont vos rapports ?

Depuis la dernière guerre des Balkans[1], la situation a légèrement évolué et les musulmans semblent relativement plus ouverts au dialogue. Nous avons, juste après le conflit des années 1992-1995, assisté à une nette radicalisation due à l'influence des combattants et des membres d'associations humanitaires arrivés des pays musulmans les poches pleines de pétrodollars. Après la guerre, beaucoup de ceux qui avaient combattu sont restés et ont épousé des musulmanes de Bosnie. Les institutions civiles et religieuses ont contribué à la construction de lieux de culte, de nouvelles mosquées et de centres islamiques. Ce sont surtout les Wahabis, issus d'Arabie Saoudite, qui ont favorisé ce climat belliqueux, mais nous n'avons d'autre alternative que de tenter d'entamer un dialogue avec les musulmans traditionnels de Bosnie, des sunnites d'origine turque. Il nous faut être tolérants car, je le répète, notre implacable destin est de cohabiter. Ayant eu pendant la guerre énormément de

1. Le conflit en ex-Yougoslavie a débuté en 1991 avec la guerre en Slovénie ou « guerre des Dix Jours ». Il s'est poursuivi en Croatie (1991-1995) puis en Bosnie (1992-1995), mais la situation reste encore très fragile.

contacts avec tout le monde, nous avons pu depuis créer une sorte de petit conseil interreligieux avec les autorités musulmanes, un orthodoxe, un président de la communauté juive et moi-même où, avec la ferme volonté de bâtir ensemble, nous abordons presque tous les sujets, sauf ceux par trop sensibles.

Votre prestigieuse fonction vous donne-t-elle du poids ?

Oui, d'une certaine façon, puisque comme membre du Conseil interreligieux je m'y exprime en tant qu'archevêque de Sarajevo mais pas au nom de la Conférence des évêques de notre pays. Quelquefois c'est comme représentant de l'Église que je prends position sur des sujets délicats, dans cette Bosnie-Herzégovine où cohabitent des cultures et des mentalités si opposées. Je m'efforce donc de construire une voie de dialogue et de réciprocité qui soit un exemple pour d'autres pays. Quand les musulmans sont arrivés en Europe, ils ont importé leur état d'esprit et leur mode de vie. Il fallait leur donner une image de tolérance. Ils ont le droit d'être respectés comme individus et comme communautés ethniques ou religieuses. J'admets le principe de réciprocité positive pour les minorités chrétiennes dans les pays musulmans, mais vous le voyez tous les jours dans les médias, il n'est pas toujours respecté... D'ailleurs, avec un groupe d'évêques catholiques d'Europe, j'ai récemment rendu visite à la communauté catholique de Turquie. Là, on nous a fait comprendre qu'il était impossible de restaurer les anciennes églises ou d'obtenir la permission officielle de l'autorité civile pour construire une nouvelle église… Quand leurs ressortissants arrivent en Europe, nous sommes très respectueux envers eux, lorsque nous nous rendons sur leurs terres, on ne peut que déplorer, hélas, qu'ils n'appliquent pas les mêmes principes ! De plus, cette réciprocité devrait concerner la politique des droits de l'homme ; un combat essentiel à mes yeux pour lequel je me bats depuis toujours, en toutes circonstances, dans chaque pays d'Orient ou d'Occident où je me rends !

Vos responsabilités vous permettent-elles de prendre des vacances et d'avoir quelque loisir ?

Oui, deux semaines par an je suis invité à Dubrovnik chez mon cousin, Mgr Zelimer Puljic, sinon je vais à Istria où réside un prêtre de notre diocèse… Quant aux loisirs, ils ne font plus partie de mon existence ! Lorsque j'étais au séminaire mineur puis majeur, j'allais à la rencontre des familles des divers séminaristes afin de mieux connaître mes élèves et leurs parents. Jeune prêtre, je collectionnais les dictons populaires des Bosniaques et des Croates… j'en ai des centaines ! Mais il y a un temps pour tout…

De quel milieu venez-vous ?

Né à Banja Luka, en Bosnie-Herzégovine, je suis issu de la bonne et aisée bourgeoisie terrienne. Mon père, aux allures de patriarche, a eu vingt et un enfants ! Je suis le douzième, après moi est née une petite sœur, puis notre mère est morte. Notre père s'est remarié et a eu huit autres enfants avec sa seconde femme. Nous avons tous reçu beaucoup d'amour et vécu dans un climat familial très heureux. Ma plus jeune sœur s'est elle aussi consacrée à Dieu en devenant religieuse dans la congrégation des Adoratrices du Sang de Jésus. Quant aux autres, ils sont tous mariés et j'ai vingt-huit neveux! Notre vaste propriété jouxtait un grand monastère trappiste qui a sûrement contribué à ma piété. J'ai fait mes études à Djakovo en Croatie et je suis devenu prêtre du diocèse de Banja Luka en 1970. Comme jeune prêtre, j'ai servi dans quelques paroisses de mon diocèse, ensuite je suis resté dix ans directeur spirituel dans le petit séminaire de Zadar en Croatie. Puis en juin 1990, j'ai été nommé vice-recteur du Séminaire majeur de Sarajevo. Et le 6 janvier 1991, j'ai été consacré archevêque de la capitale par Sa Sainteté Jean-Paul II.

Voyez-vous souvent votre famille ?

Nous essayons d'organiser une fois par an une réunion familiale dans la paroisse de notre enfance à Banja Luka. Une journée pendant laquelle nous allons nous recueillir sur la tombe de nos parents et des autres défunts de la famille. Après le nettoyage ethnique des forces serbes en 1992, aucun de nous n'est revenu avec les enfants habiter dans notre maison natale. Chacun s'est réfugié et installé un peu partout en Croatie...

Êtes-vous gourmand ?

Ah, je l'ai été ! Lorsque j'étais séminariste et jeune prêtre, j'aimais beaucoup le chocolat, je distribuais des bonbons ou des caramels aux jeunes. Hélas, ma santé et mon âge m'ont privé de ces petits plaisirs...

Quelles langues parlez-vous ?

Le croate, bien sûr, l'italien, l'allemand, un peu l'anglais et le latin.

Éminence, quelles sont, selon vous, les missions de l'Église de Rome en ce début de IIIe millénaire ?

Porter l'espérance et le message du Christ, être ses premiers témoins, nous battre pour les droits de l'homme, combattre la pauvreté ambiante mais aussi nous mobiliser pour préserver l'environnement et la nature !

Y a-t-il chez vous des vocations religieuses ?

Dieu soit loué, il y en a encore, même si nous sommes loin des chiffres antérieurs car beaucoup de familles nombreuses ont fui. Heureusement, aux séminaires mineur et majeur, nous avons des vocations, notamment chez les franciscains. J'évoque cet ordre car, en dehors de trois jésuites, le même nombre de salésiens et un dominicain, soit sept autres membres du clergé régulier*, nous comptons dans le diocèse de Sarajevo cent quatre-vingts franciscains et deux cents prêtres diocésains. Il y avait par ailleurs, avant la Seconde Guerre mondiale, des institutions catholiques, qui ont toutes été fermées sous l'occupation communiste. J'ai réussi en 1994 à rouvrir la première école à Sarajevo et ensuite à Touzla, Zenica et Travnik sous l'autorité de mon évêque auxiliaire, Mgr Pero Sudar. Des établissements qui rencontrent un certain succès. Quant aux religieuses, un nouvel ordre, les Servantes de l'Enfant-Jésus, a été fondé en 1890 par mon prédécesseur, l'archevêque Josip Stadler. Les Visitandines et les Franciscaines représentent quelque quatre cents sœurs sur tout le territoire…

Y a-t-il encore une place pour le sacré ?

Quel extraordinaire challenge pour ceux déçus ou frustrés par le relativisme et la déchristianisation et qui s'accommodent mal d'une vie religieusement creuse ! Le sacré, qui conduit à la sainteté, nous entraîne au respect de la foi et rétablit une hiérarchie des valeurs.

La télévision, Internet… Quelles tentations !

Certes ! Comment nier le côté attractif de ces médias dans l'air du temps. Il ne faut cependant pas confondre ces instruments d'information avec la religion ni en devenir esclave, car on risque alors d'être déçu ou de perdre sa liberté spirituelle.

Comment l'Église doit-elle réagir face aux nouvelles religions ?

L'Église catholique n'a pas à se défendre mais à clamer haut et fort la Parole de Dieu, tout en acceptant et en respectant la liberté de conscience de ceux qui pensent différemment. Son problème principal n'est ni celui de la sécularisation ni celui des religions émergentes, mais plutôt l'harmonisation entre la religion et la philosophie de l'existence des jeunes en pleine déchristianisation. Ils ne savent plus s'ils souhaitent imiter, à leur manière, Jésus-Christ ou adopter d'autres chemins et beaucoup sont déphasés par ce néant, ce manque de hiérarchie des valeurs morales au quotidien.

Le matérialisme n'irait-il pas de pair avec cela ?

Le matérialisme n'est pas uniquement une conséquence du désintérêt pour la religion mais il a déplacé les priorités. La fortune, les grands moyens, les plaisirs, la dictature de la mode… donnent l'illusion d'être invincible et puissant alors qu'ils n'apportent aucune véritable sécurité !

L'Église n'est-elle pas trop rigide ?

Votre approche n'est pas la bonne… Ce n'est pas une question de « sévérité » mais d'orientation. Comment les prêtres pourraient-ils se consacrer à leur prochain sans être totalement disponibles, c'est-à-dire célibataires ? Il faudrait être beaucoup plus « christo-centriste » alors qu'il devient toujours plus difficile de parler de religion et du Christ! Quant à la contraception, comment l'Église pourrait-elle arrêter de protéger la vie?

Et le préservatif?

C'est évidemment très douloureux de constater que le sida se propage dans le monde, mais l'humanité en a grandement sous-estimé les ravages et, malheureusement, les plus pauvres sont les premiers à en payer les conséquences… Mais il est délicat pour moi de parler plus longuement de ce dramatique fléau. Vous pouvez le comprendre… Lors de la guerre des Balkans, nombre de femme ont été violées avec les conséquences qu'on connaît…

Êtes-vous contre le mariage des prêtres?

Le célibat est cité comme exemple dans l'Évangile et il ne dépend aucunement des progrès de la société. De toute manière, dans le rite catholique byzantin, bon nombre de prêtres sont mariés… Ce qui est actuellement désolant est de voir combien même les familles nombreuses, en théorie chrétiennes, se sont éloignées de Dieu! Plutôt que de s'interroger sur le célibat des prêtres, ne vaudrait-il pas mieux tenter de redynamiser la foi dans les milieux catholiques car bientôt il n'y aura même plus de possibilité de débat puisque les prêtres auront disparu. Le postcommunisme avait laminé les valeurs morales et chrétiennes, c'est pourquoi il faut se réjouir de nouvelles et différentes formes de vie religieuse, tels les « nouveaux pentecôtistes » et les autres… que le pape Jean-Paul II a été le premier à encourager et à protéger.

La culture est-elle un pont ?

Oui, d'une certaine façon car le dialogue culturel aide à gommer les aspérités et à trouver des terrains d'entente tels que les sciences, la culture, dont l'art et la musique qui nous plongent dans un autre univers. Sans oublier, bien sûr, l'incontournable outil de communication qu'est Internet ! Mais la grande différence entre Internet et la religion est que celle-ci libère l'esprit et apaise, alors que le web, tout comme la drogue et l'alcool, vous rend dépendant !

L'Église doit-elle être pauvre ?

Il lui faut suivre l'exemple de Notre Seigneur et donc n'être point victime de la « dictature » économique internationale, qui risquerait de l'entraîner dans l'irréversible logique de la mondialisation… peu en phase avec notre idéal !

Devez-vous participer à la vie politique ?

Lorsque les droits de l'homme sont en danger ou que l'on porte atteinte à la religion, l'Église ne peut évidemment pas rester muette et doit même alors publiquement dénoncer le gouvernement. Cela dit, notre rôle n'est ni d'être à la tête d'un parti, ni de gouverner un pays, mais d'apparaître comme une caution morale, une référence pour la société, de lui fournir les meilleurs arguments pour se défendre.

Faut-il redéfinir le rôle du successeur de Pierre afin de le rendre plus accessible aux autres Églises chrétiennes ?

Cela exigerait une passionnante réflexion théologique qui, avec quelques efforts, permettrait sans doute de rapprocher les catholiques et les orthodoxes.

Un cardinal ne doit-il voter que jusqu'à quatre-vingts ans ?

Cela aussi demande réflexion ! Je trouve sévère de parler de « cardinaux à la retraite » car pour un cardinal, l'important est la foi en son Église mais aussi la part qu'il prend dans la responsabilité de l'élection du pape. Or, un haut prélat reste cardinal avant quatre-vingts ans, lors de ses quatre-vingts ans et même après sa mort ! C'est tristement la date de cet anniversaire fatidique qui crée la différence, mais je maintiens que ce qui fait sa force reste son expérience d'homme d'Église.

Les princes de l'Église sont-ils encore des personnages de pouvoir ?

Plus que des hommes de pouvoir, les cardinaux coopèrent aux côtés du Saint-Père à la direction de l'Église de Rome. Dans chaque vocation se cache une personnalité de caractère et chacun possède des dons différents... Tout cela crée une unité à travers laquelle se dessine l'Église d'aujourd'hui et celle de demain.

Y a-t-il compétition ou complicité entre vous ?

Depuis quinze ans maintenant je suis membre du Sacré Collège, ce que j'apprécie le plus est cette liberté d'expression que nous avons entre nous, laquelle ne se limite pas simplement au fait que nous pensons ou réagissons souvent différemment. Ce qui n'est guère le cas dans le monde politique où, dès l'instant où l'on ne partage pas l'avis de son voisin, on devient forcément son ennemi ! Au contraire, nos divergences de vues ou d'opinions nous aident. Là est notre force, notre richesse, qui nous permettent de donner le meilleur de nous-mêmes à l'Église que, grâce à cette volonté commune, nous faisons vivre dans son siècle.

Êtes-vous proche des autres cardinaux ?

Je ne les ai pas tous rencontrés, mais ayant participé à de multiples réunions en Europe, j'en connais tout de même une centaine. J'ai aussi des amis parmi les Américains dont le cardinal émérite de Washington, Son Éminence Theodore E. McCarrick[2], un ami très proche qui, durant la guerre à Sarajevo, est venu à maintes

2. Son Éminence Theodore E. McCarrick, né le 7 juillet 1930, a été créé cardinal lors du consistoire du 21 février 2001.

reprises me soutenir moralement, et le cardinal italien Camillo Ruini, aujourd'hui vicaire général émérite de Sa Sainteté pour le diocèse de Rome et archiprêtre émérite de la basilique papale de Saint-Jean de Latran, qui avait fait lui aussi un voyage dans de terribles conditions pour venir me voir en Bosnie-Herzégovine…

Quels sont vos prochains objectifs ?

Je suis très préoccupé par la restauration des paroisses. Pendant ces années épouvantables, la moitié des lieux saints ont été détruits et les fidèles expulsés. Mon réel défi, mon ambition est d'arriver à rebâtir nos églises, mais pas seulement ! J'aimerais tant qu'elles redeviennent comme naguère importantes dans l'âme des catholiques de Bosnie. J'espère aussi parvenir à faire construire des maisons de retraite pour le vieux clergé et tous ceux qui ont été blessés pendant ce long conflit. Des gens qui, mal soignés, continuent toujours à souffrir… Enfin, je rêve de réussir un jour, qui sait, à ouvrir une université catholique…

Aimez-vous Rome ?

Bien sûr ! Venir ici pour le synode des évêques où, au côté de Benoît XVI, je retrouve des collègues de tous les continents[3] reste pour moi une occasion unique de contacts. J'y ai été invité trois fois. Nous nous penchons

---

3. Le choix des différents évêques correspond à un subtil et providentiel équilibre entre les différents délégués des Conférences épiscopales.

avec ferveur sur la Bible et nous prions ensemble. Je suis toujours profondément ému de me recueillir sur la tombe du pape Jean-Paul II, ce pape dont j'étais si proche car il comprenait, ô combien, notre douloureuse histoire. Il m'avait d'ailleurs invité plusieurs fois à partager sa table pour que je l'entretienne personnellement de nos problèmes, sur lesquels il me posait des questions très précises… Ce pape, issu de l'Église du Silence, était très concerné par ces questions. Notre actuel souverain pontife connaît, bien sûr, notre situation politique complexe mais d'une façon générale il reste davantage en retrait quant aux événements. Son tempérament l'incite à se consacrer plus à la théologie dans son ensemble qu'à notre Église en particulier.

Certains cardinaux ambitionnent-ils le poste suprême ?

On ne peut pas parler vraiment d'« ambition »… ce n'est guère le terme ! Il s'agit de quelque chose d'infiniment plus difficile à décrire ou à définir, que l'on porte en soi…

Êtes-vous un cardinal heureux ?

Oui, je suis heureux… non pas d'être cardinal, mais d'être prêtre depuis trente-cinq ans, heureux d'exercer cette charge pastorale. Comme archevêque, je gère des sujets très lourds et comme membre du Sacré Collège, je vois toujours un signe de Rome qui veut soutenir l'Église catholique de Bosnie-Herzégovine. Créé cardinal par le pape Jean-Paul II en 1994 à quarante-neuf ans, j'ai été neuf années durant le benjamin de cette digne et brillante assemblée ! À soixante-quatre ans, je suis maintenant le cinquième, après le Hongrois Péter Erdö, le Français Philippe Barbarin, le Croate Josip Bozanic et le Ghanéen Peter Kodwo Appiah Turkson. Cette nomination du Saint-Père était de sa part un témoignage d'espoir envers les Bosniaques, victimes de tant de misères et qui ont terriblement souffert dans leur chair... J'ai reçu ce titre comme un honneur pour moi mais aussi un espoir de mener à bien cette belle charge, d'encourager la justice, la fraternité, la tolérance, l'égalité et le pardon ! Devenu premier cardinal de l'histoire de la Bosnie, mes paroles résonnent plus fort que par le passé. Il y eut naguère le cardinal Guido Del Mestri, né en Bosnie-Herzégovine mais de nationalité italienne, qui retourna dans son pays et fit carrière dans les nonciatures* avant d'être créé cardinal à un âge avancé... Pour conclure, je dirai que plus que du « pouvoir », la barrette confère certes un réel prestige mais aussi de lourdes responsabilités ! Quant à moi, je n'ai nulle ambition personnelle. Je considère ce généreux geste de notre défunt pape Jean-Paul II comme un don pour mon Église de Bosnie, afin de m'aider à mieux la guider vers la paix et un avenir plus serein...

IV

LES MAÎTRES DU DIALOGUE

Important ministre de Benoît XVI, Leonardo Sandri est le plus italien des cardinaux d'Amérique latine

Le visage grave de Leonardo Sandri a fait le samedi 2 avril 2005 le tour de la Terre quand il a annoncé place Saint-Pierre devant les caméras du monde entier le décès du pape Jean-Paul II. C'est en effet lui qui, en tant que subsitut de la Secrétairerie d'État, hérita de cette triste tâche, car il était le numéro trois dans la hiérarchie de l'Église catholique, juste après le pape et le cardinal secrétaire d'État.

Un homme clé de la lourde machine vaticane, celui qui, dans le civil, serait qualifié de secrétaire général du gouvernement, était à l'époque chargé d'innombrables questions internationales. Celles remontant à Rome par le biais des conférences épiscopales locales et des nonciatures ainsi que de la coordination et du financement des différentes entités du Saint-Siège... Cet Argentin de soixante-six ans au physique rondouillard et qui avoue manger trop de pâtes depuis qu'il est à Rome, que tout le monde croit italien tant il s'est au fil des ans latinisé, a donc été le pivot du gouvernement central de l'Église de 2000 à 2007. Un poste où l'on voit passer tout le monde qui demande beaucoup de psychologie où, fait rare dans les annales du Vatican, il a réussi de par son savoir-faire, son extrême courtoisie et ses talents de grand diplomate, à se faire beaucoup plus d'alliés que d'ennemis ! C'est sans doute pour cela que le cardinal Sandri, proche collaborateur de Jean-Paul II, a été en juin 2007 nommé par Benoît XVI préfet de la Congrégation pour les Églises orientales* et grand chancelier de l'Institut pontifical oriental. Une fonction délicate...

Né à Buenos Aires, le fils d'Antonio et Nella Sandri, petits hôteliers italiens du Trentin, émigrés en Argentine, rejoint, après des études classiques au lycée le séminaire de Buenos Aires. Il étudie la biologie et le droit canon et se fait, en 1967, ordonner prêtre. Après quatre années d'expérience pastorale dans son pays, il entre à l'Académie pontificale ecclésiale romaine, la voie royale pour la diplomatie vaticane*. Cette prestigieuse « école des nonces » le mène d'abord en poste à Madagascar, ensuite au Paraguay, au Chili, aux États-Unis, avant d'être envoyé comme nonce apostolique au Venezuela puis au Mexique en 2000. Quelques mois plus tard, il est nommé substitut de la Secrétairerie d'État. C'est ainsi qu'il accompagnera le pape Jean-Paul II dans tous ses derniers voyages, dont celui au sanctuaire de Lorette en septembre 2004. Des souvenirs émouvants qu'à soixante-six ans il raconte volontiers à ses hôtes de passage qu'il reçoit dans les élégants bureaux du siège de sa congrégation via della Conciliazione qui mène place Saint-Pierre. Lui qui se bat pour que survivent, et dans des conditions acceptables, les chrétiens des Églises d'Orient, comme il le fit en mai 2008 en se rendant à Paris, plaide jour après jour en leur faveur et les incite aussi à faire pression sur leurs propres gouvernements... Des communautés qu'il ne cesse d'encourager directement lorsque par exemple il se rend sur sa terre natale, où, aux côtés de l'archevêque de Buenos Aires, il fait l'éloge de la communauté maronite et félicite ces Libanais d'Amérique latine de continuer à préserver les valeurs et la foi de leurs ancêtres.

Le cardinal comme nombre d'Argentins passionné de foot, dont la voix porte, passe avec une aisance déconcertante de l'italien à l'allemand au français, à l'anglais ou à l'espagnol et mesure que l'un de ses meilleurs atouts est de déclarer des choses essentielles avec calme et sérénité. Tout en reconnaissant, en fin diplomate : « Notre pouvoir n'est pas politique puisque le Vatican est une puissance morale, ainsi tout dépend de ceux qui nous écoutent... »

Le cardinal Leonardo Sandri

Éminence, préfet de la Congrégation pour les Églises orientales, quel est votre rôle ?

Je suis chargé par le souverain pontife d'être l'interlocuteur privilégié des Églises orientales catholiques afin de favoriser leur maintien, sauvegarder leurs droits et les aider à préserver leurs traditions sur les plans liturgique, disciplinaire et spirituel[1]. On compte une vingtaine d'Églises, dont les plus importantes sont l'Église catholique ukrainienne[2], maronite au Liban, mais aussi chaldéenne, syro-catholique au Moyen-Orient, melkite au Proche-Orient, copte en Égypte, sans oublier en Inde les Églises syro-malabare et syro-malankare. Toutes ces Églises ont une autonomie, un développement propre et une diaspora de par le monde. Mon rôle officiel est donc d'entretenir des liens étroits avec les patriarches, les évêques et les prêtres de ces différentes entités. Nous essayons le plus possible d'avoir aussi des échanges avec les fidèles et nos étudiants à Rome… Mais ma fonction reste en priorité d'aider les Églises orientales à annoncer et à vivre selon l'Évangile.

1. En communion avec les Églises latines.
2. L'Église catholique ukrainienne est présente aussi aux États-Unis, au Canada, en Amérique latine et ailleurs.

Vous vous exprimez dans quelles langues ?

Je parle espagnol, naturellement, italien, français, anglais, avec quelque difficulté portugais, et un peu d'allemand… et latin, bien sûr ! J'ai étudié la philosophie et la théologie au séminaire de Buenos Aires où j'ai passé ma licence de théologie, puis j'ai obtenu mon doctorat de droit canon à l'Université pontificale grégorienne de Rome.

La culture est-elle un terrain propice à l'unification de ces diverses Églises ?

La culture est l'une des routes qui incite à la vérité et nous mène donc à Dieu. C'est aussi, je crois, une voie magistrale pour dialoguer avec les autres religions par le biais de l'art, la théologie, la philosophie, les sciences naturelles, le monde universitaire en général, notamment à travers les relations qu'entretiennent de grandes personnalités membres de prestigieuses académies pontificales telles que celles dédiées aux sciences et aux sciences sociales… Des milieux qui favorisent le rapprochement interculturel. Je le mesure notamment dans certains anciens pays communistes, devenus libres, avec lesquels nous parvenons aujourd'hui à parler de Dieu et de la religion.

Le pape ira-t-il un jour à Moscou ?

Je l'espère, mais je pense toutefois que pour qu'il ait une chance d'y arriver, il faudrait en quelque sorte démythifier le sens de ce voyage et non donner l'impression que la question complexe de la relation avec l'Église de Moscou sera résolue une fois que le pape s'y sera rendu. Progresser dans ce domaine demande de faire un pas après l'autre…

Avez-vous déjà rencontré le nouveau patriarche de Moscou ?

Je ne connais pas personnellement Cyrille Ier, mais seulement à travers nos échanges de correspondances. Mais me dis qu'il est porteur d'une grande espérance d'ouverture avec l'Église catholique et pour l'œcuménisme en général.

Croyez-vous à la réunification prochaine des Églises chrétiennes ?

Avec les protestants, nous avons de bons rapports, réguliers, et nous dialoguons à travers le Conseil pontifical pour la promotion de l'unité des chrétiens. Nous avons, par ailleurs, une réelle activité œcuménique commune, guidée par Sa Sainteté le pape Benoît XVI, selon les orientations de ses documents et de son magistère. Avec les Églises orthodoxes et les catholiques orientaux, nous partageons les mêmes traditions liturgiques et spirituelles, et nous pouvons travailler avec tous les chrétiens sur des sujets tels que la famille, le droit à la vie, la défense de valeurs fondamentales pour l'humanité, l'aide aux plus déshérités, aux malades… Et cet œcuménisme nous donne chaque jour davantage d'espoir.

L'Église romaine semble, en revanche, s'être rapprochée du patriarche œcuménique de Constantinople ?

Sa Sainteté Benoît XVI et le patriarche Sa Sainteté Bartholoméos Ier ont en effet célébré ensemble la Parole de Dieu à l'automne 2008 dans la chapelle Sixtine où le pape a souligné : « Puisque nous avons le même Père, nous sommes frères. » Ce fut émouvant de voir ces deux grandes personnalités accomplir ce geste œcuménique sous la voûte de Michel-Ange traduisant le Jugement universel ! Sa Sainteté Bartholoméos Ier a par ailleurs pris la parole devant le Saint-Père et tous les évêques participant au synode sur la Parole de Dieu.

Que pensez-vous de la diplomatie vaticane ?

Au-delà de la préparation commune à tous les prêtres en philosophie et en théologie, les diplomates du Saint-Siège sont très pointus dans tous les domaines spécifiques. Ils exercent leur « métier » dans la droite ligne de la tradition diplomatique du Vatican, sans jamais oublier que le message premier de l'Église est de faire connaître l'Évangile. Un exemple emblématique de notre diplomatie est sans doute celui du Bienheureux pape Jean XXIII. Sous l'apparence d'un personnage débonnaire et serein, il a, en fait, donné un grand élan à l'Église du XXe siècle. Délégué apostolique en Bulgarie en 1925, en

Turquie et en Grèce, de 1935 à 1944, puis nonce apostolique à Paris à une période très difficile[3], il rentre ensuite en Italie en 1953 pour occuper le prestigieux poste de patriarche de Venise. Des expériences successives qui l'ont conduit à devenir le 261e successeur de Pierre !

Parlez-moi des services secrets du Vatican...

Ils intriguent le monde entier, voilà sans doute pourquoi vous me posez cette question. Des services secrets ici, quoi de plus normal ! Quand j'étais en poste à Madagascar, quel était l'endroit où l'on était le mieux informé ? À la nonciature, évidemment ! Parce que les évêques, les prêtres, les missionnaires, bref tous ceux qui arrivaient des quatre coins de la Grande Île, des villages les plus reculés, venaient nous raconter fidèlement ce qui se passait. J'évoque Madagascar, mais c'est ainsi

3. Angelo Giuseppe Roncalli a succédé en 1945 à Mgr Valerio Valeri. Il réglera le problème des évêques compromis avec le régime de Vichy dont la France demandait la substitution et Pie XII acceptera finalement la démission de trois d'entre eux : les évêques de Mende, Aix-en-Provence et Arras. Roncalli qui avait été nommé nonce à Paris à partir du 15 janvier 1945. De ce fait le Saint-Siège serait absent aux vœux traditionnels de l'Élysée alors que le doyen traditionnel et constitutionnel du corps diplomatique était justement le nonce, et cette année-là en l'absence du représentant du Saint-Siège, l'ambassadeur d'URSS Alexander Begomolov, communiste et évidement athée, tiendrait ce rôle. C'est ainsi que De Gaulle, alors chef du gouvernement provisoire, insista auprès du cardinal Tisserant dont il était proche, pour que Pie XII dépêchât de toute urgence le nouveau nonce en France. Roncalli arriva à Paris le 1er janvier 1945 à bord de l'avion personnel du général, un DC4 Skymaster – cadeau que lui avait fait Roosevelt à la fin de la guerre. Secoué par la tempête, le nouveau nonce gagna péniblement l'aéroport pour se trouver juste à temps à 11 heures précises à l'Élysée afin de présenter le premier très officiellement les vœux du corps diplomatique au Général.

partout… Par ailleurs, lorsqu'il y a une catastrophe naturelle, par exemple des inondations, des tremblements de terre… l'Église est souvent là immédiatement pour secourir les victimes, et donc recueillir tristement les premières informations que les hommes politiques et d'autres exploitent ensuite… Mais plus que de « services secrets », il s'agit d'un décryptage de la réalité car nous voyons depuis des siècles comment vit l'humanité ! C'est aussi pour cela que nous sommes une institution millénaire qui sait analyser les faits. Cette matière première nous aide à asseoir notre diplomatie, laquelle repose d'abord sur les principes de dialogue et de paix. Notre rôle n'est guère de dominer ni d'« exploiter » notre prochain, mais de lui être solidaire sans chercher à en retirer des avantages pour l'Église. Dans notre monde où l'égoïsme, le vice, la toute-puissance sont bien souvent érigés en maîtres à penser, il est fort difficile de prêcher la bonne parole uniquement au nom de la foi catholique. L'actuelle crise financière internationale pourrait justement être l'occasion pour chacun de faire la distinction entre ce qui passe et ce qui reste… sans jamais oublier que l'espérance fait aussi partie de la vie.

Les nouvelles religions vous contrarient-elles ?

Leur faiblesse réside dans le fait qu'il s'agit souvent de religions spontanées se présentant sous un jour plutôt idéaliste. Avec des prédicateurs très doués pour la publicité, voire la médiatisation. Les gens ont aujourd'hui soif de Dieu, aspirent à la sérénité, à la paix et, dans ce type de religions émergentes, croient apparemment trouver ces idéaux, puis comme ces religions ne se rattachent à aucun grand principe fondateur, heureusement assez vite les nouveaux adeptes s'en éloignent. Leur idéologie repose aussi la plupart du temps sur une virulente critique de l'Évangile et une agressivité envers l'Église catholique. Le vide religieux des nouvelles générations plongées en pleine sécularisation et dans le relativisme, qui bien souvent s'adonnent aux plaisirs faciles ou à la drogue et aspirent à gagner de l'argent rapidement, en fait des proies idéales pour ces nouveaux mouvements.

Êtes-vous optimiste quant aux vocations en Europe ?

De nouvelles formes de vie religieuse et sacerdotale germent depuis la fin du XXe siècle : elles sont plus communautaires et s'aident les unes les autres, car il semble que celui qui trouve Dieu veuille s'y consacrer différemment. Ainsi, si on recrute encore dans les ordres contemplatifs et dans les communautés dont je viens de vous parler, le problème concerne surtout les grands ordres d'autrefois : on espère que Jésuites, Dominicains, Franciscains… mais aussi les grandes congrégations des XIXe et XXe siècles retrouveront, avec l'aide de Dieu, leur vitalité et leur foi en dépit des nouvelles exigences de la société actuelle.

Allez-vous voir de votre vivant des prêtres mariés ?

Je n'ai pas besoin d'attendre la mort pour cela parce que, comme vous le savez, on trouve dans les Églises catholiques orientales des prêtres mariés, c'est-à-dire qui ont pu se marier avant le sacerdoce. Un jour, un vicaire général d'une Église orientale, qui m'accompagnait à une cérémonie pontificale sous une pluie battante, me dit : « Ne vous inquiétez pas, ma femme va venir nous rechercher avec un grand parapluie... » Sur le moment, j'ai légèrement sursauté car, même si le mariage est pour eux normal, ce genre de dialogue ne m'était guère familier... Mais ne croyez pas pour autant que, si dans l'Église catholique latine les prêtres pouvaient se marier, il y aurait un boom des vocations, car la vraie faille est celle de l'absence de Dieu dans notre société. À mes yeux, le mariage en suivant les principes de la doctrine catholique latine est également difficile à vivre. Beaucoup pensent de façon poétique et romantique au mariage des prêtres comme remède au manque des vocations. Or, le mariage est aussi sérieux que le célibat. Je crois pour ma part que la tradition orientale est propre à cette Église et qu'elle ne pourrait être une solution aux problèmes des vocations dans l'Église latine. Parfois, lorsqu'on connaît les difficultés familiales des prêtres mariés, on se dit : « Quel bonheur que d'avoir le célibat sacerdotal ! »

J'ajoute que l'année sacerdotale qu'a lancée le Saint-Père depuis juin 2009 est une occasion providentielle pour réaffirmer la beauté du célibat, don de Dieu à l'Église d'Orient et d'Occident. Dans le rite oriental, les évêques sont choisis parmi les prêtres non mariés. Leur dévotion et leur vie monacale, faite d'abord de spiritualité et de sérénité, plaident, même dans leur Église, pour le célibat sacerdotal.

Pensez-vous qu'Internet soit un redoutable concurrent ?

Internet a évidemment un réel pouvoir sur l'opinion publique, comment oserais-je prétendre le contraire ! Mais l'important n'est pas uniquement ce qui se dit mais comment cela se dit. Or, le dilemme est celui de la dictature de l'image qui intoxique littéralement ceux qui ne peuvent s'en passer, alors qu'il faudrait bien sûr garder un certain recul. Nous, les prêtres, reconnaissons les premiers que c'est un moyen de communication fantastique et véritablement utile pour attirer ceux qui doutent et toucher des fidèles au cœur. Lesquels grâce aux chats, aux mails, aux blogs peuvent maintenant approfondir différemment leur foi. Internet génère en quelque sorte un nouveau style de mission.

L'Église doit-elle être pauvre ?

Oui, je le pense car cela nous rend complètement détachés des biens matériels et, comme Jésus, pauvres et libres ! Cela nous donne aussi une réelle liberté morale et nous permet de nous concentrer sur le spirituel et d'être en phase avec les déshérités. Nous portons par ailleurs – ce qui simplifie notre existence quotidienne –

toujours le même habit de prêtre, généralement sombre, qui supporte très bien l'usure du temps… Ainsi, une fois pour toutes, nous n'avons pas besoin de nous préoccuper de notre habillement, ni même d'acheter de beaux vêtements… alors que pour le commun des mortels ces questions-là relèvent parfois de la coquetterie. Sans moyens personnels, j'habite dans un appartement du Vatican à cinq minutes de Saint-Pierre, avec ma sœur. Elle s'occupe de mon intérieur, me tient compagnie, et prépare les repas. Elle est aidée en cela par deux femmes qui achètent des produits bon marché, légumes de saison, pâtes, riz, pommes de terre… Mais j'essaie de ne pas trop en manger parce que ça fait grossir… et je leur demande de garder le meilleur pour mes invités ! Par ailleurs, je n'utilise l'une des deux automobiles de la Congrégation pour les Églises orientales que lors des manifestations officielles. Quant à mon salaire, qui au Saint-Siège s'apparente à un dédommagement de mes frais, il s'élève à un cinquième du salaire de vos hauts fonctionnaires[4] et me permet de régler, par exemple, la rémunération des deux employées, de mes collaborateurs, les dépenses de représentation… bref quasiment tout, en dehors du loyer. Je suis d'ailleurs toujours exaspéré lorsque les gens me parlent de notre « richesse » ! Quand on attaque le Vatican là-dessus, on

4. À titre indicatif, en France un ministre, ce qui correspond à la haute fonction de Son Éminence le cardinal Sandri, gagne treize mille neuf cents euros par mois, plus cinq mille euros d'indemnités par mois. Sur cette somme, il ne rétribue aucun collaborateur et dispose naturellement d'une voiture de fonction, d'un chauffeur, parfois même d'un appartement… ce qui n'est pas du tout le cas des chefs de dicastère.

confond naturellement les fabuleux trésors de nos bâtiments religieux et de nos musées avec le train de vie modeste de l'Église et de ses serviteurs. Cet amalgame injuste est fort déplaisant car ces splendeurs, cette richesse historique appartiennent à l'Église romaine, mais restent avant tout des biens culturels inaliénables de l'humanité dont, par ailleurs, l'entretien pèse lourd.

Richesse de l'Église et pauvreté de ses serviteurs, donc ?

En tout cas, en ce qui me concerne, sûrement. Mes grands-parents tenaient un hôtel dans le nord de l'Italie, à Ala Di Trento, et possédaient quelques chevaux de trait. Jeune homme, mon père Antonio travaillait comme cocher pour aider mon grand-père. Il allait chercher les clients à la gare et prenait soin des chevaux. Mais avec l'arrivée de l'automobile dans les années 1930, il n'y a plus eu assez de travail à l'hôtel pour toute la famille, alors mes parents et ma sœur née en Italie, ont émigré en Argentine avant la Seconde Guerre mondiale où ils ont tenté l'aventure… Souvenez-vous, à l'époque, c'était le rêve américain ! Installés à Buenos Aires, ils ont eu deux autres enfants, deux garçons, dont je suis le cadet[5]. Ma sœur, infirmière, et mon frère, électricien à la Centrale de Buenos Aires, sont maintenant à la retraite.

5. Leonardo Sandri, fils d'Antonio Enrico et Nella Righi, est né le 18 novembre 1943 à Buenos Aires.

L'Église doit-elle s'impliquer dans la vie politique ?

Les évêques doivent être des « maîtres de la foi » et en raison de leur fidélité, ils deviennent des éclaireurs de l'ordre politique, moral et social de leur pays. Ceci ne s'appelle pas « faire de la politique » mais la surveiller attentivement et rappeler quelques principes fondamentaux aux divers protagonistes qui, eux, sont les vrais acteurs de la vie publique. En ce qui me concerne, je fréquente peu d'hommes politiques italiens mais, lorsque je voyage, je rencontre évidemment des responsables internationaux avec lesquels il m'arrive de tisser des liens d'amitié…

Et peut-on parler d'amitié entre les membres du Sacré Collège ?

Plus que d'amitié, j'emploierai le terme de « fraternité » et de communion d'esprit. Quelques-uns fondent cette relation entre les cardinaux sur un certain esprit de compétition… Cela dépend absolument de la nature des êtres, de leur humilité et de l'idée qu'ils se font d'eux-mêmes. Mais n'allez pas imaginer que la vie du collège des cardinaux soit polarisée par une course aux honneurs ! À Rome, les grands événements ne se passent jamais tels qu'on les voit de l'extérieur…

Il ne faut plus voter au-delà de quatre-vingts ans ?

Les cardinaux ayant droit de vote sont cent vingt, en théorie vaillants… Ce qui paraît clair, c'est que la culture, les connaissances historiques, l'expérience d'un cardinal de plus de quatre-vingts ans n'ont guère d'équivalent. D'ailleurs, bon nombre d'entre eux sont en bonne santé et encore pleins d'énergie. Mais il faut bien édicter des règles et quatre-vingts ans semble un âge raisonnable pour méditer, prier et devenir de cette façon de sages conseillers. C'est l'« âge de la sagesse ». Je voudrais ajouter que le jour où ils sont solennellement honorés à Saint-Pierre, les princes de l'Église savent qu'à quatre-vingts ans, ils cesseront d'être des cardinaux votants. Ce ne sera donc pas une surprise pour eux que de perdre le droit à l'élection du pape…

Qu'avez-vous ressenti quand vous avez été créé cardinal ?

Recevoir des mains du pape Benoît XVI cette barrette rouge sang a été pour moi une profonde émotion et un grand honneur. Grâce à cette création cardinalice[6], non seulement je me sens plus proche de Sa Sainteté, mais mon cœur est désormais ouvert à toute l'Église universelle.

6. Lors du consistoire du 24 novembre 2007.

Le père dominicain Christoph, cardinal comte von Schönborn archevêque de Vienne et primat d'Autriche

Ce très distingué cardinal à la haute stature et au beau regard bleu parle un tel nombre de langues sans le moindre accent qu'il paraît difficile, en l'écoutant, de deviner qu'il est Autrichien. Quand on l'observe mieux, à son allure, à son air un brin condescendant mais néanmoins affable, on comprend alors qu'on a en face de soi le cardinal Schönborn. La grande figure de l'Église d'Autriche qui occupe le prestigieux siège de l'archevêché de Vienne. Cet empire du cœur de l'Europe et aux portes de l'Orient, historiquement le lien entre l'Église catholique romaine et le monde orthodoxe.

Alors, qui est cet intellectuel à l'air parfois nostalgique ? Descendant de la grande noblesse de la Mitteleuropa alliée entre autres au comte de Paris, sa famille occupe plusieurs pages dans le mythique et épais livre rouge et or du Gotha de 1888. Des aristocrates très déliés qui, de la Rhénanie à la Bohême, ont depuis des lustres joué un rôle en Europe et donné au fil des siècles quelque vingt hauts prélats à l'Église catholique. C'est en 1945 que le petit Christoph voit le jour à Skalsko, une ville désormais en République tchèque. Juste après sa naissance, Hugo Damian von Schönborn et Eleonora, née baronne von Doblhoff, sont obligés d'abandonner leur château et leurs territoires pour se réfugier en Autriche dans un petit chalet du Voralberg avec leurs deux jeunes garçons, Philipp et Christoph. Pour les élever, la comtesse Schönborn devient secrétaire, puis chef de publicité dans une usine de textiles, son mari est artiste peintre. Leur quotidien est rude mais empreint de dignité, d'autant que la famille vient de s'agrandir avec la naissance de Michaël et Barbara.

En 1963, ce très bon élève qui n'a que dix-huit ans quitte les siens pour entrer chez les Dominicains de Warburg, près de Vienne. Parmi les séminaristes, il sera le seul à prendre l'habit en 1970, les autres ayant renoncé à la prêtrise dans la tourmente idéologique de 1968. Après avoir obtenu deux doctorats, en philosophie et en psychologie à l'université de Vienne, il va étudier à Paris le christianisme slave et byzantin à l'École des hautes études pratiques de la Sorbonne et la théologie à l'Institut catholique. Comme la plupart de ces prélats très érudits, il parle les cinq principales langues européennes et autant de langues slaves, sans compter le latin et le grec ancien. Puis, aumônier à l'Université catholique de Fribourg, il donne des cours de dogmatique et de théologie orientale chrétienne, et se consacre à l'enseignement, à la publication de textes scientifiques et religieux et participe à diverses commissions catholiques culturelles de premier plan.

Considéré comme l'un des plus brillants théologiens de sa génération, Jean-Paul II lui demande en 1987 de prendre en main la rédaction en chef du *Nouveau Catéchisme*. Cinq années d'une tâche immense et minutieuse où, lorsqu'il travaille à Rome, il habite avec beaucoup de simplicité dans le collège des sœurs dominicaines de la via Cassia. Des religieuses qu'il va encore voir régulièrement. Nommé évêque auxiliaire de Vienne en juin 1991 à cinquante et un ans, il est obligé quatre années plus tard de remplacer le cardinal Groër, accusé de pédophilie, et devient alors archevêque de cette même ville. Il est ensuite créé cardinal par Jean-Paul II en février 1998. Un primat d'Autriche et président de la Conférence des évêques de son pays qui ne se laisse pas enfermer dans ses multiples fonctions publiques mais continue d'être également un homme de terrain, un pasteur qui prêche et médite sur les grandes orientations morales et spirituelles du catholicisme.

Ce dominicain très cosmopolite de soixante-quatre ans, dans la grande tradition des hommes d'Église d'autrefois, multiplie les activités en Autriche, dans le reste de l'Europe et de par le monde. Membre du Conseil des évêques européens, c'est lui qui a clôturé notamment l'année dernière dans la basilique Saint-Pierre à Rome le premier Congrès mondial sur la miséricorde et il vient de prêcher fin septembre, devant mille deux cents prêtres du monde entier, une retraite sacerdotale dans le sanctuaire d'Ars, près de Lyon. Des rencontres pastorales qui sont autant de « tribunes internationales » pour ce haut prélat d'un indéniable charisme et d'une grande autorité naturelle, très en cour à Rome et si populaire que lorsqu'il traverse la place Saint-Pierre, on lui demande généralement des autographes.

Membre de la Congrégation pour la Doctrine de la foi, de celle pour les Églises orientales, pour l'Éducation catholique, du Conseil pontifical de la culture et de la Commission pontificale pour les biens culturels de l'Église, Son Éminence est l'un des rares cardinaux de la Curie à être aussi proche du pape Benoît XVI qu'il l'était de son prédécesseur. Car le pape polonais appréciait beaucoup ce cardinal, comme lui venu de l'Est, non seulement pour son œcuménisme, sa vaste connaissance des Églises orientales et son ouverture sur le monde orthodoxe, mais aussi parce qu'il avait réussi à redonner confiance à une Église d'Autriche en crise et meurtrie dans les années 1990 après le scandale de Hans Hermann Groër. Autre signe de sa profonde estime, c'est à lui que Sa Sainteté avait demandé de prêcher les exercices spirituels du Carême en 1996. Un honneur suprême ! Quant à l'actuel pape, on prétend au Vatican que le fait que le cardinal autrichien ait présenté sa thèse de théologie dogmatique après avoir étudié à Regensburg sous la tutelle du professeur Ratzinger, les aurait naturellement rapprochés. Une communion de pensée due aussi à l'admiration qu'ils partagent l'un et l'autre pour le théologien suisse Hans Urs von Balthasar. Le cardinal Schönborn fait par ailleurs partie des anciens « étudiants » du pape qui sont, chaque année, reçus à la fin du mois d'août dans sa résidence estivale de Castel

Gandolfo. Un privilège très envié de ses collèges qui, eux, ont peu l'occasion de voir le souverain pontife prendre quelque distance avec le quotidien.

Habité par une profonde ferveur, ce grand cardinal au caractère énigmatique, à la fois humble et majestueux, qui a choisi comme devise sur son blason « *Vos Autem Dixi Amicos* » (« Moi, de toute manière, je vous appelle mes amis ») continue d'être un père dominicain. Fier de son Ordre Prêcheur, c'est sans doute pour cela que celui qui, lors des cérémonies officielles en Autriche[1], est placé juste derrière le président de la République, continue à parapher son courrier personnel « Frère Christoph, o.p. ».

1. En vertu des dispositions du Congrès de Vienne de 1815, confirmées par l'article 16-3 de la Convention de Vienne du 18 avril 1961, le cardinal archevêque de Vienne est le deuxième personnage de l'État dans le protocole autrichien.

Le cardinal Christoph Schönborn

Comme les dix-neuf autres grandes figures de l'Église catholique que j'ai eu le privilège de pouvoir interviewer dans un exceptionnel climat de sérénité et de confiance, Son Éminence le cardinal archevêque de Vienne et primat d'Autriche, Christoph Schönborn, avait lui aussi accepté de participer à cet enthousiasmant projet. Il a ensuite souhaité que son interview soit modifiée, pour finalement refuser qu'elle paraisse.

Afin de respecter sa volonté, à mon très grand regret je ne publie donc pas ce texte. J'en suis fort désolée pour mes lecteurs.

Le patriarche de Venise Angelo Scola : le « papabile » italien

Tout en portant avec panache la pourpre et la scintillante croix pectorale des princes de l'Église, le patriarche[1] de Venise Angelo Scola, l'un des cardinaux les plus influents de la Péninsule, ne résiste pas à rappeler qu'il est un fils du peuple. Un fidèle hommage à son père camionneur et un effet de style qui fait partie de son personnage. Une réelle surprise aussi, car ce distingué Lombard au regard conquérant et à l'épaisse chevelure argentée a davantage l'allure d'un élégant aristocrate né dans un palais vénitien que celle d'un fils d'ouvrier. Depuis sept ans dans la Cité des Doges, le cardinal qui célèbre chaque dimanche la messe dans la mythique basilique Saint-Marc, occupait déjà auparavant l'important poste de recteur de l'Université pontificale du Latran à Rome, où il avait enseigné la théologie morale.

Né dans le nord de l'Italie, à Malgrate près de Milan, dans une famille où l'on ne lit que le quotidien communiste *L'Unità*, la bible du prolétariat italien, élevé par

1. L'un des trois patriarcats d'honneur du titre grandiose de l'Église latine avec ceux de Lisbonne et de Jérusalem.

une mère qui est une pieuse catholique, Angelo Scola comprend très tôt que pour s'en sortir il lui faut faire des études. Après le lycée classique, il entre donc à l'université milanaise du Sacré-Cœur, puis à celle de Fribourg en Suisse, où il passe son doctorat en théologie. Des années de sacrifices et de bonheur intellectuel qui lui donneront un sens profond de la foi, d'où naîtra sa vocation. Là, il a l'opportunité de collaborer à *Communio*, la revue de référence créée par les plus grands théologiens des années 1970, le Français Henri de Lubac, le Suisse Hans Urs von Balthasar et l'Allemand Joseph Ratzinger – un heureux hasard ! Il devient aumônier d'étudiants, un passage exaltant et prometteur pour le jeune prélat[2]. Après plusieurs expériences pastorales, il est nommé évêque de Grosseto en Toscane, retourne à l'université de Fribourg, comme professeur cette fois, et devient ensuite recteur de l'Université pontificale du Latran. Il est sévère mais lumineux, reconnaissent ses élèves. C'est là qu'à la fin des années 1990, remarqué par l'entourage de Jean-Paul II, il rejoint la cellule de réflexion du Saint-Père.

Homme d'une grande détermination, ce travailleur acharné qui réécrit plusieurs fois ses homélies et ses livres est aussi réputé pour piquer de saintes colères qui lui collent à la soutane, par exemple lorsqu'on interprète mal ses propos… Fort soucieux de développer aux portes de l'Orient le dialogue interreligieux, il a fondé sa

2. Le cardinal Karol Wojtyla et le cardinal Jean-Marie Lustiger notamment ont été dans leur jeunesse aumôniers d'étudiants, c'est souvent un poste d'avenir.

revue mensuelle, *Oasis*, traduite en cinq langues, ainsi que le centre d'échanges et de réflexion du même nom. Actuellement considéré comme l'un des tout brillants cerveaux du Vatican, sans doute le seul « papabile » italien, plus intellectuel que pastoral, ce charismatique haut prélat de soixante-huit ans qui a longtemps été membre de l'influent mouvement de la droite catholique Communion et Libération*, s'en est éloigné au début des années 2000, pour ne pas être trop marqué politiquement. Ce qui a entraîné des collègues peu indulgents à le qualifier d'ambitieux. Il le sait et n'aime guère qu'on lui rappelle que Venise est la cité qui a donné le plus de papes à l'histoire. Sept au fil des siècles dont trois au XXe; Pie X, Jean XXIII et Jean-Paul Ier, mais le patriarche avance sans trop songer à son destin. Il préfère prosaïquement se définir comme un pont entre l'Orient et l'Occident. Passionné par ses responsabilités actuelles et conscient que comme le définissait François Mitterrand, « le pouvoir, même dans l'Église, n'est ni une logique ni une morale mais une dynamique et généralement irrationnelle ».

Le cardinal Angelo Scola

Patriarche de Venise, vous occupez le siège cardinalice le plus prestigieux d'Italie.

Je me définis d'abord comme un évêque, un simple pasteur qui accompagne les fidèles et les aide à vivre en suivant les enseignements de Jésus-Christ. Cependant, exercer dans cette ville au passé si riche donne une dimension plus large à ma charge pastorale, car Venise réveille l'âme des peuples, jusqu'à la Chine et au Japon ; elle possède le don de « faire rêver » toute l'humanité… Sur cette lagune de quelque sept cents kilomètres carrés se croisent chaque année d'innombrables nationalités, d'où, notamment, le poids souvent exagéré lié à ma fonction. Comme l'avait superbement expliqué aux Vénitiens le pape Jean-Paul II en 1985 : « Vous pouvez exercer votre mission sans jamais quitter Venise, car la noblesse et la majesté de ces lieux, que vingt millions de personnes viennent découvrir chaque année, en font un endroit unique. » L'archevêché que j'occupe a été élevé au rang de Patriarcat en 1457, à une époque où la Sérénissime contrôlait de nombreuses îles de la mer Égée et possédait d'importantes bases dans tous les ports de l'Orient. Toutefois, ce titre imposant, je l'avoue, que je dois à la grande tradition de Venise, ne donne aucun privilège particulier à son titulaire : il s'agit d'une belle et très ancienne distinction historique.

Justement, les cardinaux sont-ils encore des hommes de pouvoir tels qu'ils sont décrits dans la littérature ?

Assumer de nos jours de lourdes responsabilités en étant à la tête d'un grand diocèse implique sans doute un pouvoir certain qui requiert de l'autorité et des connaissances très multiples et diverses – scientifiques, économiques, politiques, sociales – mais entraîne aussi généralement une réelle impopularité, voire beaucoup d'humiliations. Pour un rien, je reçois presque chaque jour des e-mails déplaisants et des lettres peu chaleureuses commentant, par exemple, avec une grande sévérité ce que j'ai dit lors de mon homélie dominicale. Mais, puisque le pape m'a désigné, je m'implique totalement dans ma fonction en allant de l'avant, sans penser aux aspects négatifs qui sont le revers de la médaille ! Et, sur le plan humain, il s'agit plus de « devoir » que de « pouvoir »...

Le patriarche de Venise peut-il avoir une vie normale ?

Je garde encore des amis, bien sûr, et lorsque nous nous voyons, comme j'ai peu de temps, nous privilégions ce qui dans l'existence nous paraît essentiel. Par ailleurs, ma tâche d'évêque m'impose de lire énormément, mais j'aime me plonger dans ce genre d'exercice... même pendant la petite quinzaine de jours de vacances que je prends au cours de l'année, de préférence pour faire des excursions en montagne.

À Venise pourtant, ce « devoir » a souvent marqué l'Histoire !

Il est incontestable qu'en un siècle, trois de ses patriarches sont montés sur la chaire de Pierre... Toutefois, à la simple idée d'être comparé à Pie X, Jean XXIII et Jean-Paul Ier, tous dans l'horizon de la sainteté[1], je suis immédiatement pris de vertige. Ainsi, pendant le déjeuner avec le pape Jean-Paul II qui concluait un colloque à Rome, le fameux jour où il m'annonça qu'il m'envoyait à Venise, j'osai lui demander : « Très Saint-Père, vous qui me connaissez bien[2], dites-moi comment me comporter dorénavant. » Imperturbable, il me rétorqua : « Restez vous-même, ne changez surtout pas ! » Et, depuis, j'avance...

Il me semble pourtant que Venise puisse parfois être un tremplin pour la papauté...

C'est ce qui se dit, mais on raconte tant de choses ! De nos jours, la question se pose différemment car le successeur de Pierre peut venir de n'importe quel

1. Pie X a été canonisé en 1954, Jean XXIII béatifié en 2000, et la béatification de Jean-Paul Ier est en cours.
2. Le cardinal Angelo Scola a été recteur de l'Université du Latran de 1995 à fin 2001.

continent. Les papes systématiquement italiens appartiennent désormais au passé. Nos deux derniers souverains pontifes sont des cardinaux étrangers à l'Italie, l'un polonais, l'autre allemand? L'horizon de l'Église est désormais universel. Il suffit d'observer les rapports que nous avons entre nous, cardinaux de tous les pays, pour faire un constat identique : nous travaillons ensemble, nous téléphonons, nous écrivons, bref, nous vivons aux quatre coins de la terre des expériences souvent analogues. Une réelle fraternité existe entre nous, une communion, bien plus forte que nos éventuelles différences d'opinion…

L'Église catholique est-elle trop centralisée ?

Pour se prononcer, il faudrait d'abord analyser attentivement, pendant de longues semaines, chaque dicastère et chaque congrégation… L'important, en réalité, n'est-il pas d'abord pour l'Église de s'impliquer totalement dans la nouvelle évangélisation ? Réformer la Curie et les diocèses, pourquoi pas, mais l'essentiel reste d'être en mesure d'annoncer le Christ Sauveur dans quelque lieu que ce soit. Un message limpide qui doit être, au quotidien, accessible à chacun et résonner au plus profond de son âme, car l'homme du XXIe siècle a besoin d'améliorer ses points d'ancrage pour réussir à créer un lieu d'équilibre entre son travail, ses relations affectives et sa vie spirituelle.

On dit que le service de renseignements du Vatican est sans égal !

Ne nous comparez surtout pas à la CIA, cela n'a rien à voir, comme vous pouvez l'imaginer ! Car nous avons une longue tradition derrière nous, soit deux mille ans d'Histoire, de savoir et de savoir-faire, et cela ne s'improvise pas. Depuis vingt siècles, nous communiquons et transmettons l'Évangile !

Quelle est maintenant la mission de l'Église catholique ?

La question centrale est d'essayer de vivre la Parole de Dieu au quotidien, dans tous les milieux, privé et professionnel. L'amour et comment aimer ne concerne pas uniquement les gens d'Église mais aussi chaque être humain. Et il ne faut pas se voiler la face, nous sommes dans un monde sécularisé même si, pour ma part, j'ai plutôt de la chance puisque dans mon diocèse pourtant lui aussi fort laïcisé une personne sur cinq va à la messe tous les dimanches, deux sur cinq s'y rendent entre une fois et trois fois par mois. Mais l'Italie reste un cas unique en Europe, avec les 87 % qui se disent catholiques et bien plus encore baptisés, dont environ le tiers va chaque semaine à l'église et plus, lors des grandes occasions. La période critique se situe entre quatorze et vingt-neuf ans, âges où les jeunes, moins réceptifs, interprètent souvent la religion catholique à leur manière. En ce qui me concerne, je constate qu'à travers l'Évangile j'ai, toute ma vie, médité sur l'amour, sur le travail, parmi les priorités de l'existence...

À votre avis, le matérialisme des pays riches éloigne-t-il de la religion ?

Certes, les excès en tout genre de la société de consommation ont complètement bouleversé les comportements et les coutumes. Cela est même particulièrement inquiétant lorsqu'on songe au futur surtout des pays du nord de la planète ! Les gens sont moins disponibles et négligent les questions essentielles. Notre culture de la consommation, par certains aspects obscène, étymologiquement, « de mauvais augure », le mot n'est pas trop fort, conduit à une sorte de terrain vague en friches, où plus rien ne pousse... Il reste cependant un espoir car, au cœur de ce terrain vague, apparaissent parfois de petites herbes, un signe que le sens religieux existe encore ! Il n'en demeure pas moins que nous donnons là une bien piètre image de la chrétienté, notamment à l'islam. Le problème des jeunes catholiques est que, de nos jours, peu de personnes leur parlent du mariage, de la famille, de l'amour profond entre un homme et une femme, de la joie d'être parents... Et ce ne sont pas de maîtres dont cette génération a besoin mais d'abord de témoins, d'exemples ! Il ne faut cependant pas confondre rigidité et exigence, ni considérer la religion comme une simple association, voire uniquement un lieu de meeting paroissial.

Mais l'Église catholique est quand même très stricte sur le plan de la contraception...

On peut s'éduquer à la régulation naturelle, tout comme à l'amour et à la vertu. L'exemple nous en a été récemment donné en Afrique par l'Ouganda, dont le gouvernement a incité ses concitoyens à la mettre en pratique avec un résultat extrêmement encourageant ! Trouvant cette voie, les Ougandais ont réussi à maîtriser l'acte conjugal et à prouver qu'on peut avoir une vraie vie de couple dans la plus grande simplicité. Une intimité où, ensemble, on se consacre au travail, à l'éducation des enfants... Pour ma part, l'amour d'un couple me paraît assez naturel car j'ai le bonheur, le privilège, d'avoir toujours en mémoire l'exemple merveilleux de mes parents qui, toute leur existence, se sont aimés d'un amour profond. Des gens du peuple qui ont vécu cinquante-cinq années ensemble, l'un pour l'autre, pour leur travail et leurs enfants, jusqu'à leur décès[3].

Vous qui parlez d'amour avec tant d'émotion, êtes-vous favorable au mariage des prêtres ?

Au risque de vous paraître impopulaire et démodé, je suis absolument contre ! Je maintiens fermement que la valeur du célibat des prêtres est capitale, car ce choix de l'amour de Dieu et l'offrande de sa vie pour les hommes impliquent une forme de détachement qui n'est pas aisé dans le cadre du mariage. Le prêtre comme tous les consacrés, dont certains portent symboliquement une alliance, sont à jamais unis à Dieu. Par ailleurs, en

3. La mère du cardinal Angelo Scola est décédée en 1992, et son père quatre années plus tard. Son seul frère est mort dans un accident de la route en 1982, laissant deux filles, maintenant mariées et toutes deux mères de trois enfants.

observant nos frères protestants et orthodoxes, il ne semble pas qu'il y ait plus de vocations chez les pasteurs ou les popes qu'au sein de notre propre clergé latin. Le fait qu'ils soient mariés n'a donc apparemment pas résolu le problème complexe des vocations.

Êtes-vous pessimiste quant aux vocations sacerdotales ?

Pour le bien de notre Église, l'essentiel est d'abord la régénération du tissu religieux. Savoir pourquoi un jeune veut consacrer son existence à Dieu comporte toujours une part de mystère et de pudeur. C'est le résultat d'un dialogue très personnel entre le Très-Haut et celui qu'Il a choisi. En Italie du Sud, par exemple, on a vu apparaître pas mal de vocations ces dernières années, en tout cas beaucoup plus que dans le Nord ! Il semble important de s'adapter à ces nouvelles formes de vie religieuse nées après Vatican II. Ces mouvements charismatiques, les jeunes communautés dont celles « contemplatives », mais aussi les nouvelles fraternités telles que les Focolari et Communion et Libération en Italie, les Néocatéchumènes, Le Chemin Neuf, les Fraternités monastiques de Jérusalem, et bien d'autres dans le monde… sont un exemple et une nouvelle force de persuasion pour les jeunes générations. Que ce soit dans un cadre plus traditionnel ou sous ces formes-là, l'essentiel est la qualité des vocations que l'Église catholique suscite.

L'Église du XXI*e siècle doit-elle être pauvre ?*

Il faut s'entendre. L'Église doit avoir les moyens de survivre et de conserver un patrimoine artistique que le monde entier puisse admirer. C'est un fait de civilisation. Prenons l'exemple de Venise, où plus de cent églises nous appartiennent[4]. Elles sont d'une architecture et d'une beauté inouïes, avec d'extraordinaires proportions, et abritent des œuvres d'art uniques au monde. Et comme Venise est une cité lacustre nous avons évidemment d'immenses difficultés matérielles et techniques car chacun de ces lieux très humides requiert une attention particulière et constante... Or nous ne sommes pas pécuniairement en mesure de préserver honorablement ce fabuleux héritage séculaire. Alors, comment faire ? Vendre San Marco, tout comme le Vatican devrait se séparer de ses musées afin de paraître pauvre, en sachant toutefois que vingt-cinq millions de touristes sont attendus chaque année à Venise et encore plus à Saint-Pierre ? Cette image flatteuse et ces inestimables témoignages du passé illustrent la grande tradition chrétienne, qui débuta avec l'Évangile et ne s'est depuis jamais interrompue. Ces glorieux chefs-d'œuvre anciens, que les gens imaginent être une

4. Venise compte cent onze églises. Parmi les plus éblouissantes : San Paulo qui abrite des peintures du IXe siècle (Tintoretto, Tiepolo, Veronese...) ; Santa Maria Gloriosa dei Frari (XIVe) avec, entre autres, le grandiose triptyque de l'*Assomption* du Titien qui habille le chœur ; San Sebastiano et San Giobbe (XVe) ; la Madonna dell'Orto (XVIe), non loin du Ghetto et proche de la maison où vécut Le Titien ; Santa Maria del Rosario, toute de marbre blanc, à l'architecture baroque (XVIIIe)...

richesse matérielle, sont un bien culturel et universel dont nous ne sommes en réalité que les humbles dépositaires et que nous devons absolument préserver dignement, pour la postérité. Et ce n'est pas parce que j'habite dans l'archevêché de San Marco que, lorsque le matin j'ouvre mes fenêtres, j'oublie que chaque jour des enfants meurent de faim, qu'il existe de l'Afrique à l'Amérique latine d'innombrables bidonvilles... Nous sommes parfaitement conscients de la grave crise économique internationale que le monde traverse aujourd'hui et nous, les prêtres, afin que l'on puisse continuer de croire en l'Évangile, devons les premiers essayer de vivre de façon toujours plus sobre face à tous ces douloureux événements.

Vous êtes très impliqué dans le dialogue avec l'islam.

En effet, et c'est d'ailleurs pour cela que j'ai fondé le centre Oasis[5]. Nous sommes actuellement, c'est un fait indéniable, dans une société de métissage des civilisations qui implique de dialoguer avec l'islam. En quelques années, nous avons vu arriver au cœur de l'Europe des millions de musulmans. Une immigration mal contenue parce que peu préparée, ayant d'ailleurs engendré parfois de fortes violences. Toutefois, si patiemment la Vieille

5. Oasis, Centre international d'études et de recherches, présenté à l'Unesco en 2005, promeut la connaissance réciproque et la rencontre entre chrétiens et musulmans. Il s'appuie sur un vaste réseau de rapports internationaux et organise chaque année depuis sa création une rencontre plénière qui se tient alternativement à Venise et dans un pays à majorité musulmane.

Europe, s'appuyant d'abord sur les jeunes générations, consent au fil des ans à accueillir et à intégrer ces ressortissants de culture, de traditions et de religion différentes des nôtres, mais qui sont, comme nous, fils de Dieu et défendent les mêmes valeurs élémentaires[6], nous parviendrons enfin, je l'espère à cohabiter de façon harmonieuse. J'insiste sur ce point, car c'est le devoir de l'Église et de la société civile que de les accueillir dignement. Cela ne signifie pas, néanmoins, que nous ayons à assumer la responsabilité de leur entrée sur notre territoire ; toutefois, si deux cents émigrés entassés sur une embarcation de fortune accostent illégalement de nuit à Lampedusa[7], les chrétiens et les prêtres se doivent de les secourir. C'est un réflexe de charité envers la personne en danger, sans distinction de race, de religion ou de nationalité. Aux autorités ensuite de faire leur travail.

Un prince de l'Église ayant dépassé quatre-vingts ans devrait-il, selon vous, aller au conclave ?

Sûrement pas, car si un évêque est à la retraite à soixante-quinze ans, je ne vois pas pourquoi, à quatre-vingts ans révolus, même en bonne santé et doté d'une vaste expérience, un cardinal devrait voter. Évêque

6. C'est-à-dire l'amour, la famille, le travail, le repos.
7. L'île de Lampedusa, au sud de la Sicile, est chaque année une porte d'entrée en Europe pour des milliers d'Africains clandestins. Ce nom est resté célèbre à cause du prince Giuseppe Tomasi di Lampedusa, duc de Palma de Montechiaro, qui publia en 1958 le célèbre roman Le Guépard porté ensuite à l'écran par Lucchino Visconti.

depuis dix-huit ans, ma tâche est si lourde et épuisante que, si Dieu le veut, le jour venu, j'arrêterai sans nostalgie. Il ne faut jamais oublier que la première mission d'un cardinal, fût-il patriarche de Venise, n'est pas d'élire le souverain pontife mais, comme le symbolise le rouge de notre robe, d'être prêt à donner son sang pour l'Église !

Pour Jean-Louis Tauran, le seul ministre français actuel du pape, la diplomatie et la cuisine sont du grand art

Que vous lui parliez du *Codex Vaticanus*, le plus ancien manuscrit de la Bible datant du VIe siècle, de l'élargissement de l'Europe à vingt-sept ou du processus de paix au Moyen-Orient, les yeux malicieux du cardinal Tauran s'illuminent derrière ses lunettes car le président du Conseil pontifical pour le dialogue interreligieux maîtrise mieux que quiconque tous ces sujets...

Repéré pour son esprit analytique à la fin des années 1980 par un collaborateur de Jean-Paul II, cet homme très réservé qui a déjà fait une belle carrière sous le précédent souverain pontife, a été chargé par Benoît XVI de renouer le dialogue avec les musulmans après le séisme provoqué par son imprudent discours de Ratisbonne en Allemagne. Une fonction délicate qui, vue de l'extérieur, pourrait paraître simplement un titre imposant mais qui est, en réalité, fondamentale pour le pape car son ministre, dont l'approche est plus diplomatique que théologique, s'efforce de tisser des relations avec les autres religions. Une mission. Un réel défi, car pour un musulman les dogmes sont aussi obscurs qu'est insaisissable pour un chrétien le précepte selon lequel le Coran a été directement dicté par Dieu et ne peut donc être interprété. Son Éminence doit aussi tenter d'améliorer les relations parfois difficiles avec l'Institut pontifical d'études arabes et d'islamologie ainsi qu'avec diverses autres congrégations... Une ambitieuse feuille de route dans un monde certes feutré mais où les appétits de carrière et les silencieuses batailles de clans ne sont pas absentes... Mais ce grand serviteur du Vatican a l'art de faire avancer ses dossiers en silence. Aussi avenant que posé, il a des nerfs d'acier et une irremplaçable expérience de la diplomatie...

Sa trajectoire est étonnante. Pur produit pourtant de l'école laïque, Jean-Louis Tauran est devenu à quarante-sept ans le plus jeune ministre des Affaires étrangères de l'histoire moderne du Vatican[1]. Il a ensuite été le cardinal archiviste et bibliothécaire de la Sainte Église romaine, poste enviable pour un homme aussi érudit car la bibliothèque du Vatican est l'un des plus fabuleux fonds de documents au monde avec quelques un million six cents mille livres, plus de huit mille incunables et autres merveilles. Depuis septembre 2007 il préside le Conseil pontifical pour le dialogue interreligieux. Quelle carrière, oserait-on dire, s'il ne s'agissait d'un prélat ! Ce fils d'un négociant bordelais nanti et peu pratiquant qui a fait ses études au lycée Montaigne de Bordeaux, dans

1. De 1990 à 2003.

les mêmes années que le patron de Vivendi Jean-René Fourtou[2], et que le célèbre architecte Paul Andreu[3], a la vocation. Après le séminaire, il devient vicaire de paroisse puis va faire son service militaire dans la coopération au Liban, où enseignant dans un collège catholique il rêve de Rome. Puisqu'il est brillant, il rejoint l'élitiste Université grégorienne des jésuites. Licencié en philosophie, en théologie, en droit canon, il intègre dans la foulée la prestigieuse Académie pontificale ecclésiastique qui forme depuis trois siècles les très éclairés et prudents diplomates de l'Église. Nous sommes en 1964, il n'a que trente-deux ans. Après avoir servi successivement en République dominicaine et au Liban, où il se rapproche entre 1979 et 1983 des chrétiens du Proche-Orient, le père Tauran revient dans la Ville éternelle à la Secrétairerie d'État. Dans l'ombre des emblématiques cardinaux et habiles diplomates qui marquèrent l'ère Paul VI, Agostino Casaroli et Achile Silvestrini, il assiste à l'effondrement de l'empire communiste et apprend l'art de la grande diplomatie. De riches années en expériences et événements qui le conduiront en 1990 au troisième étage du palais apostolique, le saint des saints. Ce lieu mythique abritant les hommes de confiance du

2. Jean-René Fourtou, l'un des grands patrons du CAC 40, ancien président de Rhône-Poulenc et actuel président du conseil de surveillance de Vivendi et du groupe Canal+ qui redressa Vivendi quasiment en faillite en 2002. Il siège aussi aux conseils d'administration d'Axa, Sanofi-Aventis et Nestlé…

3. Cet architecte éclectique a construit d'innombrables aéroports – Roissy 2, Abu Dhabi, Djakarta mais aussi le Grand théâtre national de Chine à Pékin, la grande arche de la Défense et le tremplin de saut à ski de Courchevel…

pape qui gouvernent l'Église et où, chaque mercredi soir, privilège envié, Jean-Paul II le reçoit en tête à tête pendant plus d'une heure pour faire un tour d'horizon de la situation internationale et des futures audiences privées avec les chefs d'État. Le courant passe entre le souverain pontife et ce fin analyste de l'Église, féru comme lui d'histoire et de littérature. Tous deux ont le sens de l'humour mais le ministre bordelais est plus pince-sans-rire que son maître !

Passionné d'opéra, avec une prédilection pour *La Tosca* de Puccini, le cardinal Tauran joue de l'orgue et du piano. Très mince, il est pourtant fort calé en cuisine et sa table est réputée comme l'une des meilleures du Vatican. Œnologue distingué, il peut disserter avec volupté sur les vins de Bordeaux, un château-l'évangile, un château pape-clément ou un château curé-bon tout en sachant apprécier un beaujolais tel le saint-amour… S'il fait quelques jaloux à Rome en raison de son poste stratégique et convoité, ce cardinal affable est très respecté. Avec une fermeté maîtrisée, il a joué un rôle important dans tous les grands dossiers internationaux de ces dernières années, de la chute du mur de Berlin aux conflits africains en passant par la guerre en ex-Yougoslavie… Sans faire de bruit, ni jamais se vanter. C'est lui qui, notamment, avait suggéré à Jean-Paul II de doubler le nombre des nonciatures apostoliques dans le monde et des ambassades près le Saint-Siège[4].

---

4. Ce qui représente d'avoir doublé leur chiffre avec aujourd'hui cent quatre-vingt-quatre nonciatures et cent quatre-vingt ambassades près le Saint-Siège.

Après avoir été honoré de la dignité cardinalice par Jean-Paul II en 2003, Jean-Louis Tauran l'un des hommes les mieux informés du Vatican a souhaité occuper une fonction moins lourde que celle de ministre des Affaires étrangères. Ainsi, le Conseil pontifical pour le dialogue interreligieux lui permet quand même au quotidien de prendre un peu plus de recul tout en restant à soixante-six ans encore très présent. Et il n'oublie jamais ce principe absolu, qu'il rappelle régulièrement à ses interlocuteurs : « Le secret ici est de ne jamais rien demander, et de ne jamais rien refuser ! »

Le cardinal Jean-Louis Tauran

Vous êtes actuellement le seul cardinal français ministre de Benoît XVI.

Je suis en effet président du Conseil pontifical pour le dialogue interreligieux depuis le 25 juin 2007 et, à ce titre, l'un des vingt-sept ministres du pape[1] et maintenant le seul Français. Ma mission est donc de coordonner l'ensemble des activités dans ce domaine, tout en proposant des orientations. C'est pourquoi je reçois au Vatican les représentants de l'islam, du bouddhisme, de l'hindouisme, des religions traditionnelles d'Afrique et d'Asie[2]. J'ai donc d'abord une tâche d'animation afin d'aider les évêques et les prêtres à faire sur ces sujets preuve d'initiative.

La route vers Rome a-t-elle été longue ?

Je suis né à Bordeaux où j'ai été élève au lycée Montaigne, je suis ensuite entré au grand séminaire de cette même ville avant d'étudier la philosophie et la théologie à

1. Les ministres du pape, le plus souvent des cardinaux, sont à la tête de la Secrétairerie d'État, des congrégations, des conseils pontificaux, des tribunaux, et des services administratifs.
2. Le président du Conseil pour le dialogue interreligieux ne suit pas les questions concernant le judaïsme, qui relèvent de la compétence du Conseil pontifical pour l'unité des chrétiens.

l'Université grégorienne de Rome. De retour en Gironde, j'ai été ordonné prêtre en septembre 1969. Vicaire à Bordeaux pendant trois ans, j'ai fait mon droit canonique à l'Institut catholique de Toulouse[3], puis ai été appelé à Rome en 1973 pour suivre les cours de l'Académie pontificale ecclésiastique…

Vous êtes donc entré dans le saint des saints !

En 1973, je suis effectivement entré dans cette prestigieuse institution qui forme, depuis plus de trois siècles, les prêtres au service diplomatique du Saint-Siège. À partir de 1975, j'ai pris le large : d'abord en partant quatre années en République dominicaine comme secrétaire de nonciature (1975-1979) ; puis au Liban où, conseiller de nonciature (1979-1983), j'ai tout appris sur le Moyen-Orient. De retour à Rome, j'ai rejoint le Conseil pour les affaires publiques de l'Église, ce qui correspond à un ministère des Affaires étrangères, où, très tôt, il m'a été demandé de suivre les travaux de la Conférence sur la sécurité et la coopération* en Europe. En 1988, le pape Jean-Paul II m'a nommé sous-secrétaire de ce même Conseil, puis secrétaire[4]. Ainsi, treize années durant, de 1990 à 2003, j'ai été son « ministre des Affaires étrangères[5] », comme les

---

3. Le cardinal Jean-Louis Tauran est titulaire d'une licence en théologie et en philosophie et d'un doctorat en droit canonique.
4. Le pape Jean-Paul II lui avait également conféré à cette occasion la dignité épiscopale, le 6 janvier 1991.
5. À l'époque, le Saint-Siège avait des relations diplomatiques avec cent soixante-quatorze pays. Depuis, cela a légèrement augmenté, comme nous pouvons le constater page 222.

journalistes aiment à le dire. Créé cardinal en 2003, archiviste et bibliothécaire de la Sainte Église romaine, je suis devenu en juin 2007[6] président du Conseil pontifical pour le dialogue interreligieux.

Vos racines sont-elles plus aquitaines que romaines ?

J'aime beaucoup Bordeaux et je suis resté très proche de ma famille. J'appartiens à un milieu plutôt privilégié de négociants où l'on avait le sens des relations internationales et le respect de la religion sans être ce que j'appellerais des « chrétiens militants » ! C'est d'ailleurs pour cette raison que mes parents m'ont envoyé à l'école publique et non chez les Jésuites. Ils pensaient que j'aurais pu être influencé dans ma vocation. J'ai une sœur, de dix-neuf ans mon aînée, dont la fille, qui est de ma génération, a été élevée avec moi. Je retourne régulièrement en Gironde pour me reposer dans l'appartement dont j'ai hérité de mes parents. C'est un lieu auquel je suis très attaché, avec une grande terrasse qui domine toute la ville. Là, je retrouve mes racines et toujours avec une certaine émotion des amis fidèles, mes anciens compagnons de lycée… Quelques-uns d'entre eux me rappellent d'ailleurs que lorsque j'étais adolescent, je voulais déjà être prêtre et ma détermination, qui les avait déjà beaucoup marqués, continue de les impressionner.

6. Le 25 juin 2007.

Vous êtes un cardinal bourgeois ?

Je n'aime pas tellement cette expression, j'assume cependant mes origines, même si ce qualificatif de « cardinal bourgeois » n'a plus vraiment de sens au sein d'une Église ayant beaucoup évolué. Lorsque la Révolution française éclate en 1789, tous les évêques, sauf un, appartiennent à l'aristocratie, ce qui paraît aujourd'hui extraordinaire. Au XIXe siècle, en revanche, et au début du XXe siècle, le personnel ecclésiastique et religieux était en grande majorité issu du monde rural. De nos jours, c'est plutôt dans la moyenne bourgeoisie que naissent les vocations.

Y a-t-il quelque chose de commun entre un prêtre de banlieue et un cardinal ?

Il existe évidemment une grande différence de statut, mais le service de l'Évangile, la célébration des sacrements, la mission pastorale les unissent. Lorsque j'étais dans la diplomatie, il m'est, par exemple, arrivé de confesser dans une ambassade, de faire le catéchisme… même à un diplomate soviétique ! L'essentiel est d'être au service du Christ. Pour le Saint-Siège en effet, la diplomatie n'est pas une fin en soi mais un moyen dont le pape se sert pour favoriser la vie de l'Église, en particulier celle des communautés chrétiennes victimes de persécutions.

Les cardinaux sont-ils ambitieux ?

J'espère que non ! Cela dit, comme toute personne, ils ne sont pas exempts du péché originel, mais ce sont d'abord des serviteurs du pape, aux tempéraments fort différents les uns des autres, qui ont pratiquement tous en commun de beaucoup œuvrer pour l'Église. Contrairement à ce que l'on croit généralement, ils sont aujourd'hui bien différents des ecclésiastiques de cour si souvent décrits et caricaturés dans la littérature.

Ici, à Rome, êtes-vous justement « courtisé » par les hommes politiques ?

Lorsque j'étais responsable de la section pour les Relations avec les États, je recevais beaucoup de monde… J'ai ainsi connu des chefs d'État, des ministres des Affaires étrangères et de grands leaders politiques, dont il est difficile de discerner si leur enthousiasme à mon égard et à celui du Saint-Siège était dû à l'idée qu'ils se faisaient de notre pouvoir ou à une franche sympathie ! Il ne faut évidemment pas sous-évaluer le prestige dont jouit le pape. L'action internationale du Saint-Siège et la grande tradition humaniste de l'Église catholique appellent à une respectueuse considération et à marquer une certaine déférence envers ceux qu'on surnomme les « princes de l'Église » !

Les cardinaux, comme vous, à la tête de dicastères importants, se sentent-ils supérieurs aux autres ?

Non. En tout cas, pas moi, ce serait vraiment lamentable. D'ailleurs, il est à mes yeux plus facile d'être humble ici car, lorsque vous travaillez au Saint-Siège, vous êtes toujours un serviteur, un numéro deux qui doit laisser briller le soleil... alors qu'un cardinal à la tête d'un grand diocèse est, forcément chez lui, une personnalité publique connue et reconnue.

L'Église est-elle très hiérarchisée ?

Je dirais que c'est une « communion organisée » dans la mesure où le Collège des évêques en est le moteur avec, à sa tête, le pape. La primauté du pape appartient à la structure même de l'Église. Le souverain pontife est le garant de la communion et de l'unité de toute l'Église. C'est cela, son ministère.

Fait-on campagne pour devenir pape ?

Non, sûrement pas, ce serait grave ! Ne prononcez pas le mot « campagne » qui a une connotation trop politique et correspond à une vue de l'esprit. Le conclave, comme je l'ai découvert en y participant pour la première fois en avril 2005, est d'abord une retraite où l'on doit se mettre à la disposition de Dieu. Cela n'a rien de comparable à une assemblée électorale telle qu'une Chambre des députés. Au cœur de ce système, on a inévitablement des affinités, des préférences, des priorités... Ainsi plusieurs cardinaux ont sans doute de l'influence, et un certain ascendant sur les autres, même, en ce qui me concerne, n'appartenant à aucun groupe, je me suis vraiment senti tout à fait libre. Toutefois, si aucun ne se détachait ou n'émergeait de cette digne assemblée, on finirait par ne jamais élire de pape !

Le standard téléphonique du Vatican est, raconte-t-on, le plus sophistiqué de la planète !

Je suis heureux d'entendre cela car j'ai souvent dit que le téléphone est la vitrine de nos bureaux ! J'ai reçu tant de compliments de personnes qui ont été touchées par la qualité de l'accueil et l'écoute qu'elles y trouvent... Dans la journée, ce sont des religieuses d'une congrégation italienne qui répondent et, le soir, elles sont remplacées par des laïques.

Sans faire ouvertement de politique, vous avez quand même l'un des meilleurs services de renseignement au monde...

Faisons la part entre la légende et la vérité. Le Saint-Siège est une puissance morale et universelle qui n'est liée à aucune organisation régionale ni pays, donc parfaitement indépendante. Ainsi prêtres et laïcs de tous horizons viennent-ils spontanément à la nonciature pour échanger impressions et informations. En général, ils disent la vérité et ne font pas ce que vous, journalistes, qualifiez d'« intox » ! Ils ont avec nous des rapports transparents, ce qui nous permet d'analyser objectivement leurs informations afin de mieux cerner certains problèmes de l'Église. Mais pour nous, exister, avancer, être dynamiques implique en premier lieu de promouvoir la communion et d'arriver à ce que, dans sa diversité, l'Église ne soit pas une multinationale mais reste une communauté, un lieu de prière afin que sa mission pastorale demeure centrée sur la parole de

Jésus-Christ. Je me souviens, entre autres, qu'en 1982, pendant la guerre du Liban, nous obtenions à la nonciature des renseignements de première main grâce aux prêtres, religieux et religieuses qui venaient nous rapporter très fidèlement tout ce qui se passait. Je ne puis oublier cette nuit de septembre 1982 où, grâce à des renseignements qui nous étaient parvenus, j'ai pu, dans le plus grand secret, sauver quarante Arméniens enlevés par des milices chrétiennes qui menaçaient de les exécuter en raison de luttes intrachrétiennes. Ils ont été libérés dès le lendemain matin… Cette histoire n'a jamais été révélée.

L'Église doit-elle prendre part à la vie politique ?

Elle ne peut, au sein du monde politique être assimilée à un parti. Sa mission est d'orienter, de former la conscience des élus et des citoyens : une nuance signifiant qu'elle ne participe pas aux débats en tant que professionnelle de la politique. Il existe, bien sûr, des pays où l'Église catholique a joué un rôle historique à travers les siècles. En Italie, par exemple, en raison de la présence séculaire du Saint-Siège et du pape, elle a forcément beaucoup plus de poids qu'en République tchèque par exemple, où l'on ne peut pas vraiment la considérer comme une composante de la vie politique du pays. En Amérique latine et aux États-Unis, elle tient aussi une place importante. Les cardinaux, qui ont de par leur enseignement de l'influence sur le plan pastoral, y sont d'ailleurs considérés comme de prestigieuses personnalités. Pour revenir à la courtisanerie que vous évoquiez auparavant, dans la plupart des pays d'Amérique du Sud, la tendance des candidats lors des élections est en effet d'essayer de toujours avoir opportunément l'Église de leur côté… Mais ce n'est jamais gagné d'avance ! Quant aux États-Unis, où l'Église catholique était autrefois minoritaire, si elle le reste encore, elle a maintenant une influence considérable, voire de plus en plus grande, car les émigrés d'Amérique latine sont désormais une véritable composante au sein de la communauté catholique.

Croyez-vous à une réunification prochaine des Églises chrétiennes ?

C'est beaucoup trop tôt car l'héritage du passé, et de multiples incompréhensions pèse encore lourdement. Bien que l'on assiste à quelques timides gestes œcuméniques les uns envers les autres, la mécanique paraît toujours grippée dans la mesure où quand on avance de quelques pas, on recule ensuite d'autant… Si, avec les anglicans, nous avions réussi à atteindre un niveau de communion assez étroit, nous avons depuis sérieusement régressé à cause de la crise de leur Église. Et l'arrivée des « femmes prêtres » a créé une difficulté supplémentaire entre nous. C'est donc avec les orthodoxes que nous partageons le plus de points communs qui nous permettront un jour, je l'espère, d'arriver à une forme d'unité dans la diversité plus que dans l'uniformité… mais ne me demandez pas quand !

Chez les anglicans et les orthodoxes, les prêtres peuvent se marier. En sera-t-il un jour de même chez les catholiques ?

Je ne le pense pas, et s'ils se mariaient il n'y aurait, me semble-t-il, pas davantage de vocations ! J'ai connu en France des pasteurs et je n'ai jamais eu l'impression que leur mission pastorale était plus simple que la nôtre. Au contraire, ils ont même un problème supplémentaire. Je me souviendrai toujours de cette femme pasteur dans le sud de la France qui se dévouait au milieu étudiant ; un soir, rentrant chez elle après minuit, elle a trouvé sur son bureau un petit billet de ses enfants qui lui avaient écrit : « Maman, nous aussi nous sommes tes enfants ! » De fait, elle était viscéralement partagée entre son ministère pastoral et son rôle de mère. Lorsque je parle avec de jeunes séminaristes je comprends que leur problème n'est pas le mariage, mais leur place dans la société actuelle ! Aujourd'hui, le prêtre apparaît souvent comme un être étrange, décalé... Il est par ailleurs appelé à vivre une existence extrêmement rude avec beaucoup de surmenage et d'activités. On lui demande d'être à la fois pasteur, conseiller, animateur... alors qu'il voudrait être reconnu d'abord dans sa fonction sacerdotale. Un jeune homme qui entre aujourd'hui au séminaire est conscient que son ministère se déroulera dans un monde dont les préoccupations seront très éloignées de l'idéal chrétien.

Le prêtre aurait complètement perdu ses repères ?

Non, je dirais que de nos jours il est regardé comme un personnage singulier, isolé, qui, de plus, généralement intrigue. Dans les campagnes, les prêtres, qui souffrent encore davantage de la solitude que ceux des villes, se regroupent maintenant souvent sous le même toit afin de se sentir moins seuls. De mon temps, la situation était fort différente, le curé était un personnage très respecté. Quand j'étais enfant, je me souviens qu'il venait déjeuner à la maison et je ne puis oublier celui qui m'a orienté vers le sacerdoce, un homme d'Église humaniste, à la conversation toujours brillante. Une figure qui m'a à jamais marqué.

L'Église doit-elle, selon vous, être pauvre ?

Il faut faire la différence entre être pauvre et misérable ! Pour vivre, elle a besoin de moyens, sans quoi elle ne peut fonctionner ! Mais que l'Église possède, comme au Québec, d'importants bien immobiliers, ou détienne des forêts à perte de vue, comme naguère les princes archevêques en Tchécoslovaquie, Hongrie ou Pologne, n'est plus en 2009 un idéal… Il lui faut néanmoins disposer d'un minimum de biens matériels afin de poursuivre sa mission et sa charité. Énormément de monde frappe à sa porte ; et il faut qu'elle soit en mesure de répondre… En revanche, les hommes d'Église, eux, doivent mener une existence modeste.

Comment êtes-vous installé ?

Je ne vous dirais pas que j'ai un « petit » appartement, mais je ne vis pas dans le luxe, comme on pourrait l'imaginer. J'assume à mes frais ma gouvernante, une mère de famille qui vient quatre heures le matin ; le soir, je me fais réchauffer ce qu'elle m'a préparé, mais je n'ai pas de problème car j'aime bien cuisiner ! J'ai mes recettes fétiches : le poulet aux olives, la quiche lorraine, les pâtes aux agrumes, la tarte Tatin et la mousse au café, entre autres... Je me lève dès cinq heures et demie, dimanches et jours de fête compris, sans doute plus tôt que les membres du gouvernement français ! À six heures trente, je célèbre la messe et, en semaine, je me rends ensuite à mon dicastère pour travailler avec mes collaborateurs. Ceux-ci ne jurent que par Internet et j'ai dû moi aussi me mettre à « naviguer »... mais je continue à écrire sur du papier avec ma gomme et mon crayon ! Je travaille beaucoup et sors peu le soir. N'ayant pas de chauffeur, je conduis ma Peugeot 307 gris métallisé. Les cardinaux romains ont un avantage si je puis dire... Comme ici on respecte encore le protocole et qu'il est toujours un peu compliqué de nous recevoir à dîner, les invitations sont plutôt rares ! Peu mondain, cela me permet de me coucher tous les soirs vers vingt-trois heures. Il est clair que mon quotidien n'a vraiment rien à voir avec le train de vie d'un ministre !

Êtes-vous inquiet devant le succès des nouvelles religions émergentes ?

Comment serais-je rassuré ? Si d'autres religions ont su séduire et attirer par leur discours parfois simpliste, qui donne à ceux qui les suivent la rassurante impression d'avoir une identité spirituelle et une forme de pensée bien définie, c'est peut-être parce que nous n'avons pas su transmettre la totalité du contenu de la foi aux jeunes générations. Dans le fond, le christianisme est toujours une initiative et une source ; il suffit de voir dans les églises visitées ce qui m'impressionne toujours, combien de touristes s'assoient et se recueillent en silence de longs moments. Des personnes qui ont, semble-t-il, l'intuition du spirituel et le sens du sacré.

Les nouvelles communautés chrétiennes seraient-elles un recours ?

Il est certain qu'elles exercent de nos jours une réelle séduction sur des gens sérieux qui, avec beaucoup de rigueur et de ferveur, portés par la foi, veulent se plonger dans cette forme d'existence religieuse. C'est un choix qu'ils assument, sachant qu'ils sont en contradiction avec la société mais en harmonie avec eux-mêmes. Lorsque l'on se rend dans ces séminaires, on est ému par la piété, la qualité de la célébration de la liturgie, et quand on parle avec eux, on découvre leur profond désir d'apprendre, de se former pour devenir un bon prêtre ou une bonne religieuse. Dans ma génération, la vie sacerdotale était plus facile car on était porté par la société, soutenu par le milieu familial, ce qui, de nos jours, n'est plus du tout le cas. C'est donc une véritable chance de voir émerger ces jeunes communautés enthousiastes qui sont une preuve encourageante de la capacité de notre Église à se renouveler sans cesse.

Des jeunes loin du matérialisme ambiant...

Cela me paraît évident car le matérialisme est une belle illusion ; hélas, la tendance dicte maintenant d'avoir tout et tout de suite. L'exemple le plus frappant est celui de la crise financière qui vient de démontrer combien tout est éphémère. Or, si je ne dis pas que l'on peut vivre sans argent, je n'oublie jamais cette phrase de saint Vincent de Paul : « L'argent est un bon serviteur mais un mauvais maître. » N'est-ce pas, là, la sagesse !

Qu'avez-vous ressenti lorsque vous avez été créé cardinal, en 2003 ?

Cela m'a fait plaisir car c'était la reconnaissance du pape Jean-Paul II pour les services que j'avais pu lui rendre pendant treize années à la Secrétairerie d'État. J'ai aussi pensé, ce jour-là, que c'était une nouvelle aventure qui commençait, une autre manière de servir l'Église et même de la servir davantage ! C'est pourquoi sur l'image souvenir du consistoire au cours duquel j'ai été créé cardinal le 21 octobre 2003, j'ai simplement écrit une phrase de l'Épître aux Corinthiens : « Nous ne sommes que vos serviteurs, à cause de Jésus. »

V

LES ÉMINENCES DU NOUVEAU MONDE, DE L'ORIENT ET DES ANTIPODES

Francis Arinze, le plus romain des cardinaux africains

Dans la Ville éternelle, on dit du Nigérian Francis Arinze qu'il est le plus romain des cardinaux africains, en tout cas celui qui connaît le mieux les arcanes du Vatican pour être à Rome depuis un quart de siècle. Et lorsqu'il arrive place Saint-Pierre, dans sa lumineuse soutane écarlate sa couleur préférée, on ne voit que lui. De fait, avec son franc-parler, sa grosse voix qui porte et sa mine indignée parfois, Francis Arinze est un personnage incontournable, la grande figure africaine de la Curie. C'est sans doute pour cela que Sa Sainteté a choisi ce vieux sage de soixante-dix-sept ans pour prêcher les exercices spirituels lors du dernier Carême. Un privilège envié et généralement réservé à une personnalité que le pape veut honorer et dont il admire le parcours. Un choix opportun par ailleurs quelques mois avant l'Assemblée spéciale du synode des évêques pour l'Afrique, qui s'est tenu du 3 au 25 octobre 2009. Le Vatican se mobilise en effet activement pour l'Afrique car le continent noir est devenu un enjeu capital, un poumon pour sa nouvelle évangélisation et aussi celui qu'il faut aider à combattre les inégalités, la pauvreté et la misère.

Mais qui est Anizoba Arinze ? Né le 1er novembre 1932 au cœur du Biafra, à l'époque le sud-est du Nigeria[1], il est élevé dans la religion traditionnelle africaine, celle que nous appelons plus communément l'animisme. Un terme qui ne lui plaît guère ! C'est un Ibo, qui se convertit dès l'âge de neuf ans et prend comme prénom chrétien de baptême celui de Francis. Il commence ses études secondaires dans les séminaires de Luewi et Enugu avant de fréquenter l'Université pontificale urbanienne de Rome, puis celle de Londres où il obtiendra son diplôme en pédagogie. Ordonné prêtre en 1958, nommé coadjuteur de Onitsha sept années plus tard, il participe à la dernière session de Vatican II et devient archevêque en 1967 alors que débute la guerre du Biafra. Un terrible conflit qui le pousse alors à héberger des centaines de réfugiés dans son église, et fait de lui un véritable héros.

Président de la Conférence épiscopale du Nigeria de 1979 à 1984, il accueillera à ce titre Jean-Paul II lors de sa première visite pastorale en 1982. Il l'a accompagné aussi pour son second voyage en 1998 quand le souverain pontife est venu béatifier le père Cyprien Iwene Tansi, le prêtre qui l'avait naguère baptisé. Mais c'est le premier déplacement du souverain pontife qui a scellé son destin car le pape est à l'époque frappé par cet archevêque déterminé, qui n'hésite pas à condamner l'injustice sociale et la corruption, quitte à donner une mauvaise image de son pays. Il le fait alors venir à Rome,

1. Région prospère qui tenta vainement de faire sécession en 1967.

lui confie le Secrétariat pour les non-croyants et le crée cardinal en mai 1985. Le considérant désormais comme l'un de ses hommes de confiance, il demande même à Son Éminence noire de s'asseoir à sa place sur le trône papal, quand il va en 1994 le représenter officiellement à l'occasion de la première Assemblée des évêques d'Afrique. D'aucuns dans cet univers policé où tout le monde s'observe sournoisement y voient un signe fort d'encouragement et d'amitié du pape envers cet homme de caractère qu'il met soudain en valeur, car ce souverain pontife toujours politique aime jouer de cet équilibre subtil entre les cardinaux des cinq continents. Il apprécie aussi la franchise et le langage direct et imagé de cet Africain très pieux, qui dit tout haut ce que ses collègues osent à peine murmurer et qui, de plus, n'hésite pas à lui expliquer que les catholiques africains qui ne se battent pas pour leur religion n'ont qu'à rester chez eux et manger des bananes! Sa verve et son humour corrosif l'enchante… En 2002, Jean-Paul II le nomme préfet pour la Congrégation pour le Culte divin. Il devient alors le vigilant garant de la liturgie. Missionnaire dans l'âme, auteur de plusieurs ouvrages, ce personnage fraternel, émouvant est un fin connaisseur des ethnies car il vient du pays le plus peuplé d'Afrique, qui compte quelque deux cent quarante groupes ethniques, où cohabitent chrétiens, musulmans et adeptes des religions traditionnelles africaines.

Un prince de l'Église sensible au décorum et la pompe du Vatican et qui a fêté dans la joie et la solennité ses cinquante années de sacerdoce en novembre 2008 à

Rome. Qui est fier d'avoir apposé au-dessus de l'imposante porte de l'église Velletri-Segni dont il est titulaire ses armoiries vives et colorées ornées d'un palmier et d'une colombe. Après tout, n'est-il pas devenu très italien, même s'il trouve que le climat n'est pas galant avec lui ? Toutefois, il n'est jamais aussi heureux que lorsqu'il croise place Saint-Pierre des fidèles nigérians qui, le reconnaissant, lancent des « youyou ! » de joie ! Si comme « papabile » africain son heure semble désormais passée, il reste néanmoins le meilleur et plus convaincant porte-parole de l'Afrique. Celui qui, depuis un quart de siècle, martèle avec des mots bien à lui que son continent doit être mieux représenté au sein de l'Église universelle.

Le cardinal Francis Arinze

Éminence, que faites-vous à Rome ?

Préfet émérite de la Congrégation pour le Culte divin et la discipline des sacrements, je suis maintenant membre de plusieurs congrégations, celle pour la Doctrine de la foi, pour les Églises orientales, pour la Cause des saints et pour l'Évangélisation des peuples, ainsi que des Conseils pontificaux pour les laïcs et pour la promotion de l'unité des chrétiens, sans oublier la Commission pontificale pour les congrès eucharistiques internationaux. Comme vous le voyez, mon emploi du temps dans la Ville éternelle est suffisamment chargé !

Longtemps responsable du Dialogue interreligieux, ne croyez-vous pas que le paradis des catholiques soit peu attractif au regard de celui des autres religions ?

Comment vous répondre, car lorsque nous rencontrons des personnes qui ne sont pas catholiques, nous ne commençons pas par l'évocation de nos croyances ; nous les écoutons et essayons d'aborder des thèmes sur le plan social par exemple, pour tenter de faire avancer le dialogue et ensuite, plus opportunément, pouvoir aborder les sujets concernant la croyance.

Combien de langues parlez-vous ?

Une langue à chaque fois que je parle !... Mais plus sérieusement ma langue maternelle le igbo[1], je parle aussi l'anglais, l'italien car je suis ici depuis vingt-cinq ans, et le français. Je me débrouille en allemand et en espagnol, quant au latin, la langue de référence à la Curie, je l'ai utilisée des années durant dans les grands documents de la Congrégation pour le Culte divin et je peux même encore célébrer la messe !

De quel milieu êtes-vous issu ?

Je suis né dans l'État d'Anambra, au cœur d'Eziowelle, un village dans l'est du Nigeria. Nous étions sept enfants, quatre garçons et trois filles. Mes parents, agriculteurs sans grands moyens, avaient cependant assez d'argent pour que nous mangions chaque jour à notre faim. N'ayant jamais fréquenté l'école, ils avaient en revanche l'intelligence du cœur et nous ont transmis beaucoup de sagesse et de bon sens. Bien que pratiquant la religion traditionnelle africaine ils nous ont envoyés à l'école catholique. Si à ma naissance, mes parents m'avaient appelé Anizoba, lors de mon baptême à l'âge de neuf ans, le père Michael Iwene Tansi[2] m'a choisi Francis comme nouveau prénom. À ma génération, je suis le seul de ma famille à avoir eu la vocation sacerdotale.

1. Le igbo est une langue tonale qui se décline en une centaine de dialectes.
2. Depuis mars 1998 il est devenu le Bienheureux Cyprien Michael Iwene Tansi.

Mais à la suivante, une de mes nièces est devenue religieuse dans la Congrégation des Filles du Divin Amour (*Daughters of Divine Love*).

Né en Afrique, qu'avez-vous pensé de l'arrivée le 4 novembre 2008 à la Maison Blanche d'un président d'origine africaine ?

Les Américains ont le droit d'élire celui qu'ils veulent et le fait que la couleur de sa peau n'ait pas influencé leur choix est positif. Je suis pour ma part très content de son élection, le reste est leur affaire ! J'espère juste que le président Obama plaidera dans l'avenir les causes du continent africain et sera prêt à coopérer avec l'Église catholique pour la défense de la famille, car le peuple des États-Unis représente une grande et puissante nation.

Comment voyez-vous le futur de l'Église africaine ?

Dieu seul connaît le futur, n'étant que de pauvres créatures, nous ne pouvons donc que faire des spéculations ; il est cependant certain que des milliers de gens adhèrent au christianisme en Afrique dont statistiquement le pourcentage de croissance est supérieur au reste de la planète. C'est satisfaisant, voire encourageant car beaucoup de jeunes veulent se faire prêtres, notamment dans mon pays, au Nigeria, et s'il n'y en a pas suffisamment dans une partie du monde, nous pouvons les aider en leur envoyant des membres de notre clergé. Depuis deux mille ans l'Église a toujours fonctionné ainsi et sa vocation missionnaire n'est pas nationale mais universelle.

L'Église doit-elle participer à la vie politique ?

Le peuple de Dieu est à 98 % laïque ; le clergé, composé de cardinaux, d'évêques et de prêtres ; les religieux et religieuses représentent les 2 % restants qui, citoyens à part entière, doivent eux aussi voter en s'appuyant sur des critères moraux… Participer à la vie politique est un devoir, mais les membres du clergé ne doivent cependant pas occuper le terrain des civils en adhérant à un parti ou en détournant le sermon de la messe à des fins politiques. L'engagement politique est l'apostolat propre aux laïcs.

L'Église devrait-elle être « de gauche » ?

Je remarque que vous n'osez pas prononcer le mot socialiste qui peut indiquer beaucoup de choses ! Si, pour certains, il signifie avoir le sens du partage, pour d'autres il implique que l'abondance de biens matériels personnels est inacceptable. Or cette seconde approche paraît de nos jours exagérée, dépassée même, car, si dans les couvents et les monastères, ceux qui vouent leur existence à Dieu continuent de tout partager, on ne peut guère demander à chaque bon chrétien de vendre tout ce qu'il possède pour le donner aux autres paroissiens ! Partager, oui, mais imposer le vœu de pauvreté à chaque chrétien, sûrement pas !

Vous venez d'un pays riche ?

Oui, potentiellement. Notre sol regorge de pétrole, un or noir qui favorise la corruption. Ainsi le fruit de ses ressources est-il mal dépensé et très régulièrement détourné par certains, alors que mes compatriotes bénéficieraient d'un niveau de vie décent si l'argent n'était pas la proie de quelques-uns.

Comment pouvez-vous agir pour limiter cette corruption ?

En prêchant la conversion du cœur, l'honnêteté envers son prochain, la transparence, en prônant le sens civique... Mais cela risque de rester des vœux pieux, excusez-moi de ce jeu de mots, car l'Église ne dispose ni d'une armée, ni de moyens de rétorsion, pas plus que de prisons pour punir les coupables. Lorsqu'un employé ou même un président de la République confond sa cassette personnelle avec celle de l'État, comme ce fut le cas avec Sani Abacha (qui exerça le pouvoir de 1993 à 1998) qui est resté depuis lors dans les mémoires, il renvoie une image déplorable à son peuple... N'oublions jamais que l'exemple et la tentation venant du haut font beaucoup de mal dans la société...

Pourquoi y a-t-il plus de corruption en Afrique qu'ailleurs ?

Plus ? Cela reste à prouver car le désir d'argent facile est universel ! C'est pourquoi, n'étant pas hautement renseigné, je ne me prononcerai pas sur le degré de corruption des hommes politiques italiens ou français, chinois, japonais, indiens ou même américains...

Quels sont aujourd'hui les plus graves problèmes en Afrique ?

Ses plus grands drames sont la famine, causée le plus souvent par la « mal gouvernance », responsable de la mauvaise exploitation des terres et, j'insiste, la corruption[3], mais aussi la malhonnêteté lors des élections, les tensions interethniques, le manque de moyens modernes pour développer l'agriculture… De fait, les pays d'Afrique dont le sous-sol est très riche, forcément les plus exposés aux conflits armés, trouvent hélas les fonds pour acheter des armes à l'étranger alors qu'officiellement ils n'ont pas assez de moyens pour nourrir et soigner les populations locales. Je pense particulièrement là aux Grands Lacs, cette région d'Afrique centrale… Certains pays devraient d'ailleurs faire leur autocritique sans aucune complaisance car lorsque surviennent des catastrophes, ils réagissent si lentement que les gens meurent bien souvent avant l'arrivée des secours. Mais tout n'est pas négatif ! On assiste aussi parfois à une coopération et à une aide efficace comme cela a été le cas récemment en Sierra Leone, au Liberia, au Kenya, au Bénin… Lorsqu'il y eut des conflits internes dans les pays voisins, c'est-à-dire entre la Sierra Leone et le Liberia, le Nigeria leur est venu en aide, ce qui entraîna d'importantes pertes en hommes et coûta très cher, mais engendra aussi une vraie reconnaissance

3. Le Nigeria était en 2003 le deuxième pays le plus corrompu au monde. Fait surprenant, malgré ses immenses ressources pétrolières, il présente toujours un énorme déficit budgétaire.

de leur part envers nous. Au Kenya, après les élections, il y eut entre décembre 2007 et février 2008 de violents conflits internes, et sous la tutelle du secrétaire général des Nations unies, Kofi Anan, les Africains vinrent à leur secours… Il y a quelques années, les pays d'Afrique de l'Ouest implorèrent la République du Bénin d'adopter des mesures démocratiques. Quant au Ghana, la victoire de l'opposition aux élections de décembre 2008 est positive… Ce serait donc intéressant que les médias européens et américains se fassent régulièrement l'écho de ces bonnes nouvelles !

Qu'est-ce qui justifie un tel silence ?

Ce n'est pas vraiment à moi de vous répondre mais aux Européens et aux Américains en particulier, d'expliquer pourquoi nous comptons si peu à leurs yeux, pour quelles raisons ils donnent maintenant l'impression de mettre l'Afrique entre parenthèses… Quand il y avait encore la menace du communisme et le bloc de l'Union soviétique, l'Europe et les États-Unis s'intéressaient beaucoup à notre vaste continent car ils craignaient que cette idéologie s'y propage. Nous aimerions aujourd'hui que ces grandes nations aient une attitude plus humaine, plus digne, moins politique et pragmatique, et réalisent qu'il serait temps de nous apprécier pour ce que nous sommes réellement. Pourquoi, alors que la presse internationale est si réactive et négative dès qu'il y a des événements douloureux, elle couvre si peu ceux qui jouent en notre faveur ? Cela transmet une image fausse et injuste de notre continent ! Dans cet ordre d'idées, je dois reconnaître que le discours du président Barack Obama à Accra, au Ghana, le 11 juillet 2009 était vraiment porteur d'espoir...

Quel est aujourd'hui le rôle d'une Église confrontée à la mondialisation ?

Sa première mission est la prédication de l'Évangile de par le monde. Elle doit proposer mais non imposer, encourager ceux qui sont déjà chrétiens à plus de foi et inciter les autres à le devenir et aussi compter avec toutes les nouvelles religions. Un réel défi pour le christianisme !... Il serait donc temps de faire notre examen de conscience et nous demander pourquoi ces nouvelles religions attirent tant ; d'abord leur culte, où ils procèdent par petits groupes, est plus attractif qu'une paroisse de quatre mille personnes où chacun se sent « noyé » ! Leurs méthodes sont habiles avec un discours apaisant, rassurant, plus personnalisé pour celui ou celle au chômage, sans maison, malade ou délaissé, auquel on promet travail, guérison, et surtout un miracle... À la femme stérile on assure qu'elle sera féconde... À l'homme d'affaires on fait miroiter la fortune... Ces religions se penchent tout particulièrement sur l'aspect social et économique de leurs membres. Enfin, leurs chants, leurs danses, leurs « gospels » flattent l'âme africaine et sont évidemment davantage « racoleurs » que les Dix Commandements ! La question des sectes et de ces nouveaux mouvements, c'est-à-dire de ces « Églises indépendantes africaines » ou Églises pentecôtistes, représente une alternative au christianisme. Elle a fait, il y a quelques années, l'objet d'une importante réunion des cardinaux à la suite de laquelle nous avons décidé d'adopter l'attitude suivante : ni condamnation ni attaque vis-à-vis d'elles mais plutôt nous concentrer sur la bonne manière de traduire l'Évangile. Ce qui n'est pas simple, et il n'y a guère de recette magique car nous ne pouvons réécrire l'Évangile pour « mieux nous vendre » ! Aussi faut-il trouver une nouvelle lecture afin de sensibiliser les prêtres, les religieux et les laïcs qui les entraîneront à une plus grande spiritualité dans tous les actes de la vie quotidienne. La religion ne signifie pas seulement aller à la messe dominicale, mais aussi faire grandir sa foi de janvier à décembre, du lundi au dimanche. Il est également important de célébrer avec enthousiasme et dévotion la sainte liturgie, en particulier la messe, en tenant compte aussi de notre culture africaine, de nos richesses…

Le matérialisme n'est-il pas un facteur déroutant ?

Pas forcément, toutefois quand on vit dans l'opulence, on a plus tendance à oublier Dieu que lorsqu'on est dans le besoin. Il ne faudrait pas, en théorie, prier le Seigneur uniquement de manière intéressée, lorsque nous espérons obtenir quelque chose de Lui. La religion est verticale !

Un XXIe siècle avec des prêtres toujours célibataires ?

C'est un meilleur exemple car leur témoignage et leur message sont ainsi plus clairs. Si un homme normal peut sacrifier le mariage pour le royaume de Dieu, quel argument convaincant ! Par ailleurs, puisque le prêtre doit épouser totalement l'Église, il vaut mieux qu'il n'ait pas de contraintes familiales. Enfin, certains prétendent que la population mondiale est trop élevée… Alors si c'est vrai, je suggère de continuer à encourager les prêtres au célibat, non pas parce qu'ils ne sont pas capables d'aimer les femmes mais parce que l'Évangile les attire davantage. La chasteté, j'en conviens, est une vertu difficile et exigeante pour tout le monde, même pour les hommes mariés… On prétend que les Africains ont le sang chaud, mais ils ont aussi le sens du sacrifice car la chasteté et ne pas rechercher le plaisir à tout prix demandent beaucoup de maîtrise de soi ! C'est une réalité pour tous les peuples, sur tous les continents !

Pourquoi, face à la terrible propagation du sida en Afrique, continuez-vous à condamner l'utilisation du préservatif ?

Puisqu'il s'agit d'une loi divine, notre rôle n'est pas d'expliquer ou d'interpréter les Dix Commandements… Or le sida ne se propage pas uniquement chez nous, il est universel. L'Église catholique aide les gens atteints d'HIV en les soutenant moralement et en les soignant. La seule réponse radicale pour enrayer cette pandémie serait la chasteté absolue. Ce n'est pas insurmontable, c'est gratuit et personne n'est jamais mort d'abstinence ! Si l'Église ne la prêche pas, qui d'autre pourrait le faire ?

À votre avis, Internet joue-t-il un rôle dans l'éloignement des jeunes de la religion ?

Internet, comment ne pas le reconnaître, nous fait de la concurrence, tout en étant par certains aspects positif. Il ne s'agit pas de le condamner parce que certains s'en servent à mauvais escient : c'est un fantastique moyen de véhiculer l'information. Mais c'est un outil à double tranchant comme un couteau, qui peut être utilisé en cuisine pour couper de la viande… mais également le cou de quelqu'un !

Qu'en est-il des vocations ?

Elles sont plus abondantes en Afrique qu'en Europe, car chez vous où il y a maintenant beaucoup moins de familles nombreuses et parfois même qu'un seul enfant, lequel choisira d'entrer au séminaire ? En Afrique avec encore au moins quatre ou cinq enfants, c'est mathématiquement plus facile d'en trouver un qui se destine à la prêtrise… Mais la situation n'est pas identique partout. Au Nigeria, il y a une véritable inflation avec le record de vocations sacerdotales et religieuses depuis deux cents ans ! Dans d'autres régions majoritairement musulmanes, telles l'Algérie, la Mauritanie, la Libye… les vocations sont forcément moins nombreuses. En Afrique de l'Est, en Ouganda surtout, il y a pas mal de prêtres, de frères et de religieuses, tout comme au Kenya, mais la situation varie selon les pays… Il ne faut pas oublier que notre continent couvre trente millions de kilomètres carrés et compte cinquante-trois pays et que depuis une cinquantaine d'années, beaucoup de mouvements catholiques, d'associations, de groupes ont vu le jour. Alors remercions le Ciel de l'apparition de ces nouvelles formes de vie religieuse avec une approche plus moderne mais tout aussi chrétienne, aidons-les à évoluer, et surtout ne les excluons ni ne les considérons comme une concurrence mais soutenons-les afin qu'elles trouvent leur vraie place à côté des communautés plus classiques[4].

Quelle est la situation de la religion traditionnelle africaine ?

La « religion traditionnelle africaine », que vous autres appelez « animisme », signifie croire en un Dieu transcendant avec des esprits bons ou mauvais et avoir le culte des ancêtres. La religion de mes ancêtres était faite de prières et de sacrifices. Chez eux, ce que l'âme humaine recherche à quatre heures du matin avant le lever du jour, le christianisme l'apporte à midi en pleine lumière. C'est une explication succincte car la célébration, les rapports subtils entre les uns et les autres… sont aussi fondamentaux.

4. Le Nigeria est à 45,9 % chrétien, à 43,9 % musulman, à 9,8 % animiste et à 0,4 % d'autres croyances. Sur 63 493 470 chrétiens, 20 957 000 sont baptisés. (Source : AED.)

Qu'en est-il de vos célèbres missionnaires ?

Les missionnaires sont indispensables en Afrique comme en Amérique, en Asie, en Europe ou en Australie... bref, partout ! Et notre continent en manque cruellement car bon nombre de nos cinquante-trois pays n'ont, malgré une récente croissance, pas assez de prêtres ni de religieuses autochtones. Depuis toujours, les missionnaires contribuent à élargir le panorama de la foi et à ne pas nous confiner dans une étouffante église de village. Le travail des missionnaires européens n'est plus celui des prêtres et des religieuses des années 1950, c'est pourquoi il est important que nous ayons aussi nos propres missionnaires, par exemple les Spiritains – congrégation née en France – dont la maison générale est à Rome, qui comprend beaucoup d'Africains, notamment au Nigeria[5]. Les Apôtres de Jésus, congrégation créée en Afrique dont la maison mère est à Nairobi, au Kenya. Heureusement, nous accueillons aussi sur notre territoire nigerian les cent vingt Missionnaires de saint Paul, sans oublier la présence, ici et dans certaines zones de l'Afrique de l'Ouest francophone et en Algérie, des Pères Blancs et Sœurs Blanches missionnaires d'Afrique, très connus chez vous, bien qu'ils soient moins nombreux qu'à l'époque du cardinal Charles-Martial Lavigerie.

5. Aussi implantés en Papouasie et en Nouvelle-Guinée.

L'Église a-t-elle le devoir d'être pauvre ?

Oui, elle doit avoir des réflexes de pauvreté, ne pas être attirée par l'argent et ce qui brille, mais si vous voulez insinuer que le prêtre doit ne rien avoir à manger ou que l'évêque soit contraint de marcher des kilomètres à pied pour rejoindre son archevêché, ou n'ait pas de quoi prendre l'avion, je suis contre. Tout autant que de soutenir l'idée que le Vatican ne puisse plus entretenir ses musées et ne soit plus en mesure de payer ses employés. Bien sûr, l'argent n'est pas notre priorité et certaines paroisses sont beaucoup plus riches que d'autres, d'ailleurs chez nous les pauvres sont souvent les plus généreux… ils font de réels sacrifices pour que leur église soit le digne reflet de leur amour pour le Seigneur.

Les membres du Sacré Collège sont-ils des personnages de pouvoir ?

Les cardinaux sont avant tout des assistants du pape et non des hommes de pouvoir, or si l'on considère qu'un cardinal a de par sa fonction de l'influence, cela n'est pas faux… mais espérons que l'on fait là référence au pouvoir de l'amour de Dieu pour l'Église ou pour la promotion de la justice…

Y a-t-il compétition ou complicité entre vous ?

Compétition, dans quel domaine ? On ne m'a pas renseigné là-dessus… Pour ma part, j'essaie jour après jour, à Rome, de remplir quotidiennement ma mission dans l'Église. De toute manière, quelles que soient nos personnalités et nos faiblesses humaines, nous sommes tous des enfants d'Adam et Ève nés avec le péché originel mais sauvés par la grâce du Christ.

Vous jouissez d'un grand prestige en Afrique ?

Je le reconnais car les Africains considèrent que la présence d'un prince de l'Église est un symbole fort pour leur pays, privilège qui donne à leur église locale panache et majesté et qui les remplit de joie. Quant à moi, même si devenir membre de la Curie romaine m'apporte une réelle autorité morale sur le sol africain comme ailleurs et je l'avoue une certaine aura, j'espère que cela ne m'a pas encore rendu orgueilleux… Mais c'est aux autres qu'il appartient de juger !

La presse a souvent écrit que vous seriez le premier Africain à succéder au siège de Pierre…

[Il prend un air malicieux, lève les yeux au ciel, fait semblant de soupirer puis répond.] Comme vous venez de le souligner, ce sont certains médias qui ont déclaré cela et pour l'instant, les journalistes ne sont ni les conseillers du Saint-Esprit, ni ceux qui votent au conclave… Mais personne ne peut toutefois empêcher vos confrères de fantasmer… et comment interdire les spéculations !

Il y a fort longtemps vous avez été créé cardinal par Jean-Paul II. Qu'aviez-vous ressenti à ce moment-là ?

C'était il y a près d'un quart de siècle, le 25 mai 1985 ! Ce jour-là, j'ai pensé au peuple du Nigeria et à mes amis, qui étaient heureux et très émus car ils ont tout de suite compris le bien que je pourrais être en mesure de faire pour notre Église. J'ai bien sûr éprouvé une grande fierté, mais une certaine peur aussi… Reconnaissez que si je vous disais le contraire non seulement cela vous paraîtrait étrange… mais vous ne me croiriez point !

C'est à travers le cardinal Francis George, président de la Conférence des évêques américains que soixante-cinq millions de catholiques parlent à Obama

Depuis l'élection de Barack Obama, le cardinal Francis George est devenu l'archevêque de la ville la plus connue au monde. C'est en effet de Chicago, la capitale de l'Illinois aux hivers rigoureux, que la carrière du 44e président des États-Unis a pris son envol.

Plus haut dignitaire de la hiérarchie des catholiques américains dans un pays qui en compte soixante-cinq millions[1], le cardinal archevêque de Chicago est de ce fait aux États-Unis un personnage incontournable. Et le très écouté Francis George s'est officiellement réjoui de la dimension historique de l'élection d'un président afro-américain dans un pays où a longtemps sévi l'esclavage, lui qui est aussi depuis deux ans président de la Conférence des évêques catholiques américains. Un lobby vu d'Europe, dont on ne soupçonne pas la puissance. C'est d'ailleurs la première fois depuis

---

1. 23,9 % de catholiques dont 58 % d'hispaniques. C'est la première fois dans l'histoire des États-Unis que l'ambassadeur près le Saint-Siège, Miguel Humberto Díaz, qui a présenté ses lettres de créance en octobre, est d'origine hispanique, et dans son cas cubain.

trente-six ans que les deux cent vingt-deux évêques élisent un cardinal à la tête de leur épiscopat.

Ce haut prélat affable de soixante-douze ans, au physique plutôt frêle mais dont se dégage une rassurante force tranquille, est membre de la Congrégation des Oblats de Marie-Immaculée*. Il réside toujours, lorsqu'il se déplace à Rome, dans l'imposant et très protégé collège pontifical nord-américain sur le Janicule. Là où, pendant le concile Vatican II, étaient logés les pères conciliaires. C'est d'abord une personnalité déterminée et d'une grande franchise qui n'hésita pas, en février 2005 par exemple lorsqu'au Vatican *sotto voce* on ne parlait que du futur conclave, à déclarer officiellement : « Personne ne prétend succéder à Jean-Paul II mais le Vatican bruit de spéculations sur les *papabili*, les faiseurs de pape, les ambitions des uns et des autres... Alors que sa santé faiblit, il serait naturellement irresponsable de ne pas penser à la succession de Karol Wojtyla. Toutefois, si nous, les sept cardinaux américains en avons parlé, nous n'avons évoqué aucun nom. » Le ton était donné, celui de la transparence. Et il plaida aussi vigoureusement dans les affaires de pédophilie du clergé et en tant que l'un des principaux rédacteurs de la charte pour la protection des enfants et des jeunes gens[2], pour que l'Église réponde rapidement aux plaintes afin de prévenir de nouveaux scandales et insista pour que les victimes soient généreusement dédommagées.

2. Adoptée en 2002 à Dallas.

Aussi souriant qu'il peut faire preuve de fermeté, le premier cardinal des États-Unis ne lâche rien. Pas plus lors de la discussion sur la protection économique légale des émigrants sans papiers, pour qu'ils soient traités avec dignité, que lorsqu'il lance officiellement une mise en garde au président Obama, le pressant de ne pas considérer son élection comme un référendum pro-avortement.

Fait rare sur ce continent, qui mérite d'être souligné, le cardinal exerce sa mission pastorale dans la ville où il est né. Élevé dans un milieu catholique bourgeois, après des études à Saint-Pascal de Chicago, il entre à vingt ans au séminaire, toujours dans l'Illinois, puis chez les Oblats où il étudie la philosophie et la théologie à l'université Tulane d'Ottawa au Canada. Il est consacré le 21 décembre 1963, enseigne la philosophie dans le Nebraska et le Minnesota avant d'aller à Rome à l'Université pontificale urbanienne étudier la théologie sacrée. De retour aux États-Unis, il est nommé évêque de Yakima dans l'État de Washington, puis archevêque dans l'Oregon. Une solide expérience de terrain qui entraîne le pape Jean-Paul II à le choisir en 1997 comme archevêque de Chicago et moins d'une année plus tard à le créer cardinal. C'est lui qui a eu la délicate mission d'organiser le premier voyage du pape Benoît XVI aux États-Unis en avril 2008. Un déplacement dans un climat difficile car le pays reste traumatisé par le scandale des prêtres pédophiles. Une visite pastorale de cinq jours durant lesquels, à Washington, le souverain pontife a été reçu à la Maison Blanche et où il a prononcé, à New York, un grand discours devant l'Assemblée générale des Nations unies, célébré la messe à Saint-Patrick et s'est ensuite recueilli sur le site de Ground Zero. Cet accueil enthousiaste des Américains, dans ce pays où le catholicisme est la religion la plus importante, est d'abord le fruit du travail assidu de ce cardinal d'une profonde modestie… Un très influent prélat de soixante-douze ans, plus empreint de spiritualité que sensible aux honneurs, qui n'a jamais considéré l'Amérique comme « le gendarme de la planète ».

Le cardinal Francis George

Vous qui présidez la Conférence épiscopale américaine, croyez-vous qu'il y aura un jour un pape américain ?

L'importance des États-Unis sur le plan politique rendrait aujourd'hui difficile l'élection d'un pape américain. Pour maintenir l'unité de l'Église, les membres du Sacré Collège hésiteraient en effet à prendre une telle décision qui risquerait de fragiliser le rôle du successeur de Pierre.

L'Amérique a quand même élu un Noir à la Maison Blanche !

Certes, mais je vous rappelle que le souverain pontife est élu à Rome par le collège des cardinaux et non aux États-Unis. Pour l'heure, Barack Obama est l'homme de la situation puisqu'il est le président des États-Unis et bénéficie donc du respect du monde. Pour ma part, je l'ai rencontré après les élections, mais je ne le connais pas très bien. J'espère qu'il en finira vraiment avec la guerre d'Irak, qu'il réussira avec son Administration et les grandes nations étrangères à trouver des solutions pour restaurer la confiance et rétablir l'économie, car ce sont évidemment les plus démunis qui sont anéantis par cette crise financière.

L'Église catholique a-t-elle voté pour lui ?

Une majorité de catholiques, soit quelque 54 %, se sont prononcés pour le président Obama qui est protestant. Sa mère n'appartenait toutefois à aucune Église, et lui, qui avait eu en Indonésie quelques contacts avec les musulmans et les catholiques, est devenu chrétien lors de son mariage en rejoignant l'Église unie du Christ[1].

Revenons à vous. De quel milieu êtes-vous issu ?

J'ai vu le jour à Chicago dans un milieu bourgeois catholique. Mes grands-parents et mes parents, nés ici, étaient de descendance irlandaise et allemande. Mariés en août 1929, mon père et ma mère menaient une existence sans histoire. Mon père était ingénieur dans le système scolaire de la ville de Chicago, et ma mère s'occupait de ses deux enfants, ma sœur et moi. C'était une bonne musicienne, elle jouait du piano et évoluait dans un cercle plutôt intellectuel. J'ai rejoint dès vingt ans les Oblats de Marie-Immaculée, ordre fondé par Eugène de Mazenod quelques décennies après la Révolution française et qui compte parmi les siens le cardinal Guilbert, l'archevêque de Paris qui fit bâtir le Sacré-Cœur de Montmartre. Une communauté se consacrant surtout à l'évangélisation des pauvres et que je suis le seul parmi les membres du Sacré Collège à représenter.

1. Une Église proche de l'Église calviniste.

Quelles langues parlez-vous ?

Je lis et comprends assez facilement le latin, bien que je ne l'aie plus pratiqué depuis le séminaire. Je parle l'anglais, l'italien, le français, l'espagnol, un peu l'allemand et quelques paroles de polonais. Une communauté importante surtout à Chicago, où un demi-million de ressortissants est arrivé récemment et la communauté hispanique de Chicago représente un million de personnes.

Avez-vous des loisirs ?

J'aime beaucoup aller à la pêche, hélas je ne ramène jamais beaucoup de poissons… En matière de cuisine, j'apprécie les bons plats italiens, mais un missionnaire doit manger ce que son peuple lui offre !

Votre fonction vous donne aux États-Unis un certain pouvoir…

Je suis simplement l'homme qui préside l'Union des évêques américains, tout comme il y a aux Nations unies un président de l'Assemblée, alors que c'est surtout le secrétaire général qui gère la maison *[NdA. Le cardinal est très humble car ce n'est pas exactement ainsi]*. Nous sommes presque trois cent cinquante évêques, dont une centaine en retraite. Étant certes une personnalité publique dans un pays qui compte soixante-sept millions de catholiques, et où les titres officiels ont une réelle importance, cela me donne, je l'admets, forcément du prestige, mais je reste avant tout l'archevêque de Chicago, c'est-à-dire un pasteur. Avec mes six évêques auxiliaires, nous passons donc beaucoup de temps dans les divers quartiers pour assurer notre présence dans les paroisses, les écoles… Nous prêchons aussi l'Évangile, assurons les sacrements et organisons de multiples manifestations avec les croyants… Nous avons également un vaste réseau d'entraide sociale, ici et dans le monde, car le rôle de l'Église est de continuer à faire la charité chez elle, tout en étant ouverte sur les secteurs en grande difficulté ! Un évêque doit d'abord partager le quotidien de son peuple, c'est-à-dire mener une existence rigoureuse, difficile. Un exemple essentiel pour les catholiques. Quant à ma fonction de cardinal, elle me rattache au clergé romain !

L'Église universelle doit-elle pour vous être pauvre ?

Naturellement, puisque Jésus était pauvre ! Mais il y a une pauvreté de témoignage, comme celle de saint François d'Assise, et une de « service ». L'Église a certes le devoir de venir en aide aux pauvres et aux autres mais pour cela elle doit avoir les moyens de voyager, de suivre les catholiques, de les assister et également d'être libre. Pour ma part, je ne possède aucune maison, et partage une demeure assez grande, de style « Queen Anne » construite en 1882, que nous sommes cinq à habiter ; un évêque à la retraite, trois prêtres et moi-même. Nous sommes servis par une petite communauté de religieuses albertiniennes.

L'Église américaine passe pour être la plus riche au monde…

Cette réputation est due à la générosité de nos fidèles depuis des générations et parce qu'elle détient des immeubles, des écoles, des hôpitaux, et d'autres structures sociales. Malgré ces biens, l'Église américaine a peu de fonds propres en réserve. Elle vient de dépenser presque un milliard de dollars avec les indemnisations suite aux affaires de pédophilie sur son territoire. Cette fidélité des chrétiens pratiquants nous permet de subvenir aux accidentés de la vie, toujours plus nombreux, notamment à cause de la crise financière mondiale. Les non-catholiques nous aident aussi parfois à entretenir nos écoles pour les plus démunis.

Mais le matérialisme de nos pays riches n'éloigne-t-il pas de la religion ?

Le matérialisme en tant qu'idéologie privilégie les biens matériels en laissant peu de place aux richesses de l'âme. Mais lorsque l'on perd ses biens, ce choc pousse souvent à s'interroger enfin sur soi-même. « Pour quelle raison suis-je ici ? Pour quoi faire ? Quelle est l'importance de la vie humaine ?… » Cela peut parfois entraîner un changement radical d'attitude que nous autres prêtres devons être à même d'entendre.

L'Église doit-elle prendre part à la vie publique ?

Son rôle est d'être présente dans la vie politique du pays uniquement sur les questions d'éthique. N'étant pas un parti, nous ne devons pas nous engager dans cette voie mais veiller à ce qu'elle reste moralement acceptable. Les hommes politiques exposent ce qui est bien et ce qui l'est moins et si cette morale nous paraît soudain vaciller, notre devoir est alors d'intervenir pour corriger leurs erreurs… principalement lorsque la liberté est menacée. Le mot dictature nous fait très peur… En disant cela, je pense bien sûr à d'autres pays que le nôtre, victimes de grandes injustices politiques et sociales qui doivent inciter l'Église à réagir et à combattre sans pour autant se prononcer sur le choix des candidats.

Vous habitez un pays où la communauté juive est puissante. Comment faire avancer le dialogue avec elle ?

Il y a bien sûr de multiples divergences, dont la première se prénomme Jésus-Christ. Les juifs ont sur le plan religieux une antériorité sur nous et si l'on n'a pas cela présent à l'esprit, il est inutile d'essayer de dialoguer avec eux, ni de tenter de décrypter la pratique de leur foi. Nos tensions avec la communauté juive américaine sont parfois dues à des points de vue différents sur la politique de l'État d'Israël et la façon dont l'Amérique doit la conduire. Il y a viscéralement ancré dans la mémoire du peuple juif des sujets qui nous divisent. En revanche aux États-Unis notre passé commun n'est pas trop douloureux.

J'espère par ailleurs que l'ouverture des archives de Pie XII va nous aider à nous rapprocher. Cela devrait faire avancer ce délicat dossier car avant de se pencher sur l'éventuelle béatification de ce pape, il faudra bien sûr se replonger dans le contexte de l'époque et analyser les faits afin de mieux comprendre les prises de position de Pie XII vis-à-vis des juifs. Savez-vous qu'il avait fait beaucoup de demandes pour sauver des Juifs en Italie et pour aider des personnes qui se cachaient à cause de la guerre… Quant à ses propos, c'est l'Histoire qui en jugera.

Et qu'en est-il du dialogue avec l'islam ?

Il est incontournable, mais doit d'abord s'établir sur le plan culturel. Cela créerait une amorce de dialogue puisque ni les musulmans ni les catholiques ne peuvent faire abstraction de leur foi, c'est pourquoi il paraît plus judicieux de commencer par d'autres éventuels terrains d'entente. En raison de l'agressivité entre l'islam et la chrétienté au fil des siècles, si nous voulons parvenir à la paix, il faudra absolument réussir à surmonter ces clivages. En effet, comme le pape Jean-Paul II l'affirmait, on ne peut séparer la culture de la religion, la foi engendrant toujours une forme de culture. Dans cet univers, mais aussi dans d'autres, tels les milieux économiques, sociaux, scientifiques où nous pourrions aussi envisager des tentatives d'ouverture afin de réussir à dialoguer.

L'Église catholique est en pleine sécularisation…

Notre culture catholique historique semble intéresser assez peu notre jeunesse aujourd'hui. Mais les nouvelles générations, en quête d'une forme d'espérance, sembleraient plus réceptives à la foi. Elles ont toutefois été terriblement secouées par ces horribles histoires de pédophilie.

Pouvez-vous m'en parler ?

Nous avons longuement et avec beaucoup d'attention abordé ce terrible crime et ses conséquences ; d'abord, chaque diocèse dispose d'un programme d'assistance afin d'aider ceux qui ont été abusés. Les plaintes étant soumises à un jury de révision lorsqu'elles sont jugées crédibles, les victimes reçoivent alors un soutien spirituel, psychologique et économique[2]. Ensuite, le clergé, selon les propres mots de Jean-Paul II, « a été épuré » puisque chaque prêtre accusé a été relevé de son ministère public quand cela se justifiait. Enfin, les évêques ont fait des enquêtes pour essayer de comprendre à quel moment leur clergé avait vacillé, pourquoi et pour quelles raisons l'Église avait été fragilisée. Un phénomène qui s'inscrit, plus largement, dans la société. La quasi-totalité des agressions a eu lieu entre 1973 et 1986. Pourquoi ces treize années-là particulièrement, où dans près de 90 % des cas les abus ont été commis au sein des familles et dans 10 % des cas les pédophiles sont entrés en relation avec les victimes au travers de leur métier (conseillers, professeurs, chefs scouts avec moins de 0,02 % de prêtres). Le débat va se

2. L'Église américaine a depuis 2001 versé plus de six cent cinquante millions de dollars d'indemnisations aux victimes, entre soixante et trois cent mille dollars par victime selon la gravité des faits.

poursuivre, tout comme l'assistance aux victimes qui restent à découvrir ou qui sont encore mal identifiées.

L'Église catholique n'est-elle pas trop rigide aujourd'hui ?

Là n'est pas la question, il y a la réalité quotidienne et ce que l'on attend des êtres. On ne peut guère faire abstraction de l'enseignement de Dieu, c'est pourquoi il nous faut être exigeants, d'abord dans le mariage, qui signifie avant tout le respect de l'amour mutuel car le bonheur demande une réelle discipline. Quant au mariage des prêtres, d'une manière générale je n'y suis pas favorable, sauf peut-être en de rares exceptions comme dans le Grand Nord canadien, où les conditions de vie sont tellement rudes qu'il paraît difficile de demander à quiconque de faire le sacrifice de vivre seul. De toute manière, au sein des Églises catholiques orientales d'une part, et avec d'anciens pasteurs convertis au catholicisme d'autre part, il y a désormais un peu partout des prêtres mariés ; mais donnons l'exemple du célibat dans la vie sacerdotale parce que l'Église doit être aux yeux du monde un signe du royaume de Dieu.

Dans un pays avec tant d'Églises différentes, vous sentez-vous menacé ?

Les États-Unis sont le pays de la concurrence ! *[Il rit.]* Chacun peut avoir sa vision de ce que Dieu attend de son peuple. Certains mouvements sont nés au début du siècle dernier, d'autres au moment de la Réforme*.

On trouve ainsi les anglicans[3], les baptistes, l'Église de l'Esprit Saint, les adventistes, l'Église du Septième jour, les amish, les mormons et d'autres... Bref, une pléthore d'Églises ! Sévit aussi l'Église de scientologie, désignée en France comme une secte et que nous autres Américains considérons comme une philosophie de vie et non une religion historique. Nous tolérons donc toutes les croyances sauf lorsqu'elles sont dangereuses pour la société ! Je mesure parfaitement les divergences entre nos différentes Églises, mais de toute façon il faut être réaliste, car si bon nombre de catholiques ont été attirés par ces religions, énormément d'autres se sont en revanche convertis au catholicisme. Nous sommes très habitués à cette diversité ! À l'intérieur même de l'archidiocèse de Chicago nous célébrons chaque dimanche avec sérénité la messe en vingt-huit langues, alors que 40 % des catholiques ne sont pas nés aux États-Unis !

Pourriez-vous imaginer dans un futur proche la réunification des Églises chrétiennes ?

Nous sommes encore actuellement trop divisés avec les protestants ; mais avec les orthodoxes, nous avons l'espoir d'arriver dans un avenir pas trop lointain à un

3. Les anglicans sont devenus aux États-Unis l'Église épiscopale des États-Unis. Fondée à Philadelphie en 1789 par les anglicans, sur place elle a pris le nom d'« épiscopale » pour souligner son autonomie par rapport à l'Angleterre durant la guerre d'Indépendance des colonies. Elle a hérité de la Grande Bretagne les ordres, la doctrine, la liturgie, les traditions et compte deux millions et demi de membres.

rapprochement entre ces deux Églises que le poids du passé plus que l'interprétation de la foi sépare. Avec les protestants, c'est surtout la doctrine, et avec les orthodoxes, c'est l'Histoire !

Le pape Jean-Paul II avait envisagé de redéfinir le rôle du successeur de Pierre...

Benoît XVI, qui a suivi cette recommandation de son prédécesseur, nous a effectivement demandé d'y travailler. D'ailleurs Sa Sainteté s'emploie à être particulièrement ouvert envers les orthodoxes. Ainsi, notre rôle est-il de multiplier les contacts avec eux afin d'établir de réelles relations de confiance.

Parlons des vocations, Éminence.

Pour moi, la France a toujours été un « laboratoire religieux » dont nous avons pu, hier et aujourd'hui, bénéficier. Vous avez de multiples ordres et mouvements religieux et quand j'observe votre pays, je mesure la vitalité dont fait encore preuve votre Église à travers ses nouvelles communautés. Quant à nous, nous avons sur notre territoire quelques mouvements charismatiques un peu différents, et des nouvelles communautés telles Les Sœurs de Vie (*Sisters of Life*) dont la vocation est de protéger la vie dès ses prémices. D'autres se consacrent bénévolement à l'enseignement, aux soins des pauvres... Il faut canaliser, aider, assister, encourager ces nouvelles communautés qui ont une véritable mission à accomplir dans ce XXIe siècle ! Si les styles et les formes de vie consacrées évoluent, la mission de l'Église de Rome est toujours d'animer les paroisses, de pratiquer la charité, de combattre les injustices sociales et d'abord de proclamer l'Évangile !

Les cardinaux sont-ils encore d'ambitieux personnages ?

J'aime croire à l'idée que, de tout temps, nous avons été des ambassadeurs du Christ, mais en réalité, selon les époques le haut clergé n'a pas toujours été empreint de spiritualité. L'Église n'ayant plus de nos jours le même pouvoir politique, les cardinaux sont généralement des êtres qui se consacrent vraiment à Dieu. Ambitieux ? Arrivistes ? *[Il rit mais n'esquive pas la question et médite avant de s'exprimer.]* Comment répondre ? Je puis juste constater que certains sont plus capables que d'autres, qu'ils voyagent davantage parce qu'ils sont souvent sollicités… Un cardinal célèbre sur les cinq continents serait assurément un bon candidat au poste suprême, mais je n'ai jamais vraiment analysé la stratégie de mes collègues… En réalité, entre le décès de Jean-Paul II et l'élection de Joseph Ratzinger, où nous nous interrogions pour savoir pour qui nous allions voter, j'ai abordé la question de la succession du pape avec mes autres collègues, mais c'est la seule fois où nous en avons parlé ensemble. Je crois surtout que quand un « ambassadeur de Dieu » vit pleinement sa spiritualité, il désire avant tout « œuvrer pour le Christ » et non pour lui, qu'il soit prêtre ou évêque, cardinal ou pape, il continue toujours de Le servir.

Quelles qualités requiert ce siège de Pierre ?

Une vie intérieure très riche, une dimension « internationale » qui implique notamment de parler quelques langues car si l'on veut comprendre le monde actuel et sa culture, même si l'on s'est consacré à l'Évangile, il faut en percevoir les rouages; sans compter une réelle connaissance pastorale du terrain. Enfin, être le successeur du Prince des apôtres demande d'avoir du recul et une expérience suffisamment riche pour analyser les importantes divergences parmi les peuples, les nations et les religions… Tout ceci implique donc d'innombrables qualités car le souverain pontife occupe, de nos jours, une position mondiale.

Y a-t-il complicité ou compétition entre vous ?

Une compétition pour devenir saint vous voulez dire, je l'espère ! *[Il rit à nouveau.]* Les cardinaux sont tellement submergés par leurs activités diocésaines chez eux ou à Rome par leur dicastère, leur congrégation, leur conseil pontifical… qu'il me paraît difficile de parler de compétition. Il serait à mon sens plus exact de dire qu'ils se surveillent, car on apprend inévitablement beaucoup de choses en observant ses collègues. Si l'on voit par exemple un cardinal se lancer dans une direction plutôt qu'une autre, cela peut vous éclairer, vous inspirer, vous entraîner à méditer…

Éminence, garde-t-on de vrais amis ?

J'en suis sûr et je peux en témoigner car depuis que j'occupe ce poste, j'ai toujours les mêmes amis proches et fidèles !

Quand Jean-Paul II vous a créé cardinal, qu'avez-vous éprouvé ?

J'ai toujours pris mon temps pour réagir et, c'est seulement quatre à cinq années après avoir été créé cardinal que j'ai vraiment réalisé ce qui m'était arrivé ! Lorsque je suis devenu membre de plusieurs commissions à Rome, j'ai compris que l'homme public que j'étais devenu devrait davantage se contrôler, être moins spontané et même acquérir une certaine solennité... Mais cela m'a aussi fait très plaisir parce que c'est un défi quotidien passionnant et, comme président de la Conférence des évêques américains, je rencontre le monde entier... Mais j'ai également éprouvé une vive émotion et une réelle inquiétude car lorsqu'on est appelé à de telles fonctions, il faut avoir une profonde connaissance de ses lacunes personnelle. Ayant abandonné une part d'indépendance et de liberté, je me sens parfois un peu « piégé », voire prisonnier de ma fonction, aussi « prestigieuse » soit-elle... De plus, archevêque de la ville où je suis né, comme personnalité officielle j'ai perdu mon anonymat, car à Chicago, tout le monde me reconnaît ! *[Il rit de bon cœur.]*

Wilfrid Fox Napier est le premier prince de l'Église Zoulou, champion de cricket et passionné de romans policiers

Le cardinal Wilfrid Fox Napier, premier cardinal zoulou de l'histoire de l'Église Universelle et de l'Afrique du Sud, est aussi le premier héritier spirituel de saint François d'Assise l'apôtre du dénuement absolu, à avoir été appelé à se pencher sur la gestion des finances du Vatican. Car s'il appartient à l'ordre franciscain qui a pour devise : « La richesse de la pauvreté, c'est un cœur libre », il est paradoxalement membre de l'étude des problèmes d'organisation et d'économie du Saint-Siège. Dépassant cette contradiction apparente, le cardinal considère justement que venir d'un pays très pauvre donne d'abord de bons réflexes sur le plan économique.

Wilfrid Fox Napier est né à Matatiele, près de Durban, dans un milieu d'agriculteurs aisés. Après une jeunesse passée avec ses six frères et sœurs sur les terres familiales, il quitte dès la fin de ses études secondaires l'Afrique du Sud pour entrer au noviciat des Franciscains de Killarney en Irlande. Sa licence de lettres obtenue, il part en Belgique à Louvain étudier la philosophie et la théologie et se fait ordonner prêtre chez les Franciscains mineurs. De retour dans son pays natal, il devient prêtre de paroisse et effectue de nombreuses tournées pastorales dans toute sa région. C'est une époque très rude pour les Noirs d'Afrique du Sud et plus encore pour les prêtres car la violence et la corruption sont là-bas souveraines. Jusqu'à son abolition en 1991, l'apartheid anéantit tout sur son passage.

Ce solide franciscain souriant et sympathique de soixante-huit ans, est nommé administrateur apostolique de la région de Kokstad en 1978, devient évêque en février 1981 et archevêque dix ans plus tard. Président à deux reprises de la Conférence des évêques d'Afrique du Sud, de 1987 à 1994 et à nouveau depuis 1999. Très ouvert au dialogue il prend régulièrement position sur d'importants sujets de société. Au lendemain des élections législatives d'avril 2000 qui marquèrent le retour du Congrès national africain l'ANC, il souligna que la vraie victoire revenait à ceux qui avaient voté. L'infatigable archevêque, qui a combattu sans relâche l'apartheid pendant trente-deux longues années, est honoré par Jean-Paul II de la dignité cardinalice lors du consistoire du 21 février 2001. Une cérémonie profondément émouvante pour lui que de devenir le premier Sud-Africain à entrer au Sacré Collège. Cet hommage de Rome est aussi une réelle fierté pour le président Nelson Mandela qui ne cache pas l'admiration que lui inspire Son Éminence Wilfrid Fox Napier.

Seul cardinal dans un pays d'un million deux cent vingt et un mille kilomètres carrés, Benoît XVI vient de le désigner pour coprésider à Rome sa deuxième

Assemblée spéciale du synode des évêques pour l'Afrique. Lorsqu'on lui suggère qu'en le faisant « prince de l'Église » Jean-Paul II avait peut-être aussi voulu prouver à l'Italie en particulier, et au reste du monde que le continent africain compte de remarquables personnages, Wilfrid Fox Napier sourit, l'air amusé, mais se garde bien de répondre…

Le cardinal Wilfrid Fox Napier

Cardinal archevêque de Durban, vous êtes le premier Zoulou de l'histoire du Vatican…

Et vous oubliez de dire le « premier cardinal noir d'Afrique du Sud », car si mes deux grands-pères, paternel et maternel étaient anglais, mes deux grands-mères, elles, étaient zouloues ! Je suis donc métis, d'origines anglaise et zouloue.

Vous parlez une langue bantoue ?

Je parle zoulou, xhosa, qui est proche du zoulou, afrikaans, anglais, français, un peu l'italien. Je lis et je comprends le latin.

Les Zoulous seraient donc catholiques ?

Non, les Zoulous sont une ethnie aux rites ancestraux, mais mon père et ma mère, scolarisés dans une école catholique, se sont convertis vers l'âge de douze ans. Notre famille était très pratiquante. La religion a toujours été au centre de nos préoccupations quotidiennes. Le matin, nous priions, le soir après les repas, nous récitions le *Je vous salue, Marie*, et le dimanche nous allions tous ensemble à la messe. Lorsqu'il faisait mauvais temps et que les routes ne permettaient pas de se rendre à l'église, la famille se réunissait et se recueillait à la maison.

Où avez-vous grandi ?

Je suis né le 8 mars 1941 à Matatiele, au Transkei, dans le diocèse de Kokstad, à deux cent soixante kilomètres au sud-ouest de Durban. Mes parents étaient des agriculteurs aisés. À la maison, sans vivre dans le grand luxe et malgré une grande fratrie[1], nous n'avons jamais manqué de rien et avons eu la chance de recevoir une excellente éducation.

Pourquoi êtes-vous devenu franciscain ?

Parce que c'étaient, depuis ma petite enfance, les seuls prêtres que je connaissais ! J'ai ensuite été attiré par la vision que ces Franciscains* transmettent de l'existence très rude et austère de saint François.

Un pauvre parmi les pauvres qui reçoit la barrette !

Nous, les Franciscains, devons toujours être au service de l'Église, là où elle a besoin de nous ! C'est notre credo. Ce qui signifie aussi parfois assurer la fonction d'évêque,

1. Wilfrid Fox Napier, fils de Thomas Napier et Marie-Dominique Davey, a deux sœurs et quatre frères.

d'archevêque, voire de cardinal. J'admets cependant que cette pourpre cardinalice puisse surprendre car saint François prêchait le dénuement et la pauvreté absolue. Préceptes depuis toujours observés par les Franciscains et leurs congrégations qui ne possèdent absolument rien, ni bien personnels ni argent.

N'est-ce pas alors pour un franciscain paradoxal d'être membre de la commission chargée du contrôle de gestion du Saint-Siège ?

Vu sous cet angle, cela peut en effet paraître en contradiction avec notre philosophie, mais nous avons, par notre action sur le terrain dans les pays du tiers-monde, acquis une certaine expérience puisque les Franciscains quêtent dans tous les milieux, même les plus privilégiés… Lorsque j'étais évêque de Kokstad, je gérais une toute petite paroisse, puis, en arrivant ici, à Durban, grâce à une communauté locale plutôt privilégiée, j'ai bénéficié de fonds plus importants, une expérience utile – quand on vient d'un pays où l'Église est si pauvre qu'elle a du mal à aider les déshérités – pour ensuite me pencher sur la gestion du Saint-Siège, l'analyse des comptes de Radio Vatican, notamment, qui coûte très cher et ne pourrait survivre sans subventions ni partenariats multiples.

L'Église doit-elle intervenir dans la vie politique ?

Oui, je pense que c'est notre devoir, mais avec des règles strictes, dont la première est de savoir juger de l'honnêteté et de la moralité des hommes. Si, en Afrique du Sud, on n'avait pas appliqué ce principe, l'apartheid existerait toujours et le communisme[2] aurait continué à s'étendre. L'Église a le devoir d'être présente et de se faire entendre là où les gens souffrent, là où la justice est bafouée ! En revanche, ce n'est pas notre rôle de dire aux gens pour qui voter.

À ce propos, que pensez-vous de l'élection de Barack Obama ?

Son élection est pour nous le signe d'un immense espoir. Elle prouve que lorsque l'on est extrêmement déterminé, tout peut un jour être possible. Et, quand on réfléchit au racisme qui a marqué les États-Unis pendant trois siècles, voir aujourd'hui un homme dont le père est né dans un village du Kenya présider la première puissance mondiale nous démontre, à nous, Africains, bien au-delà du symbole, combien les mentalités ont su évoluer en moins d'une génération !

Quels sont les points chauds sur le continent africain ?

Assurément la région des Grands Lacs, avec le Burundi, le Rwanda, le Congo, l'Ouganda… restent les zones particulièrement sensibles. Sans oublier, plus au sud, la Zambie, qui semble aller un peu mieux et où le pouvoir

2. L'Afrique du Sud compte quarante-sept millions d'habitants : Noirs (Zoulous, Xhosas, Sothos, Tswanas, Shangaans, Swazis, Vendas, Ndébélés), Blancs, métis et Asiatiques. Quelque quinze mille huit cents membres sont inscrits au parti communiste sud-africain (SACP), fondé le 30 juillet 1921 au Cap.

a changé de main. En revanche, le Zimbabwe est toujours une source d'inquiétude, auquel on peut ajouter le Soudan, la Somalie, l'Éthiopie et l'Érythrée.

La corruption n'y est-elle pas un mal endémique ?

Au niveau politique et d'une manière générale, comment prétendre le contraire ? Même si je sais qu'il se trouve, de par le monde, beaucoup d'autres pays fort corrompus. Chez nous, lorsqu'une personne a de l'argent, elle ne peut pas s'empêcher de l'afficher, de s'offrir par exemple un gros 4x4 Mercedes… Ce qui rend évidemment la corruption très visible. Je pense aussi au leader politique Tony Yengeni, dit le « *Chief Whip* », qui reçoit continuellement des dessous-de-table, s'achète ainsi de rutilantes grosses voitures, dont on devine qu'elles ne sont pas uniquement le fruit de son salaire… Notre président adjoint, Thabo Mbeki, a justement lui aussi dû démissionner car il avait trempé dans de nombreuses affaires de pots-de-vin… et menait une existence largement au-dessus de ses moyens. Jacob Zuma, le président de la République, a été réélu[3] bien qu'il ait également été mêlé à d'innombrables affaires de corruption mais aussi une de viol, dont il ne s'est d'ailleurs même pas caché[4] !

---

3. Jacob Zuma, un Zoulou de soixante-sept ans, a été réélu le 6 mai 2009, devenant le quatrième président de la « Nation arc-en-ciel ».
4. Le 6 décembre 2005, Jacob Zuma est inculpé pour le viol d'une jeune femme séropositive de trente et un ans, viol dont il sera finalement acquitté le 8 mai 2006.

Quelle est donc en 2009 la mission essentielle de l'Église ?

Tout d'abord d'intensifier ses programmes d'évangélisation. Prenons l'exemple de l'Afrique du Sud : lors du synode des évêques de notre pays, nous, les évêques africains, sommes arrivés à la conclusion que le plus urgent est de nous mobiliser pour évangéliser nos fidèles afin qu'ils apprennent à mieux connaître et servir Jésus-Christ, notamment à travers l'Évangile. À faire en sorte qu'en étant authentiques, les gens, et notamment les jeunes, viennent spontanément vers nous. Souvenez-vous de ce qui se passait avec Jean-Paul II, qui, même à la fin, si malade, réussissait encore lors des Journées mondiales de la jeunesse à galvaniser des millions de jeunes. N'est-ce pas là un signe positif que ces derniers sont en quête de vérité car l'enthousiasmant message délivré par Karol Wojtyla, à la fois relayé par la télévision et sur Internet, touchait plusieurs générations au plus profond de leur cœur.

Que pensez-vous de l'émergence des nouvelles religions en Afrique ?

En Afrique du Sud, un grand nombre de religions fleurissent çà et là… De petites Églises poussant spontanément et se traduisant maintenant par quelque cinq mille associations religieuses qui se disent toutes chrétiennes. Leurs membres, pensant souvent que c'est une manière de détenir du pouvoir, décident de fonder leur propre Église ou de quitter la leur pour en rejoindre une nouvelle. C'est donc pour nous une vraie menace, car ils ont d'importantes ressources financières, notamment grâce à l'appui de grandes organisations issues principalement des États-Unis. Ainsi, nombre de ces cultes dissidents qui séduisent les fidèles catholiques sont-ils largement inspirés des Églises évangéliques et pentecôtistes américaines. Heureusement, après quelque temps, s'apercevant que la vie sacramentelle de l'Église, la proximité avec Dieu leur manquent, nombreux sont ceux qui reviennent vers nous.

La culture rapproche-t-elle les Églises ?

Sûrement pas. Au contraire, la culture ne fait parfois que nous séparer plus encore. Prenons l'exemple de l'homosexualité qui est, de nos jours, parfaitement admise sur le plan culturel. Ce n'est pas pour autant que l'Église doive suivre cette notion « culturellement correcte », voire l'« avaliser »...

Pouvez-vous imaginer la réunification des diverses Églises chrétiennes ?

Deux obstacles majeurs s'opposent à cela, me semble-t-il. Le premier est l'ordination des femmes chez les protestants, leur approche du mariage et du divorce et leur acceptation de l'union entre des personnes du même sexe. Ces divergences sont autant d'obstacles à notre rapprochement. L'autre difficulté vient de la structure même de l'Église protestante, sans réelle hiérarchie.

Malgré cela, nous nous sommes quand même rapprochés et avons fait de timides progrès, notamment sur le baptême. Mais c'est encore avec les orthodoxes que nous sommes le plus en phase, car nos divergences majeures concernent essentiellement la suprématie du souverain pontife sur le patriarche de Constantinople[5].

Verrez-vous de votre vivant des prêtres se marier ?

J'en doute ! Je pense que si l'Église romaine suivait l'exemple du rite oriental, elle ne permettrait pas à ses prêtres de se marier mais accepterait, en revanche, que des hommes mariés soient ordonnés prêtres. Les protestants, eux, ont fait le contraire quand ils ont autorisé les pasteurs déjà ordonnés à fonder une famille. Cependant, chez les orthodoxes ou les catholiques de rite oriental, rien ne peut empêcher un homme déjà marié de devenir prêtre… La règle leur interdisant de s'élever ensuite dans la hiérarchie, il n'existe aucun évêque marié dans ces branches orientales. S'il devait chez nous y avoir un éventuel changement, ce serait d'abord d'ordonner des hommes mariés ! De toute façon, à l'heure actuelle où les gens divorcent après quelques années, se remarient et redivorcent même parfois, toute forme d'engagement à vie peut paraître anachronique. C'est aussi l'une des raisons pour lesquelles naissent peu de vocations masculines et féminines, et que, quand nous en avons, ces jeunes nous

5. Voir Glossaire : *Primus inter pares*.

quittent fréquemment après cinq à dix ans pour fonder une famille ou passer à autre chose...

Et l'abstinence des prêtres ?

La chasteté demande évidemment beaucoup de courage, car l'abstinence n'est jamais facile, mais c'est presque pareil pour tout le monde. Les hommes mariés ne doivent-ils pas, d'une certaine façon, pratiquer parfois l'abstinence, presque au même titre que les célibataires, quand leur femme est malade, enceinte ou indisposée ?

En Afrique, les prêtres passent souvent pour être pères...

C'est ce qu'on raconte mais il n'y a pas que chez nous que les prêtres ont des enfants. En Europe, où c'est un secret, personne n'en parle, alors qu'en Afrique, comme ils se cachent moins et qu'eux-mêmes souvent le révèlent, forcément cela fait plus de bruit !

N'êtes-vous pas trop stricts ?

Vous pensez bien sûr à l'utilisation des préservatifs pour limiter la propagation du virus du sida. Je voudrais souligner l'exemple de l'Ouganda, seul pays au monde ayant réussi à faire tomber en douze ans le taux de contamination de 26 % à 6 % ! Les Ougandais y sont parvenus grâce à une politique gouvernementale ayant préconisé un changement radical de comportement : si vous êtes marié, vous n'avez qu'un seul partenaire auquel vous devez fidélité, si vous êtes célibataire, vous pratiquez l'abstinence… Et dans ce programme, l'utilisation du préservatif était strictement réservée aux couples dont l'un des deux partenaires ou les deux étaient séropositifs. Or, en Afrique du Sud, où nous avons pourtant distribué des millions de préservatifs, notre taux continue malheureusement d'augmenter. Alors, quand on me demande s'il n'y a pas un lien entre le fait que l'Église interdise cette forme de protection et la propagation du virus, je réponds que l'exemple sud-africain démontre clairement le contraire, car partout où l'on a donné des préservatifs à profusion sans prôner un changement de comportement, cela a été un désastre…

… *Qui a notamment entraîné d'innombrables avortements ?*

Quand notre gouvernement a fait voter une loi très libérale en faveur de l'avortement, dont le texte disait : « Jusqu'à la douzième semaine, vous n'avez pas besoin de donner les raisons du désir d'avorter », et, entre douze et vingt semaines, vous deviez apporter un certificat médical… nous autres, évêques d'Afrique du Sud, nous nous y sommes fermement opposés et avons alors mis en place deux programmes afin d'aider les femmes pénalisées par notre position anti-avortement. Le premier en ouvrant sept centres d'accueil à travers le pays pour toutes celles en grande difficulté, notamment pendant leur grossesse, afin qu'elles puissent trouver refuge et accoucher en toute sécurité, en nous chargeant même ensuite, le cas échéant, de l'adoption. Notre second programme a été de trouver des avocats pour défendre les infirmières et les médecins catholiques risquant d'être poursuivis par l'État s'ils refusaient de pratiquer ces avortements.

Revenons aux vocations. Sont-elles nombreuses en Afrique du Sud ?

Nous en avons moins que dans d'autres parties de l'Afrique[6] comme la République démocratique du Congo (Afrique francophone), la Tanzanie, le Kenya, le Bénin et bien sûr le Nigeria qui détient le record, parmi les cinquante-trois pays du continent africain[7]. Nous rencontrons sur notre sol des difficultés parce que les familles sont de plus en plus restreintes et qu'en outre le système éducatif à deux vitesses ne les porte guère à la prêtrise. L'éducation se faisant en anglais, de nombreux Noirs confrontés à la barrière de la langue arrivent déjà avec un handicap, qui s'aggrave ensuite souvent sur le plan spirituel. Il faut, malgré cela, persévérer. À mon époque, on vivait pleinement sa foi à travers les études, les lectures, les prières collectives et les actions caritatives, maintenant les mouvements charismatiques, telle la communauté de Sant'Egidio, prennent parfois le relais, d'abord en Europe, car dans les paroisses il y a

6. Catholiques baptisés : trois millions deux cents trente quatre mille sur une population de quarante sept millions trois cents quatre-vingt-dix-neuf mille habitants. Appartenance religieuse : 83,1 % de chrétiens ; 8,4 % d'animistes ; 2,4 % de musulmans ; 2,4 % d'hindous ; 3,7 % d'autres religions. (Source AED.)
7. Le nombre des vocations au Nigeria est très important.

beaucoup moins d'activités sociales et de gens qui prient ensemble. En Afrique comme au Brésil et dans bon nombre de pays d'Amérique latine, les communautés chrétiennes étant de petite taille, elles sont, de ce fait, plus proches de leurs paroissiens, ce qui est souvent plus propice à de futures vocations.

Beaucoup de vos prêtres deviennent maintenant nos curés !

C'est vrai ! Et lorsqu'ils ont goûté au mode de vie européen, qu'à de nombreux égards ils trouvent beaucoup plus attirant, l'Afrique ne leur dit plus rien ; cela nous pose d'ailleurs un réel problème ! Il faut reconnaître qu'en Europe, où vous manquez cruellement de prêtres, le caractère exubérant et démonstratif de nos prélats qui ne craignent jamais de mettre leur foi en avant, les rend très populaires auprès des paroissiens qui les accueillent à bras ouverts. Ils se sentent alors si aimés et valorisés qu'ils ne veulent plus revenir s'installer sur leur terre natale.

Les prêtres, soit, mais les religieuses ?

En Afrique du Sud, nous avons les Sœurs diocésaines indigènes du rite romain, qui sont bien implantées et continuent de susciter des vocations, alors que les Dominicaines, des Sœurs de l'Assomption, de celles de la Sainte Famille sont des congrégations recrutant de moins en moins.

Un pays de grande pauvreté, où les footballeurs professionnels, eux, gagnent néanmoins des fortunes !

C'est vrai, mais l'important est leur état d'esprit et ce qu'ils font de cet argent. J'en connais qui après avoir gagné des sommes folles dans des clubs européens sont ensuite revenus sur leur terre natale et ont beaucoup œuvré pour le développement de ce jeu. De fait, de nos jours, à très haut niveau, on ne considère plus ce sport comme tel mais comme un métier extrêmement lucratif.

Le matérialisme des pays riches a-t-il une influence néfaste sur la population africaine ?

Plus que le matérialisme, il faut craindre le relativisme. Je veux dire par là que l'essentiel n'est plus de montrer Dieu comme Celui qui a établi nos règles mais qu'aujourd'hui chacun peut façonner sa foi. Et lorsque vous avez l'impression d'être en état d'infériorité, vous acceptez mal qu'une force extérieure vous soutienne moralement. D'où ce danger d'humiliation, de perte d'amour-propre et de dignité. Tant de désespoir s'exprime parmi les jeunes Noirs que l'on atteint de nos jours un taux record de suicides, ces malheureux ayant l'impression que leur existence n'a plus de sens car, en effet, lorsque vous enlevez aux êtres la dimension spirituelle, il ne leur reste plus grand-chose. Nous sommes par ailleurs aussi présents au Rwanda, au Burundi, au Soudan, en République démocratique du Congo et en Angola, pays auxquels nous faisons partager nos expériences. Nous leur proposons des suggestions afin de les aider à engager des pourparlers avec leurs gouvernements et à dialoguer avec leurs adversaires politiques afin de parvenir à la paix.

L'abolition de la ségrégation permet-elle une meilleure éducation ?

Sûrement, bien qu'il subsiste encore depuis 1994 deux niveaux d'éducation. Si jusque-là certaines écoles étaient réservées aux Blancs, d'autres aux Noirs, aux métis ou aux Indiens, ce sont toujours les Blancs qui bénéficient du meilleur enseignement. Les métis et certains Indiens descendants des planteurs de canne à sucre du XIXe siècle avaient un système scolaire acceptable, mais le gouvernement laissait volontairement les Noirs à un niveau inférieur afin qu'ils restent des ouvriers de base.

Y a-t-il complicité ou compétition entre les princes de l'Église ?

Notre Église est plus tournée vers la coopération que la compétition, mais cela n'élimine pas pour autant les ambitions personnelles. Cependant, n'étant pas moi-même un cardinal très impliqué dans la sphère politique de Rome, je mesure mal le degré de compétition et de conspiration qui règne au Saint-Siège. Pourtant, en écoutant les gens parler, j'ai quand même l'impression que des choses de ce genre se passent là-bas ! Lorsque nous sommes venus au Vatican en avril 2005, d'abord pour les obsèques du pape Jean-Paul II, puis pour élire son successeur, il m'a été répété qu'on expliquait aux cardinaux qu'il y avait plusieurs réunions, selon qu'ils étaient conservateurs, ultralibéraux ou entre les deux... Je n'avais jamais entendu cela auparavant! Ce que je puis en revanche affirmer est qu'avec quelques collègues parlant l'anglais, nous nous sommes réunis au Collège irlandais – non pas pour comploter ou décider à l'avance pour qui nous allions voter, mais pour nous entretenir sur la situation et les besoins de nos pays. Un futur pape pourrait-il notamment organiser de fraternels séminaires régionaux avec des évêques locaux au lieu de parcourir tout un pays?...

Les cardinaux sont-ils surtout des personnages de grande influence?

Comme dans toute organisation puissante et, de plus, très ancienne, certaines personnalités ambitieuses ont soif de reconnaissance sociale et religieuse. Bien que venant d'une région isolée et que des éléments notoires aient pu m'échapper, j'observe toutefois que les cardinaux que je connais ont tous la même attitude que moi. Ils ne souhaitent pas influencer le cours des événements mais, sans quête de gloire ni de pouvoir, sont d'abord humblement au service de l'Église.

Et vous, avez-vous beaucoup de pouvoir?

En termes de prestige et d'influence, le seul cardinal d'Afrique du Sud a forcément un certain pouvoir... mais contrairement à un pays tel que l'Autriche, où l'archevêque de Vienne est protocolairement, d'après la Constitution, le deuxième personnage de l'État, moi je n'ai pas de place officielle dans le protocole. N'oubliez pas que l'Afrique du Sud est l'héritière d'une longue culture et tradition protestante !

Assez disserté sur la religion… Parlez-moi de vous, de vos hobbies, de vos amis…

Je dois d'abord vous dire qu'à la suite d'une douloureuse rupture du tendon d'Achille dont j'ai mis huit semaines à me remettre, il m'a récemment fallu arrêter de jouer au cricket ! Ce qui m'a fait réaliser qu'à plus de soixante ans, il n'était pas très raisonnable d'être encore aussi sportif… Alors je me console en marchant beaucoup et en essayant de trouver un peu de temps pour le jardinage et la lecture de romans policiers. J'ai une prédilection pour ceux qui se déroulent au Moyen Âge et pour Ken Follet…
J'ai heureusement gardé tous mes amis, même si d'aucuns imaginent que lorsque vous devenez cardinal vous vous comportez différemment, je vous assure que je me sens absolument comme avant !

Vous êtes quand même l'une des personnalités les plus connues d'Afrique du Sud ?

Je suis populaire, mais je ne fais pas partie des célébrités de mon pays ! Des figures sont bien plus connues que moi, comme l'archevêque anglican Desmond Tutu[8] ou le révérend Allan Bœsak[9]. Étant par ailleurs fort timide, si j'ai plutôt tendance à éviter de me faire de la publicité, je n'hésite pas, en revanche, à déployer toute mon énergie pour qu'on parle de mon Église.

Verra-t-on un jour un pape africain ?

[Il fronce les sourcils avant de répondre.] Ce n'est pas impossible mais cela paraît prématuré d'y penser avant une vingtaine d'années, bien que l'Afrique soit en ce moment dans l'air du temps, j'oserais même dire à la mode, à cause de l'« Obamania ». Un pape noir ou même sud-américain signifierait que vous considérez à juste titre que notre Église d'Afrique, tout comme celle d'Amérique latine, se soit beaucoup affirmée. Ce qui a d'ailleurs aussi récemment frappé les Églises catholiques européenne, nord-américaine et asiatique, lorsque l'Église brésilienne a réclamé la redistribution des terres aux populations naguère spoliées, pour ensuite les aider à les cultiver. Initiative d'une petite communauté chrétienne qui depuis une quarantaine d'années s'est largement développée au sein de l'Église d'Amérique latine, démontrant là que l'Église n'agit pas seulement au plan spirituel mais aussi au plan social.

---

8. Desmond Tutu, né le 7 octobre 1931, est un archevêque anglican sud-africain noir, qui a reçu le prix Nobel de la paix 1984. Il a été nommé membre du Haut Conseil pour l'Alliance des civilisations par Kofi Annan en 2005.
9. Le pasteur Allan Bœsak Aubrey, théologien et militant engagé, est né le 23 février 1945.

Étiez-vous heureux que Jean-Paul II vous crée cardinal ?

C'était en février 2001... J'étais sous le choc ; je n'y croyais guère car je ne m'y attendais pas du tout. Je pensais même que Sa Sainteté avait fait une erreur. Je ne me voyais pas prêt, je suppose, à exercer la haute fonction de cardinal. La seule raison de ce choix vient, me semble-t-il, de notre combat sans relâche au sein de la Conférence d'Afrique du Sud pour l'abolition de l'apartheid[10]. Je rencontrais d'ailleurs le pape Jean-Paul II à Rome dans le cadre du synode des évêques, où je représentais mon pays. Nous avions alors lié des relations plus étroites. J'ai toujours pensé, cependant, que cet honneur, dont j'étais fier pour notre Église, était plus une reconnaissance de mon action sur le terrain qu'une gratification personnelle. Nelson Mandela, que je voyais régulièrement, ce jour-là en visite officielle à l'étranger, tenta en vain de m'appeler pour me féliciter. Quand nous avons finalement pu nous joindre au téléphone, il m'a dit : « Oh, cardinal Napier, archevêque Napier, vous imaginez, vous êtes un grand cardinal de l'Église, de l'Église catholique, et vous continuez à parler à des gens ordinaires comme moi ! » Il était si humble et tellement heureux à la fois de voir l'un de ses concitoyens sud-africains élevé au rang de cardinal !

10. Conférence des évêques d'Afrique du Sud pour l'abolition de l'apartheid, présidée par le cardinal Napier de 1987 à 1994, et depuis 1999.

Marc Ouellet, le cardinal archevêque du Québec et primat du Canada est le « papabile » du Nouveau Monde

Son Éminence parle un français tellement pur, avec des intonations si parfaites, qu'il est difficile de deviner que ce membre de la Compagnie des prêtres de Saint-Sulpice est canadien. Et non des moindres, puisqu'il est le cardinal archevêque métropolite de Québec et primat du Canada. Celui dont on murmure même au Vatican qu'il est le cardinal pour lequel Son Éminence Joseph Ratzinger aurait voté lors du dernier consistoire…

Si un jour le successeur de l'apôtre Pierre devait être choisi dans le Nouveau Monde, à défaut de voter pour un candidat des États-Unis, il choisiraient plus volontiers un Canadien. Et, ce haut prélat, aux larges épaules et à l'allure sportive, est outreoAtlantique l'un des hommes de confiance du pape Benoît XVI. L'archevêque qu'il avait, l'année dernière, choisi comme rédacteur général d'un des synodes les plus délicats de l'histoire récente de l'Église, celui d'octobre 2008 consacré à la Parole de Dieu. Le souverain pontife avait, en effet, été impressionné par l'autorité naturelle et l'aisance avec lesquelles le cardinal sulpicien avait déjà abordé ce sujet difficile lors des Journées mondiales de la jeunesse, en 2005. De plus, comme il le raconte volontiers, le cardinal Ratzinger connaissait son collègue canadien de longue date. Ce dernier est en effet l'un des membres associés du journal *Communio*[1].

Après des études de philosophie et de pédagogie, puis de théologie au grand séminaire de Montréal, Marc Ouellet est ordonné prêtre en mai 1968. L'année où, au-delà des manifestations du Quartier latin, la contestation de la parole de Dieu déborde aussi dans les milieux chrétiens en France comme à l'étranger. Il commence donc son sacerdoce en abordant les grands thèmes sociologiques et littéraires avec Racine, Kant, Péguy... et se rassure et médite en lisant les écrits de sainte Thérèse de l'Enfant-Jésus et de saint Augustin. Passionné d'astrologie, il s'interroge en observant les étoiles et comprend que son destin, son aspiration profonde est religieuse. Une existence qui a notamment conduit ce cardinal polyglotte né dans un milieu modeste, en Amérique du Sud comme missionnaire. Ce qui lui vaut une longue expérience de formateur dans les séminaires. Après être rentré quelques années plus tard au Québec, il repart en 2001 pour Rome en qualité de secrétaire du Conseil pontifical pour la promotion de l'unité des chrétiens.

Ce théologien de soixante-cinq ans, d'un grand charisme, créé cardinal par le pape Jean-Paul II en

1. Bimensuel catholique de référence, fondé par les théologiens Hans Urs von Baltasar, Jean Daniélou et Joseph Ratzinger.

octobre 2003 et qu'au Vatican on considère comme un « cardinal d'avenir », selon l'expression consacrée à Rome, se met à rire à cette simple évocation et préfère alors dépeindre avec poésie la blondeur des bouleaux, évoquer les érables de sa Belle Province... Bref, un hymne à la nature qui l'entraîne d'ailleurs un jour par semaine à aller se ressourcer près d'un lac, car, avoue-t-il, « la beauté de la nature renforce toujours davantage ma vocation de missionnaire de la foi ».

OSCAR ANDRÈS RODRIGUEZ MARADIAGA, 66 ans, archevêque de Tegucigalpa et seul cardinal du Honduras, petit pays d'Amérique centrale qui compte huit millions d'habitants. Fortement engagé dans le domaine social, il est l'un des plus brillants et écoutés « acteurs » du Sacré Collège.

PHOTO JEAN-CLAUDE DEUTSCH

Polyglotte, surdiplômé, docteur en théologie, philosophie, psychologie clinique et psychothérapie, ***OSCAR ANDRÈS RODRIGUEZ MARADIAGA,*** *le premier Hondurien créé cardinal, allie les talents les plus divers. Professeur, pianiste, pilote d'avion, il fascine notamment le monde des médias. Président de Caritas international et de la Conférence épiscopale de son pays, ce Salésien très impliqué dans la lutte contre la pauvreté est celui que les catholiques d'Amérique du Sud espèrent voir un jour élu au poste suprême.*

PHOTO JEAN-CLAUDE DEUTSCH

Le cardinal angevin PAUL POUPARD, 79 ans, naguère collaborateur de la secrétairerie d'Etat, puis recteur de l'Institut Catholique de Paris, a été le premier ministre de la Culture de l'Histoire du Vatican. A San Calisto dans le quartier romain du Trastevere où résident quelques éminents cardinaux, le chaleureux haut prélat français le plus connu des Romains appuie malicieusement sur la sonnette de son appartement. Derrière lui, l'une des carmélites apostoliques de la Sainte-Trinité, les sœurs mexicaines qui sont à son service.

PHOTO ÉRIC VANDEVILLE

Né à Chicago et cardinal archevêque de « sa ville », FRANCIS GEORGE, 72 ans, occupe l'ancien siège de Son Eminence Joseph Bernardin, l'une des grandes figures du catholicisme social aux Etats-Unis de la fin du XXe siècle. Membre de la Congrégation des Oblats de Marie-Immaculée, dont il fut le supérieur provincial au Minnesota pendant onze années, il est maintenant à la tête de la toute-puissante Conférence épiscopale catholique des Etats-Unis. Le plus connu des cardinaux américains doit sa réelle popularité à son profond respect des autres religions.

PHOTO ÉRIC VANDEVILLE

UNIVERSITA

Primat du Canada et archevêque métropolitain du Québec, MARC OUELLET est à 65 ans le septième cardinal de la Belle Province, diocèse fondé en Nouvelle-France en 1674. Membre de la congrégation des Sulpiciens, cet ardent défenseur de la francophonie au Québec, aux prises avec une sécularisation grandissante, s'est aussi brillamment distingué comme rapporteur du synode des évêques en octobre 2008 à Rome. Dans la rue, il est respectueusement salué par des Sœurs Missionnaires de Marie.

PHOTO ÉRIC VANDEVILLE

Le Franciscain
***WILFRID FOX NAPIER**, 68 ans, est le premier cardinal zoulou du Saint-Siège. Proche de Nelson Mandela, ce prince de l'Eglise est né sous le régime de l'apartheid dans une ferme d'Afrique du Sud, au sein d'une famille de huit enfants. Le pape Jean-Paul II a ainsi offert en 2001 la pourpre cardinalice à celui qui fait résonner la voix des populations opprimées d'Afrique du Sud au-delà de leur continent.*

PHOTO JEAN-CLAUDE DEUTSCH

D'ascendance allemande, le Brésilien ODILO PEDRO SCHERER, 60 ans, archevêque de São Paulo, avocat des plus démunis, a fait du combat contre les injustices sociales sa priorité. Cet intellectuel vit dans la première métropole catholique du monde fondée par les jésuites en 1554. Il incarne la nouvelle génération de cardinaux d'Amérique latine qui privilégient d'abord l'action sur le terrain. Son autre défi consiste à tenter d'enrayer la déchristianisation d'une population toujours plus attirée par les sectes. Sortant de la salle Paul-VI, il est ici salué avec déférence par la garde suisse.

PHOTO JEAN-CLAUDE DEUTSCH

Le très italianisé et polyglotte JOSEPH ZEN ZE-KIUN, 77 ans, unique cardinal chinois, est la voix de douze millions de catholiques, c'est-à-dire 1 % de la population de cet immense territoire. Membre de l'ordre des Salésiens, tel le Premier ministre du pape Benoît XVI, ce souriant asiatique, pessimiste sur l'avenir de l'Eglise de Chine, est célèbre dans tout l'Empire du Milieu pour son franc-parler. C'est l'un des plus vaillants défenseurs des droits de l'homme dans son pays.

PHOTO JEAN-CLAUDE DEUTSCH

EMMANUEL III DELLY, 82 ans, subit la violence au quotidien. Patriarche des Chaldéens de Babylone, l'une des plus anciennes circonscriptions ecclésiales d'Orient, il a été créé cardinal le 24 novembre 2007 par Benoît XVI. Unanimement applaudie ce jour-là dans la basilique Saint-Pierre, cette émouvante personnalité irakienne, qui incarne le courage et l'espoir pour les chrétiens d'Irak et du Moyen-Orient, jouit d'une très grande estime au sein du Sacré Collège.

PHOTO JEAN-CLAUDE DEUTSCH

Son Eminence ROBERTO TUCCI, 88 ans, est la mémoire vivante du Vatican. Mi-Napolitain mi-Ecossais né anglican, ce fort distingué et très érudit jésuite d'une grande érudition, amateur de culture française, s'est converti au catholicisme à l'adolescence. Le cardinal, expert en théologie, d'abord membre de plusieurs commissions lors du concile de Vatican II, a ensuite dirigé avec panache et talent la réputée revue La Civiltà Cattolica, *puis Radio Vatican avant de devenir l'organisateur des voyages de Jean-Paul II de 1982 à 2001 avec à son actif soixante-dix-sept voyages dans cent seize pays. Il est une référence intellectuelle parmi ses pairs et l'un des derniers cardinaux à parler encore couramment latin. Ici, à Radio Vatican, devant le tableau du peintre italien Irio Fantini.*

PHOTO ÉRIC VANDEVILLE

Fils d'émigrés italiens du Trentin au nord de la péninsule, l'avenant cardinal LEONARDO SANDRI, 66 ans, est le préfet de la Congrégation pour les Eglises orientales. Modèle de la diplomatie vaticane, ce passionné d'Internet, désormais plus italien qu'argentin, qui était auparavant le substitut de la Secrétairerie d'Etat c'est-à-dire à la fois le Secrétaire général du Vatican et le ministre de l'Intérieur, est aujourd'hui à la tête d'un dicastère important pour le pape Benoît XVI.

PHOTO JEAN-CLAUDE DEUTSCH

HYUNDAI

IN HONOREM PRINCIPIS APOST PAVLVS V BVRGHESIVS ROMANVS PONT MAX AN MDCX

Homme de dialogue et de culture, l'imposant et charismatique ANGELO SCOLA, 68 ans, est, comme patriarche de Venise, l'un des plus prestigieux princes de l'Eglise. Fils de camionneur, cet ancien recteur de l'Université du Latran occupe un siège prometteur. En effet, au cours du XXe siècle, La Sérénissime a déjà donné trois papes à l'Eglise…

PHOTO JEAN-CLAUDE DEUTSCH

Le cardinal ANGELO SCOLA, brillant artisan du dialogue entre les chrétiens et les musulmans, qui prêche chaque dimanche avec verve et foi dans la « célébrissime » basilique Saint-Marc au cœur de la Cité des Doges, est en ce début de XXIe siècle l'un des hommes d'Eglise les plus internationaux et influents de la péninsule italienne.

PHOTO JEAN-CLAUDE DEUTSCH

Le cardinal Marc Ouellet

Vous êtes le primat de l'Église canadienne…

Comme archevêque, je suis le vingt-troisième successeur de Mgr François de Laval qui débarqua en Amérique du Nord dès 1659, au début de la colonisation, et vécut cinquante ans au Canada. Plus précisément le diocèse du Québec officiellement créé en 1674, soit quinze années après l'arrivée de Mgr de Laval[1], est le premier d'Amérique du Nord, tous les évêchés des États-Unis lui étant postérieurs. Je suis donc le septième cardinal parmi les successeurs de Mgr de Laval[2] et je souhaite poursuivre notre mission d'évangélisation au service du monde.

Vous avez joué un rôle clé à Rome en octobre 2008…

Le pape m'avait choisi pour être le rapporteur général du synode sur « la Parole de Dieu dans la vie et la mission de l'Église ». Ce qui demandait à la fois une

---

1. Soit quinze années après l'arrivée de Mgr François de Laval.
2. Le Canada compte quatre-vingt-cinq évêques en fonction et quarante-huit émérites et à Québec sept cents prêtres religieux et diocésains dont beaucoup sont encore actifs, même s'ils ont dépassé l'âge de la retraite.

longue préparation et une réactivité immédiate[3]. À ce titre, j'ai donc préparé la conférence d'ouverture en reprenant l'orientation globale de l'instrument de travail, *Instrumentum Laboris*. Puis, après les interventions des évêques, nous avons rédigé une conférence de synthèse en collaboration avec les experts présents. Enfin, avec l'aide du secrétaire spécial, Mgr Monsengwo, archevêque de Kinshasa, j'ai coordonné la liste des propositions sur les futures orientations générales de l'Église... Fonction qui demandait beaucoup d'écoute, d'écriture et de temps, auquel j'ai même dû consacrer une partie de mes nuits... surtout vers la fin !

Combien de langues parlez-vous ?

Le français ! *[Il rit.]* Je suis très à l'aise avec l'espagnol, l'italien, l'anglais et je me défends en allemand. Je lis le latin mais, contrairement au pape Benoît XVI, je ne le parle pas couramment...

De quel milieu êtes-vous issu ?

Je suis né à La Motte en Abitibi-Temiscamingue, une petite municipalité du nord-ouest de la Province de Québec, à quelque six cents kilomètres de Montréal, dans une région qui s'est développée au début du XXe siècle lors de la construction de la voie ferrée

3. Depuis 2005, le cardinal fait partie des travaux du Conseil post-synodal à la suite du synode sur l'Eucharistie, où il avait été nommé président de la Commission du message*.

transcanadienne. Mes parents de milieu modeste étaient des pionniers ! Mon père, autodidacte qui avait quitté l'école à douze ans, exerça tous les métiers... Très cultivé, lisant énormément, il fit ensuite des études pour devenir administrateur scolaire et durant les quinze dernières années de son existence, il se consacra à la construction et à la direction d'une école polyvalente à Amos en Abitibi[4]. Troisième d'une famille de huit enfants, deux sœurs et cinq frères, j'ai été élevé dans le contexte très religieux de l'époque mais, malgré cela, je suis le seul à avoir reçu la grâce de la vocation et choisi la vie religieuse. Un de mes frères enseignait à la faculté des lettres de l'université Laval de Québec, deux autres étaient aussi dans le milieu éducatif. Un troisième tenait un restaurant et le dernier travaille à la mine. Quant à mes sœurs, l'une a été fonctionnaire au ministère de la Culture du gouvernement provincial et l'autre s'est beaucoup occupée des personnes handicapées avec les communautés fondées par Jean Vanier[5]. Ma mère, qui vient de fêter ses quatre-vingt-sept ans, est une femme très pieuse dont les prières me sont d'un soutien précieux dans ma mission de cardinal.

4. Le père du cardinal Ouellet est décédé en 1988.

5. Jean Vanier est né à Genève, en Suisse, le 10 septembre 1928. Officier dans la Marine royale britannique pendant la Seconde Guerre mondiale, il démissionne en 1950 pour étudier la philosophie et la théologie à l'Institut catholique de Paris. En 1964, il crée à Trosly dans l'Oise l'association L'Arche qui accueille les personnes ayant une déficience intellectuelle, village où il vit aujourd'hui. Ses livres ont été traduits en vingt-neuf langues.

Redoutez-vous les hivers canadiens ?

[Il rit.] Pas du tout, car je les ai toujours connus ! Dans le Nord où j'ai été élevé, l'hiver frôle parfois les -35°, les -40°... Mais comme l'intérieur des maisons est bien chauffé et que nous sommes « bien emmitouflés » comme on dit au Québec, ça ne pose pas de problème.

Ce Canada en pleine sécularisation vous inquiète-t-il ?

Oui, bien sûr... mais ma vocation était d'être missionnaire[6]. Ainsi devenu prêtre du diocèse d'Amos, à vingt-trois ans, je suis entré chez les prêtres de Saint-Sulpice à vingt-cinq ans et je suis parti en 1970 comme missionnaire en Amérique latine. J'y ai travaillé presque dix ans dans les séminaires. C'est pourquoi j'aborde le Canada comme le missionnaire qu'au fond de mon cœur je suis toujours resté. En rentrant, j'ai retrouvé une société très laïcisée et d'instinct j'ai compris qu'il me faudrait reprendre courageusement la prédication de l'Évangile. Rejoignant la Compagnie de Saint-Sulpice* en 1970, je me suis donc d'abord consacré à la formation des prêtres sur le terrain en Colombie dans les séminaires dirigés par les sulpiciens de la province de Montréal... De retour au Canada, j'ai œuvré à Montréal, puis dans l'Ouest canadien. Grâce à cela, je connais l'ensemble du pays et

6. Diplômé en pédagogie et titulaire d'une licence en théologie à l'université de Montréal, puis d'une licence en philosophie à l'université Saint-Thomas-d'Aquin. Professeur de philosophie et docteur en théologie dogmatique de l'Université jésuite grégorienne de Rome, puis professeur de théologie en Colombie, à Montréal et Edmonton et auteur d'une thèse sur la théologie du Suisse Hans Urs von Balthasar.

trois cultures : anglophone, francophone et hispanophone d'Amérique latine. Je suis inquiet de constater combien nos valeurs chrétiennes et familiales s'oublient et disparaissent autant qu'en Occident. Ici, l'avortement se pratique sans aucune restriction et nous avons été parmi les premiers à réinterpréter la définition du mariage pour inclure les homosexuels. Un texte voté pratiquement sans discussion à l'Assemblée nationale du Québec a même inclus l'adoption d'enfants par ces couples, comme s'il n'y avait plus de réflexion sur des sujets aussi graves, alors qu'en France vous continuez d'en débattre.

Quelles en sont les causes ?

D'une part, depuis les années 1960, l'évolution des mentalités a révolutionné notre façon de communiquer. Cela a certes entraîné d'importants changements positifs, dont l'adaptation de notre Église au monde moderne[7] qui doit être interprétée comme une continuité, mais cela a aussi engendré des ruptures dans l'interprétation, par exemple, que nous avons tirée de certaines propositions du Concile, qui ont provoqué une crise religieuse profonde. En effet dans les années post-conciliaires, de nombreux prêtres, religieux et religieuses ont rompu leurs engagements. Par ailleurs il y a aussi eu au Québec une autre importante réforme positive avec

7. À la suite du concile Vatican II, vingt-et-unième concile œcuménique de l'Église catholique romaine, ouvert le 11 octobre 1962 par Jean XXIII, dont les travaux s'achevèrent en 1965 sous le pontificat de Paul VI.

la démocratisation des études supérieures. Une bonne décision, mais qui a toutefois suscité une remise en question de la tradition judéo-chrétienne et de l'influence de l'Église sur la société québécoise. Dans les années 1970 s'est développé un mouvement « politique » qui visait l'indépendance du Québec et son affirmation culturelle, avec ses racines françaises et sa langue... Malheureusement avec ces aspirations généreuses, en voulant séparer la culture de la foi on a en même temps fait le procès de l'Église catholique. Laquelle avait, historiquement, « sauvé » la culture française, car lorsque les Anglais, généralement protestants, débarquèrent en 1763, le clergé et les familles durent rester très soudés afin de maintenir l'esprit français ! Mais on l'a depuis oublié, et on a surtout assisté entre 1970 et 1980 au procès de l'Église et de la foi en voulant réaffirmer la culture française et en gommant cette composante essentielle de la foi qui l'avait soutenue au fil des siècles. C'est pourquoi la foi et la culture demeurent notre priorité.

Accepteriez-vous de consacrer des hommes mariés ?

C'est une tentation, bien sûr... et si on faisait un sondage, la réponse serait presque partout positive... Pour ma part, j'y suis moins favorable parce qu'il y a à mes yeux deux traditions fort respectables : celle, orientale, qui autorise le mariage des prêtres et celle, latine, du célibat. Il n'est d'ailleurs pas certain que ce serait la solution idéale car la crise va au-delà d'un simple manque de ministres du culte, elle est le résultat d'une crise profonde de la spiritualité. En la redynamisant, on verrait renaître des vocations, comme cela arrive notamment dans les nouveaux mouvements ecclésiaux pour lesquels la famille est au cœur de la transmission de ce message et où il y a une fécondité plus grande et plus vivante. Toutefois si un jour le Vatican nous demande d'ordonner des hommes mariés, je le ferai, certain que des laïcs vivant leur foi en famille pourront aussi proclamer Dieu parmi nous.

La crise religieuse n'est-elle pas due en partie à l'intransigeance de l'Église ?

Depuis le concile Vatican II, en 1962, Rome s'est ouverte au dialogue, un réel progrès car, auparavant, on était davantage en confrontation et même en conflit avec le monde moderne. Ce concile a donc permis de développer l'œcuménisme, le dialogue interreligieux… Tous ces mouvements d'émancipation, de libération, de justice… ont depuis un demi-siècle amené l'Église à être plus à l'écoute du monde.

Vous oubliez la condamnation de l'avortement et du préservatif !…

Oui, je comprends… mais il y a aussi des valeurs fondamentales à défendre. Or le premier droit humain est le droit à la vie ; et si quelqu'un peut supprimer une vie parce qu'elle dérange, qu'on a un enfant handicapé ou qu'on a déjà trop d'enfants, c'est grave, injuste et extrêmement douloureux, car la culture occidentale promue par le christianisme s'est élaborée à partir du respect inconditionnel de l'être humain. Raison pour laquelle Rome ne peut guère, dans ce domaine, être conciliante. Refuser l'avortement n'est pas synonyme d'intransigeance, de sévérité, mais souligne l'absolu respect des valeurs essentielles comme celle de la vie justement…

Mais le sida en Afrique, c'est angoissant !

Très angoissant certes, cependant les propos de Benoît XVI en Afrique ont été déformés. Quand on les analyse, on s'aperçoit que le pape n'a pas dit « aucun préservatif d'aucune sorte » mais « qu'on ne peut pas régler cela simplement avec des slogans publicitaires sur le préservatif, cela pourrait même aggraver le problème ». Et il a aussi parlé de la stratégie de l'Église catholique sur cette question, c'est-à-dire le respect de la morale, l'éducation, l'attention aux gens, les soins gratuits à ceux qui souffrent du sida… Et pour le comprendre, il suffit de se replonger dans sa déclaration car c'est trop facile de juger et de critiquer en excluant l'essentiel du message.

Cette affaire de pédophilie en Irlande, après celle des États-Unis, donne une douloureuse image de l'Église !

C'est terriblement affligeant, bien sûr. Au Canada, au début des années 1990, nous avons affronté ce problème et nous avons décrété la « tolérance zéro ». Des mesures strictes ont alors été prises dans le cadre de la formation sacerdotale et au sein du clergé afin de maîtriser de telles situations. C'est pourquoi la crise américaine qui a éclaté en 2002 nous a affectés dans une moindre mesure. Le Saint-Père en a ouvertement parlé à New York, exprimant la tristesse et les regrets de l'Église, à l'occasion de son voyage apostolique aux États-Unis, de même qu'à Sydney en Australie à l'occasion des Journées mondiales de la jeunesse. Il a également rencontré à ce sujet une délégation des « Premières Nations » du Canada[8]; car il y avait autrefois chez nous des « pensionnats indiens », tenus par des communautés religieuses travaillant pour le gouvernement, mais au service de la population indigène. Ces institutions couvraient un certain nombre d'abus physiques et sexuels… qui ont été dénoncés. On a établi depuis 2006 un protocole afin de pouvoir dédommager ces « Premières Nations », et le Premier ministre conservateur Stephen Harper a présenté au Parlement le 11 juin 2008 des excuses officielles au nom de l'État canadien. Le pape a lui aussi fait officiellement un geste de réconciliation qui nous a permis de nous rapprocher des Amérindiens qui vivent dans des situations de prostration, de misère et

---

8. Il s'agit des descendants des tribus qui peuplaient le Canada des milliers d'années avant l'arrivée des explorateurs : les Mohawk, Cris, Oneidas, Salishs. On a recensé six cent quatorze collectivités de Premières Nations, soit sept cent quatre mille huit cent cinquante et un individus, dont 57 % vivent dans les réserves et 43 % dans les grandes villes.

de totale dépendance... À l'instar des Amérindiens d'Amérique du Sud, il y avait beaucoup de tribus d'Aborigènes dans le Nord qui étaient les tout premiers habitants du pays. Des communautés aujourd'hui dispersées et pour certaines rassemblées dans des réserves où la population survit dans des conditions de pauvreté inacceptables... Ainsi notre société cherche-t-elle à rétablir une justice et des liens plus sains avec ces « Premières Nations ».

Et les prêtres homosexuels ?

C'est un sujet délicat que nous abordons avec tact et discrétion. Depuis vingt ans, une enquête très sérieuse est menée lorsque nous sélectionnons les candidats à la prêtrise. Nos formateurs dans les séminaires de la plupart des grandes villes, attentifs et très vigilants, y sont rodés. En 1991, j'ai fait partie d'une commission nationale qui a étudié la formation sacerdotale sous l'angle de la formation humaine afin de prévenir tous les abus sexuels par les membres du clergé. Nous avons mis en place dans la plupart des séminaires des directeurs spirituels et des accompagnateurs qui s'assurent que le candidat au sacerdoce est non seulement en mesure de gérer son temps et ses énergies au quotidien sur le plan personnel, mais qu'il présente également un réel équilibre psychologique et affectif.

Pourquoi y aurait-il plus d'homosexuels dans la prêtrise que dans la vie civile ?

[Il marque un temps d'arrêt avant de répondre.] Je n'ai pas de statistiques là-dessus et je ne suis d'ailleurs pas sûr qu'il y ait plus d'homosexuels dans la prêtrise qu'ailleurs... Il y en a simplement plus de nos jours dans la société, notamment civile, pour deux raisons : l'homosexualité est d'une façon générale maintenant mieux tolérée, j'oserais même dire admise, et la désintégration de la famille a aussi joué dans ce domaine un rôle néfaste. Quand un enfant ne grandit pas avec ses deux parents, il peut parfois s'identifier trop exclusivement à l'un ou à l'autre, ce qui risque de modifier son équilibre psychoaffectif... Par ailleurs, la culture féministe a profondément marqué notre société en critiquant violemment les valeurs religieuses. Pensez à la vie religieuse féminine par exemple : n'est-ce pas à l'heure actuelle toujours plus difficile de voir une jeune fille qui s'oriente dans cette voie ? C'est même encore plus rare que de rencontrer un jeune homme qui souhaite devenir prêtre, parce que la société n'oriente plus personne vers le sacerdoce ! Peut-être les prêtres ont-ils aujourd'hui une liberté qui dessert leur mission. Avant, ils restaient en communauté dans les presbytères et pouvaient partager leur travail, leurs prières et leurs loisirs. En 2009, logeant dans des appartements, ils sont quotidiennement confrontés à la société civile avec toutes ses tentations.

Avez-vous au Canada des prêtres qui ont des enfants ?

Si cela arrivait je demanderais au fautif de quitter son ministère parce qu'il s'agirait là d'un scandale public. Nous avons établi un protocole pour les cas d'abus sexuels : si un prêtre met une femme enceinte ou qu'il est accusé d'attouchements sur autrui, un comité procédera à l'examen du dossier puis, en cas de poursuite devant le tribunal, nous collaborerons avec les autorités civiles pour que justice soit faite.

Et le secret de la confession ?

Le secret de la confession est intégralement gardé et même quand un prêtre s'accuse d'une faute de ce genre, il n'est pas question d'aller le dénoncer. En revanche, quand la personne jugée au tribunal fait l'objet d'une peine, elle doit la purger et de plus faire face à des sanctions canoniques qui viennent d'être rendues plus sévères à la lumière de l'expérience récente de l'Église[9].

Voyez-vous néanmoins des signes d'espoir à cette crise ?

Oui, heureusement. Il y a des mouvements ecclésiaux encourageants comme les Focolari, Communion et Libération, le Chemin néocatéchuménal, le mouvement charismatique… et quelques autres nouvelles communautés

9. Les cas avérés sont maintenant référés au Saint-Siège pour l'application de nouvelles mesures disciplinaires qui ont fait suite à la crise américaine de 2002. À titre d'exemple, *cf.* le code de droit canonique 1395 § 2.

qui témoignent d'un certain renouveau chez les jeunes. Parmi elles, la Famille Marie-Jeunesse, une communauté d'hommes et de femmes, fait un extraordinaire travail d'évangélisation ! Nous avons aussi les Fraternités monastiques de Jérusalem, venues de France en 2005, qui se consacrent d'une part à leur métier et de l'autre à leur vocation contemplative. Les Moniales de Bethléem, qui ont leur monastère dans le diocèse de Joliette près de Montréal, sont aussi porteuses d'espérance. Ces moines et ces moniales au cœur des villes, ces nouvelles formes de vocation et de présence religieuse dans l'air du temps nous prouvent que l'Esprit Saint n'est pas à court d'imagination ! J'ajouterai que le Congrès eucharistique international de Québec en juin 2008, qui a mobilisé énormément de chrétiens, a été un événement extraordinaire que je perçois comme un tournant dans notre histoire religieuse.

Dans un autre domaine, qui s'est marié(e) à vingt ans par erreur est à jamais condamné(e) par l'Église !

Nous avons évoqué cette question primordiale lors des synodes de 2005 et 2008, surtout lors de celui sur l'Eucharistie et avons conclu qu'il fallait chercher à assouplir et faciliter les procédures pour les déclarations de nullité. Souvent, en réexaminant le cas de ces couples, on se rend compte qu'à l'époque de leur engagement, ils n'étaient pas vraiment mûrs et n'avaient parfois pas eu de liberté suffisante…

Avez-vous subi au Canada les conséquences des propos négationnistes de Mgr Williamson ?

Oui, bien sûr, mais moins qu'en Europe. Il y a quand même d'importantes communautés juives à New York et à Montréal que nous avons dû rassurer. J'ai pour ma part reçu quelques appels de personnes angoissées qui se demandaient si on allait revenir à l'avant-Vatican II... Je leur ai clairement répondu non. En Amérique du Nord, où nous n'avons pas vécu la Seconde Guerre mondiale en première ligne comme en Europe, même si nous avons encore des vétérans qui ont participé au débarquement en Normandie, la sensibilité des gens est heureusement moins à vif.

Vous êtes une Église puissante et riche !

Ma foi, vous trouvez ! *[Il rit.]* Oh là là, nous sommes surtout riches d'Histoire et de saints ! Savez-vous que le pape Jean-Paul II a canonisé pendant son pontificat quatorze figures du Québec ? Ce qui pour une collectivité de moins de sept millions d'habitants, est honorable... Je reviens à notre richesse religieuse : l'Église était naguère omniprésente dans la société parce que lorsque les communautés religieuses ont été expulsées de France au début du XXe siècle, certaines sont venues se réfugier dans de petits villages du Québec et ont trouvé un travail sur place. Cela a favorisé l'éducation chrétienne, les vocations et la francophonie ! Un Québec traditionnellement catholique, mais où en quarante ans la pratique religieuse est passée de 90 % à seulement 10 %... Une chute vertigineuse, et aussi l'occasion de nous poser les vraies questions en nous replaçant face à nos responsabilités.

Célébrez-vous la messe chaque dimanche à la cathédrale ?

Non, pas chaque dimanche parce que je me rends dans tout le diocèse. Je célèbre surtout dans la cathédrale à l'occasion des grandes fêtes religieuses. J'essaie d'officier le plus souvent possible dans les paroisses afin d'y rencontrer le clergé et les fidèles. J'aime beaucoup ces contacts.

L'Église du Québec possède-t-elle un capital immobilier enviable ?

De nombreux couvents et des bâtiments appartiennent non pas au diocèse mais au clergé régulier et aux communautés religieuses... Mgr de Laval nous avait jadis dotés d'un vaste territoire qui reste encore pour les prêtres du Séminaire de Québec une importance source de revenus, une réserve providentielle, mais qui toutefois n'est pas directement administrée par le diocèse. S'il nous arrive encore de bénéficier de legs testamentaires, c'est malheureusement de moins en moins courant...

Membre du Conseil des cardinaux pour les problèmes économiques du Saint-Siège, comment avez-vous conseillé le pape sur la gestion des actifs immobiliers du Vatican aux États-Unis ?

Je suis revenu en juillet à Rome pour une réunion de trois jours sur l'organisation matérielle de la Curie et sur les questions financières de l'administration du Saint-Siège. Écoutant pour la première fois des experts laïcs, nous leur avons notamment recommandé une préparation et un contrôle plus précis des budgets, une meilleure coordination des entités impliquées dans la gestion des biens, et une extrême prudence dans leurs investissements, particulièrement aux États-Unis. Ceux-ci sont décidés par l'Administration du patrimoine du Saint-Siège (APSA), le Governorat et l'Institut pour les œuvres religieuses (IOR – la Banque du Vatican...). Les responsables de ces organismes gèrent la situation au quotidien et transmettent régulièrement des rapports aux organismes de contrôle et à la quinzaine de cardinaux dont je fais partie. Le pape suit d'assez près notre travail sans toutefois participer à nos réunions.

Entretenez-vous un dialogue avec les autres religions ?

Nous avons au Canada un Conseil œcuménique des Églises chrétiennes, dont l'Église catholique est membre. Il y a beaucoup moins d'orthodoxes au Canada qu'aux États-Unis. C'est à Montréal que j'ai des contacts avec les juifs car à Québec, ils sont très peu nombreux. En 2006, pour fêter le quarantième anniversaire du document conciliaire *Nostra Aetate*, j'ai invité la communauté juive, soit une quarantaine de membres, à l'archevêché... Quant aux musulmans, contrairement à la France, ils sont en proportion infime au Canada, et chez nous nous autorisons le port du voile, de même que les sikhs[10] ont le droit de porter leur turban et leur kirpan[11] à l'école… Nous ne nous sentons pas menacés par les autres religions émergentes car notre véritable problème ne concerne pas les nouvelles religions, mais l'effondrement du catholicisme et la sécularisation des Québécois et des Canadiens !

L'Église doit-elle participer à la vie politique ?

Le clergé certainement pas, la politique c'est le terrain des laïcs, mais nous avons besoin de civils honorables, de députés irréprochables ayant des convictions, car nous vivons une profonde crise de confiance qui a entraîné une dévalorisation au sein de la fonction publique. Notre devoir de pasteurs est de nous exprimer lors de circonstances graves, tel que nous l'avons fait le 14 mai dernier, date du quarantième anniversaire de l'introduction de l'avortement thérapeutique au Canada… Ce jour-là, je me suis rendu sans hésiter à Ottawa, où dix mille personnes manifestaient en face du Parlement. Là, j'ai pris la parole devant l'immense foule de militants pour inciter le pays à rouvrir le débat sur cette question si importante… Un geste politique motivé bien sûr par la défense des valeurs morales… Je suis également intervenu à plusieurs reprises dans le débat sur le mariage des homosexuels, un sujet fondamental pour nous, qui nous a mobilisés de 2003 à 2005 et contre

10. Le sikhisme est l'une des quatre grandes religions de l'Inde, fondée à la fin du XVe siècle au Pendjab par le gourou Nanak.
11. Poignard cérémoniel qui est l'un des cinq symboles de la religion sikh.

lequel je me suis beaucoup battu puisque je suis allé jusqu'au Sénat pour représenter l'Épiscopat sur la définition du mariage.

Les régions frontalières des États-Unis et du Canada sont parmi les plus polluées. L'Église ne devrait-elle pas s'impliquer dans la sauvegarde de ce que Dieu a créé ?

C'est un gros souci et là-dessus je fais confiance aux experts en ce domaine. Nous avons commencé à évoquer la pollution en nous penchant sur la gestion de l'eau et le problème des déchets lors du Congrès eucharistique de Québec, qui a rassemblé quelque douze mille participants au printemps 2008. Mais avant cela, j'ai tant d'autres priorités diocésaines dont je dois avant tout m'occuper…

Que pensez-vous du président Barack Obama ?

Le président Obama, quel phénomène ! Son ascension, qui force l'admiration, est une extraordinaire illustration de la démocratie américaine, et prouve qu'en quelques années, un Noir peut de nos jours arriver au sommet de l'État… Nous avons suivi son parcours d'assez près. Et son élection n'a pas été pour moi une surprise ! C'est un symbole fort et important non seulement pour la communauté noire américaine mais aussi pour toute l'Afrique, que l'homme le plus puissant de la planète soit noir. Mais cela ne diminue guère mes inquiétudes car sa politique sur la protection de la vie est très libérale. Il a appartenu sincèrement à l'Église unie du Christ de la Trinité de

Chicago mais il a pris opportunément ses distances avec l'ancien pasteur, Jeremiah Wright, pendant sa campagne électorale. Je le crois conciliant vis-à-vis de la religion, il reconnaît ses valeurs, mais j'ignore ses convictions intimes. Il est en tout cas très bien vu ici puisque l'avortement est devenu presque banal au Canada et que son approche là-dessus joue plutôt en sa faveur !

Avez-vous une communauté noire au Québec ?

Toute petite, avec des réfugiés arrivés du Rwanda, du Burundi, du Congo, soit quelques dizaines de milliers dans tout le Québec. D'ailleurs, la population est si homogène, particulièrement dans la ville de Québec, qu'elle aurait besoin d'accueillir davantage d'immigrants et de réfugiés. J'ai pu, en arrivant ici, constater une véritable générosité face à ces immigrants ; des sous-sols d'églises étaient remplis de meubles et de couvertures qui leur étaient destinés et des communautés ont hébergé pendant de nombreux mois des hommes et des femmes du Rwanda et d'ailleurs. Certaines familles et des prêtres se sont engagés dans un parrainage qui se poursuit toujours. Moi aussi, j'ai voulu contribuer à cet élan de charité en créant une fondation pour mieux accueillir ces nouveaux arrivants.

Certains Canadiens voient en vous un cardinal conservateur !

[Il rit et fronce les sourcils.] Sûrement parce que j'essaie de préserver ce qui reste chez nous d'identité catholique !

C'est un combat quotidien... Bien que la culture française ait été sauvée par les catholiques, notre croisade reste difficile. Si nous ne trouvons pas la manière de nous réconcilier avec notre passé historique et religieux nous allons finir par perdre nos racines. C'est pourquoi sur le plan scolaire j'ai résisté et je continue... Tout le système public autrefois catholique a été balayé et on a supprimé la confessionnalité tout en nous assurant qu'on maintiendrait l'enseignement religieux... Promesse qui n'a duré que cinq ans et, depuis, l'État a même pris le contrôle de l'interprétation du phénomène religieux en imposant dans toutes les écoles, publiques ou privées, catholiques ou pas, son cours d'éthique et de culture religieuse. Ainsi, du début du primaire à la fin du secondaire, on enseigne six ou sept religions voire même la possibilité de vivre sans Dieu !... Et dans nos écoles catholiques, les professeurs doivent en priorité dispenser le cours de l'État et quand il reste du temps y ajouter l'enseignement religieux. L'État, le subventionnant à hauteur de 60 %, impose donc ses règles ! Si l'Église jadis avait sans doute une influence excessive, en quarante années l'État a habilement et progressivement réussi à imposer la laïcisation. Peu de jeunes suivent les cours de catéchèse à la paroisse car je n'ai pas de bus pour emmener les enfants ni de salles pour les accueillir... Il me faudrait tout rebâtir !... L'État a réussi à reprogrammer le petit Québécois du futur afin qu'il soit relativiste puisque toutes les religions se valent et qu'on enseigne une parfaite neutralité à leur égard...

Est-ce vrai seulement pour le Québec ?

Sûrement, car nos voisins de l'Ontario, encore « orangistes[12] » il y a cinquante ans, eux ont un système public catholique financé par l'État ! Ainsi, sommes-nous les moins gâtés puisque, autour de nous, tout le monde est mieux traité, surtout l'Ontario où se trouve aussi une communauté francophone importante et dont la langue et la foi sont protégées... Une nouvelle évangélisation en famille et dans les paroisses devrait peu à peu améliorer notre situation. Nous y sommes fortement engagés malgré la difficulté de mobiliser des familles.

Il paraît que le Saint-Père vous apprécie beaucoup...

[Il rit et fait mine de prendre un air étonné.] Savez-vous qu'il y a une histoire derrière cette complicité... Depuis le début des années 1990, nous nous sommes occupés ensemble d'une maison qui transmet l'héritage du père Hans Urs von Balthasar, le célèbre théologien suisse allemand très proche de Joseph Ratzinger. C'est ainsi que nous avons noué une relation amicale qui s'est développée au fil des ans et je suis particulièrement honoré de la confiance que me témoigne Sa Sainteté Benoît XVI avec lequel j'ai travaillé pendant deux années à Rome comme secrétaire du Conseil pontifical pour l'unité des chrétiens

12. L'ordre d'Orange fut fondé en Irlande en 1795 pour commémorer la victoire de Guillaume d'Orange (Guillaume III, roi d'Angleterre) sur les catholiques lors de la bataille de Boyne en 1690. Au Canada, c'est Ogle R. Gowan qui fonde l'ordre en 1830, l'installe principalement en Ontario et adopte une attitude franchement hostile à l'égard des francophones et des catholiques.

alors que lui-même siégeait à la Congrégation pour la Doctrine de la foi. C'est là que nous nous rencontrions également mais dans un cadre plus institutionnel.

Pensiez-vous qu'il allait devenir pape ?

C'était difficile à prévoir avant le conclave ! D'une part parce qu'il avait déjà soixante-dix-huit ans mais aussi parce qu'à cette même période, on fêtait le soixantième anniversaire de la fin de la Seconde Guerre mondiale. De plus la presse internationale l'avait en ligne de mire de façon fort peu indulgente depuis vingt-cinq ans... Vues sous cet angle, ses chances paraissaient en effet faibles... Heureusement, ce ne sont pas les journalistes qui élisent le pape ! Or Benoît XVI a été choisi par le Sacré Collège sur un consensus qui s'est fait très vite. Et là, une fois de plus, comme toujours dans ce genre d'événement, tous les calculs politiques ont été déjoués...

Beaucoup de cardinaux rêvent à la papauté ?

[Il ne peut s'empêcher de rire.] Qui sait ! Certaines personnalités que j'estime beaucoup dans l'Église seraient aptes à lui succéder en cas de vacance du siège apostolique mais... pour l'instant la question ne se pose pas !

Y a-t-il complicité ou compétition entre vous ?

Il y a surtout une belle collaboration. Je participe à quelques congrégations et, d'après mon expérience personnelle je puis affirmer que nous entretenons surtout des relations cordiales. De la compétition ? Pas vraiment… Enfin, chacun est différent de son voisin mais il n'y a pas de « campagne électorale » pour le conclave et il serait fort malvenu et contraire à l'éthique de la part de quiconque de s'autopromouvoir candidat… Ici, dans cette maison de Santa Martha où nous nous trouvions le soir du premier jour du conclave, la plupart des cardinaux étaient à la chapelle… Et à mes yeux il y eut plus de prières que de conciliabules !

Réussissez-vous à garder de vrais amis ?

J'ai des amis que je revois depuis mon premier ministère. Cependant comme je dois régulièrement prendre des positions officielles où je suis ouvertement très critiqué il y a parfois un décalage entre mon image publique et la réalité, et quand les gens me rencontrent, ils sont souvent étonnés par ma sérénité car ils me trouvent plus sympathique que quand ils me voient à la télévision ou dans les journaux ! Avant même mon arrivée, puisque je venais de Rome, on m'avait étiqueté « conservateur » ! C'était aux yeux des médias la pire conjoncture et un pari difficile que de quitter le Vatican pour s'installer au Québec…

Peut-on exercer votre ministère et avoir de l'humour ?

Heureusement, si on rit parfois, on a rarement l'esprit léger. Je suis trop submergé probablement par mes responsabilités pastorales canadiennes qui s'ajoutent à celles internationales. J'essaie de limiter mes déplacements, malgré cela, j'ai peu de temps libre. Je m'accorde une journée par semaine, en principe le mardi, où je me rends dans un petit chalet au bord d'un lac près de Québec – et là je peux me reposer, prier, lire… J'aime beaucoup Julien Green, l'un de mes auteurs favoris, et Eric-Emmanuel Schmitt, je me plonge aussi dans des romans historiques. À une époque, j'ai lu Marguerite Yourcenar, Jacques de Bourbon-Busset. Je regarde peu la télévision et préfère le sport… L'été la natation, dans le lac ou à la piscine, l'hiver la marche, le patinage avec mes proches ou une bonne partie de hockey…

Qui tient votre maison ?

À l'archevêché, nous sommes quatorze, évêques auxiliaires, chanoines, prêtres, à résider en communauté dans une vaste maison où les trois prêtres de la cathédrale viennent nous rejoindre pour dîner… Des laïcs s'occupent des repas et deux dévouées religieuses sont à notre service. Je dîne rarement seul et reçois mes invités dans une petite salle à manger annexe.

Êtes-vous gourmand ?

[Ses yeux brillent rien qu'à l'évocation du mot « gourmand ».] Bien sûr ! J'aime la cuisine italienne, française, les steaks et un plat que ma mère cuisinait quand nous étions petits, le « bouillis de légumes », une

sorte de pot-au-feu… J'apprécie aussi le bon vin, le bordeaux et le Barolo, qui vient du Piémont, et aussi ceux de Californie, du Chili, d'Argentine… J'allais oublier le chocolat ! On m'en donne souvent car les gens finissent par connaître mes goûts et ainsi m'offrent du chocolat, des grands vins… Lorsque je suis invité, c'est terrible… On me prépare de si bons petits plats que je mange trop ! C'est une des difficultés de ma fonction… J'apprécie aussi les repas partagés dans les familles. Jésus provoquait ces rencontres autour de la table, là, il pouvait passer son message…

Voyez-vous votre famille ?

Oui, bien qu'elle soit à mille kilomètres ! Je vais la voir deux fois par an, trois, quatre jours en juillet et, à Noël, je passe quelque temps avec ma mère. Parfois ce sont eux qui viennent à Québec.

Qu'avez-vous pensé le jour où vous avez été créé cardinal ?

Cette création de Jean-Paul II n'était pas une totale surprise parce qu'elle s'inscrivait en quelque sorte dans notre histoire… Mais j'ai tout de même été étonné de la rapidité avec laquelle cela s'est fait car tout est arrivé en moins d'un an. Nommé archevêque de Québec en novembre 2002, entré en fonction en janvier 2003, je suis devenu cardinal le 21 octobre de la même année ! J'ai alors éprouvé une vive gratitude envers le Saint-Père qui m'accordait sa confiance. De plus, devenir cardinal me conférait au Québec une reconnaissance officielle et de l'autorité... Mais surtout, comme nous arrivions à la fin du pontificat de Jean-Paul II, j'allais participer à l'élection du nouveau pape ! Certes, c'est un privilège, mais aussi un devoir extrêmement important car ces conclaves nous ont donné successivement deux personnalités remarquables et tellement différentes !

George Pell : ce fils de directeur d'une mine d'or australienne est le seul cardinal diplômé d'Oxford

Lorsque le cardinal australien George Pell a inauguré en juillet 2008, par une messe au bord de l'océan Indien, les XXIIIe Journées mondiales de la jeunesse à Sydney, il est apparu en Mondovision et sur tous les sites catholiques de la planète. Un souvenir mémorable car avec sa taille et sa carrure imposantes, l'éminent prélat d'origine irlandaise crevant l'écran donnait presque l'impression que le pape Benoît XVI était petit. George Pell est le seul cardinal d'Australie, sur cet immense continent[1] où, jusque dans les années 1970, la majorité des catholiques étaient de souche irlandaise et la plupart des prêtres issus de cette émigration... Ainsi lorsqu'il reçoit ses visiteurs dans son archevêché installé au cœur d'un gratte-ciel du centre de Sydney, le chef de l'Église catholique australienne avoue sans détour que comme bon nombre de ses collègues étrangers il est confronté à une réelle crise des vocations. L'une des raisons pour lesquelles il a été particulièrement heureux d'accueillir

1. Il a une superficie de sept millions sept cent mille deux cent vingt kilomètres carrés.

dans son pays les dernières JMJ qui ont été un véritable succès. Il est plutôt fier aussi d'avoir réussi à convaincre ce pape allemand si peu voyageur de venir au bout du monde… Une réaction compréhensible car cette force de la nature régulièrement traitée par l'opinion publique australienne d'autoritaire et d'ultraconservateur a siégé pendant dix ans à la Congrégation pour la Doctrine de la foi aux côtés du futur Benoît XVI. Il a d'ailleurs des positions très arrêtées sur : le mariage civil, les familles monoparentales, le clonage, l'homosexualité…

Ce fils de la bonne bourgeoisie protestante, a connu des débuts douloureux. À peine nommé archevêque de Sydney en 2001, accusé d'actes pédophiles, il doit provisoirement se mettre en retrait de sa charge, le temps qu'une enquête approfondie le lave des accusations qu'il avait toujours énergiquement niées. Vite innocenté, l'homme auquel Jean-Paul II a remis la barrette le jour anniversaire de ses vingt-cinq années de pontificat[2], est alors promis à une belle carrière. Docteur en histoire de l'Église de l'université d'Oxford dans les années 1970 et d'une licence en théologie de l'Urbanienne de Rome, il a exercé de multiples responsabilités pastorales en Australie et a réussi à réintroduire un esprit de foi et une certaine spiritualité au sein d'une Église contestataire, surtout engagée dans l'humanitaire.

Personnalité d'envergure tant au plan physique qu'intellectuel, il n'a pas craint d'affronter Rome sur les sujets controversés. Et c'est lui le visionnaire cardinal qui,

2. Soit le 21 octobre 2003.

arrivant au Vatican quelques jours avant le dernier conclave d'avril 2005, avait officiellement évoqué l'élection d'un futur souverain pontife conservateur. Il ne s'était donc guère trompé !... Régulièrement invité sur les plateaux de télévision, à soixante-huit ans l'enthousiaste et chaleureux primat d'Australie n'hésite pas à soutenir le pape à contre-courant, quitte à s'attirer les foudres d'une partie de ses ouailles, comme en septembre 2006 après le discours de Ratisbonne sur l'islam. Il a également menacé de refuser la communion aux politiciens catholiques favorables au clonage... Face à un monde en pleine déchristianisation, George Pell a aussi lancé une réforme catéchiste et renouvelé les enseignants du séminaire diocésain.

Journaliste à ses heures, Son Éminence rédige chaque semaine un éditorial dans l'influent et populaire *Sunday Telegraph* australien. Également écrivain, il a publié deux ouvrages religieux à succès, « bien sûr, pas des best-sellers comme *Les oiseaux se cachent pour mourir !* », reconnaît-il avec humour, évoquant le célèbre roman d'un prêtre de Brisbane partagé entre l'amour et ses ambitions romaines... Un Australien grand ami de la France qui a fait plusieurs retraites à Paray-Le-Monial et admirait presque autant le cardinal Jean-Marie Lustiger que le pape Jean-Paul II.

Le cardinal George Pell

Seul cardinal d'Australie, vous êtes pourtant d'ascendance protestante…

Mon père en effet était anglican et fort peu intéressé par les questions religieuses, mais ma mère catholique, très pratiquante, a élevé ses trois enfants[1] dans sa religion. Nous nous rendions donc chaque dimanche à la messe à ses côtés. Mes parents appartenaient à la bonne bourgeoisie australienne et mon père, né dans l'Ouest, était à l'époque le patron d'une mine d'or proche de Ballarat, dans la région de Victoria, avant d'y diriger un hôtel.

Vous êtes également le seul membre du Sacré Collège à avoir fréquenté Oxford !

Je pense que oui. Après avoir été au collège Corpus Christi de Werribee, puis ordonné prêtre[2], je suis parti pour Rome à l'Université pontificale urbanienne où j'ai passé ma licence en théologie avant d'obtenir à

1. Les parents du cardinal ont eu cinq enfants, mais deux sont décédés dans leur enfance.
2. Ordonné prêtre le 16 décembre 1966 par Grégoire-Pierre XV Agagianian à la basilique Saint-Pierre.

Oxford mon doctorat de philosophie en histoire ecclésiale[3].

Avant d'évoquer des questions plus sérieuses, pouvez-vous enfin me révéler quel cardinal a inspiré le célèbre roman Les oiseaux se cachent pour mourir !

Comme vous le dites très justement, c'est un roman, écrit en 1964 et traduit en vingt-cinq langues… Un best-seller mondial qui fit à l'époque beaucoup plus de bruit à l'étranger que chez nous, même si l'histoire se déroule à Brisbane et Bathurst en Nouvelle-Galles du Sud. En réalité, la talentueuse Colleen McCullogh s'était inspirée de plusieurs prélats pour créer son héros, le père de Bricassart qui deviendra cardinal, un personnage romanesque et ambitieux… Mais je dois vous avouer, au risque de vous décevoir, que ce sont généralement des étrangers qui me parlent de ce livre, rarement des Australiens !

Unique cardinal d'Australie, décrivez-moi votre rôle.

Je suis d'abord un prêtre, un pasteur offrant ses sacrements à Dieu et priant pour son peuple. Je prêche la Bonne Parole et vais régulièrement m'entretenir en outre avec les lycéens et les étudiants… Il faut enseigner aux jeunes la vie de Jésus, les pousser à méditer sur son existence. Si nous, les prêtres, ne

3. De retour en Australie, en 1982, George Pell a passé une maîtrise en éducation à l'université Monash.

mettons pas quotidiennement le Christ en lumière, comment pouvons-nous espérer susciter ensuite de nouvelles vocations ? Je deviens aussi journaliste – si j'ose dire ! – à mes heures, puisque chaque semaine depuis huit ans, j'écris un éditorial pour le *Sunday Telegraph* australien, le plus influent journal du continent avec sept cent mille copies et deux millions de lecteurs. Pas si mal, non, même s'il n'atteint pas encore le tirage de *Paris Match* ! Mais ici, avec vingt et un millions d'habitants et des distances immenses, la distribution de la presse reste compliquée... Par ailleurs, en tant qu'évêque, je suis le responsable de bon nombre de nos organismes en charge d'éducation, d'aide aux plus démunis... et, bien sûr, le dimanche, je célèbre la grand-messe dans la cathédrale de Sydney. Là, je prononce avec beaucoup de ferveur un sermon que j'ai longuement mûri et préparé.

Vu d'Europe, votre continent paraît si loin !

Notre société est multiculturelle et multiraciale avec beaucoup d'Anglais venus en 1788 dans le sillage de James Cook[4], avant la vague d'émigrés italiens, maltais entre autres, dès 1945, puis de Polonais dans les années 1970. L'Australie a ainsi accueilli près de six millions de personnes ! Chaque année de nouveaux émigrés, surtout

4. Le légendaire capitaine Cook accoste sur la côte est du continent le 28 avril 1770 et en prend possession au nom de l'Angleterre. La première colonie s'installe à Sydney en 1788, escortée d'une flotte composée de onze navires avec des militaires accompagnés de leurs familles et mille cinq cents forçats.

originaires d'Asie, du Vietnam, de Chine (principalement dans les années 1997-1998), du Sri Lanka, d'Inde, du Moyen-Orient s'installent ici.

Parlez-moi des Aborigènes[5].

Ils seraient environ quatre cent cinquante mille, soit 2,3 % de la population et aujourd'hui de plus en plus métissés parce que bon nombre d'entre eux ont, au fil des siècles, fondé des familles avec des émigrés. Aucun n'a par ailleurs rejoint le clergé, ce qui paraît logique. Le gouvernement leur donne beaucoup d'argent mais une bonne partie de la population est minée par l'alcoolisme, la drogue, la pornographie, les abus sexuels... L'autre raison pour laquelle il n'y a pas de vocations chez eux est qu'ils n'ont évidemment jamais envisagé le célibat. C'est dommage, il pourrait y avoir des exceptions ! Bon nombre de diacres ne sont-ils d'ailleurs pas mariés ? Si 30 % des Aborigènes sont catholiques[6], les autres sont protestants ou sans religion. Il y avait quand même un prêtre aborigène, mais il a abandonné la prêtrise et est devenu l'un des chefs de leur mouvement. Quant aux religieuses aborigènes, on en compte à peine une petite

5. Les Aborigènes, venus du sous-continent indien sur des embarcations de fortune il y a quarante mille ans, sont les premiers humains à avoir peuplé la partie continentale de l'Australie. Ils constituent avec les indigènes du détroit de Torres la population autochtone de l'État océanien. Le mot commun « aborigène » désigne plus généralement celui dont les ancêtres sont les premiers habitants connus de sa terre natale.
6. L'Australie compte cinq millions sept cent quatre mille catholiques baptisés, seize millions quatre cent quinze mille sont chrétiens sur une population de vingt et un millions d'habitants.

vingtaine sur tout le continent ! La vraie difficulté vient de ce que, tous leurs repères ayant été détruits, les Aborigènes n'ont plus de réelle identité culturelle. Ils sont ainsi plongés dans une forme de néant, de vide culturel et religieux qui les plonge dans un profond désarroi.

Sont-ils aussi victimes du sida ?

On ne peut l'affirmer. On sait juste que ce fléau touche environ 11 % de notre population aborigène. Ce qui, en revanche, mérite réflexion est le cas de la Thaïlande, laquelle préconise l'utilisation du préservatif et où le taux de contamination est beaucoup plus élevé que dans les très catholiques îles Philippines prêchant la chasteté. De toute manière, comment espérer régler cela en se basant uniquement sur une protection technique sans y ajouter une dimension spirituelle et personnelle, faite d'autodiscipline, de contrôle de soi et en premier lieu de l'application de la morale et de la religion ?

L'Église n'est-elle pas aujourd'hui trop sévère ?

Vous pensez au célibat des prêtres, je suppose ? Quel sujet, j'en conviens ! Mais pour ma part j'explique toujours à mes séminaristes qu'il ne sera jamais possible pour un prêtre de se faire ordonner et ensuite de se marier tant que les règles de l'Église catholique romaine ne changeront pas... Mais qui sait, un jour peut-être...

D'ailleurs, sans parler des Églises catholiques orientales, des Maronites, des Chaldéens, des Coptes... Il existe déjà, au sein de notre Église catholique romaine, un certain nombre de prêtres mariés car quatre cents anciens pasteurs luthériens et anglicans – ce sont les chiffres officiels – qui, ces dernières années, se sont convertis au catholicisme avaient une épouse avant d'exercer leur ministère dans la religion catholique et ils l'ont évidemment gardée. Quant aux Églises protestantes, même avec des pasteurs autorisés depuis quatre siècles à se marier, cela ne les empêche pas d'être maintenant dans une situation fragile. Notre Église australienne s'est construite en grande partie sur le sacrifice du célibat et nos fondements sont la passion du Christ et l'abstinence. Des choix qui devraient faire méditer notre jeunesse vivant bien souvent en couple avant le mariage et à laquelle on ne peut réellement en vouloir puisqu'une bonne partie s'est éloignée de notre doctrine et ne va même plus à la messe. On rencontre aussi des croyants qui n'avaient pas en leur âme et conscience vécu leur premier mariage comme une véritable union. Il faudrait donc être plus compréhensif et indulgent envers eux en tâchant de faire coexister la doctrine d'un côté et la pratique de l'autre. Dès lors qu'on ne peut changer la loi, afin de ne pas éteindre la vie spirituelle de ces fidèles souvent déstabilisés, les prêtres devraient au moins faire preuve de compassion et non systématiquement les condamner.

Et qu'en est-il des vocations ?

Malgré nos nombreux couvents et congrégations, nous avons fort peu de vocations féminines et notre vaste continent est surtout peuplé de religieuses âgées. C'est pourquoi j'ai encouragé les sœurs américaines de la Miséricorde (dans le Michigan) et les dominicaines de Nashville (dans le Tennessee), qui suscitent un grand nombre de vocations aux États-Unis, à venir aussi s'installer à Sydney. Ainsi, grâce à elles, nous comptons maintenant ici quelques jeunes sœurs…

Et si on autorisait la prêtrise féminine ?

Je ne puis vous répondre car la question n'est pas technique mais doctrinale : nous n'avons pas le pouvoir d'ordonner des femmes prêtres tout simplement parce que ni Jésus ni les apôtres ne l'avaient jamais envisagé… Vous pensez je suppose aux anglicans qui ont une approche fort différente de la religion et dont certaines branches consacrent même aujourd'hui des femmes, alors que notre religion ne le prévoit pas ! Je suis cependant moins inquiet quant aux vocations masculines car nous avons une cinquantaine de séminaristes à Sydney, vingt néocatéchumènes et trente-cinq futurs prêtres au sein du clergé séculier sans compter ceux de Melbourne, Perth, Canberra et dans le reste du pays… Un chiffre toutefois modeste quand on le divise en vingt-huit diocèses ! Et, comme aux États-Unis, la difficulté première vient de ce que rares sont ceux qui font partager l'enseignement de Jésus-Christ et invitent les jeunes à suivre son exemple alors qu'il leur faudrait être « christocentriques ». La deuxième difficulté est imputable à l'important brassage culturel et religieux, au sécularisme... Malgré cela, la foi dans les innombrables ethnies est encore forte. Un point positif heureusement : les rapports entre les diverses communautés chrétiennes sont bons et depuis les attentats du 11 Septembre contre le World Trade Center, nous avons développé des relations suivies avec les chefs religieux islamiques qui, bien qu'ayant une jeunesse très rigide, sont maintenant davantage ouverts au dialogue. Il existe aussi, ici, des communautés moins traditionnelles telle la communauté de l'Emmanuel, qui, chaque dimanche à dix-huit heures, invite quelque sept cents jeunes à chanter et à participer dans la joie à la messe dans la cathédrale.

Et les autres religions ?

Avant d'évoquer les autres religions, je tiens à souligner la très importante sé-cu-la-ri-sa-tion générale qui nous frappe, comme en Europe. C'est l'une des raisons pour lesquelles Benoît XVI avait choisi l'Australie pour les dernières JMJ de juillet 2008. Pour ce qui est des autres Églises, celles chrétiennes sont plutôt bien représentées et nous sommes plus proches des orthodoxes du Moyen-Orient que des orthodoxes grecs, avec lesquels nos relations sont tendues ! Le fait qu'une bonne partie de leurs jeunes étudient dans nos écoles n'a cependant pas rapproché nos évêques et leurs homologues grecs orthodoxes. Il reste encore un autre enjeu, celui de l'islam, dans lequel je m'implique ouvertement car notre devoir est de traiter avec dignité les musulmans australiens, de s'entretenir avec eux pour qu'ils ne puissent jamais penser ni déclarer que leur jeunesse australienne souffre d'injustice. De fait, si nous les respectons, il sera ensuite beaucoup plus facile que ces derniers ne deviennent extrémistes…

Qu'en est-il des religions émergentes ?

De multiples mouvements religieux cohabitent, dont les influents pentecôtistes et les évangélistes… Mais je préfère largement les gens qui ont une religion à ceux qui ne croient en rien car cela permet au moins d'amorcer un dialogue interconfessionnel, par exemple avec les juifs, les musulmans, les bouddhistes… Alors qu'avec une personne athée ou sans aucune religion, la discussion risque vite de tourner court. Assis à côté d'un rabbin ou d'un imam lors d'un repas, on peut espérer philosopher à l'infini sur l'existence de Dieu… À Melbourne et à Sydney, la communauté juive, pour ne citer qu'elle, est assez largement représentée par une vraie bourgeoisie, à la croisée du commerce et des professions libérales traditionnelles, médecins, avocats…

Votre Église est-elle riche ?

Tout est relatif… Disons que si dans les grandes villes l'Église est chez nous plutôt riche, dans les régions agricoles elle est assez pauvre, notamment à cause de la sécheresse. À la campagne, où il n'a pratiquement pas plu depuis sept ans, les fermiers se trouvent dans une situation souvent difficile. Ainsi, ces paysans courageux, dynamiques, qui font le maximum pour envoyer leurs enfants à l'université, doivent généralement y consacrer presque tous leurs moyens. Ils sont généreux avec leur paroisse mais ils sont de moins en moins nombreux. Malgré cela, nous avons assez de ressources pour réunir au moment du Carême quelque neuf millions de dollars australiens[7], auxquels s'ajoutent vingt autres millions de dollars que nous remettons chaque année à Caritas Internationalis. Nous possédons aussi un patrimoine immobilier conséquent, hôpitaux, dispensaires, maisons de retraite, bâtiments religieux... ainsi que 20 % des écoles du pays, ce qui nous assure une rente importante du gouvernement. Enfin, nous faisons parfois des héritages... Une chance, même si à mes yeux notre richesse doit surtout être spirituelle ! Comment cependant pourrait-on être un Bon Samaritain sans avoir quelque argent dans la poche ? Si dans le passé l'Église paraissait trop flamboyante, ce n'est vraiment plus le cas aujourd'hui. Même si, de par le monde, quelques majestueux et imposants palais ainsi que d'admirables chefs-d'œuvre appartiennent au Saint-Siège, la Curie romaine, où travaille peu de monde, n'a, contrairement à ce que certains imaginent, rien de commun avec le Pentagone !

7. Le dollar australien équivaut à 0,57 euro (contre 0,71 euro pour le dollar américain).

Et comme me l'avait un jour fièrement déclaré un archevêque américain : « Chez nous, nous sommes beaucoup plus riches que le Vatican tout entier ! » Et il avait sûrement raison !

Le clergé a-t-il une influence politique en Australie ?

S'impliquer politiquement est un devoir pour les laïcs mais non pour les hommes d'Église et en Australie, comme dans pratiquement toutes les démocraties, la séparation entre l'Église et l'État est une réalité. Ce que j'approuve pleinement, même si quand je m'entretiens avec des jeunes, je leur confie mon espoir de voir certains d'entre eux embrasser, dans le futur, une carrière politique. Le monde a en effet besoin de gens bien formés et honnêtes, soucieux d'appliquer les grands principes qu'on leur a enseignés. Cette barrière distincte ne signifie pas toutefois qu'un évêque ou un prêtre ne puisse publiquement évoquer les questions sociales par exemple. Notre gouvernement a voulu récemment faire passer une loi qui réduirait largement le pouvoir des syndicats. J'ai officiellement déclaré mon opposition. Il semble salutaire pour la démocratie que les grandes multinationales aient en face d'elles un réel contre-pouvoir !

Votre clergé est très informé…

Certes et je crois, d'abord, par instinct puisque les catholiques sont universalistes et répartis aux quatre coins de la terre. Dans un pays aussi vaste que le nôtre, des prêtres de passage, venus d'Irlande, du Vietnam, de l'Inde, du Sri Lanka… nous informent sur tout, telles les difficultés politiques du Timor oriental ou d'autres sujets innombrables… D'autre part, en tant qu'évêques nous sommes reçus tous les cinq ans par le Saint-Père avec lequel nous évoquons avec précision les récents événements qui ont marqué notre pays, ainsi que la situation de notre Église locale. De précieuses données qui remontent au Vatican dans une réelle transparence. C'est pour cela que nos « agents », toujours sur le terrain, sont souvent plus pointus que ceux de la CIA qui, eux, dit-on, passent parfois surtout leur temps dans les bureaux !

Où se situe votre Église ?

Vous cherchez à comprendre si elle est progressiste ou conservatrice ? Je vous répondrai donc qu'elle est d'abord fidèle et plutôt au centre, c'est-à-dire composée de croyants à gauche, à droite mais surtout au centre. Lorsque Benoît XVI est venu chez nous voilà un an et demi, il a été chaleureusement accueilli par les Australiens et les jeunes de tous bords, émus qu'à son âge il fasse un si long voyage pour nous ! Il a entraîné dans son sillage quelque cent dix mille jeunes étrangers vers Sydney, soit un nombre beaucoup plus important que les Jeux olympiques de Pékin qui avaient lieu juste après en Chine et n'ont déplacé que soixante-quinze mille étrangers !

Un pape dont vous êtes proche ?

Oui, je crois, car j'ai travaillé à ses côtés à la Congrégation pour la Doctrine de la foi pendant dix ans. Le souverain pontife, dont chacun connaît la dimension intellectuelle, est resté un prêtre et aussi une personnalité très courtoise, étonnamment simple et disciplinée. D'ailleurs, comment aurait-il pu écrire autant sans cette rigueur extrême[8] ? Ce à quoi il aspire, c'est pouvoir continuer à travailler seul, dans le calme, prier et se consacrer entièrement à sa mission pastorale à la manière d'un intellectuel… alors que Jean-Paul II aimait viscéralement être en contact avec les fidèles et le monde extérieur.

Dans un pays aussi étendu, Internet paraît incontournable… même pour l'Église !

Bien sûr, Internet est aussi très intéressant sur le plan religieux. À l'archevêché de Sydney, nous avons lancé notre site interactif, Xt3, sorte de Facebook catholique fort de quarante mille membres, où chaque dimanche je transmets notamment mon sermon. Mais cet extraordinaire moyen de communication peut aussi s'avérer affligeant voire dangereux lorsque, par exemple, des personnes naïves se connectent accidentellement sur des sites pornographiques ou pédophiles. Quant à la

---

8. Joseph Ratzinger a rédigé ou collaboré à deux cent vingt-neuf ouvrages comme cardinal. Depuis qu'il est pape, cent quatre-vingt-deux documents ont été publiés sous sa signature. Cent cinquante ouvrages ont par ailleurs été écrits sur Benoît XVI.

télévision, avec nos sept millions sept cent mille kilomètres carrés, elle est en particulier pour les personnes isolées ou âgées souvent le seul moyen de rester en contact avec les réalités quotidiennes.

Seul cardinal australien, avez-vous beaucoup de pouvoir ?

Plus que du pouvoir, j'ai, de par ma fonction, un certain prestige et quand je m'exprime dans les médias, je suis évidemment très repris... C'est, j'imagine, ce que vous, journalistes, appelez le « pouvoir » ! Par ailleurs, dans le protocole officiel, j'occupe la place réservée aux évêques catholiques et anglicans[9] et l'une des règles prévoit que lors des grandes cérémonies, ce soit à tour de rôle l'archevêque anglican de Sydney et moi-même qui représentions le clergé. C'est ainsi que lorsque la reine Élisabeth II d'Angleterre est venue en Australie en 2001 et que j'ai été invité à un déjeuner présidé par Sa Majesté, c'est moi qui, en tant qu'archevêque de Melbourne, ai eu l'honneur de prononcer les grâces avant le repas. La souveraine s'est jointe à ma prière... Assis à trois places d'elle, j'ai été vivement impressionné par son élégante simplicité... J'admire aussi sa façon de ne jamais interférer dans la politique britannique tout en restant très présente.

Existe-t-il une certaine complicité entre les cardinaux ?

Je dirais plus, de l'amitié voire de la fraternité, et une réelle unité entre les membres du Sacré Collège. Le

9. Dans un pays où la religion catholique est majoritaire.

dernier conclave, qui n'a duré que deux jours, l'a prouvé. C'est d'ailleurs l'un des devoirs principaux du Saint-Père que de maintenir cet état d'esprit. Un Sacré Collège aujourd'hui très international avec soixante-huit nations représentées, où l'on ne s'exprime plus guère en latin mais où un certain nombre de cardinaux parlent cinq à six langues ! Moi, je suis une exception puisque je ne connais que l'anglais, le latin, l'italien, le français, un peu l'allemand et l'espagnol.

Les cardinaux doivent-ils se retirer à quatre-vingts ans ?

Il est temps à cet âge qu'ils se reposent car si certains d'entre eux sont encore alertes, ce n'est toutefois pas une généralité… La mythologie vaticane raconte que quand le pape Paul VI fut élu, lors d'un premier vote un cardinal glissa un bulletin au nom de Son Éminence Merry Del Val… qui était mort quarante années plus tôt ! Certes, on prétend que c'est une légende, mais elle a cependant quelque accent de vérité, c'est pourquoi le règlement actuel me semble parfaitement adapté et j'espère que le moment venu, je serai toujours assez lucide pour ne pas changer d'avis !

Vus de loin, les cardinaux vous semblent-ils des personnages ambitieux ?

Aucune comparaison n'est possible entre le rôle, l'influence d'un Richelieu ou d'un Mazarin au XVIIe siècle, tout-puissants et proches de leur roi, et ceux d'un cardinal actuel. Néanmoins, la nature humaine reste ce qu'elle est et on ne peut pas exclure que d'aucuns aient des ambitions personnelles… même si la plupart d'entre nous sommes d'abord des prêtres, profondément dévoués à notre religion. Nous vivons notre mission sacerdotale avec une telle foi que, finalement, le quotidien n'a pas la même prise sur nous que dans votre monde.

Qu'avez-vous éprouvé lorsque vous avez été créé cardinal ?

C'était lors du consistoire du 21 octobre 2003. J'ai été vraiment très heureux, je l'avoue, que Sa Sainteté Jean-Paul II me remette la barrette même si, à mes yeux, devenir cardinal est beaucoup moins important que d'être évêque ou archevêque, car c'est une mission héritée des apôtres, alors que celle de cardinal revêt un côté plus flamboyant et solennel. J'ai toutefois ressenti ce jour-là un grand honneur et j'étais aussi heureux, j'oserai même dire fier, de devenir un vrai collaborateur du Saint-Père.

Aimeriez-vous devenir pape ?

[Il rit de bon cœur.] C'est une question de journaliste à laquelle il est très difficile de répondre ! Un cardinal, de par sa propre situation, mesure combien exercer le ministère de Pierre est lourd et difficile. Raison pour laquelle il a rarement envie que la Providence le conduise à être choisi par ses pairs pour devenir l'évêque de Rome !

Le cardinal Telesphore Placidus Toppo : un « papabile » aborigène et indien

Né dans la tribu Kurukh, celle des Oraons au nord de l'Inde, Telesphore Placidus Toppo est le premier cardinal aborigène du sous-continent. Ses parents, des gens aussi illettrés que travailleurs, à la tête d'une famille de dix enfants, font d'immenses sacrifices pour qu'il étudie au lycée Saint-Xavier de Ranchi. Ils rêvent d'un avenir brillant pour ce fils prometteur auquel, comme cela se fait encore traditionnellement dans cette région, ils vont choisir la jeune fille qu'il épousera… Mais Telesphore Placidus ne l'entend pas ainsi et contredit leurs plans ambitieux en annonçant qu'il entre au séminaire. Sophia, sa mère, catholique comme son père Ambrose, pleure mais respecte sa décision. Il part alors pour Rome. Après avoir passé sur place une maîtrise d'histoire de l'art, il va étudier la théologie à l'Université pontificale urbanienne. Ordonné prêtre, il revient dans son pays, épicentre de l'évangélisation chrétienne de l'Asie, pour enseigner dans le secondaire à Saint-Joseph de Torpa et diriger le centre des vocations qu'il vient de créer.

Ce qui frappe immédiatement chez ce solide et souriant prélat de soixante-dix ans qui parle huit langues – le sandali, l'hindi, le sadri, le qurukh, le latin mais aussi l'italien, l'allemand et l'anglais –, est son extraordinaire sérénité. Il préside la Conférence des évêques catholiques de l'Inde six années durant[1], là où pour les chrétiens en tout petit nombre l'existence est vraiment difficile. Cet Indien déterminé à l'âme missionnaire était auparavant évêque de Dumka, puis archevêque coadjuteur de Ranchi. Perpétuel frondeur, il s'est depuis longtemps attiré les foudres des groupes radicaux nationalistes hindous qui l'accusent injustement d'avoir entraîné les conversions de villageois du Jharkhand. Mais le cardinal ne cesse de s'en défendre car dans ce pays majoritairement hindou, où les chrétiens ne représentent qu'un peu plus de 2 % de la population, il ne croit guère aux conversions. « C'est contraire à la théologie », proclame-t-il dès qu'il en a l'occasion. « Nous avons été accusés de mener une attaque directe contre la structure sociale multiculturelle de notre pays, qui abrite l'une des plus grandes communautés musulmanes et qui est aussi le berceau des bouddhistes. » Des faits entraînant de terribles violences à l'encontre des catholiques.

Mais le chaleureux prélat, créé cardinal par Jean-Paul II en 2003, qui vit au pied de l'Hymalaya ne se décourage jamais. Il est sur tous les fronts, tentant de soulager la misère de son peuple par son action sociale et éducative avec des programmes de désintoxication pour les drogués, l'éducation des pauvres, la réhabilitation des lépreux.

1. De 2002 à 2008.

Il s'est aussi largement impliqué en décembre 2004 lors du tsunami qui a ravagé les côtes du sud-est de l'Inde. C'est lui encore qui avait accueilli le pape Jean-Paul II à Ranchi lors de sa première visite en Inde, en 1986, et était à Rome à ses côtés en 2003 lors de la béatification de la figure universelle de sainteté, Mère Teresa, sa « mère spirituelle ». Le cardinal aborigène qui, lorsqu'il se rend au Vatican, réside chez les sœurs oblates de Nazareth, a choisi d'inscrire sur son blason : « Préparer la route de Dieu. » Une devise qui résume parfaitement sa mission quotidienne extrêmement difficile dans cette nation indienne, de confessions et de rites si divers, où existe toujours le système des castes.

Telesphore Placidus cardinal Toppo

Cardinal de Ranchi, vous avez été très proche de Mère Teresa. Qui était-elle ?

Mère Teresa a été et reste toujours une grande figure de l'Inde. Aux yeux de tous les Indiens, elle a vraiment laissé l'image d'une sorte de déesse. Je la connaissais très bien. La première fois que je l'ai rencontrée, en 1978, j'allais être consacré évêque de Dumka. Je lui avais écrit pour la prévenir et, comme elle se trouvait à ce moment-là en Europe, elle décida de faire un détour par Rome pour assister à la cérémonie. Un geste qui me bouleversa. À peine arrivé dans mon diocèse de Dumka, je demandai à Mère Teresa de me « prêter » quelques sœurs pour travailler à mes côtés, parce que dans cette ville de plusieurs milliers d'habitants, il n'y avait pas de religieuses de la Charité. Elle vint alors passer deux jours chez moi, accompagnée de plusieurs sœurs, pour visiter le diocèse ; un souvenir inoubliable et très émouvant. De ce jour-là, elle me considéra un peu comme son fils spirituel. Ce qu'il y avait de très impressionnant chez Mère Teresa était son osmose permanente avec Dieu, son mysticisme, sa piété inouïe… Elle s'était tout entière et totalement consacrée à Lui. Quel cadeau magnifique pour l'Église indienne ! D'ailleurs, disait-elle, « par mon sang je suis albanaise, par ma nationalité indienne, par ma foi je suis une religieuse catholique, pour ce qui est de mon appel, j'appartiens au monde, pour ce qui est de mon cœur, j'appartiens entièrement au cœur de Jésus ». C'est encore elle qui avait demandé à Dieu de me faire cardinal car Mère Teresa a été béatifiée le 19 octobre 2003 et, providentiellement, j'ai été créé cardinal deux jours après.

Comment était-elle arrivée en Inde ?

À l'âge de treize ans, à Skopje, la jeune Albanaise avait rencontré deux jésuites albanais qui, de retour de la mission de Calcutta, lui racontèrent l'histoire du père Lievens, l'apôtre de Chotanagpur, qui se consacrait aux Aborigènes indiens[1]. La jeune fille, très volontaire, décide alors qu'elle ira travailler parmi les tribus de Ranchi[2]. Mais la seule manière pour elle d'entrer en Inde était de devenir religieuse de Lorette car à l'époque, les sœurs de cette congrégation étaient les premières et les seules à travailler sur place. Elle quitta donc la Macédoine (future Albanie) en septembre 1928 et devint postulante des Sœurs de Notre-Dame de Lorette en Irlande sous le nom de sœur Mary-Teresa (en

1. Les Adivasi ou Aborigènes de l'Inde sont particulièrement nombreux dans l'Orissa, le Bihar et le Jharkhand. Officiellement reconnus par la Constitution indienne comme « tribus répertoriées », ils sont souvent regroupés avec les « castes répertoriées », c'est-à-dire les Intouchables. Depuis le IIe millénaire av. J.-C., ce sont eux qui ont façonné le sous-continent indien.

2. La ville de Ranchi au Jharkhand compte un million quarante-huit mille habitants.

hommage à sainte Thérèse de l'Enfant-Jésus). Elle rejoindra les Indes en janvier 1929 et après deux années de noviciat à Darjeeling, restera jusqu'en 1946 chez les Sœurs de Lorette. Après avoir obtenu du pape Pie XII la permission de les quitter, elle se consacre aux pauvres des bidonvilles. Elle prend la nationalité indienne et deux ans plus tard fonde son ordre à Calcutta, la Congrégation des Missionnaires de la Charité. Pendant les vingt-cinq premières années, la moitié de ses sœurs seront toutes originaires de Ranchi.

L'exemple des Sœurs de la Charité a-t-il fait naître d'autres ordres en Inde ?

Il y a plusieurs congrégations d'origine indienne. Les Missionnaires de la Charité n'étaient pas les premières, car à Ranchi, il y a depuis 1897 une congrégation de sœurs indigènes. Quant aux Missionnaires de la Charité, au moment de la mort de Mère Teresa en 1997, l'ordre représentait quelque six cents missions dans cent vingt-trois pays. Des chiffres impressionnants, avec des hospices, des maisons d'accueil pour les hommes et les femmes atteints de la lèpre, du sida, de la tuberculose... des soupes populaires, des centres sociaux, des dispensaires, des orphelinats, des écoles... Nos congrégations[3]

3. En 2007, l'Église catholique en Inde comptait quelque quatre-vingt-douze mille religieuses ayant prononcé des vœux, dont huit cents contemplatives. Elles appartiennent à deux cent cinquante et une congrégations, dont neuf contemplatives, et vivent au sein de cent vingt mille communautés réparties dans tout le pays, en majorité en zone rurale.

sont plus traditionalistes que les vôtres car pour s'étendre et susciter de nouvelles vocations, elles doivent être largement enracinées dans la culture locale, comme les Brahma Kumari qui ont pris l'habit des religieuses catholiques, et nous sommes dans ce domaine à l'aube d'un changement, d'une nouvelle Asie.

De quel milieu êtes-vous issu ?

Mon père, Aborigène, était le chef du village de Jhargaon, près de Chainpur[4]. Mes parents ont eu dix enfants. Sept filles et trois garçons ; malheureusement aujourd'hui sept d'entre eux ayant rejoint le paradis, nous ne sommes plus que trois, mon frère aîné, ma sœur cadette handicapée et moi-même. Notre père, propriétaire terrien plutôt aisé, cultivait ses terres, ce qui nous permettait de vivre convenablement. Quand la mousson était bonne, nous avions l'impression d'être riches, mais heureusement il y a toujours quand même eu assez pour tout le monde. Je suis le seul de cette fratrie à être devenu prêtre, mais à la génération suivante, un neveu et cinq nièces sont entrés dans la vie religieuse.

Combien de langues parlez-vous ?

Le khuruk ma langue maternelle, le sadri, l'hindi, le santali, un dialecte local, l'anglais, l'italien, pas mal l'allemand, et je me débrouille en latin.

4. Chainpur est également situé dans la province de Jharkhand.

Quelle est votre mission sur ce vaste continent ?

Puisque Dieu a voulu que je sois le premier cardinal aborigène, je suis d'abord leur « ambassadeur » et leur porte-parole. S'il y avait déjà des missionnaires autochtones, ceux-ci n'avaient jamais réussi à se faire entendre. Or moi je peux aujourd'hui m'exprimer au nom de ces tribus longtemps opprimées, qui commencent enfin à se sédentariser et même à faire des études. Mais ma mission ne se limite pas à ma tribu car je suis cardinal indien de l'Église universelle et également archevêque de Ranchi dans le nord-est de l'Inde. Ce qui signifie au quotidien m'occuper de mes fidèles, de mon diocèse et me plonger dans un travail d'évangélisation humainement passionnant, de catéchèse, de formation des prêtres… J'ai aussi été élu président de la Conférence épiscopale indienne de 2002 à 2008, l'une des plus grandes du monde après la brésilienne, l'américaine et l'italienne, car bien que notre Église représente seulement 1,2 % de la population indienne, elle est rayonnante. J'ai également un rôle au Saint-Siège comme membre de la Congrégation pour l'Évangélisation des peuples et du Conseil pontifical pour le Dialogue interreligieux, ce qui m'a conduit déjà quatre fois à Rome cette année. Enfin je prie beaucoup et d'abord pour la paix… En souvenir du pape Jean-Paul II qui disait : « Nous devons être des instruments de paix. »

Faites-vous du prosélytisme ?

C'est une accusation sans fondement car nous ne pratiquons aucun prosélytisme chrétien en Inde. Nous n'avons pas besoin de protéger notre religion. Notre foi ardente témoigne de notre engagement religieux tout autant que l'œuvre et la figure spirituelle de Mère Teresa, symbole du catholicisme indien. Si nous nous conduisions de la sorte, nous perdrions notre identité. Certaines sectes protestantes se sont en effet fourvoyées dans ce genre de processus ; pas nous, mais notre Église étant la plus connue, c'est elle qu'on accuse en permanence alors que ce sont les autres qui font du prosélytisme.

Quel est chez vous le problème des catholiques ?

Alors qu'en Occident l'on distingue très clairement le matériel et le spirituel, le corps et l'âme, chez les Asiatiques et les Indiens l'approche de la religion étant différente, il est primordial que l'État laïc tolère toutes les religions. C'est une question de respect des libertés individuelles. Et, en Inde, nous sommes malheureusement très loin d'y être arrivés, car les chrétiens font toujours l'objet d'intimidations et sont la cible d'assassinats. Je veux évoquer là l'angle socio-religieux dont l'illustration la plus douloureuse reste l'assassinat du mahatma Gandhi. S'il a, en effet, politiquement libéré l'Inde des Anglais, il reste encore beaucoup à faire sur le plan économique, social et culturel. D'ailleurs que prônait Gandhi sinon d'abord que les hindous et les musulmans sont frères… C'est pourquoi il était contre la création du Pakistan et les castes[5]. Système qui, sous l'impulsion du pandit Nehru, fut officiellement aboli par la première Constitution indienne de 1950, ce qui n'est pas si lointain…

Les chrétiens sont donc toujours persécutés ?

Oui, malheureusement… Nous souffrons toujours de terribles persécutions. Beaucoup de chrétiens ont été tués et d'innombrables maisons brûlées[6], des églises incendiées – dont une a notamment fait plusieurs morts en 2008. Comment surmonter ces intolérables souffrances dont le pays ne parvient pas à se sortir… À cause de cette violence inouïe, les hindous et les musulmans sont maintenant contents qu'il y ait à Ranchi un cardinal parlant leur langue. Seuls les fondamentalistes nous considèrent comme une réelle menace pour leur système car nous possédons des écoles, des hôpitaux, des dispensaires, des orphelinats, des maisons d'accueil pour soigner la lèpre, le sida… Comme je vous

5. Sous l'impulsion de Nehru, l'abolition des castes est entérinée par la première Constitution indienne de 1950. Chaque partie du corps du dieu Brahma conférait une fonction aux quatre castes : les brahmanes, sortis de la bouche du créateur (princes et enseignants), les kshatriyas, nés des bras du dieu (guerriers, princes et rois), les vaishyas, issus des cuisses, (commerçants, agriculteurs et artisans), les shudras, des pieds (serviteurs). La cinquième caste était constituée par les fameux « intouchables » ou « hors caste », nés non pas du corps de Brahma mais de la terre.
6. L'Orissa et le Jharkhand sont régulièrement le théâtre de violences antichrétiennes qui ont amené les évêques de l'Église catholique à élaborer un plan de coordination pour en terminer avec ces violences.

l'ai indiqué, nous ne représentons que 1,2 % de la population, mais nos services de santé sont cependant juste derrière ceux du gouvernement indien.

Que pensez-vous des jeunes ?

Je crois que dans bien des cas les jeunes d'aujourd'hui sont honnêtes, vrais, très authentiques. D'ailleurs, ils ne sont ni pour ni contre l'Église catholique et quand on va aux Journées mondiales de la jeunesse, que comme moi en juillet 2008, on observe à Sydney tous ces garçons et filles venus des quatre coins du monde qui, pour rejoindre l'Australie, se sont sacrifiés en passant des nuits entières dans le froid à prier, c'est plutôt encourageant. La situation de la jeunesse actuelle est à mes yeux comparable à un ordinateur. Si vous ne lui « donnez rien manger », comment pouvez-vous ensuite espérer qu'il digère et vous réponde ? Nous condamnons la jeunesse parce qu'elle nous déçoit mais n'est-elle pas le fruit de ce que nous lui avons inculqué ?

Y a-t-il encore une place pour le sacré ?

Sûrement car sans cette dimension le monde s'autodétruirait, il n'y aurait plus la vie mais uniquement la mort. L'existence est sacrée et Dieu nous a créés pour que, comme donneurs de vie, nous collaborions à la création. Nous sommes en train d'anéantir l'œuvre du Seigneur et de lui désobéir. Il a doté chaque mère d'un utérus pour que ce soit l'endroit le plus sûr de la nidation. Or les femmes qui se font avorter ne respectent plus ni le sacré ni la vie. Quant au matérialisme, il n'est pas mauvais en soi et devenir riche n'est point un péché, mais lorsque les biens matériels sont mal utilisés l'argent devient un danger. Naguère, en Occident, la richesse vous servait notamment à propager sur tous les continents l'Évangile et à répandre la Bonne Parole. Or depuis les choses ont beaucoup changé car ces biens matériels sont surtout très égoïstement et voluptueusement utilisés pour les plaisirs, les intérêts personnels et toujours moins pour son prochain. Grâce à Dieu, le XXe siècle nous a quand même donné des personnages aussi charismatiques et marquants que le pape Jean-Paul II et Mère Teresa…

Êtes-vous favorable au mariage des prêtres dans le sous-continent indien ?

Ah, sûrement pas ! Lorsque j'étais séminariste à Rome et que j'étudiais la théologie à l'Université pontificale urbanienne, on parlait déjà sans cesse en Europe du mariage des prêtres et moi je me disais : « Si je poursuis dans cette direction, je serai célibataire afin de me donner pleinement à Dieu. » Pourquoi devrait-on permettre à des prêtres de fonder une famille ? Quant à la question de la consécration d'hommes mariés, ils peuvent déjà devenir diacres… De toute manière, cela ne résoudrait sans doute pas pour autant le problème des vocations. Notre Église catholique du Jharkhand s'est étoffée et a maintenant dépassé l'Église luthérienne alors que les pasteurs peuvent se marier.

La culture est-elle, en Inde, un facteur de rapprochement entre les diverses Églises chrétiennes ?

L'Église n'a pas de culture propre, elle prend le meilleur de chaque culture. Elle ne peut donc pas, à elle seule, être à la base du rapprochement des chrétiens et c'est à partir des textes de l'Évangile que nous pouvons amorcer le dialogue.

Et Internet, la télévision ?

Bien sûr, pour communiquer, nous nous servons d'Internet et de la télévision néanmoins pour réussir à créer un impact véritable il faut savoir les utiliser opportunément. Et si les hindous fondamentalistes et les Sikhs ont les moyens d'avoir leur propre chaîne, ce n'est hélas pas encore notre cas !

L'Église doit-elle être riche ou pauvre ?

En Inde, l'Église catholique est l'Église des pauvres et 60 % des catholiques sont des Daliz et des Aborigènes, c'est-à-dire des réprouvés, qui se sont ensuite convertis au christianisme. Nos catholiques sont souvent des gens très modestes… Il y a rarement de grands capitalistes de religion catholique.

À ce propos, vous présidez la Société coopérative de crédit ?

C'est une coopérative locale originale et fort utile créée par un jésuite allemand, John Baptist Hoffman.

Typiquement germanique dans son fonctionnement, elle a été conçue pour venir financièrement en aide à la population. Cette forme de microcrédit conçue comme un outil économique sophistiqué, est destinée à améliorer le quotidien des populations démunies et les inciter à entreprendre.

Quelles sont vos responsabilités dans ce domaine ?

Lorsque nous faisons référence au monde, à la crise financière, nous mesurons bien qu'elle ne peut de nos jours être résolue par un seul pays. Tous les États, s'ils veulent arriver à s'en sortir, doivent coopérer et s'entraider. Il en est de même pour le tiers-monde. Ce problème est donc universel, car il n'y a pas un premier, un deuxième et un troisième monde baptisé *tiers-monde*, mais une humanité qui fait que nous vivons tous sur une même terre. Le tiers-monde n'a-t-il pas aidé et enrichi d'innombrables pays puisque les colonisateurs l'ont toujours largement exploité et en ont grandement profité ?...

Vous siégez au Conseil de surveillance de la Banque vaticane...

La Banque vaticane, si elle porte un titre qui impressionne et intrigue, n'est pas en réalité un établissement financier. Mais un réseau missionnaire, une coopérative qui regroupe les fonds de plusieurs congrégations et diocèses. De toute manière, le Saint-Siège ne devrait pas posséder d'établissement bancaire classique car dans l'esprit des gens, cela pourrait prêter à confusion et cette entité risquerait alors de perdre son caractère religieux. Il vaudrait donc mieux évoquer les Œuvres de la religion dévolues à la charité et à l'évangélisation des peuples.

Parlons politique. Devez-vous prendre part à la vie politique de l'Inde ?

J'essaie de le faire. Dans ma jeunesse, les catholiques n'étaient pas encouragés dans cette voie, mais aujourd'hui la politique s'est tellement transformée que, au même titre qu'on s'implique dans l'économie, il faut absolument participer et se défendre. Rien n'est plus de nos jours en dehors de la lumière de l'Église catholique.

Doit-on aussi redéfinir le rôle du successeur de Pierre ?

Ce n'est sûrement pas à moi de me prononcer là-dessus ! Bien qu'elle ait rencontré d'innombrables difficultés au Moyen Âge et au cours des siècles, l'Église qui nous a guidés depuis deux mille ans a aussi eu à sa tête des personnages magnifiques, comme le pape Jean-Paul II et beaucoup de papes récents. Quant à moi, j'ai eu la joie, le privilège de participer au dernier conclave. Cette assemblée de cardinaux qui n'existe qu'au sein de l'Église catholique m'a ému et impressionné, car contrairement aux élections américaines, il n'y a pas de manipulation ou d'élection à caractère politique… C'est une expérience unique, extraordinaire, nimbée d'un certain mystère. Pendant une semaine, après avoir prêté serment, nous nous sommes tous retrouvés pour parler de l'avenir de l'Église et établir des priorités pour le futur souverain pontife. Il y a eu ensuite cet inoubliable et si intense moment de l'élection où j'ai voté pour la seule personne que, d'après moi, Dieu voulait comme pasteur et dont le résultat s'est traduit selon la tradition par la fumée blanche montant vers le ciel.

Certains cardinaux sont-ils attirés par le poste suprême ?

Pour ma part, je n'ai rien ressenti de tel à cet instant-là. De toute manière, si l'un d'entre nous laissait transparaître ses desseins, il serait immédiatement repéré comme le mouton noir, le cardinal ambitieux !... C'est comme l'huile et l'eau, ça ne se mélange pas ! Cela se déroule d'une manière que je ne saurais vraiment décrire, dans une atmosphère poignante, je dirais même mystique.

Faut-il modifier l'âge de participation au conclave ?

Pourquoi pas ? Chaque pape peut apporter quelques changements ou réécrire certains passages de la Constitution, car ce n'est pas la loi de Dieu mais celle des hommes. De toute manière, même s'il ne peut pas voter après quatre-vingts ans, un cardinal qui ne participe pas au conclave peut encore être élu pape ! *[Il rit et attend ma réaction.]*

Les cardinaux sont-ils des personnages de pouvoir ?

Non, je ne les décrirai pas ainsi car ils sont plutôt humbles, me semble-t-il, puisque leur mission est de servir le peuple de Dieu avant tout. D'ailleurs, comme cardinal, j'ai en réalité plus d'autorité que de pouvoir. C'étaient les princes de l'Église des siècles passés, qui possédaient des palais et des royaumes, qui étaient puissants. Maintenant, nos royaumes sont spirituels et notre pouvoir est surtout moral. Certes, toute l'Inde m'accepte et me respecte en tant que cardinal archevêque de Ranchi, et puisqu'on parle souvent de moi dans la presse, j'ai le devoir d'être encore plus humble qu'auparavant !

Complicité ou compétition entre vous ?

Nous ne sommes pas des saints mais d'abord des êtres humains. Si parmi les douze apôtres il y a eu Judas qui a trahi son maître, nous avons aussi certainement des défauts…

Êtes-vous un cardinal serein ?

Bien sûr, même si en réalité je ne voulais être qu'un simple prêtre alors qu'ils m'ont fait évêque, archevêque, puis cardinal… Moi qui n'y avais jamais pensé, j'ai pris comme un heureux défi que le pape Jean-Paul II m'ait choisi, ce mémorable 21 octobre 2003, pour être l'un de ses collaborateurs. J'ai été stupéfait, me retrouvant à Rome au milieu de tous mes pairs, qu'ils m'étreignent comme leur frère alors que je ne les connaissais pas ! Dès cet instant, j'ai vraiment eu l'impression de faire partie de leur grande famille. Mais c'est surtout en Inde que j'ai été surpris car, depuis, tous les catholiques de ma terre natale veulent me rencontrer et quand ils passent un moment avec moi, ils pensent qu'ils ont déjà presque atteint le ciel !

Avec le cardinal Joseph Zen Ze-kiun, un fils du Ciel est entré au Vatican

Cet éminent cardinal est aujourd'hui un personnage clé de l'Église catholique. À la tête du plus grand diocèse de Chine, celui de Hong-Kong[1], Joseph Zen Ze-kiun n'hésite jamais à tenir tête au pouvoir de Pékin avec ses prises de position en faveur des droits de l'homme et des libertés religieuses. Chef spirituel de deux cent cinquante mille catholiques hongkongais, il passe pour les yeux et les oreilles du Vatican en Chine et les oreilles et les yeux de la Chine au Vatican. Ainsi ce militant de Dieu est-il un informateur privilégié de Benoît XVI qu'il éclaire sur son immense pays avec lequel le Saint-Siège espère à terme rétablir des relations diplomatiques. Il analyse et traduit pour la Secrétairerie d'État la fragile et ambiguë situation politique et religieuse de l'Église de Chine. Un cardinal menu à la démarche alerte, souriant mais violent dans ses propos quand il évoque le régime communiste.

1. Ville désormais chinoise depuis son retour dans le giron de la mère patrie en 1997 mais qui, en vertu des accords passés entre l'ancien colonisateur britannique et Pékin, bénéficie d'un statut à part sur le plan administratif.

Joseph Zen Ze-kiun est né à Shanghai en 1932. Il est élevé dans un milieu catholique aisé. Son père dirige une importante compagnie d'exploitation de thé mais le pays meurtri par le conflit sino-japonais et la guerre civile oblige les Zen à fuir Shanghai bombardée. La famille va donc survivre dans la région dans des conditions difficiles. Ce qui n'empêchera pas le très pieux père de Joseph d'emmener plusieurs fois par jour son fils à l'église et de l'envoyer dans une école tenue par les Pères salésiens. Le jeune garçon n'a que douze ans mais il a déjà décidé qu'il serait prêtre. En 1948, juste un an avant la prise de pouvoir par les communistes, ils émigrent à Hong-Kong. Une année plus tard, Joseph gagne Turin, en Italie, entre au séminaire des Salésiens où il poursuit ses études. Il est ordonné prêtre en 1961 avant d'obtenir un doctorat en philosophie à l'Université pontificale salésienne de Rome. Dès lors, sa carrière est toute tracée. De retour à Hong-Kong, après avoir été élu supérieur provincial des Salésiens, il est professeur au séminaire du Saint-Esprit et devient, en 1989 le premier membre du diocèse de Hong-Kong à aller enseigner dans les séminaires de Chine populaire. Jusqu'en 1996, il y passe six mois par an. Mais sa véhémence à l'égard de la Chine et sa lutte sans merci pour que tous les catholiques y communient un jour dans une seule et même église[2] le font finalement interdire dans l'empire du Milieu.

2. Église clandestine et Église officielle de Chine. Le rejet officiel de l'autorité du pape par les autorités gouvernementales a entraîné l'existence

D'aucuns à la Secrétairerie d'État du Vatican le trouvent trop virulent, impatient et fort peu diplomate. Pour eux, la Chine est encore loin, même si c'est pour le souverain pontife un défi de taille car ce pape aimerait faire un pas en avant là où son prédécesseur a échoué. Le pays d'un milliard trois cents trente millions deux cent quatre-vingt-dix-sept mille habitants dont certains cardinaux romains ont encore tendance à imaginer que leur Église catholique est ornée de dragons et de statues au flanc des autels et feignent d'ignorer que les Chinois séparent leur foi de leur culture…

Le réaliste Zen Ze-kiun, soixante-dix-sept ans, que perfidement certains collègues peu charitables ont surnommé l'« Ombre chinoise », craint parfois que le Saint-Siège soit un jour tenté d'oublier l'Église souterraine et clandestine sur l'autel de la réconciliation entre Rome et Pékin. Heureusement, le cardinal secrétaire d'État Tartisio Bertone, salésien comme lui, son plus ardent défenseur, n'oublie jamais que les catholiques chinois représentent quand même douze millions de fidèles ! Et le cardinal de conclure, en fronçant les sourcils, que « ceux qui prétendent qu'un prêtre doit s'en tenir à la prière n'ont rien compris à notre religion ».

---

de deux communautés catholiques. Celle clandestine et souterraine qui refuse de se soumettre au contrôle et aux exigences de l'Association patriotique des catholiques chargée d'assurer le respect de la ligne politique officielle à l'intérieur de l'Église et celle officielle, dont les évêques sont nommés par Pékin. Ainsi, les membres des communautés catholiques « clandestines », taxées de « sectes hérétiques », sont persécutés de même que tous les cultes qui ne sont pas reconnus par le parti communiste chinois.

Le cardinal Joseph Zen Ze-Kiun

Éminence, vous êtes depuis le 24 mars 2006 le sixième cardinal de l'histoire de la Chine. Qu'avez-vous ressenti ce jour-là ?

Une joie immense, car je ne m'y attendais pas du tout, j'ai pensé aux fidèles de Chine continentale qui, même à travers leurs souffrances, continuent à croire en Dieu. J'ai interprété cette création cardinalice comme une preuve du profond intérêt de Sa Sainteté le pape Benoît XVI pour mon pays et y ai vu un acte de bienveillance envers tous ses habitants.

Combien la Chine compte-t-elle de catholiques ?

Personne n'a de chiffres précis. Le gouvernement évoque quelque cinq millions de fidèles, soit un peu moins de 1 % de la population totale de la Chine… et nous pensons qu'en réalité ils sont au moins le double ! Quant au diocèse de Hong-Kong, avec une minorité de trois cent cinquante mille catholiques sur sept millions d'habitants, il est cependant aussi influent qu'actif, car à travers nos écoles et nos organismes sociaux, nous touchons en fait une grande partie de la population locale.

Vous avez une réelle notoriété au sein du Sacré Collège...

N'exagérons rien ! Je crois qu'en tant que cardinal chinois je suis d'une aide précieuse pour le pape : il sait qu'il peut s'appuyer sur moi pour avoir des informations, des suggestions, des conseils sur l'Église de Chine, car j'ai, bien sûr, une vision générale de sa fragile situation politique et religieuse, doublée d'une certaine expérience ! Je suis en quelque sorte les yeux et les oreilles de la Chine au Vatican !

Vous connaissez par ailleurs d'innombrables langues...

Je parle le mandarin, le shanghaiais, le cantonais, l'italien, l'anglais, et bien sûr le latin. J'ai aussi quelques notions de français, ce qui me situe, me semble-t-il, dans la moyenne haute des cardinaux polyglottes !

Vous étiez donc le prélat providentiel pour occuper cette digne fonction...

C'est vous qui le dites ! Il est certain que mes longues années d'enseignement de la philosophie et de la théologie, six mois par an dans les séminaires de l'Église officielle[1], m'ont immergé dans la Chine profonde, que ce soit à Xi'an, Wuhan et à Pékin[2], Shanghai, Shejuzhuang, Shinyang, où j'ai eu l'occasion de nouer

1. De 1989 à 1996.
2. Pékin (onze millions deux cent quarante mille habitants, deuxième ville du pays après Shanghai), Wuhan (quatre millions six cent mille), Xi'an (quatre millions six cent quarante mille).

beaucoup de relations. Prêtre salésien, consacré évêque coadjuteur de Hong-Kong voici treize ans, le 9 décembre 1996, j'ai continué à garder des contacts étroits dans le reste du pays, notamment à travers les China Watchers, ces observateurs avisés de la Chine. Ainsi suis-je devenu une sorte de messager et de conseiller entre l'Église, le Saint-Siège et la Chine puisqu'il y a chez nous une Église catholique et officielle contrôlée par l'État, et une Église souterraine, dans la clandestinité. Les évêques de la première ont accepté le compromis d'être ordonnés illégalement pour demander ensuite au Saint-Père de régulariser leur nomination. Quant à la plupart des prêtres de l'Église clandestine, ils n'ont généralement pas d'église et célèbrent le plus souvent discrètement la messe chez eux, d'autant que de nombreuses églises et chapelles ont été transformées en usines, en restaurants pendant la Révolution culturelle. Mais vu le nombre de fidèles qui se rendent à leurs offices, le gouvernement ne peut l'ignorer ! Il ne s'agit donc plus tout à fait de clandestinité, toutefois ces Chinois fervents et pratiquants, qui vivent leur foi en silence, dangereusement (le clergé tout comme les laïcs), peuvent être arrêtés à tout moment puisqu'ils ne sont pas reconnus officiellement par le gouvernement.

On vous reproche parfois d'être trop politique…

C'est mal connaître la doctrine de l'Église ; la mission des évêques est de s'immerger dans la société et d'agir pour le bien du prochain. Le pape sait ce que je pense, c'est pourquoi il m'a créé cardinal... Ici, la démocratie présente un visage bien différent qu'en Europe.

À ce propos, que pensez-vous du dalaï-lama ?

Sa Sainteté Tensin Gyatso, qui avait tenu la main du pape Jean-Paul II lors de la Rencontre internationale pour la paix à Assise, le 27 octobre 1986, est un personnage pacifiste et serein pour lequel j'ai beaucoup d'estime. Je trouve désolant que le gouvernement chinois refuse de dialoguer avec lui. Malheureusement, en exil depuis fort longtemps[3], le dalaï-lama a sans doute maintenant du mal à analyser exactement ce qui se passe au Tibet et à maîtriser l'impatience grandissante et la frustration notoire de la jeunesse tibétaine en mal de liberté.

Vous avez donc été nommé évêque coadjuteur de Hong-Kong par Rome...

Par Sa Sainteté le pape Jean-Paul II, le 13 septembre 1996 et, ce jour-là, le régime chinois n'a pas eu à donner son avis ! Des membres du gouvernement sont ensuite venus à ma réception, ce qui ne signifiait pas néanmoins qu'ils approuvaient cette nomination, mais démontrait qu'ils tenaient quand même à entretenir des relations cordiales avec moi. Lorsque, dix années plus tard, j'ai été créé cardinal, aucune personnalité officielle n'a alors fait

3. Tensin Gyatso, quatorzième dalaï-lama, est exilé à Dharamsala, en Inde, depuis 1959.

le déplacement depuis Pékin, afin de bien marquer leur hostilité…

Que répondez-vous à ceux qui vous accusent parfois d'un double jeu avec les deux Églises chinoises ?

Ne voyez pas les choses sous cet angle, car malgré certaines apparences trompeuses, le système politique n'a guère évolué puisqu'il n'existe toujours qu'une Église. Raison pour laquelle le Vatican doit être extrêmement attentif à la complexité des relations entre l'Église officielle et celle clandestine, laquelle, dans le passé, a souffert le martyre, les vexations, les arrestations et les tortures sans jamais renier sa fidélité au pape, son chef spirituel. Elle est confrontée à l'Église officielle et patriotique, compromise avec le parti communiste et qui a apparemment renié sa fidélité au Saint-Père, car, je le répète, un seul parti détient toujours le pouvoir et contrôle les libertés des citoyens. Il surveille scrupuleusement tout ce qui se passe au sein de l'Église officielle et tente, de plus, d'imposer ses convictions ! Le gouvernement de Pékin a les moyens de tout contrôler puisqu'il gère une immense organisation politique, depuis longtemps très entraînée et avec un lourd passé. Ils ont tué et joué l'intimidation par la terreur, ce qui a terriblement marqué les vieilles générations, même si, de nos jours, les jeunes sont moins inquiets car ils sont mieux protégés, semble-t-il, grâce aux puissants moyens internationaux de communication actuels… Une dure réalité qui, malgré tout, ne pourra jamais empêcher que, courageusement, la foi continue de se manifester sur cet immense territoire où, même après quelque soixante années si rudes, bon nombre de Chinois ont miraculeusement gardé l'espérance. D'ailleurs, lorsque j'enseignais dans les séminaires, j'étais très rassuré de constater qu'il y avait, à l'époque, toujours beaucoup de vocations...

Et maintenant ?

Nous avons à Hong-Kong des missionnaires, des vocations dans les congrégations traditionnelles, particulièrement celles de vie contemplative*, mais aussi dans ces nouvelles communautés, lesquelles sont aujourd'hui, j'en remercie le Seigneur, une réelle grâce pour nous. Des mouvements religieux qui exigent beaucoup de rigueur et une observation stricte de la doctrine catholique, impliquant de multiples sacrifices et un enthousiasme profond, dont la force et le courage résident dans l'authenticité avec laquelle ils vivent l'Évangile. Aussi sont-ils très bien acceptés par les évêques locaux et l'ensemble du clergé.

Êtes-vous optimiste pour l'avenir ?

Même si le bouddhisme et le taoïsme sont ici plus populaires que le catholicisme[4], le Saint-Siège est heureusement présent en Asie à travers son clergé et ses

4. La Chine, selon les derniers chiffres, compte quatre millions de catholiques et dix millions de protestants. Les agnostiques représentent 50,3 %, les pratiquants de la religion traditionnelle chinoise 28,5 %, les bouddhistes 8,4 %.

nonciatures, au Japon, en Corée et en Thaïlande. Des signes positifs, encourageants, qui nous font espérer arriver dans l'avenir à une normalisation de l'Église et des libertés religieuses. Quant au rôle du prêtre, ce n'est pas en effet uniquement de célébrer la messe, mais également de propager la foi et la parole de Dieu à travers l'Évangile et d'inciter les croyants à défendre les droits de l'homme et la justice sociale. Une tâche difficile dans cet immense pays, où le gouvernement détient un pouvoir absolu. Comment espérer, par exemple, que l'Église catholique puisse entraîner les Chinois à avoir plusieurs enfants, alors que même à Hong-Kong, où le niveau de vie par citoyen est plutôt satisfaisant, on pratique aussi la politique de l'enfant unique ? Ajoutez à l'égoïsme naturel la forte aspiration à jouir de l'existence, et vous comprendrez pourquoi les chiffres de la natalité sont inquiétants. Nous avons beau prêcher que la religion guide nos existences et qu'avoir des enfants est une grâce de Dieu, nos prières sont jusqu'à présent toujours restées vaines !

Plus de confort matériel entraîne-t-il forcément moins de foi ?

Pas nécessairement. Faisant suite à des années de conditions de vie opprimantes, de marxisme et de pressions psychologiques ayant conduit à l'athéisme, une proportion notable de la population semblerait maintenant aspirer à un autre discours, à une autre idéologie. Le peuple ressent aussi un certain vide qui, avec l'ouverture économique et la sécularisation en partie importées d'Occident, pourrait entraîner une vague d'évangélisation au sein de l'empire du Milieu.

C'est-à-dire un regain d'intérêt pour la religion ?

Plus qu'un retour à celle-ci, sur lequel je n'ai point d'indices précis, je crois à une forme d'approche culturelle de la religion, à une aspiration spirituelle, même si nombre de Chinois, notamment dans les nouvelles mégalopoles, ont tendance à privilégier avant tout les valeurs matérielles. Et bien que les avancées de la science soient le fruit des grandes découvertes scientifiques, la religion n'est plus totalement absente de leur vie.

La richesse apparente du Vatican en impose-t-il aux Chinois ?

La pompe, les ors, l'aspect traditionnel et solennel du cérémonial de Rome plaisent à un peuple en réalité plutôt conservateur et flatte aussi les gens issus de milieux simples. En ce qui me concerne, je les accepte sans enthousiasme excessif. Je reconnais qu'il faut sûrement un certain apparat, mais je ne saurais dire où se trouve la juste mesure. En revanche, je peux déjà vous annoncer que si un jour je suis élu pape, je supprimerai la calotte, car je ne sais jamais comment la caler sur ma tête ! *[Il rit.]*

Les cardinaux ont-ils, à vos yeux, un réel pouvoir ?

Certes, l'habit pourpre se remarque et en impose, mais je n'ai pas, pour ma part, remarqué de grande différence de pouvoir ni d'influence depuis que je suis devenu cardinal ! En réalité, le pouvoir, il ne faut pas s'y méprendre, est celui de la Curie romaine puisqu'elle « gouverne ». Les ministres du pape à la tête des divers dicastères et des congrégations qui, travaillant en collaboration avec le souverain pontife et prenant à ses côtés les décisions, eux sont vraiment puissants... Tout le Saint-Siège est en quelque sorte une cour, où certains essaient de se placer ou de se faire bien voir du Saint-Père, d'autres encore conjuguent les deux... Même si cette atmosphère, ô combien latine, qui entourait encore les papes jusqu'à l'avènement de Karol Wojtyla, a pratiquement disparu. Il n'y a plus cette ambiance, si italienne, un brin florentine, jadis décrite dans la littérature... Le Vatican est désormais un État où l'on passe avec souveraineté et sans état d'âme de l'Italie à la Pologne et à l'Allemagne...

Existe-t-il des cardinaux qui ambitionnent le poste suprême ?

[Le regard vif, il ne peut s'empêcher de rire de bon cœur.] Vous voulez dire plus concrètement « qui rêvent de devenir pape » ? Ce n'est pas une attitude très chrétienne, mais je serais encore plus hypocrite si je vous répondais que l'ambition n'existe pas ! Il est normal et

humain que certains princes de l'Église y songent fortement, mais ne me demandez pas lesquels, car les voies du Seigneur sont naturellement impénétrables, surtout pour un Chinois…

Quelle est votre histoire ?

Je suis né en 1932, à Shanghai, célèbre et historique plate-forme des missionnaires catholiques en Chine, dans une famille catholique aisée de dix enfants. Mon père venait du Zhejiang, la province voisine. Issus de la bonne bourgeoisie locale, nous avions du personnel, une gouvernante pour s'occuper de nous, et habitions dans une vaste maison. Mon père, dans les affaires, avait une belle situation, lorsque, en 1937, avec l'occupation japonaise, nous avons tout perdu. Il est ensuite tombé gravement malade et nous nous sommes retrouvés dans un total dénuement. La moitié seulement des enfants a survécu ; les conditions d'hygiène laissaient à l'époque à désirer et nous étions devenus tellement pauvres que ma mère n'arrivait plus à nourrir les petits. Nous ne mangions que de l'eau et du riz. Quant à mon père, très pieux, il souhaitait déjà lorsque j'étais tout jeune que je devienne prêtre et m'emmenait quotidiennement à l'église. Ainsi suis-je entré très tôt dans une école réputée des Pères salésiens, où l'enseignement était gratuit. C'est là qu'est née ma vocation, chez ces prêtres admirables qui, pendant la guerre, poursuivaient leur enseignement (comme d'ailleurs d'autres congrégations religieuses). J'ai ensuite rejoint en 1948 leur séminaire de Hong-Kong. De longues années durant, après l'arrivée des communistes, je n'ai pu retourner dans ma famille, car aux yeux de la police politique chinoise j'étais aux mains des puissances capitalistes étrangères. Toutefois les miens étaient contents que je sois à l'extérieur du pays afin de pouvoir suivre ma vocation. Après mes études supérieures, j'ai passé un doctorat de philosophie chez les Salésiens de Turin cette fois, où j'ai été ordonné prêtre en 1961, et ne suis revenu à Hong-Kong que trois années plus tard.

Prenez-vous des vacances ?

Notre diocèse est fort large puisqu'il laisse les prêtres prendre trois semaines de vacances par an et trois mois tous les cinq ans. Mais je n'ai pour ma part jamais pu profiter de ces généreuses libéralités car j'ai de multiples responsabilités dont il m'est presque impossible de me libérer longtemps. Je réussis quand même chaque année à m'octroyer deux vraies semaines de repos.

On dit que Marco Polo a rapporté les pâtes de Chine… Mangez-vous chinois ou italien ?

Notre cuisinière prépare les repas pour les évêques et le personnel qui travaille à mes côtés[5], une cuisine internationale donc à la fois chinoise et occidentale. Suivant notre tradition chinoise, nous mangeons une soupe et quatre plats mais ici notre cuisine est la moins grasse

5. Une douzaine de personnes.

possible car il faut penser aux personnes âgées ayant parfois tendance à grossir… ce qui n'est pas bon pour la santé !

Revenons à votre diocèse… Disposez-vous de moyens financiers importants ?

Si l'on s'en tient au patrimoine immobilier du diocèse de Hong-Kong, vu de l'extérieur, on peut nous croire riches. Or nous avons beaucoup de charges, car notre Église isolée, qui n'appartient à aucune conférence épiscopale doit, de ce fait, tout financer elle-même. C'est-à-dire un centre catholique avec beaucoup de bureaux, de nombreuses commissions, dont celles importantes de la catéchèse, de la liturgie, de l'éducation, et gérer de multiples autres entités entraînant un nombreux personnel. Heureusement, nos fidèles sont généreux et grâce à leurs dons conséquents, dépensant parfois jusqu'à leur dernier yuan, nous réussissons à entretenir nos églises et le reste… remerciant le Seigneur qu'il en soit ainsi ! Auparavant, le Vatican nous envoyait de l'argent et les Allemands – une Église prospère – nous aidaient à bâtir nos églises, mais maintenant nous sommes parfaitement autonomes. Quant à moi, je ne perçois bien sûr aucun salaire mais je reçois une enveloppe du diocèse qui me suffit pour subvenir à mes besoins. J'ai, de plus, renoncé à la voiture et quand je voyage, là encore, je m'en remets providentiellement aux dons des fidèles… très généreux puisque, grâce à eux, j'ai pu récemment aller six fois à Rome.

Quel est le statut de votre Église ?

L'Église catholique de Hong-Kong, qui cohabite avec les protestants, est juridiquement indépendante de celle de Chine, qui, d'ailleurs, lorsqu'elle organise une conférence épiscopale locale, ne nous invite jamais... Une réunion que, de toute manière, le Saint-Siège ne reconnaît pas officiellement comme une conférence nationale, puisque certains évêques de l'Église clandestine n'en font pas partie. Ce n'est qu'une conférence sur le papier, un événement virtuel, organisé par l'Association patriotique[6].

Vous êtes cependant tous des prêtres chinois ?

Bien que membres de l'Église clandestine et de l'Église officielle, donc juridiquement divisés mais tous fils de Dieu, nous restons sur le plan affectif des frères. Par ailleurs, la diaspora chinoise n'oublie jamais ses origines ; ma foi est née à Shanghai, d'où je viens, même si je suis maintenant à Hong-Kong. La ville compte trois cents prêtres missionnaires et aussi des jésuites, dominicains, franciscains, salésiens, sans oublier les six cents très dévouées religieuses, issues pour la plupart de congrégations internationales, sans oublier l'ordre local des Sœurs du Précieux Sang de Jésus et bien sûr les sœurs de Chine continentale, installées chez nous. Nous cohabitons en

6. L'Association patriotique des catholiques est chargée de faire le lien avec les organismes gouvernementaux et d'assurer le respect de la ligne politique officielle à l'intérieur de l'Église.

outre avec les anglicans dont nous sommes très proches, les luthériens, les méthodistes, les bouddhistes, les taoïstes, les musulmans et les confucianistes[7].

Imaginez-vous que le pape puisse un jour se rendre dans votre pays ?

C'est encore un peu prématuré ! Quelques cardinaux sont venus en Chine avec enthousiasme et on a sur place tenté de les manipuler. Je ne pense pas qu'il faille, pour l'instant, encourager Sa Sainteté Benoît XVI à effectuer un déplacement si lointain.

Étiez-vous le cardinal in pectore *de Jean-Paul II ?*

Sincèrement, je ne pense pas avoir été celui dont le Saint-Père gardait secrète la nomination dans le silence de son cœur. Cela n'aurait pas eu de sens car ma création cardinalice ne posait pas de problème particulier. Je crois qu'il s'agissait plutôt de l'évêque Anthony Li Du'an, décédé en 2006, et qui exerçait son ministère dans la ville de Xi'an. C'était un homme courageux qui méritait vraiment la barrette et la robe pourpre !

---

7. Ce sont les six principales religions, parmi lesquelles aucune n'émerge vraiment. Elles font l'objet d'échanges sur l'éthique, la culture traditionnelle et quelques autres sujets…

VI

LE CONFIDENT DE JEAN-PAUL II

Stanislaw Dziwisz : dix mille jours aux côtés de Jean-Paul II décrits dans son journal quotidien et secret

Celui qu'au Vatican on appelle « Don Stanislaw », tant son nom de famille est imprononçable pour les Italiens, pourrait se définir ainsi : cardinal archevêque de Cracovie à plein temps, et gardien de la mémoire de Jean-Paul II vingt-quatre heures sur vingt-quatre ! Mais plus humblement, Stanislaw Dziwisz préfère rappeler qu'il occupe désormais l'ancien siège de son maître Karol Wojtyla. Une proximité quasi filiale qui fit de ce personnage diplomate et subtil, mais aussi très bon, l'éminence grise la plus courtisée de la terre pendant près d'un quart de siècle. Le digne et prudent prélat dont la mémoire infaillible en inquiéta plus d'un à Rome, qui s'exprimait souvent en langage codé avec le Saint-Père, est maintenant devenu aussi un coscénariste à succès. Fort du succès de son premier livre, *Une vie avec Karol,* publié[1] en 2006 et vendu à un million d'exemplaires en Pologne, traduit en douze langues, le plus proche collaborateur du défunt pape s'est lancé

1. En France en 2007, aux éditions du Seuil/Desclée de Brouwer.

avec le journaliste Gian-Franco Svidercoschi dans un scénario retraçant les quarante dernières années de Karol Wojtyla. Dont ce jour pour lui inoubliable où sur les pistes enneigées des monts Tatras entre deux slaloms Wojtyla l'invita à le suivre. Un film de deux heures que le cardinal polonais a présenté en personne à Benoît XVI. Ce qui n'a pas manqué d'irriter certains de ses collègues, déjà agacés que l'un des personnages en réalité les plus connus du Vatican soit d'abord nommé archevêque le 3 juin 2005 puis neuf mois plus tard, créé cardinal.

Un événement en effet exceptionnel et unique dans les annales de l'histoire de l'Église moderne que l'ancien secrétaire particulier d'un pape soit élevé à la dignité cardinalice ! Mais cela était expressément stipulé dans le testament privé du pape polonais, soupire-t-on *mezza voce* au Saint-Siège. Un geste providentiel car Jean-Paul II voulait éviter à son vulnérable confident qu'on le charge, après sa disparition, d'une ingrate et obscure fonction dans un coin perdu du globe… Mais aussi une manière élégante pour l'actuel souverain pontife de mettre une raisonnable distance entre sa personne et celui qui sait tout sur le Vatican, pour avoir assisté à chacun des entretiens privés du Saint-Père, avoir rencontré entre 1978 et 2005 les personnages les plus emblématiques de la planète, de la reine d'Angleterre à Ronald Reagan ou Fidel Castro…

Même si les premiers mois il sombra dans la nostalgie, revenir au cœur de la mère patrie fut finalement une chance pour le scrupuleux exécuteur testamentaire de Jean-Paul II et vice-président de sa fondation. Heureusement, l'énergique et aujourd'hui rondouillard ancien champion de ski universitaire se reprit rapidement, profondément ému que la majorité des Polonais voient en lui l'image de feu leur pape bien-aimé.

À peine nommé archevêque, le haut prélat s'est rapidement révélé avoir du caractère, il a d'abord avoué n'avoir brûlé aucun papier et manuscrit de « Karol Wojtyla ». Des documents qu'il considère comme une « richesse historique pour la postérité ». Il a ensuite demandé en septembre 2007 la démission du directeur de Radio Maryja, média à ses yeux intégriste et antisémite. Il s'est bien sûr aussi impliqué avec passion dans l'instruction du procès en béatification de Jean-Paul II… En réalité, avec son air posé, presque effacé, l'homme au regard vif a des nerfs d'acier. On se souvient notamment avec quelle maîtrise il guida, quelques secondes après l'attentat place Saint-Pierre, l'ambulance qui, le 13 mai 1981, transportait Jean-Paul II en bravant tous les sens interdits, pour gagner les précieuses minutes qui sauvèrent le Saint-Père…

Cinquième d'une famille de sept enfants, il a toujours su faire front devant les difficultés. Stanislaw a à peine sept ans quand son père employé des chemins de fer, meurt brutalement, renversé par un train. Sa mère, très pieuse et sans moyens aidée par la paroisse, élèvera seule sa nombreuse famille. C'est au lycée de Nowy Targ que le petit montagnard est frappé par la Grâce. Il entre dès dix-huit ans au séminaire à Cracovie. C'est là qu'il rencontre le père Wojtyla qui y enseigne la théologie morale. Ce dernier remarque cet élève doué et volontaire, qui obtient par la suite brillamment son doctorat en théologie à l'Université pontificale de Rome en présentant une thèse sur « le culte de saint Stanislas ». Il devient dès 1962 le secrétaire particulier du nouvel archevêque de Cracovie. Son destin est désormais scellé puisqu'il le suivra des bords de la Vistule jusque sur les rives du Tibre. C'est cette fidélité inébranlable qui lui vaut bien sûr ce retour au pays auréolé de gloire. D'être devenu aussi une icône vivante.

À soixante-dix ans, Le cardinal vit maintenant dans le majestueux archevêché de Cracovie, l'ancien palais des Altesses Sérénissimes les princes Sanguszko qui l'ont donné au clergé en 1978. C'est dans l'harmonieuse cour intérieure plus italienne que slave de la demeure princière, que le cardinal organise des expositions de photos sur son cher pape. Une admiration qui, dès le 16 octobre 1978, l'a poussé à tenir un journal au quotidien. Résultat final ? Vingt-sept volumes secrets dissimulés dans son tiroir que, selon les règles strictes du Vatican, il n'aurait jamais eu le droit d'emporter dans ses bagages, si, à l'époque du décès du 264e successeur de Pierre, il avait été cardinal… Un inestimable trésor politique et religieux, des mémoires qui font rêver les éditeurs du monde entier mais Stanislaw Dziwisz contrairement à l'ancien porte-parole du Saint-Siège Joaquin Navarro Vals, qui vient de publier ses Mémoires, préfère quant à lui rester prudent en avouant de façon très habile que sa lourde charge pastorale lui interdit pour l'instant de se lancer dans ce travail colossal. Il lui est en effet pour l'heure plus facile de continuer d'organiser des expositions sur Jean-Paul II. Celle qui à ce moment a lieu sous ses fenêtres, place Franciszkariska où a été installée une grande tente permet aux pieux touristes et aux habitants de Cracovie d'admirer une série de clichés inédits de Karol Wojtyla pris entre 1952 et 1954. De son bureau, l'archevêque ne peut, d'ailleurs, s'empêcher de jeter des regards furtifs vers la place... Réflexe inné pour un prélat issu de l'Église du Silence, et de ce fait forcément méfiant, qui a appris aux côtés de Jean-Paul II à tout contrôler... même une exposition de photos dont les Cracoviens disent fièrement : « Désormais nous avons trois célébrités : l'astronome Nicolas Copernic, le pape Karol Wojtyla et le cardinal métropolite Stanislaw Dziwisz ! »

Le cardinal Stanislaw Dziwisz

Cardinal « auréolé », puisque vous symbolisez aux yeux du monde un quart de siècle de pontificat de Jean-Paul II, comment le vivez-vous ?

C'est une question complexe à laquelle il est difficile de répondre ! Je suis en effet conscient que j'occupe un siège cardinalice prestigieux, celui de mon prédécesseur Stanislaw Szczepanowski, évêque et martyr sanctifié, qui a aussi été celui du pape Jean-Paul II[1]. J'ai donc providentiellement le bonheur que l'amour, l'émotion, la sympathie extrême que suscitait Sa Sainteté soient d'une certaine façon en partie reportés sur moi. Ayant hérité de cette charge dans un archevêché historique, comme tous les évêques je m'y consacre entièrement en n'oubliant jamais que je suis avant tout un pasteur à la tête d'un très vaste diocèse d'un million six cent mille âmes. Ce qui implique d'être particulièrement exigeant avec moi-même, en ayant la chance d'être secondé par quatre évêques auxiliaires fort dévoués. Aidé aussi au quotidien par les cinq religieuses polonaises qui étaient

1. Karol Wojtyla a été nommé archevêque de Cracovie en 1964, créé cardinal en 1967 il est resté à Cracovie jusqu'à son élection au poste suprême le 16 octobre 1978 qui a fait de lui le 264e pape.

auprès de Jean-Paul II, les sœurs Tobiana, Fernanda, Germana, Eufrosyna et Matylda, maintenant avec moi à la Curie métropolitaine de Cracovie. Ici, tout le monde collabore car il y a d'innombrables paroisses à visiter et un important rôle social à jouer. Je m'y consacre pleinement sauf lorsque je réussis à trouver quelques moments pour skier dans les monts Tatras et encore rarement plusieurs jours d'affilée ! Ma mission exige d'être à la hauteur des attentes des fidèles, mais je l'avoue c'est plus stimulant de vivre sereinement lorsqu'on se sent apprécié et aimé, ce que je peux régulièrement constater avec beaucoup de joie à Cracovie et aussi lorsque je retourne à Rome.

Parlez-moi de vous…

Je viens d'un milieu très simple ; nous étions sept enfants. Mon père cheminot est mort lorsque j'étais petit. Notre frère aîné est décédé, mais j'ai encore mes deux sœurs et trois frères.

Allez-vous vous écrire vos Mémoires ?

Dès que je suis arrivé au Vatican pour assister le pape en octobre 1978, j'ai commencé à écrire, non pas des Mémoires, mais mon journal au quotidien, soit une page par jour qui ont fini par donner… vingt-sept volumes ! Des documents qui me sont devenus aujourd'hui extrêmement précieux car, dès que j'ai un doute sur le moindre sujet, je consulte immédiatement mes archives personnelles. Comme vous pouvez l'imaginer, les éditeurs me sollicitent sans cesse, mais ce serait déjà un travail colossal, qui exigerait une très grande concentration et surtout énormément de temps, de reprendre tous mes écrits pour en faire une première sélection ! C'est donc pour l'heure impensable en raison de mes responsabilités pastorales. Le seul motif qui pourrait m'inciter à m'atteler un jour à ce travail quasiment d'historien serait l'idée de faire partager aux croyants ces moments extraordinaires avec le Saint-Père afin de prolonger sa mémoire, de décrire sa foi de chaque instant...

Comment se manifeste l'enthousiasme des Polonais à votre égard ?

Les croyants sont si bouleversés de me rencontrer qu'ils veulent m'approcher, me toucher, me serrer la main, me faire raconter mes souvenirs avec Jean-Paul II... Ils me demandent de prier pour eux, de les soutenir, d'implorer notre défunt pape dans mes prières. En effet, ils pensent que ces longues années d'étroite proximité avec Sa Sainteté fait qu'il m'écoute encore et que, puisque je suis à leurs yeux en quelque sorte son « ambassadeur sur terre », sa prière, pensent-ils, continue d'avoir la même force que de son vivant.

Quand Karol Wojtyla va-t-il être béatifié ?

Le procès suit son cours à son rythme, selon les règles du droit canon et des textes émanant de la Congrégation pour la Cause des saints. D'ailleurs pour moi que le pape soit canonisé ou béatifié bientôt ou un peu plus tard n'est pas l'essentiel ; ce qui compte est l'analyse minutieuse de chaque étape de son existence et de vraiment se plonger sur son extraordinaire héritage moral. Ces temps d'enquêtes incompressibles, de réflexion, permettent en réalité de mieux découvrir le pape Jean-Paul II, sous un jour différent et de méditer sur son œuvre.

Suivez-vous cette procédure ?

Avec discrétion, car ni le diocèse de Cracovie ni moi-même ne souhaitons nous imposer ou interférer dans cette mécanique longue et délicate. Nous sommes cependant contents de savoir qu'à Rome le dossier avance sans obstacles particuliers. En attendant, nous formons des vœux pour que Sa Sainteté Benoît XVI se prononce favorablement, puisque c'est lui, en dernier ressort, qui décide !

Jean-Paul II a-t-il entraîné dans son sillage un élan de vocations ?

Dans chaque pays où se rendait Sa Sainteté, on pouvait constater ensuite plus de spiritualité, de religiosité, mais aussi de nouvelles vocations et d'abord en Pologne, bien sûr ! Cette année, à Cracovie par exemple, nous avons dix vocations sacerdotales de plus que l'année dernière et en juin 2009 il y a eu ici treize ordinations sacerdotales.

Notre pays détient en effet le record des séminaristes en Europe[2], mais il ne faut guère s'arrêter en chemin ! C'est pourquoi, dans mon diocèse, je continue sans relâche mes visites pastorales, canoniques, je donne la communion, je confirme et m'investis dans les programmes d'instruction religieuse, les questions culturelles. À Cracovie, par exemple, j'ai en ce moment organisé une exposition de photos inédites de Karol Wojtyla dans les années 1950... Il y en a aussi une autre dans la cour intérieure de l'archevêché. Si dans les grandes villes, nous n'avons plus que 55 % de la population qui vont à la messe dominicale et communient généralement, dans les zones rurales, elle atteint encore 80 %. Heureusement il y a toujours dans la plupart des écoles une forte participation des jeunes au catéchisme, un enseignement souvent dispensé par les prêtres. L'ignorance, le manque de connaissances dans ce domaine est ce qui me fait le plus peur, raison pour laquelle je tiens tant aux belles catéchèses de deux heures par semaine. Je crois que là réside la force de l'Église polonaise avec encore 90 % d'écoles catholiques puisque le peuple entier est catholique. Ainsi ai-je fort à faire avec les églises de notre diocèse, dont je vais voir régulièrement les enseignants et les élèves car maintenant cela ne pose plus aucun problème que l'évêque aille ouvertement leur rendre visite.

2. Sur une population de trente-huit millions cinq cent mille habitants, le pays compte trente-sept millions cent quarante-huit mille trois cent soixante chrétiens et trente-six millions six cent soixante mille baptisés. (Chiffres communiqués par AED.)

Votre Église subit-elle la « concurrence » des nouvelles religions ?

Je n'emploierais pas encore ce mot-là chez nous. Il me semble en revanche que la jeunesse polonaise soit souvent attirée par ces nouveaux mouvements charismatiques qui connaissent déjà un succès grandissant en Amérique latine et au Brésil, en particulier. Le désarroi, l'analphabétisme dû au manque d'écoles entraînent la marginalisation et créent des conditions propices pour ces religions émergentes… Si trop de richesse semble dangereuse, la grande pauvreté engendre aussi toutes sortes de risques… Il ne s'agit pas de nous « défendre », je n'aime pas ce terme, mais de promouvoir avec force et conviction la prière, l'Évangile et le retour aux racines chrétiennes… Notre charge pastorale doit être au centre de notre existence d'évêques, de prêtres, d'enfants de Dieu afin d'aider les plus démunis, les malades, les marginaux, les déshérités… Donner l'exemple en faisant partager les Écritures saintes paraît le meilleur moyen de faire naître de nouvelles vocations… Le monde, et surtout les jeunes sont souvent déçus par trop de matérialisme. Pour avancer, ils ont besoin de spiritualité, de sacré, car la vie moderne donne parfois le vertige. L'incroyable succès des Journées mondiales de la jeunesse le démontre tout comme ces nouvelles communautés ayant vu le jour depuis une trentaine d'années et qui adaptent l'Évangile et les Écritures saintes à la vie moderne.

L'Église catholique ne serait-elle pas de nos jours trop stricte ?

Vous ne m'entraînerez pas dans ce débat ! L'Église catholique romaine est garante des lois divines et naturelles dictées par le Créateur, c'est pourquoi on ne peut d'aucune façon modifier cet héritage direct de Dieu. Par ailleurs, l'Église latine est, depuis des siècles, composée d'un clergé masculin et féminin et de prêtres célibataires. S'il n'en était plus ainsi, ceux-ci seraient inévitablement beaucoup moins disponibles. Dans le rite oriental, où les prêtres paroissiaux peuvent être mariés s'ils le sont avant d'entrer dans la vie religieuse, le haut clergé et les évêques, eux, sont tous tenus de rester célibataires en raison de leur lourde charge et leurs responsabilités. D'ailleurs plutôt que d'évoquer le mariage des prêtres mieux vaudrait s'intéresser à la culture qui est, de nos jours, le meilleur moyen pour tenter de se rapprocher et de dialoguer avec les non-croyants, ceux issus d'autres religions ou d'univers n'ayant rien en commun avec le nôtre. La culture, tout comme Internet, demeure un vecteur puissant qui, s'il est utilisé de façon rationnelle, nous aide comme les autres médias à être plus en phase avec les jeunes. C'est pourquoi nous devons nous aussi développer intelligemment ces nouvelles technologies qui nous aident, à leur manière, à mener à bien notre mission pastorale.

Imaginez-vous, dans le futur proche, un rapprochement avec les protestants ?

Pour ce qui est du sacerdoce féminin, nous avons déjà déclaré ne pas vouloir changer les règles de notre Église. Quant au rapprochement, si nos croyants et les leurs entretiennent des relations plus étroites, les instances dirigeantes, elles, nous séparent tout comme la doctrine qui pose problème car trouver un chemin commun et dialoguer les uns avec les autres n'est pas simple…

Vous, issu de l'Église du Silence, pensez-vous devoir vous mêler de politique ?

Comme archevêque, sûrement pas ! En revanche, nos citoyens ne peuvent négliger les intérêts communs de leur pays sous prétexte qu'ils dépendent des responsables politiques. La conduite d'une nation concerne tous ses citoyens et chacun, catholique ou pas, doit se sentir responsable. Quant à nous hommes d'Église, notre voie est autre, notre rôle est social et la politique gouvernementale doit être en phase avec notre doctrine sociale. Et quand les décisions de l'État ne sont pas cohérentes, voire respectées, nous devons ouvertement et publiquement les critiquer afin d'influencer le gouvernement pour qu'il retrouve le droit chemin. Là s'arrête notre rôle et, tout en gardant des relations cordiales avec le monde politique, je ne tiens pas pour ma part à m'immiscer dans ses affaires, de même que je ne souhaite pas qu'ils s'intéressent directement aux miennes… Certes, grâce à son immense charisme le pape Jean-Paul II avait un talent particulier pour défendre les droits de l'homme, prôner la liberté et réussissait toujours à ramener l'Église au centre de l'existence quotidienne des êtres humains, mais c'était lui…

Une Église riche ou pauvre ?

Riche, non, car trop d'argent comporte toujours des tentations, une Église qui toutefois a des moyens peut s'en servir pour évangéliser, aider les nécessiteux… et, vu sous cet angle, l'argent reste un élément positif. Quant à la richesse personnelle, nous concernant elle n'a évidemment aucun sens, de toute manière, notre Église polonaise contrairement à celle de jadis – dont le clergé était souvent issu de la grande noblesse très nantie, tels les cardinaux Albin Dunajewski, Jan Puzyna, le prince cardinal Adam Stefan Sapieha… – vit à présent de la générosité des fidèles. Cela est difficile, mais heureusement dès qu'il s'agit de soutenir les grandes causes, tous les paroissiens, même ceux qui ont très peu d'argent, répondent toujours favorablement à nos appels.

Faut-il mettre un prince de l'Église à la retraite à quatre-vingts ans ?

C'est une règle datant de l'après-concile Vatican II qui pourrait éventuellement un jour être remise en question, pourquoi pas ! car l'âge reste une chose très relative.

Comment oublier en effet que, dans le passé, le pape Jean XXIII a eu, à l'aube de ses soixante-dix-huit ans, le courage de convoquer le Concile. Sans compter l'exemple de Jean-Paul II, qui en l'an 2000 avait clôturé l'Année sainte en pleine souffrance! En dépit de sa maladie, il s'était lancé dans de nouveaux projets, dont la très belle encyclique *Ecclesia ed Eucharistia*. Sa santé chancelante l'avait aidé à se recueillir encore plus et lui avait permis de se rapprocher des malades. Souvenez-vous, après l'attentat de la place Saint-Pierre le 13 mai 1981, Sa Sainteté avait remercié le Seigneur d'avoir fait couler son sang sur cette place… « L'Église a besoin d'exemples marquants pour servir la cause de Dieu », répétait-il inlassablement!

Faudrait-il redéfinir le rôle du successeur de Pierre?

C'est une question aussi difficile qu'ambiguë! Pour moi, l'autorité suprême a un sens puisqu'elle préserve l'unité et si on a parfois la tentation de réinterpréter le rôle du successeur de Pierre, ce pouvoir central garantit en réalité l'indépendance et l'autonomie de l'Église. Là où le pape ne joue pas de rôle moral et religieux et n'a pas d'influence, on voit alors souvent les chefs des différentes Églises nommés par les autorités civiles du pays.

Les membres de la Curie sont-ils parfois des hommes arrivistes?

Ce sont d'abord les étroits collaborateurs du pape, ses serviteurs, les prélats ayant les plus importantes responsabilités au sein de l'Église… Généralement à la tête des grands diocèses, ils jouent de ce fait inévitablement un rôle clé qui, au-delà de la collégialité du synode des évêques et de leur influence locale, implique aussi d'élire le pape lors d'un conclave et d'assurer la pérennité de l'Église de Rome… Peut-être tout ceci se traduit-il dans votre jargon de journaliste par ce que vous qualifiez d'« ambitions », mais j'insiste sur ce point : avant d'être des « arrivistes » – selon vos mots, pas les miens ! – ce sont des pasteurs, même si, je vous l'accorde, l'ambition est humaine…

Sans robe rouge, vous avez pourtant détenu au Vatican plus d'influence que bon nombre de cardinaux…

Ah, sûrement pas ! *[De son regard malicieux, il observe ma réaction à sa réponse.]* J'étais juste le proche serviteur et le secrétaire particulier du pape Jean-Paul II. Un collaborateur d'abord fort respectueux des tâches de chacun et je n'ai jamais cherché à empiéter sur les fonctions des uns et des autres.

Combien de langues parlez-vous ?

En dehors de ma langue maternelle, je parle l'italien, l'anglais, un peu de russe, de français et d'allemand, mais pas le latin, contrairement à d'autres cardinaux de la Curie… et à Jean-Paul II qui non seulement le parlait mais l'écrivait parfaitement… tout comme le pape Benoît XVI d'ailleurs !

Êtes-vous heureux d'être cardinal ?

Bien sûr ! Je m'y attendais puisque Cracovie a toujours été un siège cardinalice, mais je ne pensais pas que cela arriverait si vite ! Je suis heureux, je l'avoue, de cette reconnaissance du pape Benoît XVI qui m'a créé cardinal en mars 2006, mais surtout je sais que je dois jour après jour continuer d'être un humble serviteur de Dieu, un simple pasteur en première ligne pour mener un diocèse très important.

Un pasteur latin ou slave ?

Je me sens totalement polonais, même si j'ai laissé un peu de mon cœur à Rome, à Saint-Pierre, où j'ai vécu tant d'événements, de moments inoubliables… et où se trouve le tombeau de Jean-Paul II. Je vais uniquement au Vatican lorsque mon devoir m'y appelle, à l'occasion des réunions des congrégations auxquelles j'appartiens… Je ne veux plus tout à coup sombrer dans la nostalgie…

VII

LE PHILOSOPHE DU VATICAN

Roberto Tucci : le cardinal qui murmurait à l'oreille de Jean-Paul II pendant les voyages

Roberto Tucci est si habitué à son nom de « Padre Tucci » que, quand on l'appelle « Éminence », il marque soudain un temps d'arrêt, fronce ses épais sourcils et prend un air grave. C'est justement parce que la solennité du Vatican lui pèse qu'il a décidé de ne pas porter la soutane écarlate et de continuer à toujours s'habiller en « clergyman » à col romain. De ce gris un peu désuet des Jésuites auxquels il est secrètement plus fier d'appartenir que d'être membre du Sacré Collège. Une création cardinalice du pape Jean-Paul II le 21 février 2001, qui voulait lui marquer sa reconnaissance d'avoir été vingt années durant le très efficace responsable de ses visites pastorales à l'étranger. Le discret prêtre qui, au cours de tous ces déplacements, n'était jamais loin de Sa Sainteté. Doté de cette élégance et de cette distinction des ecclésiastiques racés des siècles passés, d'une grande aisance, à la télévision on ne remarquait que lui. Avec son profil à la Gianni Agnelli, son autorité naturelle et sa belle allure sportive, Roberto Tucci nous impressionnait tous. Il ne montrait jamais un signe d'impatience ou d'agacement, regardait constamment sa montre comme s'il chronométrait le souverain pontife pour, en un instant, être en mesure de modifier son itinéraire.

Cet intellectuel anglo-italien au tempérament de journaliste, qui fonda dans sa jeunesse la revue *Digest religioso*, prend une part active au concile Vatican II, en tant qu'expert et rédacteur et dirige *La Civiltà Cattolica*, le prestigieux bimensuel des jésuites italiens, puis Radio Vatican. C'est alors que ce polyglotte est appelé en catastrophe par Jean-Paul II pour organiser ses périples pontificaux à l'étranger à la place de Mgr Paul Marcinkus[1], éclaboussé par le scandale du Banco Ambrosiano. Ainsi, de 1982 à 2001, il effectue soixante-dix-sept voyages hors d'Italie avec Sa Sainteté dans cent seize pays. Sans oublier ses deux cents déplacements préparatoires où il est passé maître dans l'art d'utiliser les informations des différents services de renseignements... On peut comprendre qu'après une telle carrière, ce théologien d'une exquise courtoisie, mais aussi d'une réelle fermeté, aspire au calme. Il préfère fuir les honneurs et le cérémonial du Vatican pour exercer régulièrement son ministère comme « vice-curé remplaçant », selon sa propre expression, à Gello-Biscardo en Toscane, une sympathique paroisse de trois cents âmes près d'Arezzo.

Fils d'une Écossaise anglicane de la Gentry, Eugenia Lega Watt, et de Mario Tucci, un assureur aisé de la

1. Dont les articles étaient alors repris dans toute la presse internationale bien au-delà des cercles religieux.

bonne bourgeoisie napolitaine, le jeune Roberto se convertit au catholicisme après avoir fait sa communion dans la religion anglicane. Une année plus tard, il entre dans la Compagnie de Jésus à Vico Equense et, à dix-sept ans, prononce ses premiers vœux. Comme souvent les Anglaises bien nées, sa mère rêve que son fils intègre l'Académie navale, elle lui conseille alors le cœur serré et la voix basse : « Regarde-moi dans les yeux, n'entre pas dans les ordres si jeune, ne deviens pas Jésuite ! » Mais l'élève brillant que ses élitistes professeurs encadrent avec rigueur a trouvé sa voie. Ce sera l'université de Naples, celle de Rome, puis de Louvain en Belgique. Docteur en philosophie et en théologie de l'Université grégorienne des Jésuites, armé pour la vie il n'oubliera jamais leur fameux précepte d'obéissance, *« Perinde ac Cadaver »*, « Obéir jusqu'à la mort », vœu supplémentaire spécial d'allégeance au pape propre à l'ordre. Un héritage moral qui, dans son cas, l'a entraîné sans même se poser de questions à devenir le collaborateur fidèle de Jean-Paul II. Comme le dira des années plus tard le souverain pontife, accueilli officiellement par « Padre Tucci » au centre de transmission de Radio Vatican, dont il était resté le directeur et président du conseil d'administration : « Ce n'est pas anodin de souligner que celui qui dirige cette radio a changé de stratégie. Au lieu de transmettre des voix à travers le monde, il emmène maintenant le pape de par le monde ! » Le plus affectueux des compliments que lui fit publiquement Karol Wojtyla. Sa Sainteté avait une grande estime pour ce « chef d'orchestre » qui à l'étranger maîtrisait tous les problèmes, avec lequel parfois il préférait prudemment s'exprimer en latin !

A-t-il un jour songé à écrire ses Mémoires ? « Jamais, répond sans hésiter ce prince de l'Église d'une grande prestance en tirant sereinement sur sa cigarette dont il roule le papier, et ce n'est pas maintenant que je vais me mettre à jouer les cardinaux importants ! » Érudit et doté d'un humour très anglo-saxon, « Padre Tucci », naguère féru d'alpinisme, de foot et de tennis, est plus attiré par le Tyrol italien, où il va chaque été depuis quarante ans avec les mêmes amis dans un hôtel de San Cassiano, où il pratique l'art de la conversation, écoute les CD de Bach et Mozart, que par l'idée de se pencher avec nostalgie sur son passé.

Lui qui a rencontré auprès du Saint-Père tous les plus grands leaders de ce monde n'aime rien tant, après avoir célébré la messe à six heures et demie, que de se rendre ensuite chaque matin, au volant de sa Ford Fiesta bleue, à Radio Vatican. Sa famille, celle qui l'entourait chaleureusement lorsqu'il reçut récemment les insignes de commandeur des Arts et Lettres[2]. L'après-midi il rentre chez lui dans la noble demeure de *La Civiltà Cattolica* à Porta Pinciana près de la via Veneto, au cœur de la capitale, où, dans le parc bordé de pins et de cyprès centenaires, il s'assied sur un banc pour lire et fumer tranquillement. Là, avec une certaine lucidité, il regrette

2. Le 10 septembre 2009 à l'ambassade de France près le Saint-Siège, des mains de Son Excellence Stanislas de Laboulaye. Padre Tucci est également chevalier de la Légion d'honneur depuis 1975.

qu'on ne vende plus ni au Saint-Siège ni ailleurs de Belga, ces cigarettes belges jugées si nocives qu'elles ont été retirées du marché. « Je suis donc maintenant contraint de fumer des MS qu'on appelle ici "*Morte Sicura*", "La Mort certaine"... Mais à mon âge, ce n'est plus grave ! » assure-t-il très souriant et philosophe !

Le cardinal Roberto Tucci

Comment définissez-vous le mot « cardinal » ?

Le cardinal est un prêtre, un curé, le plus souvent un évêque, choisi par le souverain pontife lors d'un consistoire pour faire partie de son cabinet au sens large du terme. Une sorte de Conseil de la Couronne pas toujours secret avec lequel le pape décide par exemple quel sera le jour où l'on fêtera une canonisation… Autrefois, on votait en soulevant son chapeau à large bord et galons rouge et or. Ce consistoire, cérémonie très formelle, est plus rarement convoqué par le Saint-Père lorsqu'il veut connaître l'avis du collège cardinalice avant de prendre une décision sur les sujets importants ou lors de nouvelles créations cardinalices.

Ce système se justifie surtout dans la mesure où le pape choisit des hommes de confiance qui lui sont normalement d'une grande loyauté. Mais le moment le plus intense et émouvant pour un cardinal, s'il a moins de quatre-vingts ans, reste celui où il entre en conclave dans la chapelle Sixtine et vote pour le successeur de Pierre. En dehors de cette parenthèse historique, le cardinal est de nos jours une personne presque comme les autres, même si la Garde suisse lui présente les honneurs quand elle le croise !

Un personnage qui, tout de même, en impose !

J'admets que ce titre confère un certain prestige ! Pour ma part, je le mesure surtout lorsque je vais en Toscane à Gello Biscardo, dans la province d'Arezzo où une petite communauté d'une cinquantaine de familles catholiques est enthousiaste, j'oserai même dire fière et honorée, me semble-t-il, qu'un cardinal vienne régulièrement célébrer la messe chez elle. Le reste du temps, je n'ai pas l'impression d'être particulièrement important ! *[Il rit.]*

Une robe rouge qui donne des ailes ?

Lorsqu'un archevêque d'un grand diocèse devient cardinal, cela ne signifie pas nécessairement qu'il aura tellement plus de pouvoir qu'auparavant. En revanche, quand un préfet d'une congrégation romaine accède à cette haute dignité, cela lui confère en effet plus d'autorité, de solennité… On lui porte inévitablement davantage de considération puisqu'il a, en théorie, des relations privilégiées avec le Saint-Père. Prenez le cas de feu Jean-Marie Lustiger, s'il n'avait pas besoin d'être créé cardinal pour être reconnu, le simple fait que le pape Jean-Paul II l'ait nommé archevêque, puis ensuite rapidement en ait fait un cardinal, marquait là un signe supplémentaire de l'estime qu'il lui portait. Quant à Giovanni Battista Montini*, naguère archevêque de Milan, siège traditionnellement cardinalice, il souffrait de n'être pas devenu immédiatement cardinal, car il s'imaginait que Pie XII voulait seulement faire de lui, son plus proche collaborateur, un archevêque. C'est donc son successeur le pape Jean XXIII, qui le mit enfin en tête de liste de ses futures créations cardinalices bien qu'il ne fut pas le plus ancien parmi ces évêques à devoir être promus. Un geste habile car certains membres de la Curie romaine qui avaient peu de sympathie pour Montini, l'accusaient de suivre une politique plutôt de gauche… Mais revenons à ce titre prestigieux, cette dignité qui, pour la majorité d'entre nous, symbolise surtout l'estime du Saint-Père envers la qualité de notre travail dans les institutions de l'Église. Une reconnaissance qui nous vaut considération et bienséance et nous rend sûrement quelque peu vaniteux… Mais comment pourrait-on, objectivement, y échapper ?

Qui a mis le cardinal Ratzinger sur la voie du successeur de Pierre ?

C'est sans aucun doute Son Éminence Bernardin Gantin, cardinal du Bénin et doyen du Sacré Collège, en demandant au pape Jean-Paul II l'autorisation de démissionner pour finir ses jours en Afrique. Il avait ce jour-là ouvert la voie au vice-doyen Joseph Ratzinger, qui devint de ce fait automatiquement doyen. Sa Sainteté l'aimait bien et lui confiait généralement la relecture de ses principaux documents. D'ailleurs, il publiait rarement des textes importants sans les avoir auparavant soumis au futur Benoît XVI, dont les vastes connaissances sur le plan doctrinal le rassuraient : Jean-Paul II pensait qu'il était moins « pointu » que lui dans ce domaine ! Pour les sujets pratiques, c'était autre chose… Ainsi providentiellement devenu doyen du Sacré Collège, Joseph Ratzinger eut la charge officielle et l'honneur suprême de présider aux funérailles de Karol Wojtyla et de rédiger une homélie funèbre qui impressionna vivement le collège des cardinaux. C'est lui encore qui prononça le discours avant l'entrée en conclave et lui toujours qui présida ces neuf importantes journées, pendant lesquelles se réunissent tous les cardinaux avant le conclave. Des événements qui l'ont propulsé au-devant de la scène romaine et internationale.

Vous êtes l'un de ceux qui connaissaient le mieux Jean-Paul II.

Avoir organisé dix-neuf années durant[1] soixante-dix-sept voyages à l'étranger dans cent seize pays avait en effet créé une certaine familiarité avec Sa Sainteté, voire même une amitié. À la demande personnelle du Saint-Père, j'ai donc succédé à Mgr Marcinkus[2] qui avait été mêlé aux affaires de la banque du Vatican. Un homme d'une grande loyauté envers moi puisqu'il consigna par écrit dans les jours terribles qui suivirent les déboires financiers du Saint-Siège, dix pages pour m'aider à servir au mieux Sa Sainteté. Ce qui impliquait de rencontrer les hauts responsables

1. De septembre 1982 en Espagne à juin 2001 en Ukraine, celui que tout le monde appelait padre Tucci a été le talentueux chef d'orchestre des voyages de Jean-Paul II à l'étranger.
2. Mgr Paul Marcinkus, d'origine lituanienne, né 15 janvier 1922 à Cicero (Illinois), décédé le 23 février 2006 à Sun City (Arizona) était président de la banque du Vatican. L'IOR, c'est-à-dire l'Institut des œuvres de religion, et principale institution financière du Saint Siège. Il avait endossé une part des responsabilités dans la faillite et la nébuleuse affaire du Banco Ambrosiano de Roberto Calvi en 1982.

gouvernementaux, les nonces et évêques locaux, les préfets… Une tâche que j'ai toujours coordonnée avec la Secrétairerie d'État afin que personne ne puisse en prendre ombrage… Marcinkus retourna ensuite aux États-Unis à Sun City dans l'Arizona, où il jouait beaucoup au golf et circulait à bord de son 4x4 pour aller célébrer des cérémonies religieuses dans sa région. Parfois, il me téléphonait pendant les déplacements du pape qu'il suivait à la télévision et m'encourageait. Jean-Paul II, qui aimait bien cet évêque d'origine lituanienne, l'avait défendu au maximum, mais tant d'accusations planaient contre Mgr Marcinkus qu'à la fin, lorsqu'il accompagnait le pape, les médias parlaient beaucoup plus de Marcinkus que du Saint Père. C'est la raison pour laquelle j'ai été nommé à sa place ! Mais revenons à Jean-Paul II ! Il avait des idées très claires sur ce qu'il souhaitait et lorsque je rentrais du voyage préliminaire, j'allais toujours lui faire un rapport détaillé…

Comment travailliez-vous à leur préparation ?

Sa Sainteté m'invitait à la réunion préparatoire au cours de laquelle il recevait quelques-uns des évêques des futurs pays à visiter afin de discuter du message pastoral qu'on attendait de lui et qu'il considérait comme très important[3]. Jean-Paul II écrivait les homélies des messes

3. Si Jean-Paul II se rendait dans un seul pays, on prévoyait qu'il rencontre deux ou trois évêques ; s'il en visitait plusieurs, on choisissait un évêque par pays. Le padre Tucci était chargé de leur écrire pour leur demander des suggestions dont le pape tenait généralement compte pour rédiger ses discours. Souvent, il les incitait même à envoyer des textes pour que le pape puisse les inclure plus facilement dans son message…

en polonais, ainsi que les discours au corps diplomatique, qui étaient ensuite traduits, mais certains discours, qu'il contrôlait toujours attentivement, étaient préparés par des évêques des lieux où il se rendrait, des discours parfois meilleurs que ceux de la Secrétairerie d'État!

Jean-Paul II avait-il « mauvais caractère »?

Le Saint-Père avait beaucoup de caractère, non pas un « mauvais », mais un « fort » caractère! C'était aussi un personnage très cordial et sympathique, d'une grande simplicité, indulgent et compréhensif envers les autres, pourtant capable de vraiment se fâcher si on lui résistait. Le plus impressionnant était sa détermination, son courage inouï... Jamais je n'oublierai ce premier voyage après l'attentat[4] lorsque, foulant le sol de l'Argentine[5], le pape s'était comme toujours agenouillé pour baiser la terre qui l'accueillait quand retentit soudain une salve d'honneur à vingt mètres de lui!... Aux premiers coups de canon, il sursauta, puis se relevant et se retournant vers moi, il me dit avec un large sourire: « Cette fois, ce n'est pas moi qu'ils visent! » Je l'ai vu ensuite peu à peu se réhabituer à ces bruits sourds... Jean-Paul II avait une autre qualité formidable: il ne se décourageait jamais! Lorsque, par exemple, j'avais tenté de le dissuader de se rendre en Hollande où l'Église catholique traversait une terrible

4. Un jeune Turc, Ali Agça, a tiré sur le pape le 13 mai 1981, place Saint-Pierre de Rome, lors de l'audience générale du mercredi.
5. Du 10 au 13 juin 1982.

crise, il m'avait rétorqué d'un ton ferme : « Eh bien, c'est maintenant qu'il faut y aller et non quand tout va bien !... » Une autre fois, avant la visite au Salvador, il avait fermement tapé du poing sur la table car les évêques de la présidence du CELAM[6] lui avaient expliqué combien c'était imprudent qu'il aille se recueillir sur la tombe de Mgr Romero assassiné quelque temps auparavant et qu'on suspectait secrètement d'être en réalité un porte-parole de l'extrême gauche. Ce jour-là, il s'était exclamé, furieux : « C'est impossible que je n'aille pas me recueillir sur la tombe d'un évêque assassiné pendant la messe !... » Nous sommes alors partis vers la cathédrale où un monseigneur affolé, qui avait reçu l'ordre du gouvernement de cacher la clé de l'édifice, s'agitait en vain pour tenter de nous ouvrir la porte. Le Saint-Père avait gardé de sa jeunesse sous les nazis puis sous les communistes d'instinctifs réflexes de méfiance et lorsqu'on était à ses côtés, il fallait toujours être prudent et toujours regarder autour de soi...

Lors de ces périples, vous avez aussi connu des moments singuliers !

Certes, notamment quand, à l'occasion de la visite du Saint-Père à la reine d'Angleterre, la souveraine avait, avant notre rencontre, envoyé comme émissaire au Saint-Siège le duc de Norfolk, seul duc catholique du

6. Conférence Épiscopale d'Amérique latine.

royaume[7], qui historiquement fait depuis toujours partie du « Private Council » de Sa Majesté… Une autre fois, l'archevêque de Riga, Mgr Janis Pujats, grand ami du pape, avait été convoqué à une réunion à laquelle il m'avait aussi prié d'assister. Ce haut prélat ne parlait que lettonien, un peu le polonais, et le latin, et moi ne connaissant ni l'une ni l'autre de ces deux langues, alors dès qu'il parlait polonais avec Jean-Paul II, je devais répondre en latin à l'archevêque qui, fort préoccupé car il n'avait pas assez d'argent pour financer la visite du pape, me répétait tel un refrain : « *Pecunio non habio*[8] *!* » Je lui ai donc expliqué toujours en latin que le Saint-Siège l'aiderait… Cela avait beaucoup amusé Sa Sainteté ! Et quand j'étais allé le voir pour préparer la future visite papale, il m'avait reçu dans une maison sans eau ni chauffage ni électricité ! Nous avions donc dormi tout habillés et il me disait comme pour s'excuser : « *Diabolus fecit hoc !* » (« C'est le diable qui a fait cela ! »).

À ses côtés, vous avez vécu une expérience politique que vous n'avez jamais voulu évoquer…

C'est en effet la première fois que j'en parle, plus de vingt-deux années après ! Nous étions au printemps 1987 et le pape effectuait son trente-troisième voyage à l'étranger. Une tournée en Amérique latine de treize jours dont quatre au Chili. Ce mémorable 1er avril 1987, en arrivant

7. Les Norfolk sont une famille ducale demeurée catholique en dépit des persécutions religieuses et dont les libertés ont toujours été respectées. Le duc a depuis des lustres son aumônier catholique personnel, mais celui-ci ne peut faire aucun prosélytisme en dehors de sa famille.
8. « Je n'ai pas d'argent ! »

au palais de la Moneda, à Santiago du Chili, nous sommes tous accueillis – c'est-à-dire Sa Sainteté, le cardinal secrétaire d'État Agostino Casaroli, Angelo Sodano alors nonce du Chili, Mgr Dziwisz et moi-même – dans un salon officiel. Le pape doit en théorie alors avoir un tête-à-tête avec le général Pinochet dans la grande salle d'honneur de la résidence présidentielle. Une rencontre évidemment délicate dans un pays totalitaire. Comme toujours, je suis à côté du Saint-Père afin de faire une rapide et dernière inspection des lieux. C'est alors que sournoisement le chef du protocole, éloignant la suite papale, emmène précipitamment Sa Sainteté et le général Pinochet par une porte dérobée, et les conduit jusqu'à l'imposant balcon central du palais présidentiel pour la cérémonie de bienvenue. Ce qui n'était pas du tout initialement prévu car, au Chili, les rassemblements publics étaient à l'époque interdits. Or le général avait fait en sorte que des manifestants pro-Pinochet massés sur la grand-place accueillent Sa Sainteté en scandant : « *Viva el papa*[9] ! »… Jean-Paul II qui le comprit immédiatement prononça uniquement quelques belles paroles en saluant la foule. Les évêques locaux étaient fort mécontents que le général Pinochet ait opportunément et habilement fait croire que Jean-Paul II était venu l'aider. Un pape qui lui expliqua ensuite lors de leur face à face qu'il serait enfin temps d'appliquer des méthodes démocratiques ! Quant à moi, pendant très longtemps, je n'ai pas décoléré. L'idée même que Jean-Paul II, seul au balcon aux côtés du général

9. « Vive le pape ! »

Pinochet, ait pu laisser imaginer aux Chiliens que le souverain pontife et le Saint-Siège soutenaient la junte militaire me rend extrêmement nerveux !

J'imagine que vous êtes polyglotte ?

Pas vraiment ! Je parle juste l'italien, l'anglais, le français, le latin, l'espagnol et un peu l'allemand… et je peux soutenir une petite conversation en russe !

À quel milieu appartiennent de nos jours les cardinaux ?

Autrefois, bon nombre d'entre eux étaient issus de la grande noblesse ou de la haute bourgeoisie, maintenant ils viennent surtout de la bourgeoisie moyenne et parfois de milieux très modestes. Exception faite du cardinal autrichien Christoph Schönborn, né dans une illustre famille du gotha, qui a d'ailleurs donné plusieurs cardinaux à Rome, et d'un très aristocratique prélat italien dont le nom n'en finit jamais… le cardinal Andrea Cordero Lanza de Montezemolo, archiprêtre de la basilique papale Saint-Paul-hors-les-Murs, qui n'est autre que l'oncle de l'actuel président de FIAT et a dessiné les armoiries de Benoît XVI[10] ! Je viens pour ma part d'un bon milieu bourgeois[11].

10. Luca Cordero di Montezemolo est le président de FIAT depuis le décès d'Umberto Agnelli, le 27 mai 2004, et le neveu donc de ce cardinal de l'aristocratie piémontaise. Le cardinal Cordero Lanza di Montezemolo, fils d'un résistant tué par les nazis en 1944 a, comme diplomate du Vatican, été notamment le premier nonce en Terre Sainte après avoir été nonce en Israël et avoir joué un rôle de premier plan dans les accords qui aboutirent à la reconnaissance réciproque entre le Saint-Siège et Israël en 1993.

11. Père napolitain, catholique, agent d'assurances et mère mi-anglaise mi-écossaise, de confession anglicane.

Un cardinal est-il plus heureux dans le clergé séculier ou dans un ordre religieux ?*

Cela ne fait plus aujourd'hui beaucoup de différence. Ce qui change est le style d'existence car si un religieux, par exemple un jésuite comme moi est créé cardinal, il continue le plus souvent à vivre dans l'ordre. En effet, j'habite avec les autres pères dans notre résidence des jésuites Porta Pinciana. Une belle et imposante demeure à quelques jets de pierres de la via Veneto, alors qu'un cardinal appartenant au clergé séculier, s'il vit à Rome en travaillant dans un dicastère, s'installe généralement dans un appartement au Vatican. Ce que moi je n'aurais pas aimé du tout ! Je suis très content d'habiter chez les jésuites, d'y avoir une chambre confortable, un bureau, et d'être entouré d'amis avec lesquels je vais le matin à la messe de sept heures et prends mes repas, organisés par petites tables de cinq. Ici, à *La Civiltà Cattolica*, notre bibliothèque très ancienne recèle plus d'un million de livres et de documents historiques. Cependant chacun de nous a son style… Par exemple, le cardinal jésuite Bergolio actuel archevêque de Buenos Aires, a préféré quitter son archevêché qu'il a ouvert aux pauvres pour un petit appartement dans la capitale argentine.

Comment sont installés les cardinaux romains ?

Ils avaient autrefois un certain art de vivre, habitaient tels les cardinaux de la Renaissance dans de nobles palais ou de superbes appartements au cœur de la Ville éternelle et possédaient souvent de vastes propriétés aux alentours... Maintenant nous vivons tous beaucoup plus simplement, ce qui est bien mieux, car sinon cela créerait une distance, une réelle barrière avec le reste du monde. Même pour nous, il est important de se faire aimer et de continuer d'être soi-même. Notre vocation est d'être ouverts et disponibles aux autres. Mon collègue jésuite le cardinal Carlo Maria Martini m'a un jour révélé que, quand il a été créé cardinal, il s'est alors beaucoup inquiété car il ne pensait pas avoir ce côté affable, cette écoute suffisante pour les autres, ce dont il s'ouvrit au pape Jean-Paul II, qui lui répondit : « Allez spontanément vers les gens et ils viendront vers vous. »

Êtes-vous salarié du Vatican ?

Je suis retraité du Saint-Siège, ce qui me permet de disposer de quelques moyens pour aider des familles pauvres... Mission jusqu'alors impossible car il m'était délicat de demander au supérieur des Jésuites de l'argent dans ce but. En effet, en tant que fonctionnaire du Vatican, mon « salaire » ne me permettait pas de faire la charité. Or maintenant, avec quelques milliers d'euros par mois, je peux en verser une partie à ma communauté et l'autre, des œuvres caritatives... De l'argent, allez-vous me dire, vous qui avez fait vœu de pauvreté ! C'est vrai, mais il s'agit non pas d'une enveloppe mensuelle mais de ma retraite de fonctionnaire du Saint-Siège. De toute façon, avec de petits moyens, la plupart des cardinaux doivent assurer leur existence de tous les jours ainsi que leurs frais de secrétariat, de voyages...

Avant la responsabilité des voyages, occupiez-vous déjà des fonctions importantes ?

Importantes, c'est vous qui le dites, mais en tout cas très intéressantes car j'ai d'abord participé aux divers travaux du concile Vatican II, notamment en tant que théologien[12]. J'ai ensuite, pendant la seconde partie du Concile, tenu une conférence de presse quotidienne pour tous les journalistes accrédités auprès de la salle de presse du Saint-Siège, tout en étant directeur de *La Civiltà Cattolica,* la revue des jésuites italiens, un poste que j'ai assumé pendant quatorze ans. J'ai ensuite dirigé Radio Vatican, fonction que j'ai cumulée de longues années avec les voyages, de 1973 à 2001.

Un jeune prêtre ambitieux peut-il aisément devenir cardinal ?

Ce serait trop simple même si certains tentent méthodiquement et avec un certain arrivisme de tracer leur voie. Une route souvent longue et semée d'embûches… Les avisés et sévères membres du Saint-Siège repèrent tout de suite les carriéristes et les intrigants. Notre univers est complexe, feutré, à certains égards impitoyable et il faut parfois avoir le talent de se faire remarquer tout en sachant rester discret, modeste, silencieux… Un savant dosage qui requiert beaucoup de finesse, de subtilité, de diplomatie et de savoir-vivre ! Certes, comme ailleurs, certains hauts

12. Roberto Tucci a participé à la rédaction du décret sur l'apostolat des laïcs et sur celui de la Constitution pastorale de l'Église dans le monde moderne.

prélats sont très personnels, parfois sournois, c'est humain, mais on rencontre surtout des gens prudents qui travaillent énormément. Je crois aussi qu'à ces niveaux-là l'expérience l'emporte largement sur les ambitions !

Quelle est votre première mission ?

L'Église du XXIe siècle doit prêcher la miséricorde et la parole de Dieu, en expliquant que le Christ, d'une grande compassion, est prêt à nous pardonner, à nous comprendre, même quand nous ne sommes pas d'accord avec Lui… Certes, cela paraît logique quand on consacre son existence à Dieu, mais lorsque, par exemple, un tsunami ou un tremblement de terre provoque brutalement des milliers de morts, je comprends parfaitement qu'on puisse soudain douter de l'amour du Christ, et même qu'on emploie des mots très durs envers Lui. C'est là qu'il faut se rappeler que Dieu nous a aussi prêché d'aimer nos ennemis, ce qui signifie d'accepter la fatalité ! Je reconnais que face à de tels drames, moi aussi je m'interroge parfois, je me plains au Seigneur… et, désarmé, je me dis que d'innombrables croyants ont dû s'éloigner de Lui et je prie de toute mon âme pour qu'ils retrouvent la foi.

Les autres religions vous inquiètent-elles ?

Tout d'abord, je les respecte car qui dit religion implique sens religieux. Croire en quelque chose vaut toujours mieux que le vide absolu et mérite donc le respect. Nous avons avec les luthériens, les calvinistes, les anglicans un dialogue très cordial. En revanche, les protestants, les islamistes, les hindous sont les plus agressifs envers nous... Dans certaines régions de l'Inde, pour être Indien il faut forcément être hindouiste sans quoi on représente un danger pour le pays... Mais ce ne sont pas les seuls ! L'essentiel est d'arriver à vivre en acceptant la foi et la culture des autres, d'être capables de former les chrétiens à connaître leur religion pour ne pas donner l'impression, en particulier aux islamistes, que nous sommes peu pratiquants, ce qui nous rendrait particulièrement vulnérables à leurs yeux.

Mais comment faire ?

Dans l'absolu, il faudrait réussir à atteindre une forme de sainteté ! Et ceux qui y parviennent sont généralement capables de vouer leur existence aux malades, aux pauvres, aux déshérités... en réussissant à travers leur exemple à créer une forme d'émulation, et un cardinal le premier, ne devrait jamais l'oublier ! Je suis heureux pour ma part de pouvoir rendre quotidiennement visite à ceux qui souffrent et quand je tombe malade, je ressens comme une humiliation de ne pouvoir m'occuper des autres. C'est important de se sentir utile pour réussir à comprendre, à partager le désarroi des plus humbles.

La fortune éloigne-t-elle de la religion ?

Pas forcément ! Parmi les gens nantis, on compte beaucoup d'industriels, de chefs d'entreprise, d'acteurs clés de l'économie qui créent des emplois. La vraie question est celle de la gé-né-ro-si-té ! Et là, l'Église peut être influente en incitant les personnes gâtées notamment à dépasser leur propre égoïsme en étant généreuses et, dans cet univers de pouvoir et d'argent, grâce à Dieu, beaucoup de gens le sont ! Je ne fais pas partie de ceux qui pensent que l'Église doit être pauvre, car pour survivre et pratiquer la charité, mieux vaut en avoir les moyens et donc considérer l'argent non comme un ennemi mais un partenaire. Nous hommes d'Église, ne devons pas faire de misérabilisme mais arriver à trouver un juste équilibre sans bénéficier de privilèges particuliers des États afin de ne pas susciter la jalousie. En Italie les autres confessions peuvent, comme nous, bénéficier aussi de quelques avantages fiscaux ! À nous de donner l'exemple, de nous mobiliser quand des familles d'émigrés africains rejoignent clandestinement la Péninsule sans la moindre autonomie, nous devons leur venir en aide en évitant toutefois d'enfreindre la loi.

La religion est-elle aujourd'hui trop rigide ?

Quand elle évoque le divorce, le célibat des prêtres et la contraception notamment... je conçois que cette morale de l'Église soit difficile à accepter ! D'ailleurs, dans des pays où les prêtres ne sont pas suffisamment nombreux, des gens mariés pourraient sans doute exercer ce ministère, et pourquoi n'aurions-nous pas une réelle compassion envers ceux qui n'arrivent pas à vivre selon la doctrine rigoureuse de l'Église, ou de l'indulgence pour un divorcé non remarié afin qu'il puisse communier, à condition qu'il n'ait pas de maîtresse ! Ces personnes méritent avant tout qu'on les respecte sans les juger, qu'on les aide tout en n'attendant pas de « miracles » de leur part. J'ai beaucoup de respect et de compréhension en confession pour ceux qui ont péché même si mon rôle est de leur rappeler la loi du Seigneur. Le Vatican doit être un baromètre, un guide moral qui entraîne les chrétiens à suivre nos grands principes.

Cela aurait-il une incidence sur les vocations ?

Ce n'est pas neutre mais heureusement, depuis le dernier Concile, nous avons vu entrer beaucoup de jeunes dans les nouvelles fraternités et les communautés telles que, en Italie, Communion et Libération, les Néocathécumènes, les Focolari… Il y a un mouvement d'inspiration protestante mais qui existe maintenant aussi chez les chrétiens catholiques, les charismatiques (mouvement catholique surtout implanté aux Philippines, qui compte un million de croyants, aussi appelés néocharismatiques), avec beaucoup de chants, d'expressions gestuelles, qui s'inspirent de l'« Esprit saint » et font un peu penser aux chrétiens noirs des États-Unis. Ils accordent une grande importance à l'Esprit saint et ont même un « ministère des guérisons »… qui peut parfois soulager les maladies d'ordre psychologique… Je ne crois pas que ces mouvements vont tous perdurer car souvent, après la mort du fondateur, leurs membres se sentent un peu désemparés…

Or ces nouveaux mouvements n'entraînent pas encore suffisamment de vocations pour remplacer le vieux clergé et celui qui part en retraite… Par ailleurs, si nous, « hommes de foi », ne sommes pas capables de communiquer l'enthousiasme, la générosité, l'espérance, la charité, la miséricorde… comment pouvons-nous imaginer faire naître l'appel du Seigneur dans une société où les familles sont souvent divorcées, recomposées, désunies, avec peu d'enfants, et où le fait que l'un d'entre eux voue son existence au Seigneur est généralement vécu comme une catastrophe ? Jadis, dans la bourgeoisie mais aussi dans les milieux paysans, naissaient beaucoup d'enfants dont souvent l'un d'eux se consacrait à Dieu… De nos jours, non seulement tout est devenu beaucoup plus difficile mais cette soif de plaisir rend l'idée du célibat quasi impensable. Même si heureusement chaque année, chez nous, qui sommes parmi les seuls à défendre les principes de la vie familiale, quelques jeunes entrent dans notre ordre. Des gens ayant généralement fait de très sérieuses études universitaires, qui deviendront des jésuites remarquables sur le plan intellectuel.

Vous n'ajoutez pas l'Opus Dei à ces mouvements ?*

Non, parce que ce n'est pas un mouvement. L'Opus Dei est une congrégation religieuse très importante et presque aussi sérieuse que les Jésuites ! Fort solide également, surtout la partie médiane, avec ses milliers de prêtres, la colonne vertébrale du mouvement, et des millions de laïcs très en phase avec la spiritualité de l'Opus Dei qui veut donner à ses membres, laïcs et ecclésiastiques, les moyens d'agir selon l'Évangile dans leur vie familiale, sociale, professionnelle ou politique.

Considérez-vous que vous êtes sévère ?

Non… Je ne suis pas sévère mais je n'accepte guère les compromis. Lorsque je m'occupais des voyages papaux, bien sûr, j'ai dû accepter d'en faire, mais je n'aurais sûrement pas été un bon diplomate et si le pape ne m'avait pas fait totalement confiance, je n'aurais pas pu mener à bien ma mission à ses côtés !

Pourquoi avez-vous choisi la Compagnie de Jésus ?

Je me suis fait jésuite car j'avais une profonde admiration pour un jésuite des Pouilles qui fascinait tout le monde par sa générosité et sa dimension humaine… Deux qualités qui m'ont donné envie de le suivre après avoir étudié chez les jésuites à Naples. À l'origine, je voulais entrer à l'Académie navale de Livourne, ce qui plaisait beaucoup à mes parents plutôt que j'entre dans les ordres car, aux yeux de ma mère, j'étais encore trop jeune pour prendre une telle décision.

Pourquoi les Jésuites sont-ils directement liés au pape ?

Historiquement, au XIIIe siècle, saint Ignace de Loyola voulait que les Jésuites s'occupent des tâches apostoliques là où c'était trop difficile pour les autres. Il mit donc son ordre à la disposition du pape, le seul connaissant les besoins universels de l'Église, et il ajouta à l'intention de ses membres le vœu spécial d'obéissance au souverain pontife « dans les missions ». Cela signifiait que si le pape demandait aux Jésuites de se rendre dans n'importe quel pays, ceux-ci n'auraient pas le droit de refuser. J'évoque là l'ordre et non les individus, car le pape ne les choisit pas directement mais demande au père général de les lui désigner… Moi, par exemple, j'ai reçu l'ordre de diriger Radio Vatican puis les voyages de Jean-Paul II sans qu'on m'ait même demandé mon avis… C'était une mission qui au début ne me plaisait pas du tout… et le Saint-Père, qui l'avait deviné, me prenant un jour par le bras, me dit en plaisantant : « Pauvre Père Tucci, vous le brillant théologien êtes aujourd'hui tombé bien bas ! » Peu de jésuites ont été au fil des siècles directement envoyés en mission par le pape ; toutefois, après la chute du communisme, quand la Russie s'est ouverte et qu'il fallut y envoyer une vingtaine de jésuites, ce fut si compliqué d'en trouver qui parlaient un peu la langue qu'on choisit finalement des Polonais, peu aimés sur place mais qui étaient les seuls à connaître le russe puisque, chez eux, son étude était obligatoire à l'école. Nous n'apprécions guère non plus que nos pères soient nommés évêques car on sélectionne forcément les meilleurs éléments et la Compagnie perd alors des hommes de talent. Fort heureusement, depuis l'arrivée d'un cardinal salésien comme bras droit du pape, ce sont les Salésiens les plus sollicités ! *[Il rit.]*

D'où vient cet immense prestige des Jésuites ?

Nous appartenons à un ordre très ancien né voilà huit siècles et puis sans doute sommes-nous plus adroits que les autres ordres car nous n'essayons pas de placer des gens à nous aux postes clés… Ainsi nous faisons-nous moins haïr ! Le général des Jésuites depuis le 21 janvier 2008, le père Adolfo Nicola, un Espagnol, est qualifié comme ses prédécesseurs de « pape noir », parce que les Jésuites ont fait acte d'allégeance au pape. Si, de nos jours, les relations entre notre congrégation générale et Benoît XVI sont bonnes, il y eut des époques où nous étions considérés comme très progressistes car une minorité agissante très visible critiquait ouvertement Sa Sainteté et le Saint-Siège, ce qui donna lieu à de vives polémiques !

Votre ordre est-il riche ?

Oui, suffisamment, nous n'avons pas de problème parce que nous sommes bien organisés. Nos collèges et nos universités sont rentables, même si à Rome l'Université grégorienne a besoin d'une fondation pour la soutenir car le Saint-Siège nous donne peu d'argent !

Comment vit-on l'abstinence ?

Si un jeune choisit de vouer sa vie à Dieu, aux pauvres, aux malades, qu'il a une foi ardente, va tous les jours à la messe et communie, cette vocation le plonge dans une autre logique qui ne devrait pas rendre l'abstinence trop difficile. Cela dépend aussi de l'éducation qu'il a reçue. Chaque choix est difficile, certes, et celui-là signifie se consacrer à Dieu, à la prière, à la méditation, aux exercices spirituels... c'est-à-dire avoir d'autres valeurs qui conduisent à l'ascèse.

L'Église catholique romaine est-elle encore puissante ?

En Italie, elle a un poids important du fait même qu'elle se trouve là où siège le pape mais si c'est une grâce que le souverain pontife soit à Rome, cela pose aussi parfois des problèmes ! Jean XXIII, contrairement à Pie XII et Paul VI, était très attentif à ne pas intervenir dans les affaires publiques ; il y avait alors un Parti démocrate-chrétien fort, dont le Vatican était proche... Maintenant, au contraire, c'est Berlusconi qui essaie habilement de se rapprocher et de se servir du Vatican... et on n'est souvent pas suffisamment prudent ! Juste après l'Église italienne vient celle de France, car elle a du point de vue idéologique et culturel une grande influence sur le reste de l'Europe, c'est pourquoi, avec notre pays, le vôtre est celui qui compte le plus. Je ne voudrais pas pour autant offenser l'Espagne, l'Allemagne, la Belgique, l'Angleterre... mais il me semble que si le pape est en septembre 2008 allé à Paris puis à Lourdes, ce n'est pas par hasard... Vous, Français, avez su trouver un juste équilibre entre la laïcité et la position de l'Église.

L'Église doit-elle participer à la vie politique ?

Il ne vaut mieux pas ! Chaque fois que nous nous identifions à un parti ou à un groupe, nous sommes perdants car la politique divise et si l'Église est trop liée au parti en place, quand le gouvernement change, le suivant nous punit pour avoir été trop proche de son prédécesseur. L'Église doit donc être respectueuse du gouvernement tout en s'en tenant à raisonnable distance, être impartiale sans quoi elle ne peut s'exprimer librement, au risque d'être accusée d'avoir des intérêts d'un côté ou de l'autre.

Vous, né anglican, que pensez-vous de la primauté dans leur Église de la reine d'Angleterre et de l'archevêque de Canterbury ?

Le primat est l'autorité centrale qui nomme les évêques, mais les anglicans sont aujourd'hui ouvertement en crise avec un danger de schisme car, sans réelle autorité centrale qui puisse décider, ils doivent de façon quasi abstraite se conformer à l'Évangile… Protocolairement, la reine signe la nomination des évêques proposés par le synode, noms d'abord soumis à l'approbation du Premier ministre qui les transmet à la souveraine, laquelle peut faire des objections… Élisabeth II d'Angleterre est leur « chef temporel » et non religieux puisque seul le synode des évêques décide. Leur problème est qu'il n'existe pas d'autorité suprême qui puisse trancher et interpréter l'Évangile…

Or la plupart des anglicans ne sont pas en Angleterre mais là où dominait naguère le Commonwealth, c'est-à-dire hors d'Angleterre, et si on rassemble ceux du Niger, de l'Ouganda, de l'Inde, d'Asie, d'Amérique du Sud, ainsi que les Épiscopaliens, c'est-à-dire les anglicans des États-Unis, tous ensemble, ils sont alors beaucoup plus nombreux et surtout plus évangéliques. Depuis l'affaire aux États-Unis de l'évêque gay et de son « ami », les anglicans d'Afrique, d'Asie et de l'Inde se sont regroupés contre l'autorité de l'archevêque de Canterbury… Des commissions se sont succédées pour tenter de trouver une solution avant d'en arriver à une rupture définitive.

Croyez-vous dans un futur pas très lointain au rapprochement de l'Église catholique et des protestants ?

Beaucoup de pas ont déjà été faits et il subsiste maintenant moins d'antagonismes entre nos deux religions, mais ce ne sera pas si facile car nos Églises sont marquées par des traditions séculaires et chacune devrait faire un pas en arrière, ce qui n'est jamais simple ! Je crois toutefois qu'avec loyauté, détermination et d'abord de bonnes relations personnelles, on arrivera à progresser… En fait, je suis optimiste car, sous ce pontificat, à défaut d'union et au-delà d'une collaboration et d'études communes, s'est déjà instauré avec les anglicans, mais pas encore avec les diverses autres confessions protestantes, un respect encourageant. Nous avançons également avec les orthodoxes !

Peut-être faudrait-il redéfinir le rôle de Pierre comme le pape Jean-Paul II l'avait suggéré dans son encyclique sur l'œcuménisme[13], notamment avec nos frères orthodoxes et protestants[14]... Cette question essentielle de la primauté a beaucoup évolué au cours des siècles et peut encore changer, car, en réalité, elle dépend moins de la doctrine que de la personnalité du pape.

À quatre-vingts ans un cardinal devrait-il toujours voter ?

Non, c'est mieux ainsi. Lorsque j'étais plus jeune, je trouvais déjà qu'il fallait mettre la limite d'âge à quatre-vingts ans. Et depuis que je les ai atteins, je n'ai guère changé d'avis car notre existence a été suffisamment remplie...

Y a-t-il complicité entre vous ?

Au sein du Sacré Collège se nouent, bien sûr, des amitiés... mais la complicité, c'est autre chose. Pour ma part, j'ai toujours éprouvé un certain plaisir en compagnie des autres cardinaux et je n'ai jamais participé à aucun complot car je n'ai pas de goût particulier pour l'intrigue. Je ne vous dirais pas pour autant que nous n'avons pas de défauts, chacun a sa nature, son caractère parfois difficile... et j'en passe... mais je puis cependant affirmer que nous avons une attitude

13. Encyclique *Ut Unum Sint* (« Qu'ils soient un ») publiée le 25 mai 1995.
14. Dont les anglicans.

beaucoup plus noble, charitable et élégante que les cardinaux de jadis !

Qu'avez-vous ressenti lorsque vous avez été créé cardinal ?

J'ai éprouvé une grande reconnaissance pour Jean-Paul II parce qu'il avait apprécié mon travail pendant dix-neuf années à ses côtés. Je l'ai servi fidèlement en préparant ses voyages en dehors de l'Italie. Pour le reste, mon existence n'a pas changé parce que j'ai demandé de ne pas être consacré évêque : je ne peux donc pas ordonner de prêtres mais je ne souhaitais plus avoir à mon âge de responsabilités dans un ministère, ni au Vatican. J'avoue que j'aurais préféré être créé cardinal pour mes travaux de Vatican II[15] comme ancien directeur de *La Civiltà Cattolica* ou de Radio Vatican. Cependant, l'essentiel à mes yeux reste d'avoir toujours fait mon devoir.

15. Roberto Tucci a été l'un des six rédacteurs qui ont mis au point les textes des rapports de l'Église et du monde contemporain.

Conclusion

Sans le concours, l'enthousiasme et la confiance des vingt cardinaux auxquels au fil des chapitres je me suis attachée, ce livre n'aurait pas vu le jour.

Par souci d'exactitude j'ai minutieusement transcrit tous leurs propos, pour bon nombre d'entre eux je les ai traduits en français, faisant toujours en sorte de garder leur propre style afin de parfaitement respecter la personnalité et la façon de s'exprimer de chacun.

Que toutes ces Éminentes figures religieuses de l'Église catholique soient ici chaleureusement remerciées.

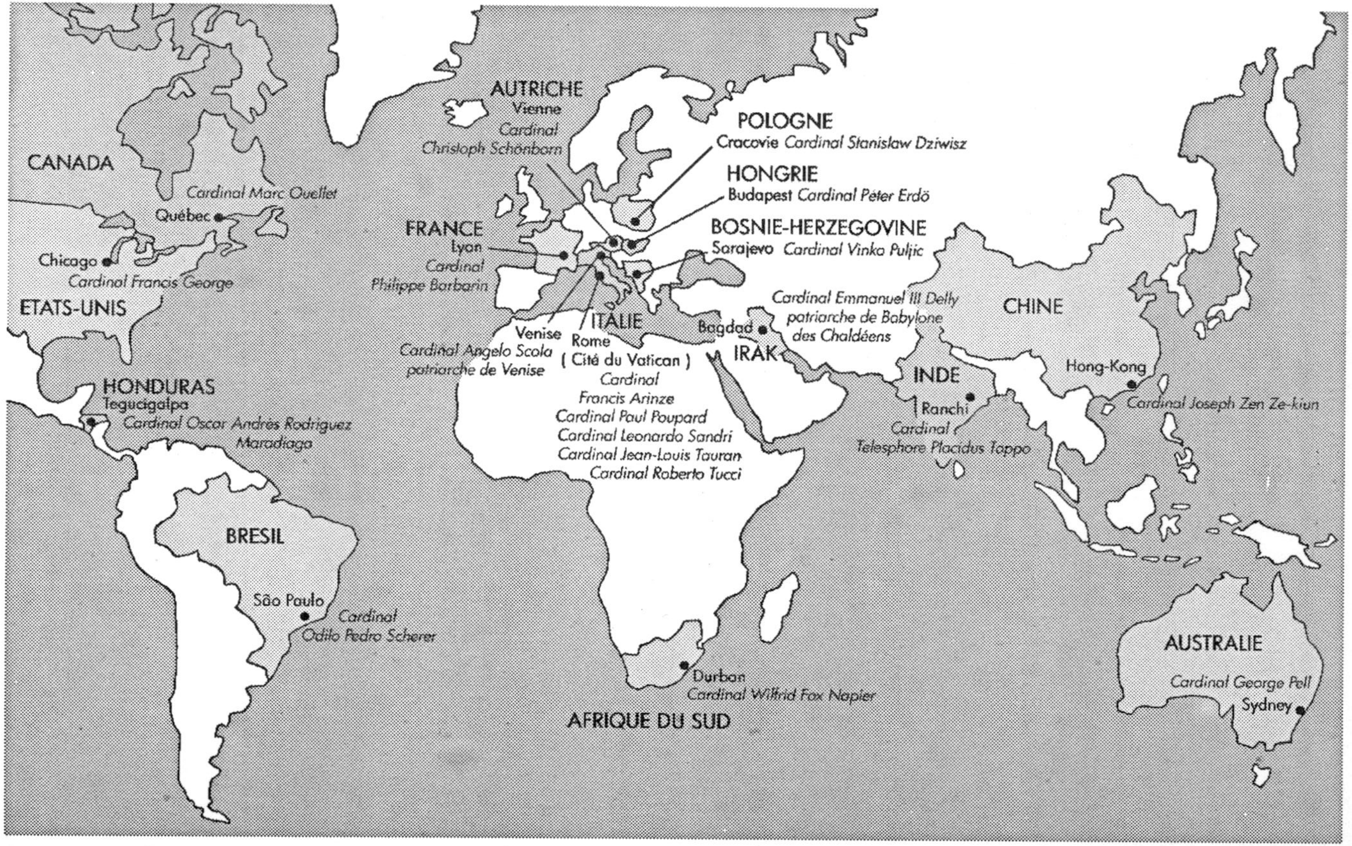
CANADA
Cardinal Marc Ouellet
Québec
Chicago
Cardinal Francis George
ETATS-UNIS
HONDURAS
Tegucigalpa
Cardinal Oscar Andrés Rodriguez Maradiaga
BRESIL
São Paulo
Cardinal Odilo Pedro Scherer
AUTRICHE
Vienne
Cardinal Christoph Schönborn
FRANCE
Lyon
Cardinal Philippe Barbarin
POLOGNE
Cracovie Cardinal Stanislaw Dziwisz
HONGRIE
Budapest Cardinal Péter Erdö
BOSNIE-HERZEGOVINE
Sarajevo Cardinal Vinko Puljic
ITALIE
Venise
Cardinal Angelo Scola patriarche de Venise
Rome
(Cité du Vatican)
Cardinal Francis Arinze
Cardinal Paul Poupard
Cardinal Leonardo Sandri
Cardinal Jean-Louis Tauran
Cardinal Roberto Tucci
Bagdad
IRAK
Cardinal Emmanuel III Delly patriarche de Babylone des Chaldéens
CHINE
Hong-Kong
Cardinal Joseph Zen Ze-kiun
INDE
Ranchi
Cardinal Telesphore Placidus Toppo
AFRIQUE DU SUD
Durban
Cardinal Wilfrid Fox Napier
AUSTRALIE
Cardinal George Pell
Sydney

Glossaire

AI, *AD INTERIM* – Cette expression latine indique le temps pendant lequel une fonction est remplie par un autre : pour le pape, en cas de vacance du Siège apostolique, c'est le cardinal camerlingue qui assure cet interim.

ARISTOCRATIE OU NOBLESSE NOIRE – en italien *Aristocrazia nera*, cette expression désigne une fraction de la noblesse italienne toujours idéologiquement proche de l'Église qui en 1870 se rangea au côté du pape Pie IX lorsque les troupes du roi Victor-Emmanuel II s'emparèrent de Rome et mirent un terme à l'indépendance des États pontificaux. Cette aristocratie exerçait auprès du souverain pontife des charges honorifiques qui ont été abolies par Paul VI au XXe siècle. Le pape Pie XII, notamment était issue d'une famille appartenant à la noblesse noire, les Pacelli.

AUGUSTINS – Saint Augustin a rédigé vers le IVe siècle une règle pour les chanoines d'Hippone et une autre pour le monastère de Thagaste. Ses principes sont le renoncement à la propriété individuelle, l'obéissance, l'équilibre entre le travail spirituel et le travail matériel. Les couvents des augustins, frères prêcheurs, se sont implantés en milieu urbain. Cette règle a influencé beaucoup d'autres ordres religieux dont les Assomptionnistes qui possèdent en France aujourd'hui le groupe Bayard-Presse. Appelés aussi Augustins de l'Assomption, ils comptent neuf cents vingt et un religieux dont six cents prêtres dans cent vingt-trois communautés réparties dans le monde.

BÉNÉDICTINS – Fondés par Saint Benoît de Nursie en 530, les Bénédictins auxquels le souverain pontife est si attaché qu'il a choisi le nom de *Benedictus* ont hérité de Saint Benoît la règle qui porte son nom. Rédigée au VIe siècle, elle est devenue au Moyen Âge le principal modèle de règle monastique. Si son maître mot : « Prie et travaille » a été largement réinterprété au fil des siècles, la recherche spirituelle garde une place centrale dans la règle bénédictine et s'inscrit dans la vie communautaire. L'abbaye bénédictine la plus connue en France est celle des moines de Solesmes dans la Sarthe. On compte quelque huit mille sept cents moines bénédictins, répartis en vingt et une congrégations, et seize mille moniales bénédictines présentes dans soixante et une congrégations, en majorité en Europe.

CAMERLINGUE – Ce terme hérité de l'italien *camerlengo* (chambellan) désigne le cardinal placé à la tête de la chambre apostolique, service de la Curie romaine chargé des biens temporels du Saint-Siège pendant la vacance du pouvoir pontifical et pendant l'élection du

Pontife romain. C'est lui notamment qui constate la mort du pape et établit son acte de décès. Au moment de la disparition de Jean-Paul II, le cardinal Martinez Somalo exerçait la fonction de camerlingue. L'actuel camerlingue est le cardinal Tarcisio Bertone.

CARITAS INTERNATIONALIS – Cette appellation latine de « Charité internationale » traduit une fédération internationale d'organismes humanitaires catholiques présente dans cent soixante-deux pays. Réseau mondial très actif s'appuyant sur une logistique rôdée et des équipes expérimentées, elle vient en aide aux victimes des guerres et des catastrophes naturelles et contribue aussi à faire reculer la pauvreté au quotidien.

CHALDÉENS – C'est en Irak, à Bagdad, que siège depuis le XVIe siècle le mythique patriarche de Babylone des Chaldéens. L'Église chaldéenne fait partie des anciennes Églises chrétiennes d'Orient. L'Église apostolique assyrienne d'Orient est ce qui reste aujourd'hui de l'Église perse ou chaldéenne, qui s'est séparée au Ve siècle, et dont elle a conservé le rite chaldéen et la langue syriaque, proche de l'araméen parlé par le Christ. Mais, au XVIe siècle, la majeure partie des Chaldéens s'est unie à Rome, tout en conservant les rites et la langue traditionnels. Cette communauté est également présente en Iran, au Liban, en Égypte, en Syrie, en Amérique du Nord, au Canada, en Australie, en Inde et en France, soit une diaspora de quelque cent cinquante mille personnes, dont 10 % de rite chaldéen. À Rome, la « Congrégation pour les Églises orientales catholiques », dirigée par le cardinal Leonardo Sandri, a autorité sur l'Église chaldéenne, mais également sur l'Égypte et la péninsule du Sinaï, l'Érythrée et l'Éthiopie du Nord, l'Albanie méridionale, la Bulgarie, la Grèce, l'Iran, l'Irak, le Liban, Israël, la Palestine, la Syrie, la Jordanie et la Turquie.

CHARLES BORROMÉE (1538-1584) – Né au sein d'une très riche famille princière, Charles Borromée manifesta très tôt sa vocation et devint cardinal dès l'âge de vingt-deux ans. Ensuite archevêque de Milan, il fut l'un des principaux acteurs du concile de Trente et surtout de sa mise en œuvre, notamment, en tant qu'auteur du Catéchisme lors de ce même concile. Mais Charles, qui était aussi d'une grande piété, après avoir vendu tous ses biens vécut dans une ascèse digne d'un ermite. Visitant maisons et hôpitaux, il se dévoua sans compter durant la peste de Milan. Mort en 1584, il fut canonisé en 1610.

CLERC – Dans l'Église, les clercs sont ceux chargés d'une mission particulière, d'un service ou « ministère ». Ce sont essentiellement les diacres, les prêtres et les évêques. À la différence des laïcs juste baptisés, les clercs sont ordonnés par un évêque lors d'une cérémonie solennelle. Naguère, dans la France de la IIIe République surtout, on a vivement critiqué le « cléricalisme » ou l'emprise excessive du clergé sur la société : « Le cléricalisme, voilà l'ennemi ! » s'insurgeait Gambetta au XIXe siècle.

CLERGÉ SÉCULIER, CLERGÉ RÉGULIER – Au fil des siècles, on a peu à peu distingué deux types de clercs : les séculiers, c'est dire ceux qui exercent leur mission dans le « siècle » comme les prêtres en paroisse, les diacres, les évêques ; et les réguliers, c'est-à-dire ceux qui suivent la règle d'un ordre religieux ou monastique. Il faut savoir qu'au sein d'un ordre religieux, seuls sont prêtres ceux qui ont été ordonnés. Il n'y a que les membres du clergé régulier qui font les trois vœux de pauvreté, obéissance et chasteté.

COMMISSION DU MESSAGE – Voir SYNODE.

COMMUNAUTÉ DE SANT'EGIDIO – Cette communauté de laïcs porte le nom d'une belle église de Rome, située dans le quartier du Trastevere, et dont la mission est de concilier la spiritualité et l'engagement dans le monde. Née en 1968 dans le sillage du concile Vatican II, reconnue comme association internationale de laïcs par l'Église catholique en 1986, elle est très active tant dans le domaine social et caritatif qu'au plan diplomatique. Elle a par exemple mené des médiations de conciliation, entre autres en Algérie. L'historien Andrea Riccardi, son fondateur, qui a un rayonnement international, a été cité plusieurs fois pour le Prix Nobel de la Paix.

COMPAGNIE DE JÉSUS Parce qu'elle a été fondée en 1537 par l'espagnol Ignace de Loyola, on croit toujours que la Compagnie de Jésuite est née en Espagne, alors qu'en réalité elle a vu le jour à Paris, sur la colline de Montmartre. En 1540, le pape Paul III approuva l'ordre et lui donna la grande église du « Gesù » à Rome, chef-d'œuvre de l'art baroque. Célèbres pour leur spiritualité, leur érudition et leurs collèges, les jésuites ont souvent souffert d'une mauvaise réputation : on les appelait au XIXe siècle les « petits hommes noirs » et le terme de jésuite a pris un sens péjoratif. Leur image est désormais meilleure. Actuellement, dix-huit mille cinq cents dans le monde, la province de France compte pour sa part cinq cents jésuites répartis en trente-neuf communautés avec, en moyenne, quatre postulants par an. La compagnie de Jésus possède quelque mille établissements scolaires, dont quatorze en France avec vingt mille élèves.

COMPAGNIE DE SAINT-SULPICE – Le roman *Da Vinci Code* de Dan Brown a fait « briller » l'église Saint-Sulpice à Paris alors que, la Compagnie qui porte ce nom est par nature bien plus discrète. Ainsi nommée en l'honneur de Sulpice le Pieux, la Compagnie de Saint-Sulpice est une société de vie apostolique catholique fondée en 1642 à Paris par Jean-Jacques Olier (1608-1657), pour se défendre lors de la Réforme protestante. Les Sulpiciens qui sont des prêtres mènent une vie communautaire mais ne prononcent pas de vœux et ne sont pas de ce fait considérés comme des religieux. Leur principale mission est de former les prêtres dans les séminaires, au plan intellectuel et spirituel. Tout naturellement, l'expression de « style Saint-Sulpice » est venue désigner des objets de piété de mauvais goût vendus dans le quartier du même nom...

CONCILE – Une réunion de l'ONU avant l'heure ou une ONG à caractère religieux? Depuis les premiers temps de l'Église, des assemblées appelées conciles réunissent les évêques de chaque pays. Un concile, qui est un événement exceptionnel, peut statuer sur la doctrine, c'est-à-dire sur ce en quoi croient les catholiques, mais aussi sur la manière dont l'Église exerce sa mission. Le dernier Concile en date, Vatican II (1962-1965) a eu sous l'impulsion du pape Jean XXIII un énorme retentissement en favorisant l'« *aggiornamento* », l'ouverture de l'Église au monde.

CONCLAVE – Du latin *cum clave,* « fermé à clef », le conclave est l'assemblée des cardinaux de moins de quatre-vingts ans regroupés et enfermés dans la chapelle Sixtine à Rome pour élire le pape. Celui de Jean-Paul II, élu le 16 octobre 1978, a duré deux jours. Benoît XVI a été désigné le 19 avril 2005 au quatrième tour de scrutin. Au cours de cet événement de portée mondiale, la terre entière, les medias de tous les continents et la foule rassemblée sur la place Saint-Pierre guettent de nos jours fébrilement la fumée blanche qui va annoncer l'élection du successeur de

Pierre et évêque de Rome, ou noire, qui indique qu'il faut à nouveau voter.

CONFÉRENCE SUR LA SÉCURITÉ ET LA COOPÉRATION EN EUROPE (OSCE) – Devenue plus tard l'Organisation pour la Sécurité et la Coopération en Europe, cette conférence s'est ouverte en 1973 par le lancement d'un dialogue multilatéral Est-Ouest, appelé processus d'Helsinki, qui s'inscrivait dans l'amorce de dégel entre l'Europe occidentale et le bloc communiste qui s'est terminé en 1975.

CONGRÉGATION – À la manière du gouvernement d'un État, celui de l'Église compte des ministères, qu'on appelle congrégations ou dicastères. Chacune est chargée d'un domaine particulier. On compte neuf congrégations dirigées chacune par un cardinal appelé préfet : Doctrine de la Foi, Églises orientales, Culte divin et Discipline des Sacrements, Causes des Saints, Évêques, Évangélisation des Peuples, Clergé, Instituts de Vie consacrée et Sociétés de Vie apostolique, Éducation catholique.

CONGRÉGATION DE LA DOCTRINE DE LA FOI – Destinée à la défense de la doctrine de l'Église, cette congrégation était autrefois appelée le Saint-Office et avait à ce titre une réputation sévère, en défendant la rectitude de la foi et en condamnant les théologiens jugés progressistes ou déviants. Nommé le 25 novembre 1981 par Jean-Paul II, Benoît XVI en a été le responsable jusqu'en 2005, avant son élévation au Poste Suprême.

CONGRÉGATION POUR LES ÉGLISES ORIENTALES CATHOLIQUES – Voir CHALDÉENS.

CONSEIL PONTIFICAL – Les onze conseils pontificaux sont dédiés à des domaines particuliers et présidés par des cardinaux. Il existe ainsi un conseil pontifical pour les laïcs, présidé par Mgr Stanislas Rylko, ou pour la famille, présidé par Mgr Ennio Antonelli. C'est un français, le cardinal basque Roger Etchegaray, personnage fort apprécié du pape Jean-Paul II, qui a longtemps présidé le conseil pontifical Justice et Paix, de 1984 à 1998. Le cardinal Peter Kodwo Appiah Turkson occupe cette charge depuis octobre 2009.

CONSISTOIRE – Réunion des cardinaux sur convocation du pape, pour traiter d'une question ou de décisions plus particulières, ou pour créer de nouveaux cardinaux. Le pape Benoît XVI n'a convoqué que deux consistoires le 24 mars 2006 et le 24 novembre 2007.

CURIE – Issu du mot latin *curia*, qui renvoie au bâtiment où siégeait le Sénat dans la Rome antique ainsi qu'à des subdivisions civiques de l'époque, ce terme désigne de nos jours les organismes gouvernementaux ou les dicastères du Saint-Siège, destinés à l'administration de l'Église catholique.

DIPLOMATIE DU VATICAN – À l'instar des grands États, l'État souverain de la Cité du Vatican déploie une activité diplomatique intense. Les diplomates issus principalement de l'Académie pontificale ecclésiastique travaillent généralement à la Secrétairerie d'État du Vatican et ont à leur tête un cardinal-secrétaire d'État. La diplomatie de par le monde est assurée par les nonces, qui sont les ambassadeurs du Saint-Siège. Les papes Pie XII, Jean XXII, nonce lui-même, ou Paul VI furent aussi de grands diplomates. Voir NONCE, NONCIATURE, LÉGAT.

DICASTÈRES – Dans le cadre de l'Église catholique romaine, le dicastère (du mot grec *dikasterion* signifiant « tribunal ») représente les différentes institutions toutes spécialisées dans un domaine de compétence précis et qui ont reçu une délégation du pouvoir papal. Ils sont les « ministères » de l'Église catholique. VOIR CONGRÉGATION.

DOMINICAINS – On les reconnaît à leur grand habit blanc, l'habit immaculé qui a inspiré la soutane papale depuis le pape Pie V qui était un dominicain. On dit parfois que leur dénomination vient de l'expression latine *Domini canem,* c'est-à-dire « chiens du Seigneur ». Fondé au XIIIe siècle par l'espagnol Dominique de Guzman, c'est un ordre prêcheur consacré à la prédication sous toutes ces formes : sermons durant les messes, études de théologie, enseignement mais aussi annonce de la Parole de Dieu dans les médias audiovisuels… Voilà pourquoi les dominicains français ont eu de grands théologiens comme le cardinal Yves Congar. Ils animent toujours la maison d'édition du Cerf et sont chargés depuis l'origine de l'émission télévisée du dimanche matin sur France 2 *Le Jour du Seigneur*. Par ailleurs, le théologien personnel du pape est traditionnellement un dominicain. Au nombre de plusieurs centaines en France, ils sont environ six mille frères dans le monde.

DROIT CANON – Ensemble des dispositions qui règlent l'organisation de l'Église catholique. Sa dernière mouture a été promulguée par Jean-Paul II en 1983 et comprend sept livres : les normes générales, le peuple de Dieu, la fonction d'enseignement de l'Église, sa fonction de sanctification, ses biens temporels, les sanctions dans l'Église, les procès et les contentieux.

ÉMINENCE – Titre honorifique donné à un cardinal depuis le XVIIe siècle.

ENCYCLIQUE – Lettre solennelle du pape adressée à l'ensemble de l'Église catholique, traitant d'un sujet touchant à la foi, la morale ou la société. Fortement relayée par les évêques, mais aussi désormais par les médias, notamment Internet, ce texte a souvent un grand retentissement. En 1968, l'encyclique de Paul VI *Humanae vitae* prohibant l'usage des moyens de contraception artificiels avait suscité une forte réaction de rejet. La première encyclique de

Benoît XVI *Dieu est amour* a quant à elle reçu un accueil positif.

FINANCEMENT DE L'ÉGLISE – Mais qui finance donc le Vatican ? Essentiellement les dons des catholiques. En tant que chef spirituel de l'Église universelle et de l'État du Vatican, le pape a notamment autorité sur l'APSA (Administration du patrimoine du siège apostolique) qui gère l'important patrimoine immobilier du Saint-Siège, dont les musées et reçoit les dons des fidèles dit Denier de saint Pierre. Cette source financière permet aux services de la Curie de fonctionner. Par ailleurs, dans chaque pays, l'Église est financée par les diocèses, placés chacun sous la responsabilité d'un évêque. Le diocèse est lui-même sous-divisé en paroisses. L'évêque nomme un économe diocésain en charge du budget. En France, le diocèse est autonome dans sa comptabilité et les comptes sont certifiés tous les ans par un commissaire aux comptes en vertu de la loi de 2003 sur le mécénat pour toute association recevant plus de cent cinquante mille euros de dons par an. Si une irrégularité est constatée, il doit le signaler au procureur de la République. Quant aux congrégations, telles les Petites Sœurs des Pauvres, les Sœurs de Saint Vincent-de-Paul, les Jésuites, les Dominicains, les Franciscains, les Chartreux, les Salésiens… qui, à l'instar de toutes les congrégations, sont indépendantes, elles sont historiquement et toujours propriétaires de couvents ou de terrains jadis apportés en dots ou dont elles ont hérités. Pour vendre leurs biens lorsqu'ils sont supérieurs à deux millions et demi d'euros, elles doivent demander l'autorisation à l'un de leurs représentants tutélaires au Vatican.

FRANCISCAINS – À cause de son sens de la pauvreté, de la paix et son amour de la nature, François d'Assise est de nos jours l'un des saints les plus populaires tant en Italie que dans le reste du monde. Fondé par ce dernier au tout début du XIIIe siècle, et approuvé par le pape Innocent III en 1209, l'ordre franciscain a fêté en 2009 son neuf centième anniversaire. Maintenant divisés en quatre familles, les Franciscains, reconnaissables par leur robe de bure marron, sont dix-huit mille à travers le monde et suivent toujours ces règles strictes de leur saint patron : ne rien posséder en propre, mendier en cas de besoin, se consacrer à la prédication en tendant vers toujours plus de paix et de joie. C'est à Assise en 1986 que Jean-Paul II a invité les grandes religions du monde à un mémorable rassemblement de prière pour la paix qui a fait date. Et en plus de ce lieu symbolique, les franciscains sont gardiens de sanctuaires en Terre sainte comme l'église de la Nativité à Bethléem, ou de lieux de pèlerinage comme San Damiano en Italie.

GOVERNORAT – Siège des différents services de l'État de la Cité du Vatican, avec à sa tête un gouverneur qui exerce au nom du pape le pouvoir exécutif dans la Cité du Vatican et gère entre autres la direction des finances de l'État.

GRAND PÉNITENCIER DE LA SAINTE ÉGLISE ROMAINE – Prélat qui se consacre à l'étude de cas juridiques et moraux particulièrement difficiles pour lequel le pape est sollicité. Le nouveau Grand Pénitencier est l'ancien nonce à Paris, Mgr Fortunato Baldelli.

SAINT IRÉNÉE – Avec saint Pothin et sainte Blandine, c'est l'un des plus célèbres martyrs de Lyon. Grand théologien et Père de l'Église, né à Smyrne en Asie Mineure entre 120 et 140, disciple de saint Polycarpe, il aurait connu l'apôtre Jean, vint en Gaule vers l'an 157 et s'associa aux travaux de saint Pothin. Ce dernier succomba aux persécutions de Marc Aurèle et Irénée fut choisi pour lui succéder comme évêque de Lyon en 177.

JÉSUITES – Voir COMPAGNIE DE JÉSUS.

JOURNÉES MONDIALES DE LA JEUNESSE – L'une des plus belles réussites de Jean-Paul II. Organisés depuis 1984 par l'Église sous son impulsion, les JMJ rassemblent les jeunes catholiques du monde entier. Le record d'affluence reste celui des JMJ de Manille aux Philippines qui, du 10 au 15 janvier 1995, avaient réuni quatre millions de jeunes. Lors des JMJ de l'an 2000 à Rome, à la fin de son homélie, le pape Jean-Paul II avait cité sainte Catherine de Sienne : « Si vous êtes ce que vous devez être, vous mettrez le feu au monde entier ! »

Légat – *Légat a latere* ou simplement *Légat,* c'est un cardinal envoyé, avec une mission spéciale et des pouvoirs extraordinaires, par le Pape hors de Rome auprès d'un gouvernement,... pour régler une affaire particulière.

Hubert Lyautey - Né en 1854 à Nancy et décédé en 1934 à Thorey. Officier pendant les guerres coloniales, général de division trois étoiles, résident général au Maroc en 1912, ministre de la Guerre lors de la Première Guerre mondiale, maréchal de France en 1921, académicien et président d'honneur des Scouts de France. Sa devise : « La joie de l'âme est dans l'action » est demeurée célèbre. Au cours de son existence, il passa du scepticisme à la foi et se rapprocha de l'Église.

Ministère – Le mot n'a pas ici le sens politique ou administratif habituellement employé dans le civil : il s'agit d'une mission confiée à un clerc au sein de l'Église afin d'assurer son unité. Telle, pour un prêtre, celle d'annoncer l'Évangile (par les sermons, le catéchisme), célébrer les sacrements, l'Eucharistie ou le mariage, animer des communautés. Le ministère est d'abord un service, et le pape lui non plus n'échappe pas à cette règle : c'est le « Serviteur des serviteurs de Dieu ».

Giovanni Battista Montini – Né à Concesio le 26 septembre 1897, mort à Castel Gandolfo le 6 août

1978. Nommé archevêque de Milan le 2 décembre 1954, créé cardinal lors du consistoire du 15 décembre 1958, il s'impliqua beaucoup dans la préparation de Vatican II, puis fut élu pape le 21 juin 1963 et pris le nom de Paul VI. Homme d'une grande culture, diplomate, considéré à ses débuts comme novateur, il acheva brillamment le Concile.

NONCE – L'ambassadeur du pape auprès d'un gouvernement étranger. C'est un évêque relevant directement du Saint-Siège, et plus précisément de la Secrétairerie d'État, lequel assure à la fois un rôle de liaison et d'unité entre le Saint-Siège et l'Église du pays où il est envoyé comme représentant. Il établit aussi des listes de candidats locaux à l'épiscopat, qu'il présente au pape et jouit dans ce domaine d'une influence certaine. Il est par ailleurs traditionnellement reconnu comme le doyen du corps diplomatique du pays dans lequel il représente le pape.

NONCIATURE – La nonciature est le lieu où réside le nonce, l'ambassade du Saint-Siège. Jean-Paul II a plus que doublé le nombre des nonciatures, de quatre-vingt-cinq en 1978, à la date de son élection, elles sont en vingt-cinq ans passées à cent soixante-quatorze.

OBLATS DE MARIE-IMMACULÉE – On les reconnaît à leur grand habit noir, portant un crucifix de belle taille en bandoulière : les Oblats de Marie-Immaculée appartiennent à un ordre religieux fondé à Aix-en-Provence le 25 janvier 1816 par saint Eugène de Mazenod, prêtre français marseillais. Leur mission fut d'abord l'évangélisation des campagnes. Missionnaires avant tout, ils furent surtout présents dans le Grand Nord canadien, n'hésitant pas à affronter des conditions de vie particulièrement difficiles. Quatre mille cinq cents membres environ de nos jours, ils sont aujourd'hui en mission dans de nombreux pays comme au Brésil ou au Cameroun, et aident les Églises locales à se développer.

Opus Dei – Même avant le *Da Vinci Code*, l'Opus Dei a suscité les polémiques les plus violentes, à cause de sa proximité avec le régime de Franco, de son sens du secret ou de son influence jugée excessive, notamment dans les médias. On a parlé de « secte », voire de « sainte mafia », mais l'expression « Opus dei » signifie simplement « œuvre de Dieu ». Fondée à Madrid en 1928 par Josemaria Escrivá de Balaguer – qui fut canonisé par Jean-Paul II en 2002 – afin de donner à ses membres, laïcs et ecclésiastiques, les moyens d'agir selon l'Évangile dans leur vie familiale, sociale, professionnelle ou politique. Il s'agit aujourd'hui d'une prélature personnelle, c'est-à-dire d'une circonscription ecclésiastique dédiée à un but précis. L'Opus Dei compterait près de quatre-vingt-sept mille membres répartis dans quatre-vingt-dix pays. Le porte-parole du Saint-Siège sous Jean-Paul II, Joaquim Navarro-Vals, un Espagnol, est un membre éminent de l'Opus Dei.

Patriarche – Dans l'Église latine, le terme de Patriarche ne désigne pas un homme âgé ! Il s'agit là d'un titre purement honorifique et historique, à la seule exception du patriarche latin de Jérusalem qui, résidant dans cette ville, a juridiction sur les catholiques de rite latin d'Israël, de Jordanie et de Chypre, en majorité arabes. Les titres de patriarches de Venise, de Lisbonne, des Indes orientales honorent donc avec solennité les archevêques de ces villes sans leur attribuer de pouvoir supplémentaire.

Primat – Le titre de primat est accordé dans certains pays à un archevêque qui détient une primauté, parfois simplement d'honneur, sur le reste du collège épiscopal. La primatie des Gaules, qui en fait le premier archevêque de France avant Paris, est conféré à l'archevêque de Lyon, jadis capitale de la Gaule en vertu de l'ancienneté du siège, remontant à l'époque gallo-romaine (moitié du IIe siècle).

Primus inter pares – Ce terme latin désigne le « premier entre les égaux », qui est à la fois le supérieur et le collègue des autres membres d'une organisation. Elle souligne la suprématie du souverain pontife sur l'ensemble des évêques et en particulier sur le patriarche orthodoxe de Constantinople, primat de l'orthodoxie.

Réforme – C'est le grand mouvement d'idées et d'effervescences religieuses qui sera à l'origine du protestantisme. Partant d'une dénonciation de la corruption de l'Église catholique au début du XVIe siècle, il aboutit autour de l'allemand Martin Luther (1483-1546), considéré comme le premier des réformateurs religieux du XVIe siècle, et le français Jean Calvin (1509-1564), homme de lettres et théologien installé à Genève, à une refonte doctrinale profonde et à un schisme qui divise l'Europe : les protestants ne reconnaissent plus le pape. Les principales Églises issues de la Réforme sont l'anglicanisme, le baptisme, le luthéranisme, le presbytérianisme et la tradition réformée, qui récusent certains aspects du catholicisme et ont des visions de la foi et de la liturgie qui leur sont propres. La réforme protestante entraîna en réaction un renouvellement de l'Église catholique à partir du concile de Trente (1545-1563) : c'est la Contre-Réforme ou Réforme catholique.

Renouveau charismatique – Apparu dans les années 1970 au sein de communautés laïques ou de groupes de prière, ce courant spirituel est issu du mouvement pentecôtiste né aux États-Unis. Il valorise en particulier une communion avec le Saint-Esprit par des dons ou « charismes », grâces au nombre de sept reçues de celui-ci : dons de sagesse, d'intelligence, de conseil, de force, de science, de crainte de Dieu, de piété. Les charismatiques mettent l'accent sur l'expression de l'enthousiasme de la foi par des pratiques telles que la glossolalie ou « chant en langues ». Ils invitent à vivre un christianisme plus affirmé et chaleureux. En

France, on peut citer notamment la Communauté de l'Emmanuel, la plus importante en nombre, la Communauté des Béatitudes et la Communauté du Chemin Neuf.

Sacré Collège – Assemblée composée de cardinaux, qui assiste le souverain pontife dans ses décisions, assure le gouvernement en cas de vacance de ce dernier et élit le pape. Le Sacré Collège est actuellement composé de cent quatre-vingt-cinq cardinaux dont cent quatorze sont électeurs.

Salésiens – Le souci de l'Église pour les jeunes en difficulté ne date pas d'hier : l'ordre des Salésiens a été fondé par Don Bosco le 26 janvier 1856 à Turin dans ce but. Ce prêtre piémontais avait un grand rayonnement auprès de la jeunesse : dès son adolescence, il organisait des spectacles dans son village, faisait l'acrobate sur un fil pour mieux parler de Dieu et inviter à prier le chapelet. Il fut à l'origine de maisons d'accueil pour étudiants, de foyers pour jeunes ouvriers, de séminaires pour vocations tardives et plaça son institut religieux sous le patronage de saint François de Sales. Dans le même esprit, il y ajouta l'institut féminin de Marie-Auxiliatrice, appelé plus communément les Salésiennes de Don Bosco. Ces communautés religieuses sont nombreuses à travers le monde. On compte aujourd'hui quatorze mille huit cent quatre-vingt Salésiennes et seize mille cinq cent soixante-dix-sept Salésiens, présents dans les écoles et les cités difficiles. Le Premier ministre du Vatican, soit le cardinal secrétaire d'État Tarcisio Bertone, est salésien ; cela donne actuellement du lustre à l'ordre et lui fait de la publicité !

SECRÉTAIRERIE D'ÉTAT – Dicastère de la Curie romaine le plus proche du souverain pontife et chargé de l'assister dans l'exercice de ses charges. Elle est constituée de la section des Affaires générales et de la section des rapports avec les États. Situé à un poste clé, le Secrétaire d'État est à la fois Premier ministre et ministre des Affaires étrangères du pape. Ses bureaux se trouvent au troisième étage du Palais apostolique, c'est-à-dire le Saint des Saints puisque c'est le bâtiment où habite le pape.

SOUVERAIN PONTIFE – Titre hérité de la Rome antique qui désigne le pape, l'héritier du siège de Pierre. Si l'on peut y voir une expression solennelle imposante, on peut aussi considérer cette dénomination majestueuse comme un réel symbole : le pape est celui qui jette des ponts, crée des liens entre les chrétiens et les églises. Voir PRIMUS INTER PARES.

SYNODE – En grec, le mot signifie « avancer ensemble » : il désigne une assemblée d'évêques ou d'ecclésiastiques qui va réfléchir sur un thème particulier, Sorte de « concile en miniature », il peut s'intéresser à des sujets aussi divers que le rôle des prêtres, la famille, la justice dans le monde ou la célébration de la messe.

Cette assemblée témoigne de la volonté du pape de ne pas travailler seul et de prendre conseil auprès de ses éminents cardinaux. Tout synode est l'occasion d'un message au Peuple de Dieu que la Commission du message est chargée de transmettre. Par ailleurs, il existe aussi des synodes diocésains par lesquels les évêques réunissent les forces vives d'un diocèse.

VIE APOSTOLIQUE – Le mot renvoie à l'expérience des Apôtres, qui ont connu directement le Christ et ont à cœur de transmettre son message. Par extension, on désigne ainsi les religieux qui vivent au cœur du monde, par opposition aux religieux cloîtrés ou contemplatifs.

VIE CONTEMPLATIVE – Venu d'un mot latin, la belle expression de contemplation désigne l'adoration de Dieu. Ce sont donc les ordres religieux qui se retirent de la vie ordinaire pour se consacrer totalement à la prière (Chartreux, Bénédictins, Trappistes, Carmélites, Clarisses…) qui témoignent de la vie contemplative. La carmélite Sainte Thérèse de l'Enfant-Jésus en est l'une des figures emblématiques…

VISITE *AD LIMINA* – Le terme latin *ad limina*, qui signifie étymologiquement « au seuil des apôtres », désigne la visite que fait chaque évêque à Rome tous les cinq ans, où il est reçu avec les évêques de sa région ou de son pays, en groupe, par le Saint-Père au Vatican. Elle est d'abord un pèlerinage sur les tombeaux des apôtres saint Pierre et saint Paul.

Remerciements

Je remercie mes éditeurs Sabine Larivé, Olivier Orban et leurs collaborateurs qui m'ont laissé tant de liberté pour mener à bien cet ouvrage.

Mes remerciements vont aussi à Olivier Royant, directeur de la rédaction de *Paris Match*, qui m'a permis de gérer mon temps et m'a toujours soutenue.

Au service Photo à Guillaume Clavières, Marc Brincourt, Jérôme Huffer, Maxime Gautier et Romain Lacroix.

Un grand merci également à Chantal Blatter, responsable de la documentation textes et à son équipe.

À Pascale Sarfati et Muriel Lanceleur-Simottel pour leur relecture.

À Muriel Lanceleur-Simottel pour ses recherches.

À Jean-François Gallois, directeur de Central Color.

À Rome

Une mention particulière à Son Éminence le cardinal Roberto Tucci pour son humour, ses conseils avisés et ses lumières théologiques.

À Bruno Bartoloni pour sa science vaticane et ses archives.

À Sophie Pigozzi pour la documentation.

Au Centro Pilota de Pietro Bassanesi.

À Paris

À Élisabeth Badinter pour son « poids des mots ».

À Kheira Alabouch, Caroline Etter, Omar Fawzi, Jean-Pierre Guillemin, Malcy Ozannat, Sabrina Pastorelli, Christian Potier, Nadia Radovan, Andrée Soquet-Clerc dite « Mamoune ».

À Madeleine Delvaque van Wœrkem pour avoir assuré avec diplomatie les contacts aux quatre coins du monde avec les efficaces et compréhensifs collaborateurs des archevêques.

À AED France, l'Aide à l'Église en Détresse, qui m'a permis d'utiliser les données chiffrées de son rapport 2008 sur la liberté religieuse dans le monde.

Au personnel du Flore qui a spontanément mis trois tables à ma disposition pour que je travaille confortablement.

Avec quatre mentions spéciales.

À Jean-Claude Deutsch pour son œil complice et son enthousiasme à photographier ces grands personnages.

À Éric Vandeville pour ses photos.

À Sylvain Maupu qui a réalisé avec une patience infinie la couverture et le cahier hors-texte de ce livre.

Ma reconnaissance à la Providence qui a mis sur mon chemin Muriel Lanceleur-Simottel que je remercie pour ses idées, sa précision, son enthousiasme et sa belle énergie à me seconder tout au long de mon travail.

Et mon infinie tendresse enfin à mes très chères filles, Marina et Cosima, qui m'ont supportée stressée presque deux ans. Je les remercie ici pour leur gaîté, leur enthousiasme et leurs vifs encouragements, ainsi que nos chiens Joëy, Sabrina, Dayla et notre chat Sherkan lesquels ont, par leur agitation accompagné mes nuits sans sommeil et m'ont ainsi aidée à rester éveillée pour écrire !

Table

Composition et mise en pages réalisées par
Sud Compo - 66140 - Canet en Roussillon
233/2009

Cet ouvrage a été imprimé en France par

CPI
Bussière

à Saint-Amand-Montrond (Cher)
en novembre 2009

N° d'édition : 21048. — N° d'impression : 093196/1.
Dépôt légal : novembre 2009.